U0465877

功夫徽宿

朱乙丑 著

图书在版编目（CIP）数据

功夫徽商 / 朱乙丑著. — 南京：江苏凤凰文艺出版社，2018.9
ISBN 978-7-5594-2787-8

Ⅰ.①功… Ⅱ.①朱… Ⅲ.①长篇小说－中国－当代 Ⅳ.①I247.5

中国版本图书馆CIP数据核字(2018)第190992号

书　　名	功夫徽商
著　　者	朱乙丑
责任编辑	查品才　胡　泊
出版发行	江苏凤凰文艺出版社
出版社地址	南京市中央路165号，邮编：210009
出版社网址	http://www.jswenyi.com
印　　刷	徐州绪权印刷有限公司
开　　本	880×1230毫米　1/32
印　　张	9.25
字　　数	255千字
版　　次	2018年9月第1版　2018年9月第1次印刷
标准书号	ISBN 978-7-5594-2787-8
定　　价	39.00元

（江苏文艺版图书凡印刷、装订错误可随时向承印厂调换）

人物设定

1. 朱绝尘：热血青年，也是励志青年的代表。本是浙江桐庐一少侠，会吹箫，功夫了得。英俊潇洒，意气风发，正直勇敢。羡慕徽州武林界的新理念，只身前往徽州探秘。一路目睹了徽州各大功夫庄的各自绝活以及他们复杂的商业关系，朱绝尘本人也不知不觉间卷进了纷争之中。朱绝尘在逃难途中巧遇侠女林子歌，二人很快坠入爱河，后来在林子歌的帮助下，朱绝尘自己创业，开设了自己的功夫庄，以箫为武器，名为"竖一山庄"，最后为了生存，联合另一正义功夫庄——屈伸堂，一起灭掉了作恶多端的横一功夫庄，开创了徽州的大同时代。

2. 白而昼：徽州著名民营功夫庄屈伸堂的掌门人，个子很矮，是个侏儒，擅长扇子功，向来隐忍，奉行韬光养晦的对外策略。但他的屈伸堂常被横一山庄欺负，最后白而昼愤然反击，联合朱绝尘的竖一山庄，灭掉了不可一世的横一山庄，被徽州武林界推为霸主。

3. 墨市雄：徽州最大官营功夫庄横一山庄的庄主，高大潇洒，骄横跋扈，擅长棍子功。在徽州江湖横行霸道，实际上垄断了徽州的功夫市场，通过不正当竞争手段挤压别的功夫庄，经常羞辱屈伸堂，追杀朱绝尘，放火烧死了白而昼的夫人，最终引起徽州武林界的公愤，遭受灭门之灾，自己的妹妹嫁给了白而昼。

徽州及徽文化简介

徽州主要指安徽的南部地区,名山有黄山、九华山、齐云山,名人有胡适、胡雪岩、刘海粟、黄宾虹、赛金花、陶行知、苏雪林、朱熹、毕昇。徽州的黄山、宏村、西递被列为世界文化遗产。文房四宝(宣笔、宣纸、徽墨、歙砚)全产自徽州。

徽商在明清两代是全国最强盛的商帮,徽文化和藏文化、敦煌文化并列为中国三大地域文化,徽文化是中华文化的重要组成部分,具有显著的民族特性。

主题曲

徽州的呼吸

这世界不是你一个人的,
日月不因你而坠。
当雾气塞满了天地,
风就会兴起。
浊气被驱,
又见阳光照临每一寸土地。
道生之,德蓄之,
利剑刺不破道义的厚被。
我昂首站立,
目测善恶的距离。
坚信世界为众生共有,
人间才有大美。
激浊扬清是我们不变的呼吸!
不变的呼吸!

《功夫徽商》十二功夫庄图示

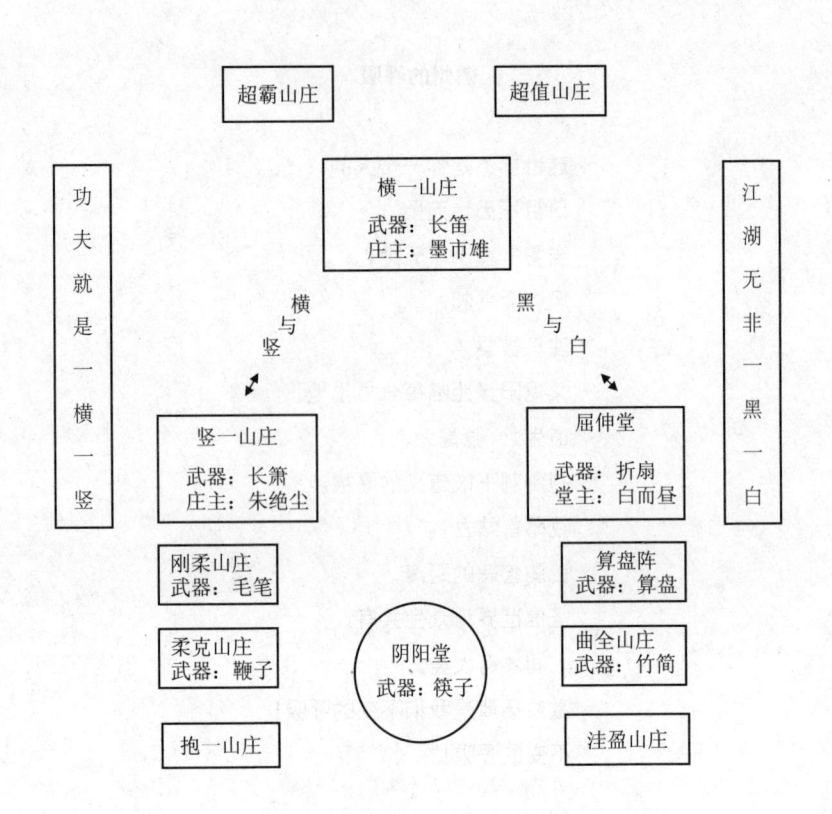

```
        超霸山庄            超值山庄

                横一山庄
                武器：长笛
                庄主：墨市雄
功
夫                              江
就       横              黑      湖
是       与              与      无
一       竖              白      非
横                              一
一                              黑
竖       竖一山庄        屈伸堂  一
         武器：长箫      武器：折扇  白
         庄主：朱绝尘    堂主：白而昼

         刚柔山庄        算盘阵
         武器：毛笔      武器：算盘

         柔克山庄        曲全山庄
         武器：鞭子      武器：竹简
                  阴阳堂
                  武器：筷子
         抱一山庄        洼盈山庄
```

目 录

绪篇 雪冷,武林战

第一章 镜湖 …………………………………………… 003
第二章 天台 …………………………………………… 009
第三章 绍兴 …………………………………………… 011
第四章 诸暨 …………………………………………… 013
第五章 富阳 …………………………………………… 014
第六章 桐庐 …………………………………………… 017

正篇 花开,江湖改

第一章 新安江 ………………………………………… 021
第二章 歙县 …………………………………………… 024
第三章 斗山街(一) …………………………………… 027
第四章 斗山街(二) …………………………………… 029
第五章 敬亭山 ………………………………………… 038
第六章 宣城 …………………………………………… 046
第七章 清风巷 ………………………………………… 051
第八章 南漪湖 ………………………………………… 056
第九章 水东街(一) …………………………………… 067
第十章 水阳江 ………………………………………… 076
第十一章 白云洞 ……………………………………… 080
第十二章 高桥(一) …………………………………… 088
第十三章 黄山(一) …………………………………… 097

第十四章 高桥(二)	107
第十五章 黄山脚下(一)	113
第十六章 高桥(三)	115
第十七章 宏村	122
第十八章 黟县	135
第十九章 万安镇	143
第二十章 落石潭	152
第二十一章 四和巷	159
第二十二章 华阳镇	162
第二十三章 黄山(二)	170
第二十四章 泾县	182
第二十五章 水东街(二)	188
第二十六章 水东街(三)	192
第二十七章 齐云山	194
第二十八章 西溪南	205
第二十九章 高桥(四)	212
第三十章 龙泉洞	213
第三十一章 黄山脚下(二)	218
第三十二章 斗山街(三)	228
第三十三章 桃花源	231
第三十四章 花山谜窟(一)	233
第三十五章 黄山脚下(三)	237
第三十六章 花山谜窟(二)	243
第三十七章 御徽府	244
第三十八章 婺源(一)	247
第三十九章 婺源(二)	257
第四十章 黄山(三)	273
第四十一章 桃花潭	280
第四十二章 光明顶	286

绪篇　雪冷，武林战

第一章　镜湖

午后,鹅毛大雪仍在继续。

积雪包围下的镜湖更有一分韵致,像从《诗经》里走出来的一位素女。湖边泊着几艘乌篷船,还有许多黑鸭,缩着头,静静地浮在水上。而那湖边的树,落了厚厚的一层白雪,像戴着洁白的哈达。

风不动,树不动,船不动,云也不动。湖波不兴,鸭子不游。眼前的一切,只有两个字可以形容:静美。是的,太静美了!白雪中的镜湖,像一幅水墨画,淡雅、悠远、宁静,有诗意,有画意。

绍兴天姥派的侠士们冒着漫天大雪汇集到镜湖边,无一人打伞。他们不论男女老幼,皆着藏红色布袍——这是天姥派的制服。

申时,预定的集会开始了。

主持人孙长老一个健步踏上落满了白雪的高台,台下站着几十个侠士。

孙长老走到台沿,扫视一下众人,振声作色道:"各位同道,七天前,我们的老掌门人周文博先师被天台派的掌门人李仁美那个老贼打死了,国不可一日无君,我们天姥派不可一日无掌门人,今天是先师的头七,我们在此集会,正式推举一个新掌门人,好带领我们和天台派决战,除掉李仁美,为先师报仇!"

台下众侠士振臂高呼:"为先师报仇!""和天台决战!"

呼声响遏流云。

孙长老的榆木棍在台面上撞击了两下,高声道:"大家安静!我们推举的新掌门人是朱绝尘少侠!他是我们老掌门人周文博的佳婿。朱少侠自小就被当做接班人来培养的,自幼苦练武功,家教甚严。大家知道,我们天姥派称绝武林有两大功夫：一是飞兔功，一是飞镖功。也就是说在武林各派中，我们是跑得最快的，动如脱兔；我们的镖是打得最准的，百步穿杨。而朱少侠在我们天姥派中，他的飞兔功和飞镖功的水平是顶尖的，堪称天下一绝。不止于此，朱少侠还自创了一门武林绝学——箫功，他可以让掷出去的箫，或发出哭声，或发出笑声，一旦笑声发出，对手必死无疑，朱少侠以他独创的箫功告诉我们笑里藏刀的道理。大家告诉我：朱少侠的那把箫叫什么名字？"

台下众口一词："箫灭光！"

"对！"孙长老说，"朱少侠文武兼修，除了习武，他还饱读圣贤之书，深谙圣贤之道。所以，让朱少侠做我们的新掌门人，带领我们完成复仇大业，是最合适不过的了，大家说是不是？"

"是！""是！""是！"众大侠齐声高呼，呼喝声一浪高过一浪。

此时，雪花越发猛了，迷漫天地。众人的头顶落满了雪花，白花花一片，可他们无一人抖落积雪，任雪花盖头，像白色的头巾。

"那么，现在请朱少侠上台就任！"孙长老高吼一声。

孙长老话音一落，从高台的左方一道青影闪出，随影而动，是被一股强大气流裹挟的雪团袭向高台的上方，刹那间，众人看到朱绝尘手握箫灭光定定地站立在高台的中央。即便雪花飞舞，模糊了人们的视线，大家也能发现他的丰神迥异。

然而，让所有人错愕的是，朱绝尘竟然振臂一呼道："我不做掌门人！我要休妻！我要到徽州去！"意态至为决绝。

台下众人一下子炸开了，大家议论纷纷：

"什么？不做掌门人？休妻？到徽州去？朱绝尘今天是不是疯了？"

"他估计是喝醉了吧，他不是个说胡话的人啊！"

"他……"

场面顿时混乱了，比乱飞的雪花还要乱。

孙长老走到朱绝尘面前，质问道："你不做掌门人，还要休妻，到底为什么？你今天必须当着大家的面解释清楚！"

朱绝尘掷地有声地说:"我这个决定,不是一时兴起,不是头脑发热,而是经过深思熟虑的,是我早已有之的想法。只是以前根本就没有属于我的场合跟大家说出来,今天已到了最后关头,不说不行了!"

朱绝尘眼睛定定地看着台下,刚才还在议论纷纷的侠士们再也不出声了,静静听着朱绝尘的解释。

朱绝尘大声地说:"我为什么不做掌门人?因为我不想去复仇,不想冤冤相报!我认为这不能解决问题!我为什么要到徽州去?因为我想逃离这个是非之地!我为什么要休妻?因为我的贱内周斯琳和我结婚两年来,天天都要我去做仇杀的事情,天天都怂恿我去和别人争斗。如果我不答应,她就百般羞辱,说我窝囊,说我不是男人,说我不配在武林中混,说给整个武林丢脸。不只是她父亲被杀后才这样的,从我们相识的时候就是如此。对这个女人,我太反感了!我受够了!我和她根本就不是一条路上的人!她太好强了!太蛮横了!她不是个贤淑的女人!所以我决心把她休掉!"

说完,朱绝尘从口袋里取出一张纸,抖一抖,示向众人,说:"大家看,这就是休书!"

这时,一个年轻女侠跳上高台,二话不说,啪的一下,给了朱绝尘一个响亮的耳光。

朱绝尘静立不动,面无表情。

女侠怒视着朱绝尘,脸上横肉块块饱绽,少顷,恶狠狠地说:"说!我周斯琳哪一点配不上你?你想休我是吧?好啊,我还想休掉你呢!咱俩谁休谁啊?"

说完,周斯琳一把夺过朱绝尘手中的休书,哗啦一下撕掉了,然后抬头扬眉对众人道:"朱绝尘这个软骨头根本不配做我的丈夫,是我休他!当年,他父亲和我父亲在抗倭斗争中,产生了深厚的武林情谊,结为刎颈之交,我们周家才和朱家结为亲家,我和他才结为夫妻。现在,大家也看到了,我父亲被天台派的人杀了,作为女婿,他不但不想报仇雪耻,还要公然毁掉我们的婚姻,太放肆了!真是无情无义又无耻!他这种人根本不配做我的丈夫！不配做天姥派的掌门！"

周斯琳指着朱绝尘，叱道："我们的婚姻就此结束！你给我滚出家门，给我净身出户！给我滚到徽州去！滚得越远越好！"

这时，朱绝尘的哥哥朱苏桐拨开人群，呼的一下跳上台，指斥朱绝尘道："绝尘，我作为你的哥哥，对你太失望了！你的岳父被人打死了，你为什么不能复仇？二十多年来，父母把你当做我帮的接班人来培养，还为你娶妻，为你忙这忙那，什么都给你安排好了，可是……哎！你太让我失望了！我告诉你，如果你离家出走，不要再回来！家里的一切都与你无关！家产不会留给你一分一厘！我们俩也断绝兄弟关系！我没有你这个弟弟，你也没有我这个哥哥！我把话放在这儿，在场的所有人可以作证！"

朱绝尘说："哥哥，我知道家人把我的一切都安排好了，但我并不觉得幸福，我一点都不开心！我总觉得自己的人生一直操纵在别人的手里，不能自由地成长。我已二十四岁了！早已长大了，哥哥，我今天要当着这么多人的面告诉你，我自己的路自己会走！我自己的人生自己主宰！我不想当什么掌门人去和天台派缠斗！不想去繁衍仇恨！我要过自己的日子！不敢选择人生，谈什么青春！我要自己去选择人生，按照自己真实的意愿去选择，用自己的脑子和心！不行吗？"

朱绝尘已经声嘶力竭了，他的小宇宙已彻底爆发了！这令在场的所有的人都惊讶无比，因为在人们的印象中，朱绝尘向来是个温文尔雅、言听计从的乖宝宝，说话从未吼过。

——看来，他真的压抑很久了。

众人静默了，他们好像还没从朱绝尘的声嘶力竭中回过神来。

突然，从高台的一侧来了个拄着锡杖的老和尚，老和尚须眉全白，袈裟上落了一层厚厚的雪。大家都以惊异的目光注视着老和尚，和尚停下脚步，叹息一声，然后双手合十，念了句：阿弥陀佛——

站在最前面的胡长老问道："尊者，您有什么指教？"

老和尚说："我从天台出发，一路化缘来到天姥，正好遇上了贵帮的集会，明天我会继续化缘一直到天目。几十年来，我就是沿着这条直线化缘的。所以,这几十年来,天目派、天姥派和天台派,这'三天'所发生的一切我很清楚。虽然出家人不管世事,但出家人慈悲为怀,看到武林争斗不休,死伤无数,我感到无比痛心,想去平息,又觉心有无力。刚才听到台上少侠的呐喊,我很有感触,所以想借贵派的场地,跟各位英雄豪杰啰唆几句。五十年前,嘉靖皇帝的时候,发生了严重的倭患,武林豪杰挺身而出,配合官军平息了倭患。可是,在倭患被平息之后,外敌没有了,武林各派很快便陷入了内斗,令众生受苦。几十年来,帮派之间互相猜忌,互相误会,互相攻杀,冤冤相报,无穷无尽。最初有十几个帮派,经过一番争斗,武林只剩下了三天:天目派、天姥派、天台派。现在天目派实际上已经消退了,武林其实只剩下了两天:天姥和天台。可你们仍在争杀,这样下去,要不了多久,武林只剩下一天了。各位大侠,恕我直言,当武林只剩下一天的时候,离消亡也就不远了。这是好事吗?老衲实在不懂,为什么抗倭时的武林盟友,在外敌被灭后,竟莫名其妙地变成了仇敌?你们能不能走出'外敌没了,就必然内斗'这个怪圈?我是个和尚,和尚和尚,以和为尚。在此,老衲冒着大雪,用比这雪片还要多的诚意,呼吁武林和解,天姥、天台和睦共处,保国安民。有道是:侠之大者,为国为民。保民平安,才是侠之本义。别的方面,我看就忘了吧!算了吧!不要再去叫嚷着复仇,仇恨不能复制,不能粘贴,还是删除吧。阿弥陀佛!"

周斯琳不爽了,双眼瞪着老和尚,冷冷地说:"老和尚,你的意思是天台派杀了我父亲,我们不必找他们算账,这一页就这么翻过去了,是不是?——你大概是他们雇佣来的吧?跑到我们这胡说,几个意思啊?"

老和尚转身对着周斯琳合十道:"阿弥陀佛!施主自重,老衲就此别过。"说完,老和尚拄着锡杖走开了。

老和尚刚离开,上空飞来了一只苍鹰,朱绝尘噗的一下,向空中掷出自己的长箫,箫在空中飞旋着发出笑声,刹那间,箫和苍鹰一同落下,掉在地上。

箫被台下的木昭姑娘捡起,木昭姑娘跑上台,把箫递给朱绝尘,笑眯眯地说:"朱大哥,我支持你!你一定会成功的!"

周斯琳醋意大发,奚落木昭姑娘:"吆啊嗬!小姑娘挺会献殷勤的嘛!"

木昭姑娘两眼也斜着周斯琳,说:"我就献殷勤,怎么啦?我支持朱大哥,我认为他是对的。你整天想着争斗和复仇,心不累吗?心不苦吗?难道你的心不是你的吗?你能不能放过自己的心,让自己的心安宁一会儿?"

说完,哼的一声,跳下台,回到自己的位置。

随后,孙长老正声说:"大家都不要争了,我希望朱绝尘和周斯琳各退一步,亮出风度来,以大局为重。下面我提议:所有人静立半个时辰,用我们的最大诚意和敬意,请求朱少侠留下来,挑起天姥派的重担!好不好?"

"好——"

众人开始颔首静立雪中。

全场雅雀无声,死一般的沉寂,只有雪花在簌簌飞舞,天地一片苍茫。

面对此情此景,朱绝尘举起箫,吹起了嵇康的千古名曲《广陵散》,箫声幽咽,在雪花中低回。

曲毕,朱绝尘放眼望去,发现所有的人都变成了雪人。他打破了沉寂,诚恳地说:"各位同道,我的岳父周文博先师被天台派杀了,你们要我做掌门人,去复仇。大家的心情可以理解,可是,复仇能解决问题吗?复仇只会让仇恨越来越多,最终会同归于尽,没有赢家的。兄弟们,我自小就被灌输着仇恨思想,我这个人就是在仇恨教育中长大的,也在仇恨中煎熬着,仇恨就像一条毒虫咬噬着我的心。现在我大了,二十四岁了,我有自己的思考,我觉得江湖间的仇恨和争斗应该结束。我们朱家世代经商,为什么不把武道和商道相结合?周家世代为文,为什么不把武道和文道相结合?天台派的李家世代行医,为什么不把武道和医道相结合?大家各干各的事,让百姓安安稳稳地过日子不是很好吗?事实呢,武林所有的派别都把武道和霸道相结合!我们朱家是做药材生意的,和行医的李家本可以成为合作伙伴,但却成了武林仇敌,岂不悲哀!江湖上的打打杀杀造成了大量的伤残,他们医馆的生意反而变好了。但是对我们朱家经商就不利了。还有,李仁美是个悬壶济世的医生,曾到李时珍的东壁堂学过医术,也在太医院工作过。我们去复仇,打死了一个医生,就会多出千百个病人。你快意了,民众痛苦了。大家想想,对不对啊?"

朱绝尘说完,对众人一拱手,道:"各位,该交代的我都交代了,该说的我都说了,时辰不早了,我走了!"说完,哗的一声飞跃而去。

木昭姑娘大喊一声:"朱大哥,我跟你一起!"也拔腿就跑,却被身后飞来的三支镖击中,立仆,血洒白雪,如一朵朵红色的花瓣。

镖是从金长老手中飞出的。

金长老凛肃地说:"谁跟随朱绝尘,下场就跟她一样!"

众人目瞪口呆,全场如死一般的静穆。

时间静止了。

雪仍在下,慢慢地盖住了木昭姑娘的鲜血,盖住了木昭姑娘的尸体。场地一片洁白,好像什么都没发生一样。

第二章　天台

次日,雪停了,天色灰蒙蒙的。

天台山下一处四进的院落,前面大门的匾额上写着"天台派"三个鎏金大字。

掌门李仁美走进最后一进的东厢房,一个大汉躺在床铺上,没精打采地看着墙壁。

李仁美来到床前,对大汉说:"周文博,我就知道你会醒来的,外界传言说你被我打死了,其实我怎么会把你打死呢?让你活着是有利用价值的,起码我可以随时要挟天姥派。我不会放掉你的,你的余生就掌握在我的手里了。"说完,哈哈一笑,背着手走了。

李仁美来到大厅,一个老和尚进来了,笑嘻嘻地说:"掌门,我回来了!"

李仁美招呼和尚坐下,问道:"贾长老,你这次乔装成老和尚潜入绍兴数日,打探到天姥派什么消息?"

贾长老说:"我走进他们的集会现场,像一个大德高僧一样说话,没露出任何破绽。这次,他们想推举周文博的女婿朱绝尘做新掌门,但朱绝尘断然拒绝了。后来,据说他们推举了朱绝尘的哥哥朱苏桐做了掌门人。朱苏桐和朱绝尘兄弟俩的思想完全相反,弟弟反对复仇,哥哥主张复仇。"

李仁美一拍掌,兴奋地说:"好!这个结果对我们有利!朱绝尘的飞兔功和飞镖功,还有什么箫功,都是天下一绝,如果他当了天姥的掌门人,不管他想不想复仇,对我们都是个威胁。那个小家伙不是凡人!他的哥哥嘛,武功就要差远了,现在他的哥哥做了掌门,对我们构不成多大的威胁,如果他想复仇,来一个杀一个,来两个杀一双。"

贾长老凑到李仁美耳边说:"掌门,我还打探到一个消息,天姥派明晚要在绍兴的聚德楼举行庆贺新掌门就任的盛大晚宴。我们要不要趁机偷袭他们?"

"怎么偷袭?"李仁美悄声地问。

贾长老阴阴地说:"明晚之前派几个人去,在他们推杯换盏的时候,火烧聚德楼!把天姥派灭门!"

"好!"李仁美站起来,一拍贾长老的肩膀说道,"你怎么还穿着和尚的衣服?快把福田衣脱下来!你出门是和尚,在家里还是和尚吗?"

贾长老脱下了福田衣,露出了里面的衣服——白色的上衣和青色的下衣,那是天姥派的制服。

贾长老把福田衣放进木箱里,突然满脸疑云地问道:"掌门,当初周文博闯进了天台,半路上突然心绞痛,被路人送到你的医馆,你明明知道他是我们天台派的宿敌,为什么你还要用陈年东壁土和枯矾把他治好呢?可等他完全康复的时候,你又把他往死里打,而且你打他的时候用的是白色恐怖掌,那可是最狠的掌法啊?你为什么要这样做?"

面对贾长老的质问,李仁美不紧不慢地说:"是的,很多人不懂我,不是有十几个长老找我吵架吗?但我错了吗?我是一个医生,病人上门了,哪有见死不救的理?救治周文博,这是医道。等他康复了,一切正常了,他的身份就转换成了我们的仇人。二十年前,我们得到了一本《飞燕功图谱》,他唆使武林各派围攻我们,想夺去图谱,还用下作的手段暗杀了家父,我要报杀父之仇,自然要找他决斗,置之死地而后快,这是武道。我错了吗?哪个环节错了?"李仁美定定地看着胡长老。

贾长老抿嘴笑笑,点头道:"嗯,懂了。"

第三章　绍兴

晚上,绍兴霁月楼灯火辉煌,在二楼厅堂里,天姥派摆下六桌酒席,庆贺朱苏桐被推举为新掌门。

侠士们有的用碗喝酒,有的用盏喝酒,用的用瓢喝酒,还有的干脆抱着酒瓮灌了起来。

现场气氛非常浓烈。

酒过三巡,朱苏桐站了起来,举起酒盏,高声说道:"各位同道,承蒙各位抬爱,推举我做天姥派的新掌门,这一盏酒,我先干为敬!"

"好!"大侠们呼应着。

朱苏桐放下酒盏,开始高谈阔论如何攻杀天台派。他抿抿嘴说:"兄弟们,天台派的强项是飞燕功和飞鱼功,飞燕功是轻功,这种功夫让他们可以身轻如燕,飞檐走壁,会飞燕功的人构成了天台派的空中力量,是他们的空军。他们的飞鱼功呢,则是一种超绝的水下功夫,会飞鱼功的人构成了他们天台派的水中力量,是他们的海军。我们天姥派的强项是飞兔功和飞镖功,飞兔功是指咱们有着非凡的奔跑功夫,跑起来动如脱兔,会飞兔功的人构成了我们天姥派的陆上力量,是我们的陆军。飞镖功是指我们投掷飞镖的功夫很了得,百发百中,一镖致死。官军在攻打倭寇的时候,不是使用了火器和火箭吗?我们也有火箭军,会飞镖的人就是我们天姥派的火箭军。

天台派的飞燕功、飞鱼功和我们天姥派的飞兔功、飞镖功近些年来都得到了飞速发展。相比较而言,他们比我们要厉害些,因为他们有飞燕功啊,有制空权,而我们只是旱鸭子。但我们也不必害怕他们,因为我们跑得快,可以打游击战……"

就在朱苏桐高谈阔论、谈兴正浓的时候,一个伙夫跑了进来,大叫:"告诉大家一个好消息,聚德楼失火了!我们的竞争对手完蛋了!"

"什么?聚德楼失火了?"大厅里喧腾了。

朱苏桐敲击着桌子,又拍拍手,说:"大家安静!看来我们改变了聚会的地点,是完全正确的!否则,我们都会被烧成金华火腿的!"

大家哄然大笑。

金长老说:"掌门,你太聪明了!"

朱苏桐说:"先不要捧我,这不是我的功劳,而是本酒楼掌柜张少爷的功劳!我们天姥派说话向来实事求是。张少爷年方弱冠,智慧超人。他是我的朋友,也是我的军师。这个张少爷先对外界宣布我们将在聚德楼聚餐,故意让天姥派的探子听到。实际上我们不在聚德楼聚餐,而在这家酒楼。"

"今晚在聚德楼吃饭的是什么人?"金长老问。

"是巡抚衙门里的人。"朱苏桐说。

"哈哈!这下有戏看了!"金长老很得意。

"谁说不是?"朱苏桐说,"你们看,张少爷来个借刀杀人,既救了我们,又打掉了他的竞争对手,还有一群狗官,同时也调戏了一下天台派,可谓一箭四雕,前天我弟弟只打下了一雕,张少爷一箭四雕,比我弟弟厉害多了。兄弟们,一定要保密啊!千万千万不好张扬出去!以后,张少爷还会演出更多的好戏!今天只是初试锋芒,露那么一小手儿。"

第四章　诸暨

朱绝尘施展飞兔功,如风驰电掣般一路狂奔来到诸暨,和他的师傅周逸仙大师告别。

周大师仙风道骨,目光炯炯,须发飘飘。

朱绝尘一见到周大师,就跪倒在师傅的膝下,流着泪说:"师傅,我把您的孙女休了!您惩罚我吧!"

周大师惊愕万分,瞪大眼睛道:"什么?你把周斯琳休了?为什么?"

"她要我复仇,攻打天台派,我不同意,她就天天在家吵闹,从早吵到晚,从年头吵到年尾,我受够了。"朱绝尘说。

"女人嘴巴零碎点,你就要休妻,是吧?你真牛!你是我徒弟,她是我孙女,你现在把她休了,你让别人怎么看待我呢?那行,你给我跪着!跪三天三夜!"周大师震怒了。

然而周大师只让朱绝尘跪了半个时辰,就让他起来了。

周大师说:"说让你跪三天三夜,那是气话,都这样了,跪有什么用?既然你们毫无感情,强扭的瓜不甜,捆绑不成夫妻,散了也好。可能是我孙女太好强了,哎,怎么说呢?凡事太过,缘分必尽。"

周大师踱着步,在屋里转了两圈,又问朱绝尘:"你现在有何打算?"

朱绝尘恭谨地说:"我呢,一不想和内部人争辩,二不想和外部人争斗,三十六计走为上计,我要离开这个是非之地,到徽州去!"

周大师捋着长须,说:"天台的第一代掌门和天姥的第一代掌门都是我的徒弟,最初你们两派在抗倭斗争中是兄弟般的盟友,我哪里料到你们现在成了敌手。不过这次天台派太可恨了,他们竟然把我的儿子打死了,全然不顾师徒情分。但是,我转而一想,我儿子周文博毕竟打死他们的人在先,如果我们复仇的话,冤冤相报何时了!所以,这一次我并没有站出来鼓动复仇。如果天台派的李仁美真是个大恶人的话,恶人自有恶人磨,又何须我们去动手呢?朱绝尘,你想到徽州去,那就去吧,我不拦着你。"

朱绝尘对周大师作揖道:"师傅,那我走了,您多保重!"

周大师说:"你走吧,好自为之。"

第五章 富阳

天又下雪了,朱绝尘踏着积雪,深一脚浅一脚走到了富阳。

雪越下越大,飘飘洒洒的雪花,如娉婷少女,在天地间翩翩起舞。那雪落在树林上、草丛里,像一把把从天堂撒下的银屑。渐渐的,山岚、树木、田地、河渠都变成了耀眼的白色。大地银装素裹,玉树琼花,让人感觉就像进入了童话世界。

朱绝尘在一家木门前止步,想敲门又不敢敲,想喊门又不敢喊,屡屡欲言还休,内心矛盾之极。

——上一次来到这门前,那是五年前的事了。

但朱绝尘还是鼓足勇气重重地敲了几下门。

"谁在敲门?"里面一个姑娘的声音。

"我!"朱绝尘大声地说。

门内传来了脚步声,前来开门的是一个姑娘。

"呀!是你啊!"姑娘甚是惊讶。

"洪云,你好啊!"朱绝尘满面春风地说。

朱绝尘进屋,洪云给他沏了一杯茶。

二人围着小木桌,相对而坐。

洪云问:"五年没见,你早已结婚了吧?"

朱绝尘说："两年前结婚,三天前休了。"

"休了?为什么?"

"她不是我想要的人,我们的婚姻是父母包办的。"朱绝尘说,"她整天吵着要我去和别的武林帮派争斗,要我去复仇,我很厌烦,三观不合,日子真的没法过,就休了。"

洪云点点头,叹息道:"哎!女人太强,好景不长。好的婚姻,应是精神上的门当户对。"

朱绝尘说:"洪云,其实我爱的是你。"

洪云肃然道:"你说这个有什么用呢?问题是……你最终并没有选择我,你不是和别人结婚了吗?"

朱绝尘顿了顿,说:"你是独生女,你的父母要求我入赘,可我父母坚决反对我入赘,我无法反抗父母,只有放弃了你。其实我的内心是痛苦的,因为我的确爱你。"

洪云朗声道:"朱少侠,一切都过去了,不必再提了。再说了,我现在已经订婚了,下个月就结婚。即便现在我没订婚,也不会爱你的,因为爱情是有保质期的,我对你的爱已经过了保质期了,不存在了。"

朱绝尘失意地看着洪云,轻声说:"我明白了,那我走了……"起身欲走。

洪云一把拉住朱绝尘,说:"不要急着走,在我这里吃饭。今天我父母不在家,你不用有所顾忌。"

朱绝尘说:"我们都结束了,为什么还要请我吃饭?"

洪云说:"藕断丝连,余音袅袅,说断未断,说了未了。但我很想了断,你也想了断的,所以,我们还是在一起吃顿饭吧,一顿饭可以了结很多事情,包括情债。"

朱绝尘觉得洪云的话有道理,他也想和洪云多谈谈。毕竟曾经爱过,毕竟五年没见,就答应留下来吃饭。

一番忙活后,洪云把菜端上桌,桌上还有一壶酒和一壶茶。

洪云说:"万丈红尘三杯酒,千秋大业一壶茶。朱少侠,你喝酒,我喝茶,放开喝,这可是最后一次啊!"

酒过三巡,朱绝尘跟洪云说起了自己的打算。

他说:"洪云,我已经退出了天姥派,准备到徽州去。"

"为什么要到徽州去?"洪云问。

"几年前,你不是跟我说过徽州的武林跟别处不一样吗?没有藏经夺宝、争王称霸那些事儿,他们不搞打打杀杀那一套,徽州的武林人创造性地用市场的方式发展功夫,以商业的方式经营功夫。我对这种做法非常欣赏,所以决定到徽州去看看。"

洪云说:"是这样的。我外公外婆在徽州,我对那里很熟悉。徽州的江湖人,是武士,更是商人,不过他们经营的不是茶和盐,而是功夫。因其为武士,故有骨气;因其为商人,故重和气,这就是他们不搞打打杀杀那一套的原因。他们非常擅长经营功夫,凭其超群的商业智慧和超前的商业手段,创造性地经营功夫,以功夫来挣钱,以钱来养功夫,武林高手无不家财万贯、富甲一方。他处江湖,因为资金匮乏,武士皆穷,练功之人越来越少,武林日衰。独徽州江湖,资金充溢,武士有钱,练功之人越来越多,武林大振。更不可思议的是,徽州武士的武器,非刀非剑,而是文人用的折扇呀、算盘呀、箫呀、笛子呀、毛笔呀,诸如此类。听过吗?是不是很神奇?"

朱绝尘两眼放光地说:"你这么一说,我对徽州就更加神往了。"

洪云说:"我写一封密信交给你,你到徽州,如果遇见了一个挂着马头拐杖的人,就把这封信交给他,对你很有帮助,但你不要拆开信,我相信你的人品。"

朱绝尘说:"好的,请放一万个心。"

洪云起身到绣房里写信,然后交给了朱绝尘。

朱绝尘和洪云边谈边喝,不知不觉间竟喝了一壶酒,有点高了。饭毕,他告别了红云,半途中吐了一地。

第六章　桐庐

然而,朱绝尘并没有立马到徽州去,而是在桐庐的一个寺庙里禅修了两个月,等到他启程前往徽州的时候,已是春暖花开的时节了。

一个春日早晨,阳光穿进树林,缕缕光线像七彩的花针一样。淡淡的云气笼罩在山顶上,如薄薄的轻纱。鸟儿啁啾,更显山林的幽静。清晨出古寺,初日照高林。朱绝尘下山了,庙里的方丈为他送行,到了山脚,方丈叮嘱道:"朱少侠,一路走好,记住老衲的一句话:只管好好做人,老天自有安排。再见!"

朱绝尘也依依不舍地说:"尊师止步,多多保重,我会回来看您的!"

朱绝尘走到富春江岸边,脱下天姥派的红色制服,把它扔到江里,露出了里面的一袭青衫。

朱绝尘青衫磊落,巍然立于江畔,面对绿树清流挺胸高呼道:"充斥着刀剑砍杀和神魔鬼怪的武侠世界,不是正常的武侠世界!贫穷也不是正常的武侠世界!我心中的武侠世界应该是富足的,充满着义、力和美的武侠世界!我要到徽州去!到徽州去!"

然后举箫长奏,曲罢,赁一木舟,向徽州荡荡悠悠而去,不带走一片云彩……

正篇 花开，江湖改

第一章　新安江

不日,朱绝尘到了徽州地界。

春日融融,百花盛开,大地换上了艳丽盛装。

长河落日,断鸿声声。新安江上,一叶扁舟逶迤而来。老船夫伫立船头,撑一支长篙,在阔水碧波间漫溯。朱绝尘坐在船尾,英气勃然,丰神如玉。青山隐隐,碧水潋滟,船在水上行,人在画中游,令人赏心悦目。朱绝尘看得爽心了,就放一瓮菊花酿,摆两只青瓷杯,斟满酒,对船夫说:"老大爷,我们喝一杯?"

老船夫笑答:"我一向不沾酒的,你喝吧。"

后生不想勉强老船夫,就独自把酒看风景。

船上顿时弥漫着清洌的香气。

数杯下肚,朱绝尘原本素净的脸颊浮现两朵绯红,人在船上,他不想过量,收起杯壶。

酒酣当纵歌,朱绝尘拿出箫,在碧水青山间吹一曲《林兰幽梦》,这曲子是他自己谱写的,旋律飘逸轻灵、雅丽素净。曲子写好后,每次用箫吹出,他总感觉这旋律是有生命的,是活的,有一颗心。而且这个旋律不属于自己,属于另外一个人。因为旋律一出箫孔,便自由的在空中游荡,好像在寻找一个人,又好像在寻找属于它的归宿。

此时就是这样,《林兰幽梦》的旋律盘旋在新安江上,在飘荡,在找寻。

朱绝尘和船夫听得如醉如痴,物我两忘。此时,上对长天,下临绿水,船儿扬波,箫声荡耳,直教人忘了今夕是何夕,此乡是何乡。

一曲吹罢,老船夫频频点头,笑言:"公子雅兴!"

朱绝尘说:"哪里!即兴抒怀而已。"

"现在徽州功夫市场上最大的功夫庄是哪家?"朱绝尘问船夫。

"市场上的最大功夫庄是黄山脚下的横一山庄,他们是具有官方背景的官营功夫庄,是武林大会参股的,在武林大会的保护下一家独霸,但他们的功夫却不是最强的。要说功夫最强的,当是民营功夫庄屈伸堂,可屈伸堂基本上不做功夫生意,因为他们知道市场都被横一山庄垄断了,即便做功夫生意也是做不出去的,还不如不做。"老船夫说,"你要是想买功夫的话,可到歙县县城的斗山街去看看,那儿的功夫店很多的,选择余地很大。"

"好的。"朱绝尘的嘴角恬然泛起淡淡的笑,问:"到斗山街去在哪儿下船啊?"

"我们的船只能行到前方的南源口,从南源口到斗山街已不远了,只有十几里路。"

船夫和朱绝尘不再说话,各自静默。水是文章山是画,少侠静美地注目。

船至南源口,已是日影衔山,鸦雀杳杳。那树木,那人家,那渡船,那流云,正一点一点在夜幕中隐没。

朱绝尘下船,和老船夫作别,在南源口找一家客栈住下,以待明日到斗山街去。

翌日凌晨,朱绝尘正在酣睡中,放在条桌上的箫忽然蹦了起来,发出当当的声音,唤醒了朱绝尘。朱绝尘披衣而起,箫就静立不动了,朱绝尘甚感奇怪。这等异事,此前从未发生过。他有一种预感:今天可能有奇事发生。

朱绝尘穿戴完毕,走出小客栈,此时东方刚泛起鱼肚白。

朱绝尘想早点到歙县县城去,看看那里的功夫街到底是啥模样。

隆冬的早晨十分寒冷,一张口,就冒出白色的水汽。清早寒风习习,山林中,风声过处,千枝万叶喧哗如歌。

他走到新安江边,惊奇地发现江边的山坡上有许多人在练武,有男有女,有老有少。

一些人蹲在江边巨石上练桩功:有的练扎马步,有的练弓步桩,有的练虚步桩,有的练抱元桩,有的练太极桩……一个个沉肩坠肘、含胸拔背、松腰敛臀。

　　还有一些人在山坡的松林下打拳,有的打长拳,有的打洪拳,有的打南拳,有的打蛇拳,有的打猴拳……

　　另一些人在山脚的平地上耍棍,朱绝尘也是武林中人,大部分棍法他都熟知:那个剃着阴阳头的小孩练的是少林天齐棍,那个虬髯大汉练的是五虎群羊棍,那个红衣少女,衣袂飞卷,练的是细女穿线棍,还有一个白胡子老翁练的是少林流星棍……

　　朱绝尘平素酷爱耍拳弄棍,看到这种场面,他不禁热血翻涌,陡生豪情,忍不住走到人群,择一空地,以箫代棍,练起了少林梅花棍。少侠的长箫不知是何物制成,光洁如玉,金光闪闪,在少侠的舞动下,光芒耀目,幻化百端,那闪现的光华交织成一朵梅花状。

　　朱绝尘的武功令所有的人为之一震,他们不约而同地停了下来,目光向少侠聚拢来。朱绝尘练了一顿饭工夫,停了下来,人们热烈鼓掌,少侠对大家深深地鞠一躬。

　　那个白胡子老翁上前问桐庐朱绝尘:"大侠是何方人士?怎么这么面生啊?"老翁说话时,眼神灼灼。

　　朱绝尘拱手答礼道:"晚生来自浙江桐庐,有教老先生!"

　　白胡老翁丰神俊朗,长笑一声道:"我们是同饮一江水啊!徽州的新安江和桐庐的富春江,那是一江两名啊。"

　　"我们的确是同饮一江水!不过你们是上游,我们是下游。"朱绝尘敛眉而笑。

　　"一样!一样!不分彼此。"

　　"徽州的乡村为什么有那么多人练功?"朱绝尘束发玉立,眼中写满好奇。

　　"这个么,说来话长。徽州地少,人们为了生存,往往选择出外经商一路。徽商在五湖四海做生意,是有很大的危险和风险的,必须有强壮的身体和超群的武功,才能应对这些危险。所以从一开始,徽商都重视习武。白胡子老翁顿了顿,又说:"现在,在我们这儿,做生意有两种,一是做货物生意,一是做功夫生意,都叫徽商。做货物生意的人都懂武功,做功夫生意的人都懂经营。"

朱绝尘又问:"我发现你们使用的器械没有刀剑,主要是棍子,这是为什么?"

老翁揽衣坐一高石上,并示意朱绝尘也坐下,说:"我们练功都与生活有关系,从生活中来,到生活中去。在店铺管账的人,练武的器械就是算盘。读书的人,练武的器械就是毛笔。反正没有剑!因为生活中不用剑,我们徽人最注重实用。"

朱绝尘笑了笑,拂了拂微乱的发际,赞道:"你们的理念很好啊!"

白胡子老翁欣然含笑。

朱绝尘告别了老翁,披着朝阳,踏着严霜,健步向斗山街走去。

第二章　歙县

快到歙县县城,在一山脚,身后忽传来一阵细碎的马蹄声,朱绝尘猛一回头,发现后面有六匹白马疾驰而来。朱绝尘不知何事,急忙避让。

当马从他身旁一擦而过的时候,朱绝尘震惊了,他猛然发现这六匹马就是江湖上赫赫有名的绝尘马!也是他梦寐以求的良骑!十年前,他第一次见到这种马的时候,就决定以这种马的名字给自己起名叫朱绝尘,可见其钟爱的程度!打那后,他再也没见过绝尘马了!未曾想,今天在徽州的大路上不期而遇,惊艳一瞥,他太振奋了!

还有一件让朱绝尘震惊的事,就是:骑马的人一手握缰,另一手高高举起一个桌面大的歙砚,砚沿上雕有两字:眉纹。骑马者单手托举着巨砚,稳稳当当,不偏不斜,那是多大的手力啊!要知道歙砚是歙石制成,歙石材质坚硬,十分沉重。

他还注意到,骑马者头扎青巾,腰上绑一黄旗子,黄旗中间画有毛笔的图案。

这到底是做什么的?朱绝尘的心头倏然涌起一阵好奇。

前面有个汉子,他快步上前,拱手施礼,问道:"请问,刚才那六个人骑着骏马是干什么的?"

"是一个功夫庄在做广告。"汉子答道。

"做广告?"朱绝尘有点不解,"有这样做广告的吗?"

"这么做广告效果很好啊。他们是功夫庄的,在斗山街上开有功夫店,出卖功夫,他们的人一边策马扬鞭,一边还能手举一两百斤重的歙砚,这不表明他们的功夫厉害吗?人家看到这一幕,不就去买他们的功夫吗?"汉子憨憨一笑。

朱绝尘点点头,道:"哦,原来是这样的。"

汉子又说:"这家功夫庄很聪明的,你看,他找的马是名马,是绝尘马,他用的歙砚也是名砚,是眉纹砚,他做广告用的东西全是名品,名品效应啊!你想,绝尘马和眉纹砚出现在大路上,人家怎么可能不看啊?"

"用的全是名品,这家功夫庄做广告舍得投资啊!"朱绝尘说,"他们是哪个功夫庄的?"

"是宣城刚柔山庄的,看到他们绘有毛笔的旗子吗?那就是他们的功夫旗。"

"我看到了。"朱绝尘点头道,"看来这家功夫庄怪有钱的。"

"他们的确很赚钱的,没钱是弄不来六匹名马的。不过他们的功夫的确不错。"汉子把手往衣袖里捅了捅。

绝尘马跑远了,朱绝尘对着它们绝尘而去的背影,遥遥相望不得近前,若有所失,恍恍惚惚,如见一个隔世的美人,眼里写满着无奈。

就在朱绝尘怅然若失时,前面又忽现一匹靓马,骑马武士目光冷定,风神俊逸。

一向爱马,对马颇有研究的朱绝尘一眼就看出这是什么马,他大呼:"浮云马!"

说着说着,浮云马就扬蹄而来,毫不保留地在朱绝尘的面前怒放美丽,让朱绝尘心情激越,心潮澎湃。这匹名马的出现,再度点燃了朱绝尘心中的焰火。

汉子笑笑,说:"你认得的马挺多的嘛。"

朱绝尘淡淡一笑。

这骑马的人更绝,更牛!只见他手中托的不是一块歙砚,而是一个人!是个美艳的女郎!那美女玉面含笑,皓齿微露,衣袂飘飘,宛如天外飞仙。

汉子看到那个美女,兴奋地吼叫了一声:"勾魂美!"

汉子话音刚落,骏马弛来,两人迅速避让,那马从身边一掠而过,快如疾风。骑马者发出一阵尖啸声。

朱绝尘问:"勾魂美是谁?"

"就是那个被托起的美女啊,她是个戏子,唱徽调的,名气非常大,在徽州是首屈一指的明星,大众情人。因为长得美,人家给她起个艺名叫勾魂美。"

朱绝尘对汉子说:"这是不是做功夫广告的?"

"还是的!这家功夫庄用的是明星做广告,追求名人效应。"

"这家功夫庄叫什么名字?"

"这家叫阴阳堂,他们的功夫旗上有筷子的图案。"

名马、名砚、美人、力士,多么绝美的广告!

瞬间惊艳,沛然而入的美感,击中了朱绝尘的心头!

朱绝尘看到这一切,陶醉不已,他对徽州的武林人深感钦佩。

功夫庄的广告都一个接一个出来了,功夫街还会远吗?朱绝尘想。

果然,一刻钟功夫,朱绝尘就到了歙县县城,功夫街的风姿就在眼前,触手可及。

第三章 斗山街（一）

　　歙县县城又叫徽城,街上车水马龙,人烟阜盛,一片繁华。烟柳繁华地,温柔富贵乡。

　　街上插着各大功夫庄的旗子,有三角旗,有条状旗,上面写有该功夫庄的名字,画着该功夫庄的图徽。

　　朱绝尘在城门前看到一巨型楠木牌,上有四个大字:横一山庄。

　　想必是横一山庄的广告牌。

　　朱绝尘走上闻名遐尔的功夫街——斗山街。

　　踏上斗山街,朱绝尘就听到街头几个在嬉戏的儿童,用那清脆美妙的童音唱着动听的童谣:"青石板,石板青,青石板上出黄金;天上星,地下金,一路石板数不清。"

　　斗山街很长,蜿蜒曲折,路面全是青石板铺就,两边是用各色鹅卵石镶嵌成的梅花、如意等图案,秀雅美丽。

　　斗山街上的功夫店,一家挨一家。层楼叠院,古朴典雅,巍峨壮观。店面建造十分考究,风格一致。各功夫店为了给顾客营造一种宾至如归的感觉,皆依居家的范式建造,所以门面看起来不像门面,而像家庭住宅,顾客一进门,就有种家的感觉。这是徽商的智慧所在。

　　门口一般分立着一对打磨得十分讲究的"上马石",衬托着高大的门楼和错落有致的封火墙。进门为前庭,中设天井,后设厅堂。少数大功夫店的正厅遍施彩绘,满壁生辉,院中植有桂花树,环境幽雅。有的店中有精制的隔屏、窗栏。

　　功夫街热闹非常,许多功夫店在自家店前举行促销性的功夫表演,锣鼓喧天,彩旗招展,红男绿女,人声鼎沸。

朱绝尘也扎进人堆里,看一家名叫柔克山庄的促销表演。

主持人是个大胖子,眼睛很小,声音很大。他眯着小眼儿说:"各位看官,下面欢迎柔克山庄的黄无身黄大侠为大家表演鞭子功。"

黄大侠握着长鞭上台了,对台下抱手施礼毕,就舞起了鞭子。那鞭子一会儿像龙飞,一会儿如蛇行,并不停地发出啪啪的声音。鞭子上有反光体,在太阳的照射下,舞动的鞭子发出耀目的光芒,时而如灿烂银河,时而如流星袭月。台下的观众看得目瞪口呆,一会嘻歔,一会大呼。黄大侠的鞭梢突然向台前袭来,那台沿下的观众呼的一下往后一撤,那声音像屋塌。

黄大侠表演时,主持人则在一旁讲解,对每个动作的名称及其威力作一说明。接着,主持人说:"各位看官,下面黄大侠要表演'神鞭切割'。我们柔克山庄没有刀剑,我们是以鞭代剑,剑可以切割东西,我们的鞭子同样可以切割东西,而且其锋利程度,比之剑,有过之而无不及。下面我们黄大侠就用他的鞭子切开台上的红地毯,请大家拭目以待!"

主持人说完,黄大侠在台上转了一圈,鞭子在空中舞动了几下,然后对着地毯猛一劈下,一鞭下来,厚厚的地毯被切为两半,犹如刀切,观众大呼一声,个个圆睁双眼。

黄大侠表演完,对台下深一鞠躬,下了台,观众尖叫声四起。

这时,主持人说:"鞭子是我们柔克山庄的主要练功器械,看官要问了:为什么偏偏选择鞭子呢?我们练功是为讲究实用性的,要服务生活。我要告诉大家,在做功夫生意之前,我们是养猪专业户,养猪大户,放猪经常用到鞭子,所以我们才对鞭子情有独钟。"

主持人的话让观众都哈哈大笑。

主持人在台上不失时机地对柔克山庄的业务进行宣传。他说:"我们柔克山庄的经营项目有四个:一是武术培训,二是带功发气,三是做保镖,四是武功表演。"

主持人笑了笑,说:"当然,今天的表演是免费的。"

就在主持人在台上宣传的时候,有两个小厮拿着一叠传单,走到台下散发。

第四章　斗山街（二）

"你觉得闻香饭庄的小姐长得怎样？"

"美！太美了！"

"今晚我们去玩玩她,怎么样？"

"想玩她？怎么上手？"

"这还不简单！我们先到闻香饭庄喝酒,喝完酒,趁人不备,我们来个闪电袭击,把那个小美人抱走,把她弄到城外去,想怎么玩就怎么玩！"

朱绝尘在街上溜达的时候,听到身后有两个人在说话,并发出桀桀的怪笑,就回头看了一下,原来是两个油头粉面的泼皮无赖,不禁感到恶心。朱绝尘听出泼皮无赖晚上要干坏事,就多了个心眼,故意放慢脚步,让他们超前,好跟踪他们,看他们有什么举动。

两个泼皮无赖走到朱绝尘的前面,还在油腔滑调地说着。

无赖说："把她抢走,要有点功夫才行！你觉得我们俩的功夫行吗？你看我们俩整天游手好闲的,一点苦吃不得,什么功夫都没学成,怎么抢人？"

泼皮说："我们现在就去买点功夫,成不成？反正是我老爸的钱！"

"买谁家的功夫？"

"横一山庄不是最牛的吗？霸气十足！就买他们的功夫！"

"横一山庄规模是不小,但他们获得的证书远没有超值山庄多,什么叫超值？就是花一分钱得两分利！"

"它证书再多,在江湖上也算不上老大,横一山庄是公认的江湖老大。我买东西从来不买老二的,只买老大的！"

"这我相信,你小子有的是钱！不过我跟你不一样,我相信权威机构的认证,谁得的证书多,我就买谁的。这样吧,你买横一山庄的,我买超值山庄的。"

"行！你先陪我到横一山庄去,然后我再陪你到超值山庄去。"

两个街混子向横一山庄开的功夫店走去,朱绝尘尾随其后。

横一山庄不愧是徽州武林界最大的功夫庄,他们的店面的确很大。门楼镶一匾额,上写:横一山庄,江湖第一;横绝武林,唯我独尊。

大门两旁,各站一壮汉,两壮汉一身劲装,手握一人高的竹笛,目光凛凛。

两混混大摇大摆地走了进去,朱绝尘也走了进去。朱绝尘并不想在这里买功夫,他只是想进去看一看。

坐在柜台下接待顾客的是个三十岁上下的少妇。少妇浓妆艳抹,珠光宝气。旁边放一青花瓷茶盏和一碟瓜子。

泼皮一到柜台前,啪的一下撒出五十元江湖币,说:"买功夫!"

少妇两眼一瞪,说:"凶什么凶啊!"给他开了一张单子,泼皮拿着单子到正堂去了。正堂里有几个武师正在给顾客发功。

泼皮、无赖还有那个少妇,横一店里的一切都让朱绝尘反感,便转身出来了。

到了下街头,朱绝尘终于发现了一块方形木板幌子,上书:刚柔山庄。

一进门,一个身披绶带的迎宾小姐对着两人春风一笑,道:"欢迎光临!"声音清润悦耳。

前厅当街是曲尺形柜台,临街一面的柜台上陈列着练功武士雕塑,另一面柜台旁坐一修眉俊眼、气质高华的小姐,胸前挂一小牌子,上写:接待员楼心月。柜台的里端,竖着一块"青龙招牌",长方形,黑底金字:刚柔山庄,软硬兼施。

朱绝尘走到柜台前,接待员恭恭敬敬地站起,一身白衣如雪,含笑问道:"先生有何指教?"语出如吟。

朱绝尘拱手施礼道:"不敢。我们买贵山庄的功夫。"

接待员莞尔一笑,说:"可以。"

朱绝尘指着青龙招牌问:"你们招牌上写:刚柔山庄,软硬兼施。是什么意思啊？什么叫软硬兼施？"

"意思就是说,我们这个山庄,软功、硬功都卖。"接待员说话时,温润笑意呈现眉间。

朱绝尘笑笑,问:"据说超值山庄墙上贴满了权威机构颁发的证书,你们怎么一张证书也没有啊？"

接待员说:"我们对证书不感兴趣,顾客的口碑是最好的证书,我们相信群众！"

接待员一语既出,令朱绝尘刮目相看,敬佩无比。

朱绝尘又问:"我想请教一下,买功夫有什么好处呢？"

"可以通经活血,增强身体免疫力,让人精力充沛,没有疲劳。另外,可以提高你的抗击打能力,你有功夫,人家打你,你不觉得痛。反过来,你打别人,别人会感到非常的痛。"接待员始终面带微笑。

"要想获得功夫,我自己练不行吗？"

"自己练那太慢了,一般人哪有工夫练啊？再说练功要吃苦的,平常人吃不消这个苦,哪有花钱买容易啊？"接待员说,"有需要就有市场,当年鲍柏庭先师在徽州开辟功夫市场,就是看到这一点。"

朱绝尘点点头,感觉她说得非常有道理。

"那我买你们的功夫要多少钱？"

"江湖币五十元。"

"江湖币？"

"对,在徽州武林界用的都是江湖币。"

"那我只有银子,没有江湖币,怎么办？"

"隔壁有家钱庄,你去兑换一下。一两银子兑换两元江湖币。"

很快,朱绝尘换钱回来了,回到柜台。

接待员要求朱绝尘填写个人的详细资料,诸如姓名、年龄、住址、职业等。朱绝尘问:"到横一山庄买功夫,只需交钱就行了,并不要填写这些,你们为什么要求填写呢？"

"我们要求顾客填写自己的详细资料,是防止某些无良顾客买了功夫干坏事。凡是买了我们的功夫出去干坏事的,一旦发现,我们就把他列入黑名单,他就永远也不要到我们这里买功夫了。无论他出多少钱,我们也不卖功夫给他。"接待员说,"做功夫生意一定要担负起江湖责任来,既要追求经济效益,也要追求江湖效益。我们庄主一再强调,刚柔山庄在面对义利二字时,一定要做到义字当先。知道我们刚柔山庄的名称含义吗?"

"是不是刚柔相济的意思?"

"有这个意思,但不全是。它还有另外一个含义,'刚'是指在原则问题上不让步,不含糊;'柔'是指服务态度要柔和——这是我们的经营宗旨。"接待员甜甜一笑。

朱绝尘再次含笑点头,道:"你们的功夫庄文化非常好。"

个人资料填写完毕,接待员给朱绝尘一张卡片,说:"你拿着这张卡片跟我们的导购小姐到正堂去,先观看我们武师的功夫表演,然后任选一个武师,为你们发功。"

从前厅过一个天井就是正堂,正堂很宽敞,前后是通的,前沿有月季,后沿有桂树。墙边置一巨型根雕,呈毛笔状,题名:笔力千钧。

正堂一边板墙上挂着人体经络和穴位图,另一边板墙上挂着武林大会创始人鲍柏庭的画像。

正堂中央是个台子,武师依次登台表演,每个武师胸前都挂有牌子,那是武师资格证,证上写有各自名姓。台前有几个黄杨木枕凳,朱绝尘揽衣坐下。

一个身着直缝宽衫,脚穿多耳麻鞋的武师上台了,导购小姐说:"现在上台的是杨执古武师,他表演的功夫叫关门无栓功。这是他独创的一门绝功,拥有自主知识产权,并在功夫专利局申请了专利。"

大侠在台上调吸运气,做准备动作。两个小厮抬一个门框走上台,杨大侠摆一马步,双掌朝向门框,运气发功,嘴巴呼呼作声,脸庞涨得通红。

那门本是开着的,突然,只听砰的一声,自动关上了。

这时导购小姐说:"客官请看好,这自动门是没有栓的,现在请一客官上台,用力推门,看能不能推开它。"

朱绝尘举起手说:"我上去!"

朱绝尘纵步上台,先看一看门到底有没有栓,细瞧一通,果然没有,然后用力推门,可任凭朱绝尘怎么推,门就是一动不动。杨大侠和两扇门是有一段距离的,完全靠内气把门死死撑住,竟让朱绝尘这个武林好手也拿他不得,可见其内力之强。

朱绝尘始终未能推开那扇门,杨大侠的表演成功了。

导购小姐问朱绝尘:"请谁为你发功?"

"请第一个武师。"

"好的,请到这边来。"导购小姐静素的脸上浮现出淡雅的笑容,长裙及地,裙摆在地上摩挲着。

来到后厅,后厅有几个石磨,导购小姐说:"这是试功石,给顾客试功的。顾客在受功前搬一搬石磨,看看能搬几个。受功之后,再搬一次,前后所搬石磨的数量之差,就是你获得功夫的多少。"

朱绝尘把衣袖捋了捋,先搬一块,觉得很轻松,再加一块,最后搬起了三块石磨。导购小姐很惊讶:"一般的人只能搬动一个,你却搬起了三个,你很有功夫的呀。"

朱绝尘笑笑。

给朱绝尘发功的是杨执古大侠,杨大侠示意朱绝尘盘坐在蒲团上,双手置于膝前,双眼微闭,放松身体,调匀气息。

杨大侠自己也打坐在蒲团上,然后深吸一口气,调息片刻,缓缓地把手放在朱绝尘的头顶百会穴上,运丹田真气在奇经八脉中行了一个小周天。杨大侠的丹田气沿着自己的手三阴经缓缓地向朱绝尘的任脉渗透进去。

一个时辰后,真气从朱绝尘的中脘、日月、期门、神阙、丹田、会阴转入督脉。

这时朱绝尘觉得浑身发热,麻麻的,酥酥的,痒痒的,畅快无比,飘飘欲仙。他能清晰感到有一股真气在身体中流淌,如涓涓细流滋润着自己的经脉。周身三万六千个毛孔,无一个毛孔不畅快。

两个时辰后,杨大侠做了收束动作,发功完毕。

朱绝尘起立,杨大侠叫他再去搬那石磨,这次朱绝尘能搬起四块。杨大侠一笑,说:"受功前你搬起了三块,受功后,你搬起了四块,前后之差为一块,就是说你得到了一石(担)功夫。"朱绝尘对杨大侠一鞠躬,说:"多谢!"

临别时,朱绝尘问接待员:"刚柔山庄的总部在哪儿?"

"在宣城县城。"接待员说。

"我想到你们总部拜访一下,不知可否?"

"我给你一张贵宾卡,证明你是我们这里的客户,你带着贵宾卡去就好办了。"

朱绝尘接过贵宾卡,道了谢,走开。

夕阳已沉,天光正一点一点地消退,功夫店纷纷关门打烊,长长的斗山街行人寥落,空空荡荡。

在斗山街上街口,有一家饭庄,门楣上挂四个红灯笼,每个灯笼上贴一个剪纸字,共有四字:闻香饭庄。

朱绝尘走进饭庄,一进门就看到一个方木牌,上写:谢绝自带酒水。

柜台前没有人,估计生意不是很好。朱绝尘喊了一声:"有人吗?"

"来了——"是一个小姐的声音,清脆如黄莺鸣啭。

很快,楼梯上传来咯咯的声音,一个风姿绰约的小姐款款地走下楼来。小姐果然姿色撩人,莲脸生春,妍色天成。一只手腕着一羊脂美玉手镯。

小姐问:"客官要些什么?"小姐说话时,皓齿微露,像两排碎玉。

"我要两碟菜,一瓯酒。"朱绝尘说,"菜和酒都要是徽州特产,你们有什么特色菜和地方酒?"

"徽州特色菜嘛,素的有毛豆腐,荤的有笋衣烧肉;徽州特色酒就是甲酒。"小姐说。

"行!就这几样。"

朱绝尘走到位于墙角里的一张桌子边,放下搭膊和箫,据桌而坐。

老板娘也从里间出来了,对小姐说:"弄玉,给客官奉茶!"

弄玉用白瓷盏沏一盏茶送至朱绝尘面前。朱绝尘看那茶叶形似雀舌,色似象牙,清香高长,汤色清澈,滋味甘甜。朱绝尘心中惊叹这是难得一见的好茶,他问弄玉:"这是什么茶?"

"这是徽州特产黄山毛峰。"

朱绝尘不禁点点头,啧啧赞叹道:"黄山毛峰,好茶!"

朱绝尘一边品茶,一边思忖着:"要不要把泼皮无赖的话告诉弄玉和她母亲?让她躲一躲,不就没事了吗?"

"不行!躲过了今晚,躲不过明晚,这两个泼皮无赖总会做坏事的,不在此地就在彼地,不对此人就对彼人。所以,今晚必须要让他们吃点亏!"朱绝尘立定了心意。

菜、酒上桌了,朱绝尘闷声不响地喝着酒,等候泼皮的到来。

天色完全黑了下来,终于来了两个小青年,正是泼皮无赖!

两人嘻嘻哈哈地进来了,在屋中间的一张桌子上坐下。

泼皮一坐下就对着柜台下的弄玉嚷嚷道:"小美人!给我们来五个菜一瓯酒!"

"好的。"弄玉低声应道,然后给两人奉茶。

弄玉把茶盏放于泼皮无赖面前时,泼皮趁机捏住弄玉的手指,阴笑一声。弄玉一缩手,走开了。

两人大声地谈笑着,泼皮说:"有钱之人买功,无钱之人练功。人家练功要练一年才获得的功夫,我只要一个时辰就得到了,不就花点钱吗?钱算什么!"

无赖说:"你小子老是迷信横一的功夫,买了横一的功夫,感觉怎么样?"

"我买的都是名牌功夫,感觉就是不错!功夫大增!名牌就是名牌!"泼皮说完对着无赖呼呼喝喝地亮起掌来。

"你小子,钱没白花,看你浑身是劲的样子!"

"有没有效果,等会你就知道了。"泼皮对着无赖挤眉弄眼地说,又问:"你不是买了超值山庄的功夫吗?效果怎么样?"

"长了功夫,但不是他们所吹的那么好!说是超值山庄,我看哪,不贬值就不错了!你要是看了他们墙上贴的证书,不知多神!什么江湖一级功夫庄,什么武林免检产品,又是什么顾客信得过品牌,证书一大堆,一套一套的。"无赖笑道,"虽然功夫增加不多,但是——"

说到这儿,无赖突然不说了,两眼鬼祟地看着泼皮,脸上挂着邪邪的笑。

泼皮故意问他:"但是什么啊?"

"但是干那事还是足够了!"说完扑哧一笑。

泼皮跟着怪笑不停。

泼皮咕嘟嘟大口喝茶,两口就把盏中的水喝尽了,然后吆喝一声:"小美人,添茶!"

弄玉端着茶壶来添茶,添完茶,走开时,泼皮又摸了一下弄玉的手,伴以闷哼一笑。

弄玉刚到柜台,无赖又招呼道:"小美人,我的水也没有了!"

弄玉只得又端着茶壶来了,照例,倒完茶,无赖也摸了一把她的素手。

就这样,泼皮无赖故意大口地喝茶,好让弄玉不断地走来让他们摸。

弄玉并没有生多大的气,大概开酒店的,粗鄙之客见得多了,见怪不怪。然而这两个泼皮无赖实在是有恃无恐,吃饭时不是说这个菜油放多了,就是说那个菜油放少了,一会说这菜太咸,一会又说那菜太淡——反正刻意挑毛病。

弄玉不理他们,一言不发。

酒过三巡,泼皮坐不住了,他站起,走到柜台前,满嘴酒气地说:"你们今晚做的菜实在太差,你现在要是不陪我喝酒,我就不给钱!"说完就要去拉弄玉。弄玉一摆手,说:"别动手动脚的!好不好?"

可泼皮怎会罢手!他猛地上前抱住弄玉的胳膊往外拉,那弄玉一下子吓得脸黄如蜡渣。这时,坐在墙角边的朱绝尘陡然站直,抓起酒瓯,把大半瓯子的酒水兜头向泼皮泼去,那泼皮被酒水泼得像落汤鸡。

其实泼皮无赖在调戏弄玉时,朱绝尘就看得一清二楚,只是他觉得摸摸弄玉的手指,无关大碍,就没作反应,默然无声地用餐。当发现泼皮抱住弄玉时,朱绝尘霍然站起,眼里喷出惊人的怒意,断然出手。

泼皮在喝酒时已注意到了朱绝尘,看到朱绝尘书生模样,又默无声息的,就没把他放在眼里。当朱绝尘把酒水泼向他时,他万分惊讶,恼羞成怒,放下弄玉,向朱绝尘扑来。无赖也猛地站起,抓起菜盘向朱绝尘掷过去,朱绝尘一个闪身,避开了菜盘。

朱绝尘为避免给店主造成财产损失,不想在店里和泼皮无赖打斗。他手握长箫,一个腾越,抽身到了屋外,泼皮无赖猛追过来。

朱绝尘站在街心,高举长箫,和泼皮无赖相对峙,心想:今晚我准备拿出一石功夫来对付你们俩,就算我今天没买功夫。

朱绝尘说:"你们俩,一个买了横一的功夫,一个买了超值的功夫。我也买了功夫,我买的是刚柔牌功夫。今晚我就要和你们来个一对二,看看到底哪家的功夫厉害。"说完,手腕一抖,长箫就以手为轴心快速旋转起来,长箫在旋转时,气流在箫孔中进进出出,发出一种女子的哭声,非常恐怖。

泼皮无赖一时不敢前进。朱绝尘停下,又说:"我不用刀不用剑,如果你们胆敢上前,我就用箫来消灭你们!我这把箫的名字就叫箫灭光!另一个名字叫笑死人。"

说完,朱绝尘把长箫向空中飞甩而去,长箫便在空中旋转起来,像一飞轮,并再度发出女子的哭声。半响,声音消停,长箫落下,朱绝尘一把抓住。

就在这当儿,泼皮对无赖一挥手,二人吼叫着冲向朱绝尘,朱绝尘以箫代棍,抡起了少林梅花棍,三人来了几个回合,泼皮无赖感觉不敌朱绝尘,战意已溃,想开溜。

泼皮无赖撒腿就跑,朱绝尘奋力追去,手持长箫对着泼皮飞掷而去,长箫旋转着袭向前方,这次旋转的速度特快,在飞旋的过程中发出一种女子的笑声,只听啊的一声惨叫,泼皮的腰被打断,栽倒在地上。朱绝尘跑上前,拾起长箫,又对着跑得快点的无赖搠去,箫又笑了起来,笑声刚出,无赖的腿已被打断。这箫有一特点:飞得慢时,发出哭声,飞得快时,发出笑声,它一笑就要杀人了,这就是它的外号"笑死人"的来历。哭声不伤人,笑声会伤人,笑里藏刀。

泼皮无赖伏在地上叫爹喊娘，朱绝尘并不同情，上去补了两脚，回到闻香饭庄，弄玉惊魂未定，还在哭泣，老板娘也一脸的错愕。

朱绝尘拿起自己的搭膊，说："人我已经收拾了，你们收拾菜吧。"说完走了。

老板娘愣了半天才回过神来，跑到门外，对着朱绝尘远去的背影，喊道："谢谢大侠——"

第五章　敬亭山

朱绝尘伤了人，怕泼皮无赖的家人追杀来，就连夜逃离歙县。次日到了与歙县毗邻的绩溪，绩溪离歙县太近了，也不安全，朱绝尘决定到几百里之外的宣城去，顺便造访刚柔山庄总部。

朱绝尘在刚柔山庄斗山店买功夫时，接待员曾给他一张贵宾卡，贵宾卡上注明了刚柔山庄的地址——宣城敬亭山下，水阳江畔。

朱绝尘雇一马车，星夜兼程，不日便到了敬亭山脚下。

朱绝尘在一个麻衣草鞋的道士的引导下，来到敬亭山的山口，山口矗一门坊，上题"敬亭山"三字。门坊内筑有李白雕像，迎门而立，飘然若仙。往里走是一小湖，湖边有一块光溜溜的巨石，上题：昭亭湖。

昭亭湖碧波荡漾，四周垂柳环抱，中间一字排开几十个歙石，每个歙石上都蹲着一个身着白衣的武士。虽然石头露出水面的部分只有碗口大，可上面的白衣武士却稳稳立着，静如止水。但见白衣武士一个个手握毛笔，在水面上写字，动作齐整。一个鬓发如银的老者端坐在湖边的石磨上，手持一本《道德经》，大声地诵读，读一句，白衣武士们就写一句。

令朱绝尘惊叹的是，武士手中的毛笔，笔杆全是精铁打制，有一人多长！笔毫不是狼毫，不是羊毫，也不是猪毫，而是雪白的蚕丝！朱绝尘捉摸着,这一支铁毛笔至少有几十斤重,武士们拿着这样的笔,在水面上悬肘写字,真真是笔力千钧!

少侠沿着湖边小道往前走,发现附近有一座高耸的门楼,白墙灰瓦。门匾上书四个大字:刚柔山庄。大门左边立一巨型毛笔,笔杆是紫檀木做的,高齐门匾,粗有尺围。大门右边立一看守,看守垂手而立,右手拿一支毛笔,这支笔要小得多,和平常的笔没有二致,而且看守的握笔姿势就是平常写字时的握笔姿势。

朱绝尘对看守施礼道:"大侠,我能进去吗?"

"想进去,先呈上报贴。"

"我是你们的客户,我有你们功夫店的贵宾卡。"朱绝尘把贵宾卡递给看守,看手接过看了看,让朱绝尘进去了。

里面很大,两侧植了潇湘竹,夭矫婆娑。中间是几栋排列整齐的阁楼,全是马头墙,小青瓦。阁楼之间有池沼、假山、花圃。两侧小道旌旗招展。整个山庄幽静清怡,俨然精美园林。

在弱水楼的后面,有一须发如雪的老者手握毛笔在打拳,老者鹤发童颜,双目如炬,精神健旺。虽然是个耄耋老人,打起拳来,动作利落,舒展大方,虎虎生威。

朱绝尘猜测此人可能是刚柔山庄的老庄主,于是走上前去,一拱手道:"后生拜见长者。"

老者停了下来,也对朱绝尘一鞠躬,道:"少侠有何贵干?"语气非常的平易近人。

"晚生是贵功夫庄的客户,非常欣赏你们的功夫,也欣赏你们的经营之道,特来拜访!"

老者朗朗大笑,说:"哦,欢迎参观!我带你转一转吧。"

朱绝尘跟着老者在山庄里漫步。朱绝尘问:"您就是庄主吧?"

"以前是,现在退下来了,现任庄主是我的大儿子,我现在是功夫总监。"

"贵山庄的武士练功时都握一支毛笔,为什么要选择毛笔呢?"

"宣城是宣笔的故乡,我家原来是开笔店的,对笔有着特殊的感情,也有着特殊的理解。我们处世也好,练功也好,都从毛笔那里得到很大的启示。"老者把毛笔放在朱绝尘眼前,说:"你看,这毛笔的笔杆是硬的,笔毛是软的,刚柔相济。如果只有硬的,它不能写字,如果只有软的,它也不能写字,刚柔结合,才写出遒劲有力、飘逸有致的字来。是不是啊?我们练功不也要讲究刚柔相济吗?只有懂得刚柔相济的人,才能练出盖世奇功。所以我们练功打拳时都离不开一支毛笔。我们要用这一支笔在功夫史上书写属于我们自己的篇章。"

朱绝尘对老者的话非常赞同,深为折服。老者说话时,他不住地点头。

朱绝尘说:"我在斗山街看到你们武师的功夫表演,那功夫的确了得!他们的功夫都是在这里握着铁毛笔练出来的吗?"

老者点头答道:"是的。我们刚柔山庄的一切功夫都来自一支笔!笔扫千军啊!"

朱绝尘大笑,说:"你们真正是耍笔杆子的人!笔走龙蛇!"

老者问:"你也练功吗?"

"我也是武林中人,平时也练功。不过我练功用的器械就是我的箫,我用吹箫的方式练内气。"朱绝尘说。

"箫和笔其实是有共同之处的,用笔书写要讲气韵的,书法最重要的就是气!吹箫最重要的也是控制气流,功夫不也是这样吗?功夫强弱不就取决于内气的多少吗?你用箫,我们用笔,方式不一样,但目的是一样的,殊途同归啊。"老者侃侃而谈。

"你分析得很有道理!晚生受益匪浅!"

两人走过一个花圃,过了不武楼,又是一片竹林,朱绝尘眼睛一亮:绝尘马就拴在竹林边!寒风吹来,斑竹瑟瑟,婆娑作响。

朱绝尘上去摸了摸绝尘马,心想:什么时候能骑上绝尘马,驰骋于旷野间,那该多好啊!

朱绝尘突然萌生了一个想法:我要是加入了刚柔山庄,不就可以和绝尘马在一起了吗?于是他斗胆问老者:"我可以加入贵山庄吗?"

老者一错愕,道:"加入我们山庄?哈哈,没有那么容易!我们现在不招人了,因为以前有人加入了我们山庄,做了一年之后,就辞职单干,带走了我们的资源和技术,损失很大。"

老者接着说:"问题是,庄主现在也不在家,走镖去了。"

"庄主亲自走镖吗?"朱绝尘手放在马头上。

"我们这儿有一个大茶商,要运送三马车高山茶到河南去,请我们做保镖,保他们人货平安,并付了很大一笔保金。出门做保镖是很辛苦的,也很危险,比在功夫店里卖功夫要艰辛多了。凡是苦活,庄主要亲自担当,这是我们的规矩。"

正说话间,看守满脸惧色地跑来了,惊恐地说:"总监,不好啦!外面来了许多官兵,有几千人,把我们包围起来了!"

"什么?来了官兵?"老总监脸色乍变,"走!我们去看看!"

老总监到了门前,门口站着一员大将,身后站着百来个手握长笛的打手,远处布满了数千个手持弓箭的士兵,且箭在弦上,箭头对准了刚柔山庄——他们已经把刚柔山庄包围起来了。

而此时,在昭亭湖练功的武师,虽被包围,却不受一丝一毫影响,依然立于石头持笔写字,我自岿然不动。

从打手的特征看,明显是横一山庄的人,因为他们用的器械和戴的头巾都是横一山庄的。横一山庄的专用器械就是长笛,横一山庄的头巾,皆用黑丝线绣上"一"字。

老总监心中暗凛:又是官府的人,又是横一的人,到底怎么回事?

他对大将施礼道:"老朽拜见将军!不知将军有何贵干?"

大将抢上一步,说:"两天前,知府的儿子和武林大会会长的儿子在斗山街被人打成重伤,两个伤者说凶手就是你们的顾客!凶手是买了刚柔山庄的功夫后打人的,所以,你们有着不可推卸的责任!总督勒令你们交出凶手,否则就要摧毁刚柔山庄!"

老总监嘿笑一声,说:"凶手打人,并不是我们指使他打人的,与我们有何关系?再说这个凶手我们并不认识,我们怎么抓他?现在将军包围我们,我们实是不解!"

"我们到你们的功夫店盘问了,你们的员工见过凶手,而且还给他一张贵宾卡。现在只有你们能抓住他,如果你们不抓住他,数千官兵就要把刚柔山庄踏平!"将军手指着山庄大门凌厉地说。

"那为什么横一山庄的人也来了?这可与他们扯不上任何关系啊!"老总监问。

"横一山庄庄主听说武林大会会长的公子被人打伤了,在第一时间赶赴会长家里,表示对你们的不满和强烈谴责,并积极支持武林大会兴师问罪,主动派一百武夫和我们一道前来!你看人家的江湖责任感是多么强!哪像你们!"将军的眼神清冷锐利。

"喂!话可不能这么说!凭什么说我们山庄没有江湖责任感?"老总监万分不悦地诘问道。

"好好好!"将军手一抬,"我今天来不是和你讨论江湖责任的,我是奉命问你们要人的!如果你们不交出凶手,你应该知道后果是什么!"

正说间,突然从围墙里跳出来一个人,老总监一看,正是朱绝尘!朱绝尘一落地,众打手都猛地往后退了两步,长笛齐刷刷地对着朱绝尘。

原来,老总监走后,朱绝尘飞身上马,骑在马背上,偷看到外面果然围拢了几千官兵,知道大事不妙,而且预感到此事可能与他有关,官兵可能是因他而来。他滚身下马,跑到前庭,钻入围墙下的翠竹中藏匿起来,屏气静听将军和老总监的对话。就在将军逼老总监交人时,朱绝尘纵身跃出,严词厉色对将军说:"打人的人就是我!但我不是凶手!这件事中,根本就没有凶手!两个泼皮无赖在酒店里喝酒,公然调戏侮辱酒店小姐,肆无忌惮!被我发现了,我把他们惩罚一顿,有什么不对?能叫我凶手吗?"朱绝尘青筋暴起,义正词严。

将军手一挥,对那些打手说:"拿住他!"

"且慢!"老总监大喝一声,止住了打手。

老总监愤然怒色道:"我们的顾客锄恶扬善,见义勇为,你们竟然如此兴师动众,前来问罪,我们何罪之有?我们卖功夫,只卖给好人,不卖给坏人,对每一个顾客都作详细的登记,不允许任何人买了我们的功夫去做坏事!一旦发现,一定追查到底!可横一山庄呢,横一山庄不论顾客好坏,他都出卖功夫,只要给钱!他们向来是只追求经济效益,不追求江湖效益!唯钱是图!他们从来不对顾客做登记,从不过问顾客买了功夫做了什么。就这样一个功夫庄,你竟然说他们有江湖责任感,说我们没有江湖责任感。你说这句话本身就是不负责任的!纯粹是颠倒黑白、混淆是非!"老总监眼神锋芒暗蓄。

"你——"将军对老总监一示拳,凶巴巴的样子,像要吃人。

老总监一抬手,道:"不要凶!"然后抬高嗓门道:"我们的顾客,你们无权带走!"说完冷哼一声。

老总监话音一落,将军对打手们一招手:"给我上!"一百个打手呼喝着一哄而上。

老总监、朱绝尘和一个看守,三人同时一跃散开,老总监和看守握着毛笔,朱绝尘持箫,三个人对阵一百武夫,双方在刚柔山庄的大门前激战起来。

在昭亭湖练功的几十个武师知道老总监和横一山庄的武夫打起来了,仍是我自岿然不动,照旧握笔在水面上写字。

朱绝尘发现,横一的武夫把长笛当长棍使,使的棍法基本上是少林夜叉棍,有的是大夜叉棍,有的是小夜叉棍,有的是风里夜叉棍。这种棍法朱绝尘也练过,而且相当熟稔,他一下子就找到了对付的手段。五个武夫向朱绝尘合围而来,朱绝尘以箫代棍,横扫直抢,使起了少林破棍法,打得那五个人不得近身,三个回合下来,朱绝尘抡倒了三个人。

朱绝尘在对付武夫的同时,特别留心老总监,他想看看老总监是怎么用毛笔打击敌人的。毕竟,以毛笔为武器,他还是头一次见到。

朱绝尘一心二用,一边应付那些打手的攻击,一边欣赏老总监的斗法。老总监打的是道家拳系中的武当伏虎拳。他身手不凡,手脚利索,身段灵活,武夫怎么打也打不着他。总监握笔的手左击右打,一会用毛笔的毫碰触棍夫的脸,一会用笔杆的顶端点棍夫的穴位,老总监动作神速,点穴极准,横一武夫一被点中,立即倒地,吭也不吭一声地死了。更为奇怪的是,不仅老总监的笔杆杀人,那柔软的笔毫也伤人!棍夫的脸只要被笔毫触及,立即红肿!热辣辣的痛!痛的人委顿在地,呼天抢地地叫。一顿饭的工夫,棍武夫的脸上都被盖了红印,就是那个将军也未避免。看来老总监的毛笔不仅有硬杀伤力,还有软杀伤力,令那些棍夫悚然动容。

将军看到武夫死的死伤的伤,溃不成军,难以支应下去,就下令外围的三千弓箭手放箭射杀。

在昭亭湖练功的武师看到弓箭手出动了,他们也出动,一齐飞身而起,从湖心石跃到湖岸,举起一人多长的铁毛笔冲向官兵。那箭密密麻麻地飞来,武师飞旋长笔,挡住了来箭,被激飞的箭落得满地都是。

此时天上阴云密布,寒风呼啸,一支支箭顺风而来,快如闪电。风声夹杂着飞箭声,好一曲战斗交响乐!

三十个武师杀进了官兵的队列里,和弓箭手近身格斗。身旁的弓箭手,由于靠得近了,没法拉弓放箭,远处的弓箭手拼命放箭,武师们挥舞着铁笔,奋力拼杀,有的弓箭手被笔杆打死,有的弓箭手被笔毫杀死。武师用笔杆打人时,叫一声"棒杀",用笔毫杀人时,叫一声"捧杀"。

这笔毫杀人比笔杆杀人更厉害。一开始,当武师用笔毫攻击弓箭手时,弓箭手们都不在乎,甚至都懒得避让。可没想到,身体一被笔毫触及,就血流如注,立马倒毙。一响工夫,死了几十个弓箭手!几经交手,弓箭手们才知道笔毫中有暗器!其实,刚柔山庄正是利用人们对笔毫没有防范的心理,在笔毫里放置了必杀钢针——这就是柔中有"钢"!"钢"柔结合!

笔扫千军!三十武师挥动铁毛笔,横扫三千官兵。

笔走龙蛇!门口的老总监手握毛笔,武当伏虎拳越打越猛,一个带手,打翻了一个武夫,一个冲拳反腿,又踢倒了一个武夫。那些横一武夫越打心里越怯。

这时,朱绝尘看到有十几支箭射向老总监,朱绝尘大喊一声:"趴下!"老总监猛地倒地,那箭齐整整地扎在门上,几声钝响,半个箭头没入了门里。

老总监还没站起,一个武夫的长笛劈下,老总监一个旋身,毛笔一格,长笛一头被反弹出去,正好撞中了一支飞来的箭,铮然声响。老总监一个冲拳反腿袭向武夫,武夫霍的一下栽在地上。老总监一转身,发现有几支箭飞向看守,大喊一声:"箭!"但已迟了,有两支箭射在看守身上!一支箭插在胳膊上,一支箭插在后背上。看守倒地,流血不止。老总监几个飞步上前,背起看守跑进山庄,砰的一声关上了大门。门刚被关上,就飞来几支箭直直地扎在上面,箭杆还在晃动。

朱绝尘看到武夫已经所剩不多了,就不再理他们,就飞旋着长箫,跳脱出来,和武师一起对抗三千弓箭手。

箫灭光威力巨大,朱绝尘舞动着箫灭光,箫灭光发出可怖的笑声,官兵听到箫的笑声,感到莫名其妙,一出神,就被朱绝尘打死了。

武师人少,官兵人多,官兵把武师围个严严实实,来个人海战术。在对方密集弓箭的射击下,已有好几个武师中箭倒下了,朱绝尘想,这样下去会惨败的,即使武功再强也不成!敌众我寡,必须要有一个好的策略才可!

朱绝尘对武师们大声地说:"我们围成一个圆!不要杂乱无章!"朱绝尘边战斗边大声喊叫:"围成一个圆!围成一个圆!"

武师们听从了朱绝尘的话,自动地站成一个圆,每个人只对付自己面前的那个弓箭手。单打独斗,弓箭手根本不是刚柔山庄武师的对手,武师们消灭了靠近圆周上的官兵,武师们围的圆不断扩大,像滚雪球一样,把弓箭手不断地往外赶。

官兵面对武师和朱绝尘的打击,束手无策,不堪一击。眼看士兵一个接一个倒毙,将军战意已溃,一转身,对着残余的弓箭手大喝一声:"撤!"

官兵们哄的一声作鸟兽散。

就在官兵败逃时,天上飞来一群大雁,雁阵呈人字形。气急败坏的官兵纷纷举弓对着雁阵射箭,须臾间,有几十只南迁的大雁被射杀下来,发出阵阵惨叫,雁群大乱。

那真是头顶雁凄鸣,耳边风萧瑟。景惨淡,心惨绝。

官兵走了,朱绝尘也趁乱中离开了刚柔山庄,穿过一片竹海,再盘山而上,到了山顶的拥翠亭,此亭正是当年李白独坐题诗处,李白的诗仍然在柱子上:众鸟高飞尽,孤云独去闲。相看两不厌,只有敬亭山。

朱绝尘兀立古亭,吟哦着李白的诗句,看着山脚下的刚柔山庄,回想刚才那一场酣战,感慨万千,他拔笔在另一根柱子上也题诗一首:

众兵皆退尽,孤侠独去闲。相看两不厌,唯有刚柔庄。

写罢,朱绝尘投笔绝崖,拿起箫,坐于石凳上,吹曲到月明。

第六章　宣城

宣州城位于敬亭山脚下,水阳江岸边,依山傍水,花木环抱,气候温润,是个美丽的江南小城。城里街巷众多,店铺林立。有宣笔一条街,有宣纸一条街,有茶叶一条街。

这日早晨,东方微红,朱绝尘来到敬亭街喝茶。走在青石板上,吐纳着清新的空气,赏鉴着那错落有致的粉墙黛瓦,还有头顶那蓝蓝的天,以及街边那长青的樟树和桂树……一切都让朱绝尘感到心旷神怡。

敬亭街是茶叶一条街,踏进街道,映入朱绝尘眼帘的是一个接一个的茶庄,有的卖黄山毛峰,有的卖太平猴魁,有的卖顶谷大方,还有的卖白岳黄芽,卖得最多的是宣城特产茶——敬亭绿雪茶。

冬天的早晨很冷,一家家茶庄大门紧闭。不过朱绝尘并不觉得沉闷无聊,那些写在木匾上的茶庄的名字,让他目不暇接,看着这些既有文学美又有书法美的名字,真是一种绝妙的享受!

朱绝尘走着,看着,品味着,忽传来悠扬的古琴声,听那旋律,应是古曲《渔樵问答》。朱绝尘寻声而去,发现街尾处水溪旁有一棵硕大的栗树,一花甲老人坐于树下弹着古琴。朱绝尘止步聆听,静笑着。

见朱绝尘到来,老人站起问道:"大侠喝早茶吗?"

一句话问到朱绝尘的心坎上,朱绝尘行礼答道:"正是为饮茶而来。"

老人对身侧一指,道:"这是老朽开的茶社,如不嫌弃,欢迎进去一坐。"朱绝尘顺着老人的手指,别过脸去,果然发现了一家茶社,心中大喜,点点头,道:"前面都是卖茶的地方,这儿才是喝茶的地方!"

这家茶社名叫静谷茶社,大门正对着敬亭山的一处山谷,可看到山谷中氤氲的云气。茶社四周遍植樟树,东首有清溪流过。茶社门楼用翠竹制成,两旁题一副对联:有山林之静趣,无闹市之喧嚣。

静谷茶社规模庞大,里面林木扶疏,俨然一处大型的江南园林。围墙开着一扇扇漏窗,使得里面的园林和外面的大自然连为一起。茶社里有几十棵大桂树,每棵桂树下放一张花梨木圆桌,每张桌上都放一个白瓷茶盏和一本《文公家礼》。茶社里还筑有琴台、书台和拳台,茶客在品茶之余,可以弹琴、作画、打太极拳。在茶社的后沿有议事屋,是一个封闭式会议室,族人可在里面举行闭门会议,外面听不到任何声音。

静谷茶社给人最大的感觉就是静,一如其名。朱绝尘进去的时候,茶社里已经坐了不少人了,但毫无喧闹之声,每个人都在静静的品茶。品茶后,或抬头看天,或俯首看书,或铺纸作画,或挥拳练功,没有一个人大声喧哗,即使是熟人间交谈,也是附耳低语。

朱绝尘在一棵桂树下据桌而坐,女仆迈着轻盈的脚步款款而来,走到朱绝尘的桌子旁,行个礼,低声问道:"大侠要沏什么茶?"

"请给我沏敬亭绿雪。"

女仆爇香毕,提一锡壶走来,锡壶里盛的是三沸的泉水。女仆给朱绝尘泡上一杯清茶。朱绝尘看着杯里的茶叶,只见那敬亭绿雪茶:挺直饱满,全身白毫,色泽翠绿,汤色清澈明亮,片片匀净,犹如绿雪飘飞。朱绝尘是第一次品这种茶,感觉上佳。

朱绝尘喝着茶,看着周围的一切,真是气清、心清、境雅、人雅。

"这家茶社的掌柜是不是在门口弹琴的老人?"朱绝尘低声问邻座。

"是这个老人的独生女,年仅二十岁。"

"这么年轻就开了这么大的一个茶社?"

"她不光开茶社,还有一个茶庄呢,她被城里人唤作'茶枭',身家万贯。"邻座说完轻叹口气,说道:"但她好像并不感到快乐,终日罕有笑容。"

"为什么?"

"这个女掌柜本是健康正常的人,貌美如花,武功高强。但在及笄那年,不知为何,突然双耳失聪,嘴巴也哑了,整天郁郁寡欢。"胡正言深叹一口气,道:"好一个美女掌柜,竟成了聋哑人,你说可惜不可惜!"

朱绝尘也叹息道:"世间总有那么多的缺憾!"

走出静谷茶社,朱绝尘向敬亭山走去。刚走不远,行囊中的箫突然跳了起来,朱绝尘很惊讶,预感到今天可能有什么奇事发生。

朱绝尘想登上敬亭山的主峰,来个一览众山小。敬亭山主峰名叫一峰,周围六十余座山头犹如鸟朝凤,似众星拱月般簇拥在一峰周围。清晨的敬亭山云漫雾绕,林壑幽深,泉水淙淙。

朱绝尘发现每个山口都立一块禁山碑,禁止上山伐木采石,可见宣州人对大自然的呵护和珍爱。

水阳江从山脚下流过。红日初升,水阳江上泛起薄薄的雾,宛如给江面披上了一层轻纱。江面上还有几只沙鸥滑翔,寻觅着江中的鱼儿。波光粼粼,山水如画,朱绝尘陶醉于水阳江畔的晨曦之中。

朱绝尘爬上一个山坡,发现山坡背面的山谷中,有一个红衣女子正在挥拳练功。这个山谷秀峰环逼,山抱林涌,晨叶喷华。但见红衣女子在谷底空地上扑闪腾挪、蹿蹦跳跃。动作快速有力,灵活多变。论速度,如游燕惊鸿,惊风一瞥;论灵活,身如游莺穿柳。

再一细瞧,此女子有惊世之美:长圆脸蛋,俊眼修眉,青眸闪闪,秀发飘飘,身材合中。玉骨玲珑,有如明珠仙露;风姿绝世,似欺风杨柳。

那一刻劈面惊艳,让朱绝尘惊为天人。

朱绝尘坐在山坡静静地注视着谷中的如花女子,他发现这个女子大有武功,此时本没有风,但红衣女子向前一推掌,谷中杂草纷纷向一边倒去,如风行草上,她一收掌,那草又直立起来。她双掌往上一托,树叶顿时喧哗如歌,坠落如雨。女子一个翻身上树,从这一棵树跳到那一棵树,又从那一棵树跳到另一棵树,然后又回落地面……

红衣女子的卓绝武功,令朱绝尘看得意痴心醉。朱绝尘游历江湖许多年,还没见到真正有武功的女子,在他的心底深处,渴望着能一睹有盖世武功的奇女子的芳容。今天终于得见!真是太幸运了!

谷中有佳人,身法冠于世。面对此情此景,为什么不吹一曲呢?朱绝尘想。

朱绝尘举起箫吹起自己亲自谱写的《林兰幽梦》。朱绝尘每次吹这支曲子,都感到这旋律是有生命的,是活的,似乎在寻找一个人,朱绝尘总感觉这旋律不属于他,而是属于另外一个人,那个人才是这个旋律的归宿。

朱绝尘在悠悠扬扬地吹着,那旋律又活了起来!在空中盘旋着,盘旋着,到了尾音时,突然如流星闪电般,猛的往下一坠,落在红衣女子身上,声音就戛然消失了。

可这时山顶上的朱绝尘还在吹,但怎么吹也吹不出声音了。

这是怎么回事?难道是红衣女子运功把声音吸去了?那她干吗这样做?她练功,我吹箫,互不妨碍呀?如果不是她干的,此前没出现过这种怪事呀,怎么今天在她面前吹箫就发生了?

肯定与她有关!朱绝尘想。

正想间,朱绝尘看到那红衣女子欣喜若狂,她在谷底对着朱绝尘喊道:"大侠!你别动!我要见见你!"

朱绝尘想,我的箫无声了,她倒发声了。

红衣女子向朱绝尘赶来,巧笑倩兮。她一步步地走到朱绝尘的面前,然后幽姿玉立。

一个如画的清幽佳人突至眼前,倒让朱绝尘心慌慌意离离起来,一时间不知说什么好!只感到情波意浪涤荡着自己的心堤!

那女子同样激动!却又竭力掩盖自己,她看着朱绝尘,似是等朱绝尘先开口,可朱绝尘偏在此时语塞!

女子终于发话!她对朱绝尘一鞠躬,道:"感谢你!你的曲子让我获得重生!治好了我的痼疾!"

什么？我的曲子治好了她的病？女子的话让朱绝尘再度吃惊。他笑了笑，说："小姐，我不是医生，我的箫曲也不是药，我没有给你治病啊！"朱绝尘终于开口了。

　　女子莞尔一笑，静静地道："大侠不要怀疑，待我把原委说一说，你就明白了。"

　　朱绝尘没作声，用期待的目光看着女子，女子说："我在十五岁的时候，一觉醒来成了聋哑人，一直在无声的世界中度过。刚才你在吹箫，神奇的是，你的旋律钻进我的耳孔，我的耳朵突然轰的一声响了，能听到声音了！与此同时，我也会说话了！我想说的第一句话就是谢谢你！"

　　"大侠何方人士？尊姓大名？"红衣女子目光莹润地看着朱绝尘。

　　"在下浙江桐庐人，俗名朱绝尘。"朱绝尘一抱拳。

　　红衣女子悠然说道："我叫林子歌，宣城本地人，静谷茶社主人。"

　　"你就是静谷茶社的掌柜？"朱绝尘很惊奇，"我刚刚在你的茶社里喝了早茶。"

　　"是的吗？那真是巧遇！"林子歌明眸皓齿，秋波送媚，她一拉朱绝尘的手，道："走吧，恭请你到舍下一叙，赏光吗？"

　　朱绝尘一点头，笑答："可以！"笑得优雅天成，好一个翩翩君子。

　　朱绝尘跟着林子歌回县城去，两人边走边说，无比的亲密欢悦，似是旧友重逢。

　　林子歌举止轻盈，有翩然之姿。

　　林子歌说："五年前，我十五岁，那年我双耳失聪，今天，你的旋律治好了我的耳朵。今天我明白了，我为什么聋了，我在等候一个旋律，以及创造这旋律的人。"

　　"说来的确神奇，多年前，我谱写了这曲子后，每次用这把长箫来吹它，箫声一出，这旋律就活了，在空中飞旋，似乎在寻找一个人，今天看来这个人就是你了，你就是它要找的归宿。找到你后，这个旋律就消失了，现在用箫吹出它，再也不能了。"

　　"这支曲子叫什么名字？"林子歌素净的手抚弄着路边的芦苇。

"叫《林兰幽梦》，我这把长箫叫箫灭光。"

"箫灭光？这个名字挺特别的嘛。"林子歌笑语晏晏，身姿曼妙。

"你刚才说你是五年前失聪的？"朱绝尘问。

"是的啊。"

"太巧了，我就是在五年前谱出这支曲子的，看来真是天意如此啊！"

林子歌负手而立，问："大侠，你的武功肯定不一般吧？"

朱绝尘笑笑，说："在大师面前很一般，在常人面前不一般。我看到你的练功全过程，你是我见到的功夫最高的女子，今日见到你，真是幸会。"

林子歌静美地注目，此时，她只为一个人绽放美丽，问道："你练功都是用箫练功吗？"

"是的。我的功夫都来自这把箫，没有这把箫，我的武功就全废了。"

"那我以后也跟你学练箫功，好吗？"

"可以啊。这么多年来，我都是一个人练功，我的内心渴望能够找到一个和我共舞的人，可我所见到的女子，没有一个有着特别的功夫，我也很孤独郁闷啊，今天遇到了你，终于找到了一个可以和我共舞的人，了却了我的夙愿，踏破铁鞋无觅处，得来全不费工夫！幸甚幸甚！"

林子歌眼神灼灼地看着朱绝尘，说："苦闷的岂止你？我何尝不是？我也想找到一个武功上和我齐肩的人，好与我共舞。但愿你能成为与我共舞的人，不过，前提是你要是个武功超群的人，待会回到家，我要与你比武！"

第七章　清风巷

"爹！我能讲话了——"

林子歌一路小跑着到了静谷茶社的门前，对着在树下弹琴的林弗居叫喊道。朝露早已濡湿了她的衣裾。

林弗居听到自己的女儿在叫他,简直不敢相信自己的耳朵。他忙起身,满脸疑惑地看着女儿。

林子歌为博父亲一粲,故意吊高嗓门,说:"爹!我会讲话了!我会讲话了!"

这下林弗居相信了,惊喜万分,张开双臂迎向女儿,林子歌跑上去和亲爹紧紧地拥抱。

林子歌喜不自胜地说:"爹,我的耳朵能听到声音了,我的嘴巴也能说话了!一切都正常了!"

林弗居问:"快告诉爹,是谁把你治好了?"

林子歌回转身,指着朱绝尘,笑着说:"是这位少侠!"

"是他?"林弗居看到丰神如玉的朱绝尘,眼睛一亮,"他刚刚在我们茶社里用了早茶呢。"

林弗居走到朱绝尘面前,拉着朱绝尘的手,无比感激地说:"谢谢少侠,太谢谢了!"又问:"少侠是用什么灵丹妙药治好我闺女的耳疾的?"

林子歌一拉老爸,截口答道:"这个过程不是一句两句能说得清的,回家慢慢说。"

女儿恢复了听力和言语,林弗居无比兴奋,他走进茶社,对里面的茶客高喊道:"父老兄弟,各位贵客!我女儿恢复正常了——"

本来很安静的茶社,一下子炸开了,茶客纷纷说:"真的吗?贵千金能听见了?太好了!太好了!"大家都鼓起掌来。

林弗居说:"今天是大喜日子,喝茶全部免费!你们尽情畅饮!我回家告诉老伴!"

顾客再次鼓掌。

林弗居出来了,林子歌说:"爹,茶社就交给小厮和仆人吧,我们回家叙叙。"

林子歌的家住在清风巷。清风巷是一条老街,路面是青石板铺的,地面很干净,青石缝隙里残留着干枯的细草。这条街不是商业街,属于县城的住宅区。清风巷干干净净,冷冷清清,住在这儿的大部分是老人,年轻人都到商业街或外地做买卖去了。每家每户都有或大或小的院子,院子里长着桂树,枝叶从院墙里斜伸出来。

林子歌的家住在清风巷的中段,门额上题着:弗居宅。

到了大门前,林子歌对朱绝尘莞尔一笑,深情款款道:"请进——"

朱绝尘也颔首一笑,跟着林弗居迈了进去。

林子歌一进门就高喊:"妈妈——"

母亲从里面出来了,林子歌又喊了一声妈妈,好让母亲明确地知道她会说话了。

母亲万分惊讶,睁大眼睛说:"哎呀!子歌你会说话了!"老母亲乐不可支。

八十多岁的奶奶也出来了,林子歌跑到奶奶面前,大叫一声:"奶奶!我会讲话了!"

奶奶笑得合不拢嘴,一把搂着林子歌乖乖宝宝地叫起来。

母亲看到朱绝尘,问林子歌:"子歌,这位尊客是谁啊?"

"是桐庐的一个少侠,就是他治好了我的耳疾的。"林子歌意态娴雅。

"是的吗,太感谢少侠了。"母亲喜笑颜开地说,说完叫朱绝尘放下行囊在正堂坐下。林子歌给他沏一杯西递翠眉茶。

全家人欢声笑语的——自从林子歌失聪失语后,一家人都在沉寂中度日,欢笑的场面再也没有出现。

女儿恢复正常,疑团还未解开,林弗居迫不及待地问朱绝尘:"少侠是怎么治好小女的耳疾的?"

"说来神奇。"朱绝尘正了正身子,"今早我从贵茶社出去后,就到了敬亭山,在一座山峰上看到贵千金在山谷中练功,我很欣赏贵千金的功夫,就想用箫吹一支自己作的曲子给她助兴,没想到一支曲子吹完,那旋律和贵千金附体了,并钻进了她的耳朵中,她的耳朵顷刻间恢复了听力,嘴巴也会说话了。过程就是这样的。你们说神奇不神奇?"

"确是神奇!小女耳聋后,我请了许多名医,也吃了许多药,但都无果而终,五年了,我们都不抱希望了,没想到少侠谱写的一支曲子,竟治好了小女的耳疾,真的神奇的很!"林弗居说。

朱绝尘笑笑。

林弗居接着说:"少侠的这把箫绝对不是凡品,肯定是一个灵物!"

朱绝尘笑笑,说:"实不相瞒,我这把箫的确可以通灵,能感应许多事情。"

"爹,还有一件神奇的事呢,少侠的曲子治好我的耳疾后,这把箫就再也吹不出这支曲子了,那支曲子成了绝唱!成了绝响!"林子歌站在一旁,身姿曼妙。

"这次要感谢少侠,要不是少侠的音乐疗法,我家小女一生都是个残疾人了。对少侠的再生之恩,我们全家人都不会忘记的!"林弗居说。

"前辈言重了,贵千金的耳疾得愈,其实我也没付出多大的代价,谈不上什么大恩大德。"朱绝尘说。

"少侠过谦了。少侠青春几何?"林弗居问。

"晚生枉活二十四春秋。"朱绝尘答道。

"少侠是何方人士?尊姓大名?"

林子歌截口道:"他是桐庐人,名叫朱绝尘。"

"朱少侠到宣城来是谈生意的吗?"林弗居又问。

"哦,不!我对徽州的功夫买卖很感兴趣,想来体验体验。"朱绝尘呡了口茶,问:"歙县有条功夫街,你们宣城有功夫街吗?"

"有啊,不在县城,宣城的功夫街在水阳江畔的水东街,离这儿有几十里远。"林弗居说,"我们县城没有成条的功夫街,但有零零散散的功夫店,生意也挺好的。"

"你们为什么不开一个功夫店呢?那也挺赚钱的呀。"朱绝尘说。

"我们家只有小女有点武功,能够行功的人手太少了,开不起来。"林弗居说。

"那可以招募些人啊,不是听说徽州有功夫大学吗?招一些毕业生来不就可以了吗?"

"现在的毕业生都眼高手低,缺乏吃苦耐劳精神,做事不踏实,干不到三个月就要跳槽。"林弗居说。

林子歌问朱绝尘："我们合作开一个功夫庄,你愿意吗?"

"愿意啊!"

"不过你得有武功才可,下午我们到南漪湖上比武,好不好？看看你的功夫怎样。"林子歌笑笑。

"可以啊。南漪湖远吗?"

"不远,至多三十里路,乘马车去,一会儿就到了。"

"你们家有马车吗?"

"那当然有了,我家是做茶叶生意的,没有马车,用什么来运货啊!"

"数日前我去了歙县的功夫街——斗山街,我还想到你们宣城的水东街去看看,看看那里的功夫街怎么样。"

"你要去的话,叫小女带你去,可以顺便在那里买点功夫。"林弗居说,"子歌,带少侠在宅第里转一转,待会儿吃饭。"

"好的。"林子歌起身,带朱绝尘在家里到处走走。

弗居宅是一座古色古香、美轮美奂的老宅,抱柱石、漏窗、门楣、横梁上都有精美的雕刻,幽雅精致,充满着浓郁的徽文化气息。前面庭院栽着几棵大桂花树,地面是青石铺的。院子里还有一口深井,常年不涸。正堂叫积善堂,积善堂后面是天井,天井一侧是夫子楼,另一侧是读书楼。天井的后面是小姐楼,再后面就是后花园,后花园很大,里面有徽戏园、佛堂、梅林亭、寒香亭。还有假山和池沼。

午饭,林家用丰盛的菜肴招待朱绝尘,但朱绝尘最喜欢吃的是宣城特产水阳干子,细嫩爽口,味道鲜美。

饭毕,林子歌和朱绝尘就乘一马车向南漪湖弛去。

第八章　南漪湖

　　林子歌和朱绝尘同乘一辆马车,出了清风巷的巷口,看到对过西林街的街口上围拢了很多人。朱绝尘出于好奇,就说:"我们下去看看吧。"

　　两人下了马车,把马拴在一棵老槐树上。

　　西林街街口处彩旗招展,彩幅高悬,笙歌动地,欢声遏云。朱绝尘走近一瞧,是一家新开的功夫店,门罩上题写"柔克山庄"四个大字。原来是柔克山庄在西林街街口处新开一个功夫店,今天举行开业典礼。

　　功夫店门前搭一舞台,上铺红地毯。主持人是一中年男子,体胖眼小,头戴万字巾,身穿直缝宽衫,脚穿丝鞋净袜。这个主持人朱绝尘很眼熟,他在斗山街已见过。

　　主持人说:"各位看官,今天柔克山庄宣城店隆重开业了!欢迎大家的光临!"

　　看客热烈鼓掌。

　　主持人接着说:"告诉大家一个好消息:开业期间在我们山庄购买功夫一律免费!算是我们送给宣城父老兄弟的见面礼!时间是三天。"

　　"好!"台下的看客欢呼起来。

　　主持人从后台取来一个小匣子,打开匣子,抓出一把木牌,对看客说:"我手中是一把木牌子,每个牌子上写着一、二、三、四的标号,我把牌子撒下去,你们抢到哪个牌子,就是第几号,然后按次序上台,让我们武师为你们免费发功。"

　　主持人高举着手,说:"大家注意,我要抛了——"

　　台下的看客一个个举起了手,张大着嘴,都想抓到一个牌子。朱绝尘对林子歌说:"让他们抢,我俩不要抢。"

林子歌点点头:"那是!如果我俩要抢的话,第一号、第二号肯定都是我们的了,不过这做法是不应该的,何必和那些没功夫的人去争呢?"

正说间,主持人手一扬,十个木牌被抛落人群,看客哄的一声抢了起来,很快十个木牌都有了主。抢到的人发出得意的笑声,没抢到的人欷嘘不已。

主持人又说话了:"请大家安静!首先我要恭喜那些抢到牌子的看官,你们都是有功夫的人,抢功了得!没抢到牌子的人也不要气馁,明天、后天还有机会。抢到牌子的十个人注意了,你们按照次序两两上台,接受我们的武林大师的发功,每次是半个时辰。发功结束后,两个顾客可到西林街中段的功夫检测站检测一下,看看自己是否真的获得了功夫。好了,下面是一号和二号上台!"

这时,人群中走出两个顾客,分别拿着一号和二号的木牌上台。主持人收回木牌,说:"今天下午给顾客发功的是谢绝巧、谢绝圣兄弟俩,一号顾客由谢绝巧发功,二号顾客由谢绝圣发功。你们俩要严格按照武师的口令去做。"

说罢武师上台,武师和主持人一般打扮,两个顾客则都是农民打扮,衣服宽大。

朱绝尘注意到两个顾客衣服里都是鼓鼓囊囊的,腰间好像挂着什么东西。

在两个武师的指示下,两个顾客盘腿打坐在武师面前,双眼微闭,提肛收腹,十指相接,虎口向外,置于丹田处。

武师开始行功了,只见武师掌心笼罩着顾客的头部,忽而上下拉动,忽而悬空揉搓。武师非常卖力,脸颊通红,额上有微汗。

武师在发功时,台下的观众都静静地看着,他们想知道柔克山庄的功夫到底如何。半个时辰过去了,武师收功。顾客站起来,主持人上前问:"你们俩有什么感觉?"

"我们什么感觉没有!"两顾客不约而同地说。

"什么感觉没有?"主持人惊讶了,"不可能!我们的武师那么卖力地发功,他们俩可是我们山庄最出色的武师,怎么会没有感觉?"主持人满心疑窦。

两个武师面面相觑,各自默然,一脸疑惑地看着顾客。

"真的没有感觉!"一个顾客说,他对台下的看众指着自己的脸问:"你们看,我的脸色有变化吗?"

台下的观众都说:"没变化!"

观众说的是真话,这两个顾客的脸色的确没有丝毫的变化。

"如果行功有效果的话,我的脸色怎么会没有一点变化呢?难道是我的脸皮太厚了吗?"顾客捏一下自己的脸皮,说:"大家说,我这细皮嫩肉的,皮厚吗?"

"不厚!"观众说。

"不是我们脸皮厚,是你们的功夫太薄了!"顾客冷讥道。

"功夫不怎么样嘛,还开功夫店!还说免费发功,糊弄人的啊!"台下叫嚷声倏起。

"没意思,我们走吧。"观众开始走开,嘬哨声四起。

主持人紧张了,连说:"大家先不要走开!这两个顾客有没有获得功夫,我们到功夫检测站去检测一下就一清二楚了,欢迎顾客和我们一起去见证一下!"

"好好好!我们去检测。"两个顾客说着下了台。

主持人带着两个顾客到检测站去检测,许多看客也跟随而去一看究竟,包括朱绝尘和林子歌。

检测站的大厅里挤满了人,检测人员拿出一棵还魂草出现了。

还魂草的一个特点是晒干后,放入水中,它会继续生长。还魂草还有一个特点,就是把一棵干枯的收缩的还魂草,放在有功夫者的掌心,在人体真气的浸染下,它会立即伸展、变绿、生长!比放在水中复活得更快!正因为如此,徽州武林大会用还魂草来检测功夫的有无和质量,以防止功夫市场的欺诈行为。

检测开始了,检测人员把还魂草放在顾客的掌心上,但还魂草没有任何变化,还是干枯的,萎缩的,死死的。

这下柔克山庄的主持人傻了眼,两个顾客瞪着眼睛质问主持人:"怎么样啊? 现在认了吧? 本来你们就没有功夫嘛——"说话颇为阴损。

"就是嘛,没功夫还开功夫店,骗人钱的!"别的看客在一旁嚷嚷着。

两个武师一脸的苦色。

这时,一袭青衫闪现,人们定睛一看,只见一个挺拔潇洒、丰神俊朗的青年从人群里跃出,赫然仙府公子。他一举手,大声地说:"乡亲们,我知道发功失败的原因!"说完,青衫青年一手抓住顾客的肩膀,一手掀起顾客的衣襟,露出了里面的老葫芦。

青衫青年说:"大家看到了吗? 他的腰间挂着一个老葫芦,我告诉大家,发功失败,就是因为这个葫芦! 为什么这样讲? 我告诉大家一点武学知识,葫芦有隔绝气场的功能,俗语不是说'不知葫芦里卖的什么药'吗? 意思就是说难以穿透葫芦测视内中物品。从风水场气分析,葫芦的曲线外形含有太极阴阳分解线的神奇功能,因此常在风水化煞中应用。现在大家清楚了吧,这个顾客之所以没得到功夫,不是因为武师没功夫,而是因为这个顾客身上挂着葫芦,隔绝了气场导致的。如果一个顾客的腰间挂着葫芦,也许是一种意外,是一种偶然,但两个顾客的腰间都挂着葫芦,这就是一种预谋!"

青衫青年揭穿了阴谋后,两个武师气得脸像猪肝,谢绝圣和谢绝巧冲上前来,一人抓住一个顾客,啪的一下对着顾客的左脸甩去一掌,顿时,两个顾客的脸上都红肿了。武师又拽下他们腰间的葫芦,嘎吱一声捏得粉碎。

刚才还尴尬不已的谢绝巧,瞬间就有了凌厉的气势,他攥着铁锤般的拳头对着顾客,厉声问道:"说! 到底怎么回事?"

顾客看着谢绝巧的拳头,颤抖地说:"大侠留情! 我们是受人指使的。"

"说! 受谁指使的?"谢绝巧问。

"横一山庄花钱雇了我们,要我们在衣服里藏个葫芦,让你们发功不成。"顾客勾着头说。

"你们俩毫无功夫,为什么两个木牌都给你们抢到了?"主持人问。

"我们哪能抢到木牌?横一山庄派了几个武师混入人群,十个木牌全被他们抢去了,我们两个木牌就是他们给的。"

主持人和另一个武师谢绝圣立即到人群搜查,但横一山庄的武师早就不见了。

主持人说:"各位看官,请你们回到我们的功夫店去,我们重新给大家发功,并邀请检测站的人跟我们一起,现场检测。"

看众又轰的一声出了功夫检测站大厅,回到柔克山庄的功夫店门前。

两个武师把两个顾客带到功夫店,推上舞台,又对其右脸甩去一掌,顿时,右脸便和左脸"平分秋色"了,然后武师把他们推下舞台,两个顾客骨碌碌滚了一丈多远,才硬生生地撑住。

接着两个武师分别给两个老翁发功。半个时辰后,一直坐于一旁观看的检测人员,取出一棵干死了的还魂草,放在老翁的手心里,很快,萎缩的还魂草枝叶伸展了,变绿了,神奇地复活了!

还魂草复活了,柔克山庄的声誉也复活了。看众中掌声乍起,朱绝尘看到这一幕,欣然地笑了,他对林子歌说:"我们走吧。"

朱绝尘转身走时,主持人高声喊道:"少侠止步!"说完跳下台,拉着朱绝尘的胳膊说:"刚才亏得少侠的揭发,要不我们就完了!我们该怎么感谢你呢?"

朱绝尘笑笑,道:"把你们最好的功夫献给宣城的乡亲们,就好了!假的真不了,真的假不了,邪不压正!"

朱绝尘一拍主持人的肩头,道一句:"好自为之!"然后一拉林子歌,就走出了人群。

朱绝尘和林子歌驾一马车向南漪湖跑去,道路狭窄而又崎岖,马车怎么也跑不快。刚出城约十几里路,朱绝尘忽听身后有嘚嘚马蹄声,他一回头,发现后面有一干人,个个手持长棍,骑着枣红大马疯狂追来,践起的灰尘如烟般弥漫。

朱绝尘顿感不妙,对林子歌道:"后面有人追我们了!赶快跑!"

林子歌一怔神。

朱绝尘策马扬鞭,但马车怎么也快不起来——那路适合马跑,不适合车子。

眼看追者已迫近,朱绝尘对林子歌说:"你赶着马继续往前走,我下来断后。"

林子歌双眼骨碌碌乱转,稍一沉吟,点了点头。朱绝尘跳下马,立于路旁。林子歌赶着马到了前方不远处,也停了下来,主要是不放心朱绝尘。林子歌回望着后面,两眼紧盯着追者,看看他们到底想干什么。

六个追者到了朱绝尘面前,果然停下了,纷纷下马,向朱绝尘走来。

朱绝尘抬眼一看,注意到这干人帽子上都有"一"字的标识,知道这些人不是别人,都是横一山庄的武夫!很明显,他们是因为朱绝尘揭发了他们的阴谋而来报复的!

"你们想怎么样?"朱绝尘问。

领头的棍夫脸上有一刀疤,他一抱拳,说:

"叨扰了!"

"不要和我虚礼!快说!你们想干什么!"

领头的刀疤夫阴鸷地说:"因为你刚才做了好事,出于对你的奖赏,我们想带你到黄山免费旅游,吃住都在横一山庄。知道吗,我们山庄的总部就在黄山脚下。"

一个满脸髭须的武夫沉着嗓子道:"柔克山庄不是搞什么免费发功吗?我们搞免费旅游。"

"我要是不干呢?"朱绝尘说。

"你要是敬酒不吃的话,就让你吃罚酒!"说完,刀疤武夫一扬手中的长笛,说:"上!"

霎时,武夫呼喝着一拥而上,长笛齐刷刷打向朱绝尘,朱绝尘一旋长箫,咯噔噔地架开了。朱绝尘一个转身,霍然后折,如闪电般照前边两名武夫,用鸳鸯连环腿将其打翻在地,并对其长笛劈去一箫,那武夫手臂剧震,如中电掣,手中的长笛震落在地,反弹着。朱绝尘对着长笛猛踢一脚,飞袭

061

而去的长笛,在打中了髭须夫的胳膊之后,飞向高空,发出嗖嗖的声音,如横空出世的神器。

那髭须夫胳膊被击,先是一错愕,后是痛得龇牙直叫,委顿下去。

见此情形,刀疤夫一笛扫来,朱绝尘举箫去拦,刀疤夫的笛子打在朱绝尘的拇指甲上,那指甲被打碎,陷进肉中,鲜血流淌。朱绝尘一咬牙,强忍剧痛,对着刀疤夫用"云里显圣"和"判官脱靴"的连环招法,刀疤夫闪避不及,呼的一下栽倒在地,刀疤夫的脸撞在地上,鼻子都碰歪了。刀疤夫气急败坏,紧握长笛一阵乱扫,没打中朱绝尘,倒把路边的荒草打得如刀割般,碎草纷飞。

至此,六个武夫已有三个拿捏不住笛子了,另三个惧于朱绝尘的威力,转身就跑,跑到马边,飞身上马,夺路而逃。

朱绝尘对着倒在路上的几个武夫白眼一翻,沉喝一声:"都给我滚!"说完走了。

朱绝尘握着长箫健步走到林子歌面前,林子歌看到他的手指出血了,很心痛,一蹙眉,说:"呀!你的手指伤了!"

朱绝尘说:"没关系,小伤。"

林子歌从口袋里取出伤药,给朱绝尘敷上。

朱绝尘说:"这是什么伤药?"

"云南白药。"

"你真细心,还带了伤药。"

"我们俩不是要比武吗,为防比武受伤,我带了点白药。"

药敷上后,林子歌给朱绝尘包扎好。朱绝尘很感动,说:"谢谢你!"

"时候不早了,我们抓紧时间到南漪湖去吧。"林子歌说。

"是啊,我俩还要比武呢。"

"不用比武了!"林子歌笑笑。

"为什么?"朱绝尘不解。

"你刚才以一人之力打败了六个敌人,已经尽显武功了,还用得着比吗?"林子歌说。

"你刚才为什么不帮我一下?"

"我看你出手不凡,他们明明不是你的对手,还用得着我帮吗?"林子歌说完甜蜜地笑了。

"不比武了,还到南漪湖做什么?"

"去游玩游玩不可以吗? 再说了,你刚才战斗很艰辛,去休整一下也很好啊。"

"那好吧。"

两人上了马。

此时天已变阴,微风习习,吹着路旁的树叶,哗哗作响,如人絮语。路两边是无垠的田野,荒草满目。

到了南漪湖,见到苍茫一片的水面,朱绝尘不由赞叹一声:"太美了!"

南漪湖碧波万顷,水天一色,茫茫一派。湖面上水鸟翔集,湖边长满了齐膝高的野草。一阵北风吹来,湖波荡漾,无边的野草向一边伏去,令人顿生天苍苍野茫茫之感。

两个人站在湖边,纵目远眺,冷风飒飒,衣袂飘飘。

林子歌说:"上面泊了两条木船,我们何不租来,来个湖波泛舟?"

"好啊!"朱绝尘也很想荡舟湖面。

两人向上首走去,找到了船主,船主答应了,租金是江湖币三十元。

朱绝尘立于船头划船,林子歌立于船尾。两人玉树临风,衣袂飘飘。

朱绝尘看着茫无际涯的湖面,笑言:"这才是真正的江湖! 我们现在是名副其实的江湖人!"

船行驶到一处,朱绝尘发现稍远处有巨物浮在水面上,那形状像个算盘。他慢了下来,问林子歌:

"那是什么?"

"哦,那是休宁县一个功夫庄设的练功场。"

"休宁县的功夫庄在这儿设练功场?"

"是。他们练功必须在水面上,而整个徽州只有南漪湖有这么大的水面。"

"这个功夫庄叫什么名字?"

"功夫庄名字叫算盘阵,是珠算的发明人程大位创建的。程大位作古已有十多年,现在的掌门人是他的徒弟方未兆。"

"这家功夫庄大吗?"

"是休宁县最大的功夫庄,功夫强着呢。如果你感兴趣,我们可以靠近看看。"

朱绝尘加快了速度,向算盘阵驶去。

朱绝尘和林子歌的小船在算盘阵的邻近处停了下来,两人可以近距离地观察算盘阵那奇特的造型和独特的训练。

算盘阵的水上练功场就像个算盘,那算盘的框和横梁是用几十根竹竿拼接而成,横梁上面浮着十七条小船,那是算盘的上珠,每个上珠下面都对应着四条小船,和上珠在一条直线上,那是算盘的下珠——整个算盘阵里,像算盘珠一样排列了八十五条小木船。

船上一个人也没有,空空的,可湖岸上站满了武士,排成矩形阵,队列很整齐。

忽然,一个白衣男子高喊一声:"上船!"话音一落,武士们呼的一下跳到各自的船上,一人一船,端坐着。

白衣男子又高呼:"一、二、三、四、五、六、七、八、九!"

前九档的船迅速移动,就像打算盘一样拨出了九个数字。那船帮上镶了烙铁片,船移动时,相互碰撞发出嗒嗒声,这声音也像算盘珠的声音。

"九、八、七、六、五、四、三、二、一!"白衣男子高呼道。

前九档的船又动了起来,在算盘阵里拨出了九个数字。

"各档加一!"

"各档加二!"

"各档乘二!"

……

白衣男子连续发出号令,船中武士便迅速做出相应的动作,拨出的数字丝毫不差,反应之神速,让朱绝尘叹为观止。

林子歌说:"这只是反映他们的迅速反应能力和相互配合能力,还没有体现出他们的功夫,真正体现他们的武功的招式,还在后面呢。"

"好,我倒要看看他们究竟要怎么做。"朱绝尘说。

"空盘!"白衣男子下令道。

顿时,所有的木船都回到原位,各档为零。

这时岸上的白衣男子拿来一个真正的算盘放在桌子上,然后对着船上的武士缓缓地道:"调息——"

所有的武士都静默了下来,双眼微闭,盘坐船上,双手置于丹田处,虎口向外。

"运功——"白衣男子缓缓道。

随着白衣男子的口令,船中武士都在调动内气运功,很快,整个算盘阵形成了强大的气场,让近旁的朱绝尘和林子歌都感到了气团的存在。

而此时,岸上的白衣男子也在静坐运功。突然,只见白衣男子拨动算盘珠,发出咯嗒嗒的声音,如雨打芭蕉。而随着白衣男子拨动着算盘珠,那船也动了起来,船的运动和算盘珠的拨动完全一致,似乎二者有绳索的牵引似的——实际上什么也没有。让朱绝尘感到奇怪的是,那船的移动完全是自发的,船上武士静如止水,没有做任何动作。

白衣男子拨动算盘,足有一杯茶功夫。完了,随着白衣男子的一声令下,船中所有的黑衣武士一个腾跃回到岸上,那阵势像群鸭齐飞,如破空崩云。

朱绝尘和林子歌把船泊于岸边,上了岸。朱绝尘上前拜见白衣男子。

白衣男子身材颀长,骨骼清奇,须长面白,眉清目秀。

朱绝尘拱手施礼道:"不才朱绝尘拜见大侠!"

"免礼!"白衣男子一抬手。

白衣男子目光炯炯,锋芒迫人,在其目光的照耀下,朱绝尘心里不禁咯噔了一下,但很快又镇静了下来。

"请问大侠尊姓大名?"朱绝尘问。

"在下小名方未兆。"白衣男子目光一闪,如一道风华绝世的闪电。

听说此人就是算盘阵的掌门人方未兆,朱绝尘和林子歌相视一笑。

朱绝尘说:"刚才方大侠拨算盘发功,实在是精彩极了,晚生实在是大开眼界,佩服之极!"

方未兆摆摆手,说:"平常小技,不值一提。"

"谦虚。"朱绝尘笑言,"用算盘来发功,的确是一大发明。"

"算不上发明,对你们来说是稀奇事儿,其实对我们来说很平常很自然。我们这些人都是程大位老先生的后人和门徒,我们的工作就是和算盘打交道的,因此用算盘来练功、发功,对我们来说是自然而然的事情。"

朱绝尘点头微笑。

林子歌问:"贵功夫庄在哪些地方设有功夫店?"

"我们只有一个功夫店,在水东街。"方未兆答。

"为什么不在斗山街设功夫店呢?"朱绝尘问。

"斗山街在歙县县城,也是徽州府的府城所在地,政治气氛浓了些,商业环境不是很好。水东街没有什么政治因素,商业气息更浓。另外水东街在水阳江边,交通方便,南来北往的人更多,市口好。所以我们不在斗山街开店,只在水东街开店。"方未兆说。

"今天看到你们的功夫表演,我们想到水东街去买你们的功夫。"朱绝尘说。

"好啊,欢迎你们光临惠顾。"方未兆笑了。

正说间,忽然头顶上归鸦阵阵,林子歌一拉朱绝尘的胳膊,说:"天色不早了,我们该回去了。"

朱绝尘这才意犹未尽地登舟返航。

把船交还船夫,两人骑马踏上归程。

来的时候,朱绝尘骑马,林子歌坐于马车里,两人保持着距离。回去时,两人都骑在马上,已经没有什么距离了——马车空空,可两人的感情浓浓。

南漪湖之行,虽只有半天,但朱绝尘和林子歌两人感到很有收获。朱绝尘一手执缰,一手握箫,林子歌则抱着朱绝尘的腰,两个人兴高采烈,意气扬扬,丢下一路的笑声。

第九章　水东街(一)

　　林家人劝朱绝尘多住几天,在宣城玩玩,但朱绝尘坚持要走,他急于到水东街去看看那里的功夫市场。林家人无奈,只能让朱绝尘离开,让林子歌陪从。
　　次日晨,天色阴沉,细雨飘飞,云气氤氲,细雨中的城郭像一幅水墨画。朱绝尘和林子歌身披短蓑,头戴箬笠,冒雨出发。
　　两人来到水阳江边,乘一小竹筏向水东街方向驶去。
　　雨丝斜织下的水阳江朦胧迷离,那树林,那江水,那远山,看起来无不如一首意境空灵的诗。
　　朱绝尘和林子歌在雨帘中荡一轻舟,别有一番情调。周围一片静谧,唯有雨点拍打斗笠的嗒嗒声和船夫撑篙的沙沙声。
　　江水清澈,游鱼甚多,一梭一梭的游鱼尾随着竹筏,朱绝尘讶道:"哇!这儿的鱼比富春江的鱼还要多!"
　　"你经常抓鱼吗?"林子歌问。
　　朱绝尘摇摇头,说:"我不会抓鱼。"
　　"你知道吗,抓鱼是一种很好的练功方式,有一种功夫叫披雨叉鱼功,就是通过抓鱼来练功的。"
　　"披雨叉鱼功? 我没听说过,能跟我说说吗?"
　　"这种功夫就是在雨幕下,在雨点击打水面时,叉开两指去夹鱼,如果做到每夹必中,功夫就练成了。"
　　"那你练过吗?"
　　"练过。"

"练成了吗?"

"算是练成了吧。"

"那你演示给我看看,好吗?"

"好。"

林子歌捋起衣袖,俯下身,张开食指和中指,看着水面,眼睛骨碌碌乱转,然后对着水中的游鱼猛的叉去,那动作快如飞梭,眨眼间,一条银白色的游鱼就被夹了上来。林子歌的水中夹鱼比火中取栗还快。

鱼是种没记性的动物,这条鱼刚被夹上来了,不多会儿,别的鱼又尾随过来了,林子歌一出手,又一条鱼被请到船中。就这样,一杯茶功夫,林子歌夹上来五条鱼!

船夫看到后,问林子歌:"你就是大名鼎鼎的水孔雀吧?"

"那是别人给我起的外号,你怎么知道的?"林子歌双眼青芒乍闪。

"我早就听说宣城有个水孔雀,在水中抓鱼比鱼鹰还快!"船夫说,"你的美名如雷贯耳,但你的芳容我从未见过,没想到今天得以一见尊容!果然名不虚传啊,呵呵!"

"过奖了!"林子歌说,"其实也没什么,只不过我与别的女子的爱好不一样,一般女子爱好描龙绣凤,我喜欢练习武功,如此而已!"

五条鱼还在竹筏上活蹦乱跳,林子歌把它们全部放回江中。

经过两个时辰的航行,终于到了水东街。这时,雨已收,朱绝尘和林子歌取下斗笠,漫步于水东街,一睹古街风貌。

已到中午,林子歌说:"我们找家饭店吃点饭吧。"

两人走进网子街的近水楼台饭庄,站在门口的迎宾女仆对他们一鞠躬,说:"欢迎大驾光临!"

老板是一中年男子,苹果脸,笑容可掬,他让朱绝尘和林子歌坐在靠墙的一张血桦桌子边,并招呼店小二:"给客官沏两杯抹茶!"

"好哎——"小二应道。

抹茶送来了,飘几缕清香。

朱绝尘问:"你喜欢抹茶吗?"

林子歌淡淡一笑:"喜欢!喜欢它如春天的绿色!如寻觅春的芳踪,泡一杯抹茶就可以了。"

很快,两菜一汤上桌了。两人正用餐时,忽听马蹄声,接着是老板的招呼声:"无求大侠!您是稀客啊!"

朱绝尘和林子歌不约而同地回转身,只见一个衣衫褴褛、头发蓬乱、身体瘦高的男子走了过来——虽有马蹄声却没见到马!根本没见到马的身影,哪来的马蹄声?朱绝尘纳闷了。

老板指着朱绝尘旁边的一张血榉桌,满脸堆笑地说:"无求大侠,您就坐这儿吧。"

无求侠拂了拂长衣,坐了下去,把手中的棍子靠在桌边,朱绝尘侧眼看了看那棍子,他发现这无求侠衣服虽破烂不堪,但那棍子却精美的很!那棍子齐肩高,黑漆锃亮的,棍子两头被雕成马蹄状,也怪,这棍子落地的声音特像马蹄声!怪不得无求侠一进门时,朱绝尘听到了马蹄声。这人用这种棍子,是表示马到成功,还是表示天马行空?肯定有寓意的,朱绝尘想。朱绝尘再一看,发现这棍子上刻有几个篆体字:无求无畏棍。

老板拍着无求侠的大腿接着说:"你不知道,上次我儿子在飞街看到你用拨乱反正腿法打败了武林大会功夫管理局的官老爷,哎哟——回家后,他对你使的拨乱反正腿佩服得五体投地!把你那腿法说得神乎其神!走到哪儿都要模仿几下。大侠,模仿是最深沉的爱慕啊!"

无求侠抿嘴一笑,然后问:"你认为功夫管理局的人该打不该打?"

"该打该打!对这些家伙,就要用你的拨乱反正腿来对付!"老板又拍了拍无求侠的大腿,"大侠!只有你这样的人才会自创出那腿法来,其他任何人都创造不出来!真的!"

无求侠呵呵两声。

朱绝尘和林子歌一边吃饭,一边听邻座两个人的搭讪,不觉间对这个无求侠肃然起敬起来。

饭毕,朱绝尘起身掏出十元钱放在无求侠的桌子上,说:"大侠,给你十元钱买你的功夫,等你吃完饭,到外面给我发功。"

无求侠点一下头,说:"好!你到飞街的街头等我。"

朱绝尘和林子歌到了飞街,这是一条功夫店比较集中的街道,首先映入眼帘的是超值山庄的功夫店。店前有一个台子,台上铺着红地毯,台前围拢了许多人——原来是超值山庄在举行促销文艺表演。

就在朱绝尘看得如醉似痴时,耳后传来了马蹄声,他一转身,发现是无求侠拄着两头雕有马蹄的无求无畏棍走来了。

朱绝尘对无求侠一招手:"大侠!我们在这儿!"

无求侠也对他一招手,道:"过来!"

朱绝尘跟着无求侠穿过一条窄巷,来到街后一块空地,这块空地依临水阳江,周边有几棵杨柳。无求侠把无求无畏棍架在树枝上,对朱绝尘说:"把你的箫给我。"

朱绝尘说:"我这把箫是吹不响的。"

"我不是吹,我只是想耍耍。"

朱绝尘把箫递给他,说:"你耍吧。"

无求侠接过箫,下蹲运气,运气完毕,他左手平握长箫,右手手掌轻拂箫孔,五个箫孔便依次发出嗡嗡嗡的声音,然后把箫交还朱绝尘。

朱绝尘很惊奇,说:"别人只能用嘴让箫发出响声,而你用手也行,真是高手!"

"这是因为我把气运到了手上,我这么做,主要是测试一下我运气是否顺利。手从箫孔上滑过,箫孔有响声,证明运气顺利;箫孔没有响声,证明运气受阻。用嘴也好,用手也罢,只要有气,箫就会有响声的。"无求侠不紧不慢地说。

"现在不是很顺利吗?你运气不错!"朱绝尘笑了笑,"我们俩运气都不错!"

"是的,完全可以发功了。"无求侠又问:"你们俩谁上?"

朱绝尘看着林子歌说:"你上吧。"

林子歌一摆手:"你上!"

"那就我上吧。"朱绝尘考虑到无求侠衣冠不整,头发脏乱,估计林子歌是不大愿意上的。

无求侠让朱绝尘站好,林子歌帮朱绝尘取下背上的斗笠。

无求侠再度运功,不一会儿,朱绝尘嗅到一股香气,酷似丹桂。那香馥郁纯正,沁人心脾。

就在这时,无求侠猛一觑见巷口有一个身着劲装、高大威猛的武士挎剑走过,无求侠立即停功,对朱绝尘说:"你站着不要动,我片刻就来。"说完撒腿跑到大街上。

朱绝尘不知无求侠要去做什么,正忖度间,忽听得街面上响起了喝斥声和叫骂声,然后是喝彩声和叫好声。

不到一杯茶工夫,无求侠回来了,衣襟少了几个纽扣,手中却多了一柄长剑。

此时,香气犹存。

朱绝尘问:"大侠干什么去了?"

"我们徽州武林是不许任何人用剑的,这是我们老祖宗定下的规矩。可刚才那个中原武士竟敢带剑到这儿,这还了得!我当然要把他的剑夺来,那个人也被关押了起来!"无求侠把剑往地上一块大青石一掷,剑尖没入石头寸许。

朱绝尘说:"你走的时候我闻到了香气,你回来的时候,香气犹存,大侠真是留香夺宝剑!"

无求侠一招手,道:"好了,继续发功!"

无求侠弓步站定,双手运功,稍顷,香气重现。接着,其右手中指缓缓地向朱绝尘的鼻翼旁伸去,点住了朱绝尘的迎香穴。而其左手捏住朱绝尘的手心劳宫穴。顿时,朱绝尘的整个脸就有了麻辣辣、热烘烘的感觉。

半个时辰后,无求侠收功。朱绝辰感觉劲力大增,浑身舒畅,手心发热,寒气全无。

朱绝尘对无求侠拱手道谢,林子歌也连声道谢。

朱绝尘问:"你发功时怎么有股桂花香?"

"因为我的功夫是桂花园里练就的。"无求侠一瞥朱绝尘说。

朱绝尘离开时,只见无求侠拔出大青石上的剑,向远处一抛,宝剑在高空中划出一条弧线,并发出一声尖啸,落入水阳江中。

朱绝尘和林子歌回到飞街。

"怎么到现在还没看到算盘阵的店面?"朱绝尘嘀咕一句。

刚说完,林子歌手对前方一指,惊奇地说:"那不是吗!"

朱绝尘顺着林子歌手指的方向凝目看去,只见在一棵硕大香樟的掩映下,有一高耸的门楼,黑瓦白墙翘檐。门额上镶满着栗色算盘,大门左侧有一竖匾,上书:算盘阵。黑底白字,苍劲有力。

二人向算盘阵的功夫店走去。

这家功夫店的门前地面不比别家,别家店前要么是青石地面,要么是甬石地面。可算盘阵的店面前是一方形池子,池口置一硕大乌木算盘,算是池盖。据说,这种地面有两个好处:一者,顾客走在上面,算珠滑动,发出打算盘的声音,里面的人听到后,就知道有顾客到来;二者,算盘珠的滑动,可以擦掉顾客鞋底的脏物,脏物落入池中,有利于卫生保洁。

朱绝尘和林子歌踏上算盘盖,伴着几声清响,跨入门内。站在门边的两个迎宾丫环齐声说道:"欢迎惠顾!"两个丫环明眸皓齿,红唇轻启,露两排碎玉。

朱绝尘和林子歌对他们一拱手。

门内是一不大的庭院,栽几棵红叶李和丹桂。庭院一边有一座灵璧石垒就的假山。就在假山背后,朱绝尘二人发现一件趣事:假山后有一水池,池水清澈见底,池上盖着一个桌面大的算盘,有一个武师光着脚立于算盘上,用脚拨动着算盘珠。那武师目光如冷电,动作迅速有力,口中念念有词:三下五去二,四下五去一,五去五进一。

朱绝尘和林子歌对望一眼,甚为惊奇。

"用脚打算盘,见过吗?"朱绝尘附在林子歌耳畔,悄声问。

林子歌微微一笑,沉吟道:"许是他们练功的一种方式。"

二人看了一会,走进正堂。一进正堂,就看到程大位大师的画像。

接待员看到朱绝尘二人进来了,上前施礼道:"二位买功夫吗?"

朱绝尘点一下头:"是的。多少钱一次?"

"江湖币五十元。"接待员是一年轻后生。

朱绝尘掏出一百元,说:"两个人的。"

林子歌也拿出一百元来,对朱绝尘说:"我来付钱!"

两人都拿出百元大钞,接待员不知收谁的好。林子歌叫朱绝尘把钱收回去,朱绝尘让林子歌把钱收回去,两人推推拉拉的,难分难解。

接待员说:"好啦,你们俩不要推让了。这样吧,我们这儿有月票,一张月票二百元,你们拿出的二百元,正好买一张月票。"

"买月票有什么好处呢?"林子歌问。

"你用月票买功夫,一次只需四十元,比不用月票要便宜十元。"接待员说,"不过要在一个月的时间内用完,过期作废。"

"那就买月票吧。"林子歌说。

买了月票,接待员带朱绝尘和林子歌向后院走去。后院很大,是个练功场。里面有十几个身着宽大麻布衣衫的武师在打拳,他们人人手中都执一小型铁算盘,且胸前都别一个牌子,上写武师的姓名。接待员对林子歌说:"你们先看一会我们武师的拳术表演,然后任选一个为你们发功。"

"好的。"

武师先是单练,后是对练。对练时,武师分两排,一排武师持棍,另一排持算盘。从拳路看,双方打的都是昆仑拳。持棍者耍的是昆仑拳的乌龙棍法,对方耍的是昆仑拳中的九滚十八打。持棍者用棍子打另一排,攻势凌厉,身法之快,有如鬼魅。被打者用手中的铁算盘挡之,那棍子打在算盘上,算珠发出滋溜溜的声音,算珠飞转,把击打的力量分解了,被打者毫发无损。

对练完毕,朱绝尘和林子歌请一个名叫方未孩的武师为他们发功。武师身材颀长,面相憨朴。他把朱绝尘二人领到练功场的后边大厅,这儿平放着一个特殊的算盘,算盘框和算盘档皆为精铁打造,算盘珠是圆形的石磨。武师对朱绝尘说:"这是铁石算盘,它是测算功夫的。怎么测算呢?比如,在发功前你能推动一个石磨,在发功后你能推动两个石磨,这就表面你在我们这儿获得了一石(担)功夫。明白了吗?"

朱绝尘点点头,答:"明白了。"

"好,你们俩同时进行。这位先生推第一档的,这位小姐推第九档的。"武师说。

那石磨非常沉,二人都涨红着脸,使出全身的力量,结果朱绝尘只能推动三块石磨,在铁石算盘上拨出了数字"三",林子歌只能拨出"二"。

武师依此给两个顾客发功,发功后,武师叫朱绝尘和林子歌拨算珠,结果二人都比发功前多拨了一个,就是说二人都长了一石功夫。

武师和二人握手,说:"恭喜,你们都长了一石功夫!"

朱绝尘和林子歌行礼道谢。

朱绝尘说:"大侠能拨几个石磨?能否表演表演?"

武师展颜一笑,说:"好的。"

武师做一些准备动作,吸气,运功,接着大呼一声,中气充沛,震人耳鼓。然后,武师在铁石算盘边弯下腰,开始推动算珠。朱绝尘发现这个武师可以随意拨动算珠,要拨一个就拨一个,要拨五个就拨五个。他拨石磨算珠,和常人拨乌木算珠是一样的,可见其力道非同一般,把个朱绝尘和林子歌看得目瞪口呆。

出了算盘阵,朱绝尘对林子歌说:"到了算盘阵,才知道什么叫高人,什么叫高手!和别人一比较,才知道我自己功夫的不足!林子歌,我们以后要开设功夫庄,还需要潜心修炼啊!没有看家本领,拿什么在功夫市场上和别人竞争呢?"

"你能看到这一点,就好了。"林子歌说。

二人到了水东老街的另一条主街道——横街,这也是一条功夫街,大大小小的功夫店一家挨一家,门前的幌子各具特色,异彩纷呈,有布幌子,也有木幌子。各功夫店门前都有自己个性化的标志物,有的门前插一双铁棍子,有的门前挂两根长鞭,有的门前矗一武士塑像,有的门前是一个拳头或一只飞脚的巨型根雕,有的门前有大型的功夫石刻……不一而足。大小塑像和各种雕刻,无不生动灵妙,毕肖之极。整个功夫街俨然成了一个大型的艺术品陈列馆,让人目不暇接,流连忘返。

二人正饶有兴致地游览着,忽从天上飘下来许多纸片,朱绝尘和林子歌抬头一看,一群鸽子正从头顶飞过,纸片是鸽子投下的。街上行人不知何物,纷纷捡起纸片观看,林子歌也拾起一张。不看不知道,一看吓一跳。原来这纸片是一份邸报的片断,上面是总督府、武林大会和横一山庄联合发布的捉拿朱绝尘的通缉令,还配有朱绝尘的画像。通缉令上说,如若有谁抓到朱绝尘,将奖励江湖币一万元。

林子歌看后大惊失色,花容惨变。林子歌非常机敏,为防别人认出朱绝尘,她很利落地把朱绝尘背上的斗笠盖在朱绝尘的头上,二人转过一条小巷,来到街后无人处。

林子歌满心惶急地问:"这怎么回事?"

朱绝尘淡然一笑,说道:"前不久我在歙县斗山街发现两个小流氓公然调戏民女,我一时愤怒,把他们打残废了。这两个小流氓,一个是总督的儿子,一个是武林大会会长的儿子。这次在宣城,又得罪了横一山庄的人,所以他们三家联合起来通缉我。"

林子歌锁眉道:"现在通缉令都上了邸报,该怎么办呢? 邸报是朝廷办的报纸,是面向全国的,他们用信鸽来投放报纸,既快,范围又广。我想,当有很多人看到通缉令了。"

朱绝尘若无其事的样子,悠然道:"不要怕,他们抓不到我的。"

"重赏之下必有勇夫,悬赏金这么高,肯定会有人对你下手的。世上重利轻义的人太多了,你万不可掉以轻心!"林子歌面色凝重,"我看哪,你不能在外面游荡了,到我家去避一避,现在就回去!我们还是乘船回去,在船上你不能随便和别人搭话。"

朱绝尘点点头。

林子歌把朱绝尘的斗笠向下拉了拉,尽量遮住他的脸部。

二人来到水阳江的渡口,登上一条木船,朱绝尘和林子歌一人坐一边,依照林子歌的叮嘱,朱绝尘有意颔首而坐,不敢抬头。

船夫是年轻人,长圆脸,伏犀鼻。身穿大开襟黄衫,一手持一长篙,一手捧一只银灰色的鸽子。

船夫对朱绝尘瞅了瞅,问:"这位客官,现在没下雨,为何要戴着斗笠?"

朱绝尘怔了一怔,未等朱绝尘回答,林子歌抢答道:"还是早晨下雨时戴的,拿在手中嫌麻烦,就没除下来。"

船夫诡秘一笑,问:"二位到哪儿?"

林子歌答:"到宣城。多少钱?"

"二十江湖币。"船夫应声道。

林子歌交给他一把零碎钱,然后手一扬,道:"开船吧。"

船夫把手中的鸽子往空中一抛,双手撑篙,荡开木船,出发了。

此时已临近傍晚,天地肃杀,四野一片寒意。

第十章　水阳江

林子歌一上船,就练起了叉鱼功,真是见缝插针,分秒必争。半晌工夫,几十条鱼就被请进了船中,活蹦乱跳的。朱绝尘则静坐船上,默然不语。船夫只顾撑船,也不和他们搭话,神情鬼黠。

船行不到半个时辰,林子歌和朱绝尘愕异了!他们发现前方驶来了二十多条木船,且是一字排开。每条船上都有一条大汉卓立船头,威猛凶悍。

朱绝尘感觉不妙,猛一站起,双眼凌厉地看着船夫,怒问道:"前方是些什么人?说!"

"我不认识!"船夫默然半晌才低声答道。

"你不认识?!"朱绝尘啐道,"你刚才放鸽子是什么意思?是不是通风报信?"

朱绝尘猛一除下斗笠,厉声说道:"我就知道你认出了我是通缉犯,我就是通缉犯!你就能发财吗?"

船夫一声不吭,只顾奋力划船,向前面的船队靠拢。

朱绝尘大喝一声:"不要往前跑了!靠岸!"

可船夫哪听!不但没有改变船的方向,反而向前行进的速度更快了。

说时迟那时快,朱绝尘和林子歌倏然出手。朱绝尘挥起斗笠贯向船夫的头顶,林子歌则抓起一把活鱼砸向船夫。船夫头一偏,斗笠没打中,却被林子歌的鱼击中了眼睛。船夫手一抹脸庞,滑溜溜的,脸上沾满了活鱼的黏液。朱绝尘的斗笠再次打向船夫,船夫一把抓住斗笠,斗笠被拉成碎片,洒落江中。

朱绝尘放掉斗笠,挥起箫灭光打向船夫,船夫拿起船篙格开,林子歌则不停地抓鱼掷向船夫。

前方船队上的人看到他们三人在船上打起来了,一齐喊叫着冲过来,喊声震天。林子歌发现情况危急,就弹起一脚,踢中船夫的下巴。朱绝尘一矮身,左腿一铲船夫的脚,船夫一个踉跄,眼看要倒到江中,可就在这一刹那,船夫双手紧握长篙,一个翻身腾跃,来个撑竿跳,想纵身飞到岸上,然后弃船而逃。可船夫的手上粘了活鱼的黏液,他没握住篙子,手往下一滑,直挺挺地掉入水中。落水的船夫在水中扑腾着想挠住船,朱绝尘一脚踢去,船夫一声惨叫没入江中。

朱绝尘抓过长篙,竭尽全力把船往岸边撑。面前的船队离他们越来越近,林子歌抓起河鱼,像投飞镖一样投向冲在最前面的几个汉子。一时间,条条飞鱼直直地袭向那几个黑脸大汉,打得一干人像鸡吃了毒虫一样直摆头,他们的眼睛被一条条飞鱼击中,一个个眼冒金花。林子歌的飞鱼大战大大阻挠了船队的前行。

朱绝尘撑船快到岸边时,他急急地说:"林子歌,快把手在衣服上揩揩,我们要撑竿跳!"林子歌依言做了。朱绝尘先把箫甩到岸上,然后双手紧握长篙,一个翻身腾跃,来个漂亮的撑竿跳,嗖的掠开丈余,飞身上岸。篙子倒到林子歌的手中,林子歌迅即抓过长篙,也撑竿一跳,素净的面庞惊艳一闪,一头青丝翩然飘飞。林子歌身法更轻灵敏捷,虽身负斗笠,却撑竿跳得更远。

二人都上了岸,唯剩一条木船在江心打转转。

朱绝尘和林子歌刚上岸,那船队狼烟顿起,更远处就传来了一阵冲杀声,而船队的人也纷纷靠岸,一齐向朱绝尘追来。

水阳江岸边是无边的田野,长满了芦苇和半人高的杂草。此时已是傍晚,天色阴沉,归鸦阵阵,北风呼呼,野草随风起伏,一浪伏着一浪,整个天地一片苍茫。

朱绝尘和林子歌在田埂上飞跑,追者从不同的方向轰然跑来,有一百多人,或拿着棍子,或拿着绳子。

朱绝尘和林子歌跑到田野深处,有四个追者从间道插入,拦在他们面前。有一个追者为了威慑朱绝尘,挥起手中的鞭子,对着两边的野草横扫几下,那草簌簌洒落一地,如被刀割。追者还没来得及得意,朱绝尘舞起箫灭光冲向对手,速度极快,泼水不进!箫灭光发出了令人恐怖的笑声,持鞭追者被箫打中,倒地毙命。

另一个追者拿着棍子冲过来,箫灭光笑声不减,交手几个回合,拿棍追者也毙命。

还有两个追者眼看大事不妙,拔腿就跑,朱绝尘对着他们的后脑勺,举起箫灭光搠向他们,箫灭光带着笑声飞旋着袭去,长箫的两端啪啪两声分别打中两个追者的头部,二人当即倒下。路边的野草被长箫触及,纷纷碎断,披落一地。

朱绝尘跑过去,捡起箫灭光。

林子歌由于背着斗笠,跑起来不方便,朱绝尘说:"把斗笠取下来,扔掉!"林子歌迅速取下斗笠,正好后面来了一个追者,林子歌就抛起斗笠,对着此人的头猛一掷去,斗笠像一飞轮袭向追者。追者手一挡,可劲道小了,没挡住,斗笠正中追者的颈部,颈脖受伤,倒在田埂上。

朱绝尘拉着林子歌继续往前跑。后面百来个追者穷追不舍,可怎么也跑不过朱绝尘和林子歌。

天光已暗,夜幕降临。那些亡命之徒竟点起了火把追捕朱绝尘,朱绝尘和林子歌也跑得气息渐急,速度大减,但在夜色的掩护下,已不再那么危险了。

追者举着火把找寻了将近一个时辰,没有任何战果,就放弃了追捕,叫骂着打道回府了。

朱绝尘和林子歌在黑处趴在草丛里静息凝神,看到那些人撤退了,二人悬着的心终于落了地。可就在他们松一口气时,突然发现走在最后的一个追者,用火把点燃了什么,此时正刮着东风,火借风势,越烧越旺,刹那间火光冲天,映红了半边天。

朱绝尘暗忖:"这些人在烧什么?早晨下了雨,野草是烧不着的,那会是什么?"

正想间,林子歌一拉朱绝尘,暗声问:"他们烧火干什么?"

"他们不死心,可能想借着火光看能不能发现我们。趴着别动,别让他们发现了。"朱绝尘小声说。

二人默然半晌,直到火光熄灭。

两个人连夜逃跑,向西南方向逃去。

下半夜,林子歌引导朱绝尘来到位于宣城西南边界的华阳山脚下。此时夜凉如水,二人在农民的稻草堆里拔出一些干草和干柴,在山边生起一堆篝火,火光熊熊,映红了两人年轻的面孔。

朱绝尘搓着手,嘴巴嗫嚅着说:"林子歌,今晚你没回家,家里的人肯定焦急。"

"多少会有点焦急,但也不至于那么焦急,毕竟才一个晚上,如果好几晚都没回去,家里的人肯定找来了。"寒风吹乱了林子歌的发丝,林子歌拂了拂发际,娇面微红。

"今天追捕我们的人都是些什么人?"朱绝尘问,"到底是强盗还是某个功夫庄的?"

林子歌说:"看不出来。但不管是什么人,肯定是冲着悬赏金来的!"

朱绝尘笑笑,说:"看来我这个人还挺值钱的。"

"现在到处都是针对你的通缉令,我真的担心你无处躲藏。"林子歌满面忧容,抚额一叹。忽又振奋,她说:"对了!就是这座山,有一个深洞,洞口朝天,深奥莫测,至今无人敢进,如果你有胆量进去的话,躲在这个洞里,是最安全的了。"

"这个洞有多大多深?"朱绝尘问。

"非常大非常深。但到底有多大多深,谁也不知道,因为无人进去过。"林子歌说,"正因为无人进去过,所以你躲在里面是最安全的了,你想,那么深的洞,谁敢下去找你啊,最危险的地方也最安全。"

"不知道洞里环境怎么样,会不会有猛兽和怪物?"朱绝尘说。

"人们就是怕里面有猛兽和怪物,才至今不敢进去,现在就看你有没有胆量进去。"

朱绝尘呼的一下站起来,道:"我为什么不敢进去?我这人就爱探险,一不怕兽,二不怕妖,三不信邪!这次我下去定了!我倒要看看里面究竟有什么妖魔鬼怪!"

"如果你敢下去的话,这个洞也许是你藏身的最佳场所。"林子歌微浮浅笑。

"我们现在就去寻洞!"朱绝尘一挥手,满怀热兴地说,毫无退缩之感。

"现在天这么黑,怎么找啊?不要急!等天亮我们找洞不迟!"林子歌对朱绝尘招招手,"你坐下来,继续烤火!"

第十一章　白云洞

篝火熄灭了,天还没亮,朱绝尘和林子歌二人都感到很困乏,就背靠着背打盹儿。寒气袭人,两人都把衣服裹了裹。

晨光熹微时,朱绝尘醒了,拉了拉林子歌的胳膊说:"林子歌,天亮了。"

林子歌眨巴眨巴眼睛,说:"你没睡着吗?"

"睡着了,不那么沉。"朱绝尘说,"我们找洞去吧。"

林子歌带朱绝尘上了华阳山的山顶。

华阳山高千余仞,连跨宣城、泾县、宁国三境。山上有许多有趣的岩石,有的岩石像狮子,有的岩石像猴子,有的像精钢判官笔,还有的像一个老翁和一个老太肩并肩靠着。

此前茶枭林子歌曾多次到华阳山收购茶叶,她对此山比较熟悉,所以她很快就找到了那个山洞。朱绝尘看到洞口坚石上有挺秀的字迹:白云洞。他问林子歌:"白云洞是山洞的名字吗?"

"是的,此洞就叫白云洞。"

洞口很大,洞口朝天,如同一口大井,俯视其下,深奥莫测,令人望而却步。

朱绝尘趴在洞口,对着里面纵声一吼,里面传来轰隆的回声。

林子歌说:"我觉得你躲在这个洞里是最安全的,为什么这样说呢?一者,这儿是三县交界的地方,政府不太管,到这儿来的人很稀少。二者,这个洞无人敢下,里面什么情况谁都不知道。"

朱绝尘直起身,点点头,道:"不过,我觉得,藏身都是次要的,最主要的,这个洞非常适合我练功。你知道,我是通过吹箫来练功的,吹箫要有气孔,这个洞就是一个绝佳的天然大气孔,如果我坚持在这个洞里练个几年功,我的功力肯定会大增的!既能藏身,又练了功,岂不一举两得!"说完,朱绝尘脸上浮出很得意的微笑。

"不过我还是有点担心,担心里面有猛兽和妖怪。"林子歌蹙眉道。

"从洞口看,里面清清爽爽的,环境应该不差。"

"在洞口能看到多大的地方啊!问题是里面的情况!里面太大了!太神秘了!"

"如果里面有野兽或者怪物,我有办法让它们都出来。"

"什么办法?"

"用烟熏。"朱绝尘说,"到山下买两捆干稻草,点着后扔到洞里面去,浓烟熏一两个时辰,什么野兽不跑尽了?洞府不就是我的吗?"

"是个好办法!我们现在就去买草!"林子歌说。

林子歌和朱绝尘下山买草,顺便买点吃的。

他们带着稻草和一匹麻布折回洞口时,已是晌午。

而此时,天已放晴,阳光和暖。

他们点燃干草,猛力往洞里一掷,顿时,洞里浓烟腾腾,两人迅速用麻布盖住洞口,然后离开洞口,在距洞几丈远处伫立静观。

许是洞里的烟太浓了,朱绝尘发现有丝丝缕缕的烟从麻布缝里钻出来。

接下来的一幕让朱绝尘和林子歌惊诧不已!只见一只狼顶开麻布,从洞口跑了出来,接着又出来了几只狼,然后是成群的兔子、田鼠、松鼠、黄鼠狼、短尾猴、野鸡、獐、山雀、大灵猫以及其他不知名的动物,纷纷从洞里逃了出来,四处流窜——估计长了鼻子的动物都跑了出来。那场面,像千军万马破竹而下,像决堤的洪水破空而来,又像巨大麻袋倾底而倒。

滚滚浓烟从洞口直冲而出,如擎天黑柱。

两个时辰后,洞里不再有动物出来了,烟雾也散尽了。

朱绝尘说:"差不多了,我们可以进洞了。"

"我陪你下洞。"林子歌说。

两人先后纵身跳了下去,轻轻灵灵的。

置身洞中,抬头看天,可见白云悠悠;低头看地,但见流水潺潺。里面除了一堆草灰,还算干净的。

朱绝尘说:"我们用麻布把草灰装起来带走。"

"好的。"林子歌一个腾跳,把麻布抓了下来,两人用手把草灰捧到麻布上,包起来,然后扔到洞外。

朱绝尘点燃火把,小心地向洞里探去。越到深处,所见越奇,石乳、石笋、石柱琳琅满目、千姿百态、景致奇幻。溪流涓涓,游鱼历历。水石相映成趣,一步一景,如入仙境。整个洞穴,就是一座奇丽壮观的地下宫殿。

"这么美的洞府,人们竟然没发现,让禽兽占据了,太可惜了!"朱绝尘说。

"真是妙境、仙境!这么美的地方,哪有什么妖怪!要有的话,也只能是神仙!"林子歌嫣然一笑,"说不定你会在洞里遇上仙女。"

"你的意思是说我有可能来一场天仙配?"朱绝尘说。

"你可以搞天仙配,不过你可要注意了,你是个通缉犯,不要被七仙女把你出卖了!到时候婚配不成,小命不保!"

"那是!那是!"朱绝尘说,"现在,我只信任你,神仙我也不信任了!再说了,我还有一个远大的目标呢,我要练功,将来在徽州开一个最好的功夫庄,创业那么忙,我哪有时间和仙女谈恋爱啊!"

两人一边小心地往里走,一边说说笑笑。谈谈话,也可以提提胆,毕竟是第一次进这么深的洞。尽管是练武之人,多少还是有点害怕的。

越往里走,光线越暗,火把的光就显得越微弱。突然,前方影影绰绰的好像卧着一头雄狮,朱绝尘停住了脚步,把火把交给林子歌,说:"你拿着,我来靠前看看。"

朱绝尘为防不测,他舞动箫灭光,打起少林梅花棍,边打拳边向雄狮靠近,棍法遒劲有力,呼呼生风,一棍打中了雄狮的头部,只听哗的一声,发出石头的碎裂声,原来是狮子状的石乳!

两人虚惊一场。

里面的石乳越来越奇,有莲花状的,有灵芝状的,有门帘状的,有毛笔状的。大的雄壮奇伟,小的玲珑秀丽。

两人在洞里走了一个时辰,终于走到尽头。往回走时,他们一边走,一边把整个洞府分成几大块,并分别命名为凌虚场、琼芝场、金阙场、泻玉场和白云场。

林子歌说:"这几大场就是你以后的练功场。"

华阳山下村落相望,即日,林子歌从一小村中租一匹骏马,然后打马回家,把朱绝尘藏身白云洞的事告诉了父母。林子歌的父亲林弗居也很同情朱绝尘,支持女儿对朱绝尘的照顾,并于翌日随女儿来到华阳山探望朱绝尘,以示关怀。林弗居、林子歌这次来的时候,还给朱绝尘捎来被褥和蜡烛等生活用品。

三月三,女儿节,林子歌决定在白云洞中度过,林子歌把一支支蜡烛放在形神酷肖的石乳上,或放在莲花石的花蕊上,或放在狮子石的脚趾上,或放在毛笔石的笔尖上,或放在猴子偷桃石的猴头上,还有的放在仙人指路石的指尖。一时间,整个洞府遍燃蜡烛,灯光辉映,把个白云洞装扮得像地下龙宫。

林子歌从家中带来一些菜和一瓶徽州甲酒,两人坐在一块状似簸箕的大石上,把酒叙谈,对灯遣怀。酒酣处,朱绝尘陡生豪情,他起身下石,在泻玉场中一边舞箫,一边高歌。只听他吟唱道:

南国有佳人兮,林中之凤。
翩若惊鸿兮,婉若游龙。
荣曜秋菊兮,华茂春松。
仿佛兮若轻云之蔽月,
飘飘兮若流风之回雪。
远而望之兮,皎若太阳升朝霞;
迫而察之兮,灼若芙蕖出渌波。
襛纤得衷兮,修短合度。
肩若削成兮,腰如约素。
延颈秀项兮,皓质呈露。
芳泽无加兮,铅华弗御。
云髻峨峨兮,修眉联娟。
丹唇外朗兮,皓齿内鲜。
明眸善睐兮,靥辅承权。
瑰姿艳逸兮,仪静体闲。
柔情绰态兮,媚于语言。
奇服旷世兮,骨像应图。
披罗衣之璀璨兮,珥瑶碧之华琚。
戴金翠之首饰兮,缀明珠以耀躯。
践远游之文履兮,曳雾绡之轻裾。

微幽兰之芳蔼兮,步踟蹰于山隅。
于是忽焉纵体兮,以遨以嬉。
左倚采旄兮,右荫桂旗。
壤皓腕于神浒兮,采湍濑之玄芝。
余情悦其淑美兮,心振荡而不怡。
无良媒以接欢兮,托微波而通辞。
……

林子歌也是一饱读诗书之人,她一听就知道朱绝尘唱的是曹植《洛神赋》中的句子,只不过稍加改动而已,她完全能够听出朱绝尘此时唱这样的句子,是有深意的,故而她的脸上始终泛着幸福的微笑。

唱到最后两句,朱绝尘一手拉着林子歌的玉手,唱道:"无良媒以接欢兮——"然后一手指着旁边的清流,唱道:"托微波而通辞——"并半跪下身子,掬一点溪水,捧至林子歌眼前,神情恳切,意态恭敬。

林子歌伸出手掌,接过朱绝尘掌心的水,仰脖一饮,她取出一片宣纸,提笔写道:"点水之恩,涌泉之报。"然后把纸交给朱绝尘。

朱绝尘也取出一张宣纸,接过林子歌的笔,写道:"玉液之约。"写完,也把纸交给了林子歌。

两人都把对方交给的那一片宣纸收藏好,他们都知道一片纸就是一片情。

两个人继续喝酒叙谈。

酒毕,朱绝尘和林子歌开始在泻玉场切磋武艺。朱绝尘以箫代棍,打起少林梅花棍,那箫在朱绝尘手里像着了魔似的,变幻万端,时而发出女子的哭声,时而发出女子的笑声。

林子歌坐在一旁凝神注目,美眸流盼。

朱绝尘一直舞到身上出汗才休止。林子歌问:"你舞箫时,为什么一会发出哭声,一会发出笑声?"

"舞动的速度不一样,发出的声音就不一样。快到极致时,它就发出笑声,稍慢一点,就发出哭声。毫无功底的人舞动它,既没有哭声,也没有笑声,只有呼呼的声音。"朱绝尘缓缓道,"它笑的时候才有杀伤力,哭没有杀伤力,这就是笑里藏刀。"

林子歌点点头,哦了一声,说:"那你让我来舞动,看它是笑还是哭。"

"好的。"朱绝尘把箫灭光递给林子歌,一溜青光闪现。

林子歌以箫代棍,耍起了少林子母棍,上顶下扫,左劈右挡,腾跃如飞,恰如猛龙出海。

箫在林子歌手中也发出声音,但只闻哭声,未闻笑声。

林子歌停了下来,叹息道:"任我怎么舞,它就是不开笑脸。"

朱绝尘说:"你初次用我的箫,它就能哭了起来,已经很不错了。你的棍法很不错,只是功力还欠缺些,所以箫灭光没有发出笑声。不管什么棍法,只有让它笑,才见功力。箫如人啊,一个人,只有笑傲一切,才能威震一切。会哭是一种单纯,会笑才是成熟。箫灭光笑了,功夫就成熟了。"

"那我什么时候能达到笑的水平呢?"林子歌眸子清灵,不染半尘。

"哭笑之间只是一步之差。你已经达到哭的水平了,离笑还会远吗?许以时日,稍加努力,定会达到笑的水平。"朱绝尘用期待的目光看着林子歌说道。

练完棍法,朱绝尘开始练掌法。朱绝尘说:"林子歌,我自创了一套风烛残年掌。"

"风烛残年掌?"

"是的。"朱绝尘说,"这套掌法,如果你练到了一定的境界,任何人在你面前都如风中的蜡烛,随时可灭!"

"有这么厉害?"

朱绝尘点点头,说:"是的。"

"那你打给我看看。"林子歌柔声道。

"可以。只是……我才练到初级的水平,还没达到最高水平,所以还没有那么厉害。"朱绝尘说,"初级水平是什么样子的呢? 初级水平可以做到弹指吹烛,也就是手指一弹,就可以让洞里任何一支蜡烛熄灭。"

"真的吗?你演示给我看看。"林子歌说。

朱绝尘开始练起了他独创的风烛残年掌。霎时,琼芝场上,青影倏至,蓦然一掌。朱绝尘的一推一挑,一撩一劈,劲力十足。练到最后,朱绝尘猛一站定,对着白云场伸出右臂,曲指,然后四指分别在拇指上一弹,顿时,四指所弹方向上的蜡烛依次熄灭,远处的白云场顷刻间黑了下去,成一黑窟窿。

啪、啪、啪,林子歌击掌称许,脸上绽放笑容,说:"虽然是初级阶段,已经够精彩的了,隔了这么远,你竟然能弹指让烛火熄灭,好看!"

林子歌过去,重新点燃被朱绝尘打灭的蜡烛,白云场又恢复了光明。

朱绝尘往洞口处移了移,举箫吹了起来。林子歌奇怪地发现,箫虽没有什么声音,但整个山洞却发出一种声音,且声音越来越大,嗡呀呀的,像钟磬。再到后来,烛火都摇曳起来,像鬼火。朱绝尘吹了有一顿饭工夫,直吹得额头冒汗,头发冒气,至于停下。

"看来,这个洞府,对你来说,真是个很好的气场,是你练箫功的绝佳场所。"林子歌指指洞壁,"你看,这是个天然的共鸣箱,这个山洞本身就是一把箫,它的气孔比任何一把箫的气孔都好,天造地设,鬼斧神工。你手中有把小箫,白云洞就是一把大箫,箫中有箫,箫外有箫。你吹箫的时候并不是在吹一竿箫,而是在同时吹两竿箫,练功效果能不好吗?所以你一定要珍视这个地方,好好练。"

朱绝尘点点头,缓缓道:"我和你的看法是一样的。"

朱绝尘练功后,林子歌也不闲着,她到凌虚场也练起了武功,凌虚场上长发流泻,红衣翩翩,淡香悠远,倩影摇摇。

第十二章 高桥（一）

公元一六一八年三月的徽州，下了一场桃花雪。

大雪甫停，天空中仍飞舞着稀碎的小雪星。一个行色匆匆的路人，戴着斗笠，握着木杖，在厚厚的积雪上，深一脚浅一脚的赶着路，脚下发出吱吱脆响。

这个路人，是个年轻书生。

暮色苍茫，白雪皑皑。路人向着休宁的高桥走去，高桥位于休宁县北端，黄山南麓。

四野一片静寂，除了脚下发出的吱吱声，什么声音也没有。

到了高桥，他看到村子中有一处建构轩宏的宅第，想必是一大户人家，意欲前去投宿。

大门紧闭，黑漆铜环。门前蹲着两个大石狮子，可这两石狮子不比别处石狮子，别处石狮子是张口大叫，这两石狮子是抿着嘴微笑，令路人心中生奇。抬头看那大门匾额上题有三个镏金大字：屈伸堂。

他禀告看门人："我们到黄山游玩，不期走到这儿天已向晚，想来投宿，不知可否？"

"想投宿，先通名姓。"门人说。

"在下贱名徐霞客，江阴人氏。"路人自报家门道。"客官稍等，我去回报老爷。"门人说完一转身就回屋了。

俄顷，门人又回来了，笑言道："老爷依准，请进屋。"

徐霞客跟着开门人进了屋。一进门是个照壁，照壁是一块方整的大青石，当是"歙县青"，照壁上的图案为一把打开的折扇。照壁后是大院子，紧挨左右院墙，长着两排一两人合抱的老梧桐树，庭院积雪已被扫除，露出青石地面,青石上有线刻纹样。

徐霞客心想:连天飘雪,雪刚停,即被除,可见此户不是慵懒人家。

徐霞客再放眼一看,惊见后面有好几进房子,层楼叠院,高脊飞檐,粉墙黛瓦,且雕镂精湛,富丽堂皇。徐霞客和浔阳翁正陶醉时,忽闻前厅传来一人爽朗而又浑厚的嗓音:"哈哈哈,欢迎远客到来!"

徐霞客猛一抬头,说话者已然站在前厅门槛前,满面笑容。一端详,徐霞客发现说话者个子很小,五十岁上下,徐霞客拱手施礼道:"在下徐霞客,久慕黄山美景,想去一游。天色向晚来到贵府投宿,有扰!有扰!"

这家老爷手对厅内一挥,道:"贵客不用拘谨,请进!"

徐霞客卸下行李等物事,跨过青石雕花门槛,进入厅内。刚才整个宅第不见一盏灯火,此刻灯火同时亮起。而且在门两侧各站着三名迎宾女仆,就在灯亮的同时,女仆们打开手中的黑色折扇,迎向徐霞客。来者还发觉岂止女仆们有折扇,老爷的腰间也别着一把折扇呢。

倒春寒时节,竟使起了扇子,也属罕见,徐霞客心中诧异。

这时徐霞客、浔阳翁二人发现厅内桌椅板凳等一切物件,皆只有平常人家用的一半高,倒是挂在正墙上的一把黑面白字的折扇显得特别的高大,那白字是:屈伸堂。

老爷恭请客人坐下,对侧面厢房一呼:"上茶!"

迅即有侍者手托茶盘,举至齐眉,送上三盏清茶,放置客人和老爷面前。

徐霞客揭开青瓷茶盏的盖子,便有热气绕碗边转了一圈,转到碗中心就直线升腾,约有一尺高,然后在空中转一圆圈,化成一朵白莲花。那白莲花又慢慢上升化成一团云雾,最后散成一缕缕热气飘荡开来,清香满室。再看那杯中物:形似雀舌,色似象牙,清香高长,汤色清澈。

徐霞客微笑道:"此茶是黄山毛峰吧。"

老爷一扬眉道:"好识见!"

徐霞客道:"此茶我久已闻名。"

老爷呵呵一笑,道:"你对此茶是久已闻名,我对你何尝不是久已闻名?

你的先祖是江阴巨富,和我们徽州商人多有交易,而你也是饱览山河的一代游圣,早已名声在外。贵客到来,不敢怠慢啊。"

徐霞客一笑:"哪里哪里。"

这时,从不远处传来呼呼喝喝的练功的声音,徐霞客问:"这儿有练功场吗?"

"哦,我们屈伸堂就是一个功夫庄,练功场就在隔壁,和这个宅第仅一墙之隔。所以你看不到我家的武师,但能听到他们练功的声音。"主人说,"我们屈伸堂所有的房子分两大块,这一块是生活区,是我们自家人住的。左首隔壁是练功区,主要供武师们居住。两大块分得很清,基本上没有什么干扰。"

徐霞客微微一笑。他一侧目,瞥见一边厢房的墙上挂着许多葫芦,就笑着问:"挂那么多葫芦做什么?"

"哦,那是装黄山泉水的,黄山毛峰只有用黄山泉水冲泡才会出现白莲奇景,才好看!"说到葫芦,让老爷想起了什么,他问一个黑衣伙夫:"白吃!白云飞和白天蓝到紫云峰打泉水去了,回来了没有?"一提白吃这个名字,几个侍女都笑了。

"还没回来呢。"白吃回答。

"中午就提着几个葫芦走了,怎么还没回来?"

"也许是雪天,路不好走吧。"白吃说。

老爷对另一个伙夫说:"白喝,你和白吃一起去看看。"

"好的!"叫白喝的伙夫很干脆的答应了。

白吃、白喝迅速出门。

听到白吃、白喝的名字,徐霞客感到不快,他怀疑老爷在讽刺他:是不是说我吃饭不给钱? 他一阵脸红,猛地站起,问:"这顿饭多少钱?"

老爷一惊,说:"为何提饭钱?"

"我不能白吃白喝呀!"徐霞客正色道。

老爷站起,拉住徐霞客的手,说:"你坐下!"

老爷仰起头,对徐霞客哈哈笑了起来:"我想你是误会了。我们这个伙夫本来就叫白吃,不是因为你,我才叫他白吃。我们这个家族姓白,那个伙夫是我远房的堂弟,他自小比较贪吃,家里人都说他贪吃,他很可爱,后来他自己给自己起个名字就叫白吃。正好他在膳房里做事,因为他们没读多少书,只能干这事儿。你大概是认为我这么叫是在讽刺你,完全是一场误会!"

老爷把徐霞客拉坐下了。两人又喝了点饭后茶,略加叙谈,主人安排徐霞客到后房就寝。

徐霞客跟随主人到后房的过程,在这个旅行家看来,也是一次赏心悦目的旅游,而老爷则成了导游,老爷一边走,一边给徐霞客作介绍。

出了前厅,是一个天井,老爷指着天井的中央凸起的一处说:"这是个假山,被雪覆盖了,所以你看不见,它的旁边是几棵梅花树,也被雪盖住了。"

徐霞客笑着说:"是不是我来了,它们都害羞,都用白纱巾把脸遮起来了。"

老爷哈哈大笑,道:"大概是吧。"

天井的两侧是厢房,后边就是正堂。正堂挂一幅"黄山奇松"中堂画,黄山松状似折扇,中堂画也呈折扇形。中堂画下放一黑紫檀八仙桌,牙板皆用拐子龙和浮雕吉祥图案装饰。老爷指着桌上的花瓶、古镜和钟摆说:"徽州人家总少不了这三样东西,它们表示永远平安的意思。"徐霞客点点头。

正堂两侧的中柱呈梭形,上有楹联,老爷指着一副楹联读道:"积钱积谷不如积德,买田买地不如买书。"又指另一联读道:"几百年人家无非积善,第一等好事只是读书。"徐霞客非常欣赏地点头道:"写得好!太好了!"

这正堂,无论是横梁立柱,还是梁托叉手,也无论是门罩窗楣,还是瓜柱斜撑,都有浮雕或透雕,花纹多为梅、兰、竹、菊,无不雕刻精美,无不令徐霞客叹为观止。

正堂两侧垂手侍立六个女侍,老爷从腰间抽出折扇,两指轻拉,折扇打开,六个女侍同时上前,对着徐霞客齐声道:"客官吉祥!"老爷两指一合,折扇收起,六个女侍又一齐退下。

正堂后面又是一天井,天井周沿设有雕刻精美的栏杆和美人靠。

徐霞客嘀咕一句:"又是一个天井。"

"是的。我们徽人建房偏爱天井,这天井的确受用。"老爷说,"它能通风、透光,还能排水,雨水通过天井四周的水枧流入阴沟,这就叫'四水归堂',意为肥水不外流,体现了徽人聚财、敛财的思想。"

天井两边是耳房,耳房的墙壁安有漏窗。耳房屋檐上挂一鸟笼,里面养一鹦鹉。老爷对着鹦鹉弹开折扇,鹦鹉立即说:"欢迎贵客!"引得徐霞客忍不住笑了起来。

二人来到一个抄手游廊,游廊上有许多漏窗,所有的漏窗都呈打开的折扇形。穿过一游廊,便是后厅。老爷说:"我们白家待客在前厅,聚会在正堂,议事在后厅。这个地方就是我们议事的地方。"

后厅正墙上又悬一硕大折扇,扇骨是白色的,扇面是黑色的,上面画有"黄山奇峰"图,每一扇页上都画有一峰,高高低低,如剑耸立。

老爷说:"前厅和后厅的折扇是活动的,如遇喜事或迎接客人,折扇打开;如有不好之事,折扇就合拢。"

走出后厅,再走过一个穿堂,到了书房,书房有好几个,分别是老爷和几个公子的。书房里的一切用具都很低矮,里面摆放着文房四宝和松、竹、梅盆景。书房的门额上有仙鹤浮雕,屏门隔扇和窗扇有深谷幽兰线刻。

这时,忽从楼上传来古琴声,那琴声凄凄切切,如怨如诉,断人寸肠。徐霞客不禁驻足聆听,老爷问:"徐先生可知道所弹何曲?"

"如果我猜得不错的话,应是《广陵散曲》吧。"

老爷握扇的左手一击右掌,道:"对!正是《广陵散曲》!那可是嵇康的千古绝唱啊!"

"敢问弹琴者是谁?"徐霞客问。

"哦,是我小女白云裳。"

"贵千金高才!"徐霞客说。

"谬奖。"

书房后面是个花园,内有四个花台,花园的中间有个赏花的亭子,是六角亭,每角挂一灯笼。

再过一游廊,就是后房了,后房有好多室,名称各异,诸如:白鹿厅、白马厅、白鹤厅、白兰厅。老爷推开白马厅的门,对徐霞客说:"你就在这儿就寝吧。"

老爷安顿好徐霞客,回到前厅。心里琢磨着:"怎么白云飞、白天蓝还没回来啊?白吃、白喝也没回来。"

正想间,一团火焰从天而降,落入院子。老爷吓了一跳,定睛一瞧,是一枚两尺长的大镖,镖头稳稳地插在一棵大树的斜枝上,尾部有一团碗大的蜡在熊熊燃烧。

大门看守发现了异常,告诉老爷:"这是横一山庄的飞镖。"

"白亮,你看到从哪个方向投来的吗?"

"应该从后面很远处投来的。我两眼盯着门前,具体什么位置我不清楚。"

白老爷又惊又怒,恨恨地暗语:好你个横一山庄!又在跟我们耍弄"飞镖送信"!又想招惹我们!每次信的内容都不一样,我倒要看看这次信中所写是哪几个字!

白老爷肃然站立,两眼盯着火焰,蜡油不停地从镖杆上滴下,球形的腊变得越来越小,大约过了一个时辰,腊烧尽了,现出了里面的四个钢丝字,道是:二贼被擒!钢丝字被烧得通红通红的。

就在这时,大门洞开,白吃、白喝气喘吁吁地跑了进来,告诉老爷道:"老爷,白云飞、白天蓝失踪了,我们找了好大地方,也不见人影。"

白老爷道:"你们当然找不到,他们被横一山庄绑架了。"手对树上的大镖指了指,"你们看!"

"飞镖送信!"白吃、白喝几乎同时说道。

白吃一个纵身,跳上了树,拔出大镖,扔到地上,发出"铛"的一声。

老爷上前捡起大镖,鄙视地看了看,哼了句:"哼!横一山庄本事不大,镖倒不小。"老爷竖起镖,那镖和他差不多高,他立刻感觉到横一山庄明明

093

是在讽刺白家人个小,顿时气血上涌,一手握镖,另一手猛一发力,向那四个钢丝字横抓过去,手指动了动,那四个字在他掌心中顷刻被揉成一短截钢绳,然后唰的一下扔到院墙外。

老爷问白吃、白喝:"你们说这个镖杆怎么处置?"

白吃说:"给我们做门闩!"

白喝说:"给我们做拨火棍!"

白吃又说:"钉在地上,给我们做练功桩,我们在上面做金鸡独立!"说完还做了个金鸡独立的动作。

白喝又说:"交给我们的作坊师傅,把它打成一把锅铲或一把剪刀。"

白吃、白喝你一言我一语地说着,老爷哈哈一笑,摆摆手说:"不!你们说的都不妥当!人家的东西要还给他,哪能要人家东西呢!"

白吃似乎明白了老爷的意思,他附和道:"对!我们就用这把镖袭击他们!他们来个飞镖送信,我们就来个飞镖还击!"

白喝也大声地说:"对!这次我们是要还击了!横一山庄欺人太甚,我们必须还以颜色!"

老爷一伸食指,压低声音道:"不要叫嚷!今晚来了客人,另外小姐正在弹琴,一不要惊动客人,二不要干扰小姐弹琴。知道吗?"

老爷的嗓音透着一股威严。

白吃白喝这才静了下来。

老爷说:"这把镖我要还给横一山庄,我们用他们的镖换我们的人,谁的东西归谁,物归其主。"

"这样是不是太便宜了他们?他们明明是戏弄我们,侮辱我们,不把我们放在眼里!"白喝道。

"就是嘛。"白吃说。

"再说,既然他们存心想耍弄我们,欺负我们,恐怕不会随便放人的。"白喝道。

"这不用你们操心,我不仅要换回我们的人,还要换回我们的尊严。"老爷颇为自信地说,"只是今晚我们什么也不做。"

"什么?今晚不做!如果今晚不去营救,要是被他们杀了怎么办?"白吃虽是一脸的焦虑和不解,但也不敢大声地吼叫了,只能低低地说。

"云飞和天蓝不过是带几个葫芦到黄山脚下取点泉水,我料想他俩不会做什么坏事,既然我们屈伸堂的人没做伤天害理的事,他横一山庄是不敢把我们的人怎么样的!横一山庄的墨庄主不就一颗脑袋吗!他掉得起吗?"老爷冷冷地说,"所以不要惊慌!不要遇到一点事就乱了阵脚!"

"今晚不行动,那会不会坏事?"白吃还是担心。

老爷对白吃一瞪眼:"坏什么事?我说今晚不去管它,就不去管它!你们俩谁也不要动!今晚我们来了客人,不要惊扰客人!也不要打扰小姐,更不要让夫人知道了!夫人知道了,她就要大吵大闹的,那就没完没了了,知道了吗?"

白吃白喝低着头压着声音说:"知道了。"

"都去睡觉!"

"是。"白吃、白喝到厢房睡觉去了。

翌日,徐霞客起得很早,穿戴整齐,走出白马厅。刚出房门,忽听后院有击打声,徐霞客以为是屈伸堂的武师在练功。他悄悄推开院门,发现在后院练功的不是武师,而是老爷!老爷正聚精会神地在雪地上练功。身势如闪电,脚底如鱼窜。忽而拔步如风,忽而站步如钉。或轻如鸿毛,或重如泰山。高棚低压,里勾外挂,快速有力,节奏鲜明,气势磅礴。打得雪花四溅,呼呼有声。

徐霞客看得入了神,双手冻红了都没感觉出来。但他始终看不出老爷打的是什么拳术。

拳路打完,老爷做了收势动作,徐霞客喝彩道:"好拳法!"

老爷这才发现了徐霞客,笑呵呵地说道:"徐先生为何起得这么早啊?"

"没有老爷早。"徐霞客说,"您这是打的什么拳?"

"红拳。"老爷说。

"红拳?我没听说过。"徐霞客说。

"这种拳流行于陕西,我老家就在豫陕交界处,我们白家世代习练。"

老爷忽然发现徐霞客今天穿的鞋和昨天不一样,看起来很奇特,他也好奇了,问道:"你这是什么鞋?我好像没见过。"

"这是旅游鞋,名叫谢公屐,是谢灵运发明的,是专为爬山设计的,它有前后齿,上山时,下掉前齿,下山时,下掉后齿,这样可保证身体平衡。另外齿轮可防滑。今天我要爬黄山,又逢下了雪,路很滑,穿这种鞋很适用。"徐霞客说。

老爷点点头,说:"谢灵运真的很聪明,设计如此精巧!"

老爷请徐霞客用早点。早饭毕,徐霞客要走了,他从行李袋中取一把折扇,说:"白堂主,这次投宿贵府,受到热情接待,不胜感谢。临别之际,想赠一礼物,聊表寸心。但不知赠什么礼物是好,想来想去,我看你们屈伸堂钟爱折扇,正好我随身带了一把折扇,我就赠给你们一把折扇吧。再说,现在未到夏天,我也用不着扇子。"说完弯腰把折扇递给老爷,说道:"请笑纳。"

老爷是个视折扇如生命之人,要是别的礼物他会推让不收的,但这个礼物他不会不要的。他双手接过折扇,满面笑容,无比激动地说:"谢谢!太谢谢了!这个礼物太贵重了!"

老爷端详着手中的折扇,只见这把折扇制作精美,小巧玲珑,颜色古润苍细。

徐霞客说:"这把折扇名叫百骨扇,它有一百个扇骨。本是杭州芳风馆的传家宝,传世已经数代了,后来芳风馆主人把它赠给了唐寅,唐寅又赠给了我的曾祖,然后又到了我的手中。"

老爷说:"我们爱扇之人怎会不知道芳风馆?他们可是制扇第一家呀,他们的传家宝肯定不是凡品。"

徐霞客说:"是啊,制作折扇历史最久远的,就是杭州的芳风馆,这把折扇,他们仅制作了一把,任何人都无法仿造的,非常罕有。"

老爷发现这把折扇虽有一百个扇骨,但看起来非常小巧,一点儿也不显得笨重粗大,制作之精良,的确非同寻常,不愧为传世之物。他爱不释手,如获至宝。

作为回赠,老爷赠给徐霞客一包黄山毛峰,徐霞客推辞不掉,就收下了,然后和老爷依依作别,向黄山出发了。

第十三章 黄山(一)

徐霞客走了,老爷这才去营救白云飞和白天蓝,他本可以叫自家武师去的,但他不想惊动武师,决定骑一匹青驴独自去横一山庄——自家的事情自己解决,这是白堂主的一贯性格。

横一山庄总部在黄山北面的飞龙峰脚下,白堂主抄一条近道前往,到达时,已是下午。

山庄大门洞开,大门两边插着一排排长笛,门旁有门卫把守。白堂主跃下驴背,把青驴拴在门前的一棵枣树上。

"墨庄主在家吗?"白堂主问。

"要见庄主,先通名姓!"一个门卫说。

"我是屈伸堂主人白而昼,有要事见庄主。"白堂主说。

那个门卫看到白而昼手中拿一把长镖,顿起疑心:"拜见庄主,干吗带镖?"

"这镖是你们横一山庄丢下的,我来送还。"

"那好,你进来吧,墨庄主在庄主室里。"

横一山庄依山而筑,马头墙、小青瓦,地面、墙角、照壁、漏窗、抱鼓石全用青石裁制。用料硕大,建构恢弘。里面还有几棵高大的雪松。

横一山庄总部给人的第一感觉就是一个字——大。不愧是江湖第一山庄。

前排有一阁楼,底层门罩上有几个字:庄主室。二楼门罩上也有几个字:副庄主室。庄主室的隔壁是庄主助理室。此阁楼的旁边就是功夫楼,

097

里面有练功的声音。功夫楼前是一大块沙池,沙池上插着几百根长笛,意味着他们有几百个武师。

白而昼一进门,就听到庄主室里的浪笑声,是庄主正在和他的女助理、女秘书打情骂俏。

墨庄主体格健硕,身形彪悍;鹰嘴鼻,三角眼,薄嘴唇。他看到白而昼来了,冷笑着对女秘书说:"你们看,那个小矮子来了。"

说着说着,白而昼已到庄主室门前。庄主并不起身相迎,而是歪坐在黄花梨券口靠背玫瑰椅上,皮笑肉不笑地说:"小帅哥,是不是想我的女秘书了。"一语既出,女秘书又是掩口而笑。

白而昼庄肃地说:"我不是来看你的女秘书的,我是来还镖的。"说完把镖笃的一下放在庄主面前的长方香几上。

墨庄主呵呵一笑,说:"挺乖的嘛,镖给我送回来了,那么信你肯定看到了。"

"信当然看到了,但我不知道我家的孩子到底做错了什么事,就被你们绑架了。"

"做错了什么事难道你不知道?你到我这儿还装糊涂?"庄主瞪着眼说,表情透出一股威凛。

"我没装糊涂!"白堂主严正地说,"我家两个孩子带着几个葫芦到紫云峰取点山泉,好回家泡茶,这难道是不对的吗?"

"这难道是对的吗?你认为是对的吗?"墨庄主以一种居高临下的姿态对白而昼说话,像训斥小孩一样,"紫云峰山泉是功夫泉,饮用它可以长功夫,而我们就是靠出卖功夫来获利的,为了确保我们横一山庄的功夫能继续雄霸市场,紫云峰山泉早已被我们定为独家所有,其他功夫庄或功夫堂不得擅自去取水!擅自取水者一律绑架!要想取水,必须要获得我们颁发的许可证!我们的许可证是要花钱买的!一张许可证,江湖币一百元。知道了吗?大傻帽!"

白堂主看到墨庄主咄咄逼人的样子,一股怒气涌上心头,他攥紧了拳头,想两拳打死他!但他咽下口水,倒吸几口冷气,稳住了自己,没至于发作。他想,现在不能发作,现在要是发作,他们要是不放人怎么办?现在还是忍一忍,等他们把人放了,该怎么做就怎么做!谁叫我是屈伸堂的人呢?屈伸堂的人就应该能屈能伸!

"山泉来自紫云峰,紫云峰又不是你们家的,你们凭什么据为己有!"白而昼的话掷地有声。

"在徽州江湖,横一山庄的功夫是最强的,要不武林大会为什么决定江湖币由我们来发行呢?功夫大的人嘴巴就大,有功夫就有话语权,所以一切由我们说了算!别的功夫庄、功夫堂都服,你们屈伸堂还不服吗?"

"不给取水就不给取水就是了,干吗要把人绑架起来?"

"干吗绑架人?实话对你说吧,我看别的功夫庄的人都顺眼,但一看到你们屈伸堂的人就不顺眼!就不舒服!就不习惯!就反感!就起鸡皮疙瘩!手就痒,就想打人!"墨庄主大声地吼叫,手指对着桌子猛敲。

墨庄主的一番连珠炮似的话再次激怒了白堂主,但他还是强忍着,不让自己冲动,佯作镇静地说:"别的功夫庄也在出卖功夫,在和你们竞争,和你们抢夺市场份额,而我们屈伸堂虽有功夫,但我们并没有做功夫生意,我们练功是为了强身护家,完全是满足自家需要,是自给自足,自产自销,我们和你们没有任何竞争,我们不是你们的对手,你们却把我们当做敌手。我们之间无冤无仇,没有任何瓜葛,墨庄主为何要如此待我们?道理何在?"

"别什么道理不道理!不要拐弯子了!直说吧,你到横一山庄来到底想干什么?"庄主盛气凌人地问道。

"我要用你们家的镖换回我们家的人。"白堂主目光凌厉地看着庄主说。

"要人可以,但要先交罚款。没有我们的许可证,擅自去紫云峰取水,就要罚款,知道吧?"

白而昼不想生事,不想把事情闹大。他想:只要放人,罚点钱倒没什么,不跟这种无赖计较。屈伸堂虽是小人族,但胸襟大,横一山庄虽是大个帮,但胸襟小——"小人"坦荡荡,"大人"长戚戚。

白而昼问:"罚多少钱?"

"江湖币一百元。手续是这样的:先由秘书开张罚单,你带着罚单到财务部交钱。"

"行。"白而昼一扬手说。

秘书用宣纸开了张罚款单交给白而昼。

庄主对女助理说:"马助理,你带他去财务部,交钱后,你去把人放掉。"

助理起身,白而昼拿着罚款单跟着助理去了。

白而昼刚一走开,庄主和秘书就哈哈笑了起来。只听庄主得意忘形地对秘书说:"段小丽,告诉你,抢劫的方式多种多样,可以在大路上抢劫,也可以在办公室里抢劫。在大路上抢劫,靠的是武力,在办公室室里抢劫,靠的是权力。你看,我不费吹灰之力就从这个小矮子口袋里掏出一百元。什么是罚款?在很多情况下,罚款就是抢钱!用权力抢钱!"

"昨天你儿子在大路上抢劫未成,今天你在办公室里抢劫成功了,还是你厉害!姜还是老的辣!"

"那当然。"庄主悠然地在黄花梨玫瑰椅上摇动着身子,得意之色溢于言表。

墨庄主的话,白而昼听到了,他在心中暗语道:"你别得意过早,等会儿你就知道这一百元是你的还是我的!你有诡计,我有心计。你有小聪明,我有大智慧。我现在不和你斗,是想你放人,等你把人放了,有你好戏看!"

白而昼跟着女助理来到横一山庄的后院,里面有一个很大的猴子笼,关着两只猴子和两个孩子。白而昼看到两个孩子和两个猴子关在一起,立时怒气攻心,他瞪着眼睛问助理:"什么?你们竟然把两个孩子关在猴子笼里!太不把我们当人看了!"一个纵步上前,抓住猴子笼的铁锁,猛的一拧,咯喳一声,锁断开了,一脚踹开门,窜了进去。只见两个孩子低着头,坐在地上,靠着墙,身上龌龊不堪,手上和脸上被猴子抓得血迹斑斑。白而昼喊了一声:"天蓝!云飞!"

听到白而昼的呼喊,两个孩子一偏头,大哭起来,涕泪纵横。白而昼拉起两个孩子出了猴子笼。

这两个孩子,白天蓝十五岁,是白而昼的侄子,白云飞十一岁,是白而昼的儿子。

白而昼非常爱怜地用手抚了抚孩子歪斜的衣服,又理了理他们蓬乱的头发。孩子还在咄泣着,白而昼对两个孩子一瞪眼,闷哼了一下,孩子立时止了哭。白而昼从腰间拔出黑色折扇,啪的一下撒开,两个孩子撒腿就跑,刚跑了几步,白而昼哗的一下一收折扇,两个孩子戛然止步。白而昼走到孩子跟前,小声地说:"我的驴子在大门前,把它骑走。"

孩子点了下头,白而昼又抖开了折扇,两个孩子撂脚跑了。

看到孩子逃离了横一山庄,白而昼舒了口气。然而,他不想就此善罢甘休!他快步向财务部走去。

财务部的会计正坐在桌子旁翻看着帐本,白而昼说:"先生,刚才我给你的那一百元大钞是假币。"

"什么?是假币?"会计十分惊讶,忙从抽屉中拿出来看看。他知道现在一百元假钞太多了。

会计正在细瞅时,白而昼一把夺了过来,说:"你不要看了,它不是假币!我们屈伸堂哪有假币呢?"

会计怒了,他一拍桌子,吼道:"你搞什么搞!一会假币,一会真币!"

"这张江湖币,在你手中就是假币,一到我手中,它就变成了真币!所以这钱不能给你,我收回来。"说完,白而昼把钱装进了口袋。

会计怒发冲冠,倏地站起,一记冲拳打向白而昼。白而昼站在门边,他身子往后一撤,左手一拉门,会计的拳头重重地撞在门上。功夫庄的人谁没有功夫!那会计一拳袭来,竟打断了一块门板,拳头从门里穿了出来,陷入门板中。白而昼迅即对着穿门而出的手腕拦腰砸去一拳,顿时碎裂的门板刺进了会计的手腕,鲜血直流。

那会计一动也不能动了,靠在门上大嚎。

墨庄主听到会计的号叫,跑了出来,跑到财务部门前的空地,撞上了白而昼。

白而昼怒视着墨庄主,那怒火几乎要从双眼中喷射出来。

"你敢在我们这里闹事?"墨庄主冷冷地问,阴笑两声,"哼哼!也不看看你那模样!都没水桶高!"

"你站起来是比我高,但要是被我放倒呢?"白而昼话音一落,冲向墨庄主,腾空踢击对方的要害部位,接连使出红拳中的迎风腿、五花十字腿、背剑腿、飞燕腿、挂面腿和十字披红腿。那手也没闲着,配合腿的踢打,连使三个排手:贴墙挂画、猛虎爬壁、罗汉负宝。

白而昼功力深厚,一闪、一腾、一挪、一劈,无不带着厚重的力道。拳如流星眼似电,腰如蛇行步赛黏。

这着实出乎墨庄主的意料,他一没料到白而昼来势如此凶猛,打得他措手不及!二没料到一个小矮子武功如此精湛!

一开始,墨庄主被打得踉踉跄跄。但他毕竟是江湖上最大功夫庄的掌门人,长拳打得炉火纯青。他很快看出白而昼的打法特点,白而昼个小,个小的人要打到别人,必须要缠住对手,采取近身打法,白而昼就是这样。墨庄主为了摆脱白而昼的缠身,左腿一踹,右肘一格,一个旋身,脚一点,身子一纵,跳了出来。

总算稳住了自己,墨庄主个大,白而昼个小,就因为这,墨庄主的拳头基本上打不到白而昼,他只能用腿。墨庄主一矮身,挪移发脚,一只长腿扫向白而昼,这是长拳中的跨虎势,然后又来个下插势、伏虎势,动作迅猛。

白而昼嗖的一下跳起来,对着墨庄主的头部来个"泥里拔葱",在掠过墨庄主的头顶时,给他一个撩阴腿。

这一下让墨庄主受伤不轻,眼看自己空手是打不过这个小矮子的,墨庄主脚一点,就向功夫楼跑去,从沙池里拔出一根长笛跑来。

白而昼拉开马步,严阵以待。看到对方手中有兵器,白而昼也要动用兵器,他的兵器就是折扇!

白而昼从腰间抽出折扇。

敌手站在对面,举起长笛,一动不动,蓄势待发。白而昼两只手指,忽而一弹,忽而一合,扇子便随着手指的拨动一开一合,而且开合神速。奇异的是,折扇开合的速度不一样,幅度不一样,方向不一样,发出的声音不一样。全开,发出"杀"的声音;全合,发出"呀"的声音。半开,则发出"哎"的声音,半合,发出"呓"的声音。

白而昼拿着折扇,对着敌手反复舞动着折扇,那折扇一会"杀呀""杀呀"乱叫,一会又"哎哟""哎哟"悲鸣,让听者感到阵阵恐惧。

接着,白而昼挑衅地对墨庄主说:"你的武器是一根笛子,你把笛子当棍子使,其实你这个人不就是一条恶棍吗?站着干吗?有种你来呀!"

墨庄主挺起长笛劈下来,这是少林劈山棍。白而昼用扇骨一挡,笛子反弹回去,墨庄主又来一少林旋风棍,白而昼就地一滚,笛子打空了,白而昼一翻身,折扇对着一端着地的笛子一劈,竟让笛子断为两截!墨庄主气急败坏,向白而昼扑了过来,白而昼握着折扇的一边,发功抖动折扇,折扇另一边打中了墨庄主的嘴唇,嘴皮裂开,门牙被打落两颗。

墨庄主恼羞成怒,咆哮了起来,而这时,正在功夫楼里练功的武夫们也跑了来,一个个手持长笛,有二十人之多。

这么多人来了,白而昼感到大事不妙,在地上连打几滚,滚到围墙下,施展轻功,越墙而逃。

墨庄主嘴巴流血,门牙落地,长棍折断,威风扫地,狼狈不堪。他双手捂着嘴巴回到庄主室,侍医给他施了点药,包扎好。秘书段小丽给他泡了一杯绿茶,墨庄主手一挥,哗的一声,茶杯摔碎在地上,洒了满桌的水。墨庄主瞪圆了双眼,愤怒地说:"我嘴巴都这样了,哪能喝茶?"吓得秘书面如土色。这时,副庄主许断桥进来道:"庄主,刚才有个顾客来买功夫,这里发生的一切,他看得清清楚楚。"

"什么?顾客看到了?那要是传扬开去,我们横一山庄还有什么声誉?"墨庄主一脸的失意。

"正是!这件事要是被外界知道了,会引起功夫市场波动的,我们山庄的功夫股票价格定会大幅下跌,甚至一落千丈!"许断桥说。

"那怎么办?这件事必须要解决!"

"我想,把这个顾客找回来,甩给一把钱,让他不要对外界讲,也就行了。"许断桥说。

墨庄主手一拍桌子,重重地说:"不!把他干掉!"

"干掉?"许断桥很吃惊,他没想到庄主如此发话。

"对!就是让他死掉!他死掉了,不就不对外界说了吗!"墨庄主说,"他走了多长时间了?"

"有一段时间了,现在追,估计追不上了。"

"追不上也要追!在哪里追到,就在哪里把他干掉!用毒镖!"墨庄主铁着脸命令道。

"好的。"

副庄主转身走开,刚出门槛,墨庄主大叫一声:"且慢!"停顿片刻,问道:"刚才给顾客发功的武师是谁?"

"是丁夜永武师。"

"你叫他来一下。"墨庄主又对秘书说:"你去把我儿子叫来。"

不一会儿,丁武师和墨庄主的儿子墨暗尘来了。

"丁大师,你认得那个顾客吗?"墨庄主问道。

"认得。"

"把这个人的大体特征对暗尘说说。"

"那个顾客二十几岁,穿黄色衣服,背着一个布袋,微胖,个大,颧骨上有一大痣。"丁大师慢慢地说。

"你明白了吗?"墨庄主问儿子。

"明白了。"墨暗尘答道。

"那好,你们两个跟着许大师,去追那个顾客,追上后,用暗镖把他干掉。现在就去!"

许断桥、丁夜永和墨暗尘三人出发了。

那个顾客家住黄山南面,回家要翻过黄山。副庄主和武师从黄山北大门芙蓉岭进入北海景区。

此日虽是晴空万里,但雪还没化尽,残雪覆盖着山岚、山道和松枝,整个黄山银装素裹,玉树琼楼,晶莹雅洁。

北海景区奇景荟萃,风光绮丽,奇峰怪石,令人目不暇接,浮想联翩。

又逢红日西斜,霞光万丈,绚丽缤纷。

景色再美,这三人都无心欣赏,他们在竭力搜索着那个黄衣顾客的影踪。

山路还有积雪,平常人走起来很不容易,但这三个武师走起来却健步如飞,如履平地。不到一个时辰,他们就走过了老龙潭,翻过了叠嶂峰,到了丹霞峰。

走过了整个北海,也没看到那个顾客。

副庄主许断桥猜测那个顾客很有可能在西海景区,他说:"我们三人兵分三路,我到西海景区,丁大师到东海景区,墨暗尘到天海景区。"

二人答应了,许断桥向松林峰方向走去,墨暗尘向飞来峰方向走去,丁夜永则向石鼓峰方向走去。

丁夜永到了东海景区,恰巧东海景区兴起了云海,那云海从峰岚间倾泻下来,如大海奔腾,云遮雾罩,云气缭绕,一时间,东海区的白鹅岭、始信峰、石笋峰、观音峰都在云海中出没,忽隐忽现,缥缈迷离。

丁大师到了清凉台,就看不清路了,索性坐了下来,欣赏起云海来。

墨暗尘年纪最轻,跑得最快,这人特别擅长在雪地上跑动,常人在雪地上会感到步履艰难,可墨暗尘正好相反,越是有雪的地方,他跑得越快,人称踏雪飞。今天石阶上存点雪,正好适合他施展功夫,所以不一会儿就到了光明顶,然后又上了炼丹峰。

炼丹峰和莲花峰毗邻,此时,徐霞客正在莲花峰上欣赏美景,而且徐霞客的年纪、身形、着装和那个顾客很像。墨暗尘看到了徐霞客,以为就是那个顾客,拔步向莲花峰跑来,而徐霞客一无所知。

炼丹峰和莲花峰之间并没有直道相连,只有从百步云梯绕道。

墨暗尘向百步云梯跑去。

白堂主回家也要穿过黄山,刚到百步云梯,正在下石梯。下到一半,听到头顶有跑步声,抬头一看,是墨庄主的儿子赶到了。白堂主以为墨暗尘为父报仇,来猎杀他的,心中一凛,惊惶之下,顾不得一步一步下台阶了,一运气,一个旋身,从百步云梯上滚了下去。

这墨暗尘本并不认得白而昼,但看到白而昼如此惊慌,使他认为白而昼就是那个顾客,就是他要猎杀的对象,他就对着正在滚动的白而昼发了一镖。由于白而昼在滚动中,镖没打中。白堂主到了地面,刚一站起,已跑至云梯中段的墨暗尘又对他连发两镖,白堂主弹开折扇,两支镖都被挡住了,白堂主的折扇扇面不知用的是什么材料,什么镖都刺不破它,白堂主抖动折扇的力道甚大,两支镖一触到扇子,就咯咯两声,被弹飞到山谷中。

墨暗尘就带了三支镖,这下他的镖已使尽了。

白堂主向莲花峰方向跑去,墨暗尘就在后面穷追不舍,墨暗尘个大腿长,白堂主个矮腿短,一高一矮两个人在山间栈道上跑着。墨暗尘跑起来明显比白堂主要快,眼看快要追到了,白堂主突然一转身,扑向墨暗尘,使出红拳中的猛招"浪里拾柴",接着来个小鬼脱衣招式,墨暗尘身子一歪斜,从险坡上跌了下去,正好挂在半山腰的一棵松树上。

墨暗尘躺在松树上,没有动,白而昼没有管他,就上了莲花峰。

而徐霞客不知走到哪里去了。

许断桥到了西海景区,东海景区是云海茫茫,波涛翻涌,西海景区却是霞光万丈,碧空如洗。许断桥过了排云亭,沿着松林峰往前走。这时,他发现步仙桥上有一个人很像那个顾客,就加快了脚步,跑向步仙桥。顾客正站在步仙桥上小憩,看到副庄主跑来,不知为的是何事,他惊讶地看着,没有走开。

许断桥到了步仙桥。

顾客认得这个副庄主,他微笑着问:"副庄主为何跑得这么急?"

"正是为了寻你。"许断桥气喘吁吁地说。

"我到你们山庄买功夫,不欠你们钱吧。"顾客说。

"你不欠我们的钱,但欠我们的命。"

许断桥一语既出,气氛一下子紧张了起来,那个顾客立刻对许戒备起来,惊异地看着许断桥,说:"欠你们命?什么意思?"

许断桥倏忽笑了起来,说:"别紧张!跟你开句玩笑。跟你说实话吧,的确有人要谋杀你,我是来保护你的。"

"有人要谋杀我?谁?"顾客再度紧张。

"是这样的。你到横一山庄买功夫,是不是看到我们的庄主被人打得满地找牙?"

顾客哼了一声。

"我们的庄主怕你对外界传扬开去,就派我和另外两个武师来追杀你。我想保护你,我判断你就在西海景区,就把他们两个支走了,果然在这儿遇到了你。"许断桥说,"他们俩一个在天海景区,一个在东海景区,你千万不要去。你赶快就从石人峰下去,越快越好。"

顾客听从了许断桥的话,对他一拜谢,就从石人峰方向走了。

其实,许断桥表面上和墨庄主很团结,实际上他对墨庄主是阳奉阴违,和墨庄主是两条心的人。他早就不满墨庄主,恨不得横一山庄倒闭。于是,他总是变着法儿让横一山庄蒙受损失。今天,顾客来山庄买功夫,看到墨庄主被人打了,许断桥故意把这件事告诉他,并煞有介事地提醒庄主,顾客会到处宣扬的,以让庄主顾虑,然后提议以钱来堵这个顾客的嘴巴。

许断桥这么做的本意,就是让横一山庄破财。但他没想到墨庄主竟然要杀掉这个顾客,这让许断桥大为惊讶:他知道墨庄主狠毒,但没想到会如此狠毒。

本想为这个顾客要点钱,没想到庄主竟想要这个顾客的命。

可许断桥不想这个顾客因为他而送命,在路上,他忧心忡忡,真的担心顾客被另外两人发现了。现在看到顾客安全地离开了,许断桥悬着的一颗心终于落下了。

第十四章 高桥(二)

翌日清早,白堂主照例还是在后院练功,练功毕,他打开院门,想到屋后松坡上走走。他一开门,发现院门前有四个葫芦,呈一字排开,葫芦颈上系着一根红丝线。四个葫芦均被雪覆盖到葫芦颈。

这是谁放的呢?白而昼看着葫芦疑云重重。

白而昼担心葫芦里有暗器或毒药,不敢随便动它,就回身叫来了夫人,女儿也跟着来了。白而昼的女儿白云裁说:"四个葫芦的排列形状呈一字形,我推想这很可能是横一山庄干的。"

"有道理!"白而昼称许女儿道,"还是云裁聪明!"

白夫人说:"上次两个孩子被绑架了,葫芦好像没带回来吧?"

"没带回来。"

"是不是四个?"

"几个我也不清楚。"白堂主说,"云裁,你去把云飞和天蓝叫来。"

"好。"白云裁走了。

旋即,白云飞和白天蓝来了,白吃、白喝也跟着来了。

白天蓝说他们上次被绑架时也是带了四个葫芦,和这四个葫芦很像,但不能肯定就是,因为他们带去的四个葫芦并没有明显的标志。

一家人围着葫芦指指点点,没有定论,也不敢靠近它。

白吃不耐烦了,说:"你们胆子也太小了,不就是个葫芦吗,怕什么?"说着上前要拿葫芦。白而昼手一挥,惊呼道:"不能动!危险!"

白吃不在意,大声地说:"你们站远点!我不怕!"说完斗胆上前,蹲下身拿起第一个葫芦。

白吃手一触到葫芦,别的人轰的一下后退好几步,生怕葫芦里有什么暗器喷射出来。

白吃拿起葫芦,发现葫芦的大肚子上有纹饰,是弥勒佛的画像,那弥勒佛的身形就像个葫芦。画像旁边有四个娟秀的字:大肚能容。再一细瞧,弥勒佛的肚子上也有图案,好像是木兰舟。

白吃轻轻地摇了摇葫芦,感觉里面装着水,他想拧开葫芦盖。

白而昼再一挥手,惊呼道:"不能打开!危险!"

然而白吃还是把它打开了,里面果然是水,那水非常清澈,清澈得连里面的一根青丝也看得清清楚楚——里面就有一根头发丝。白吃的脸凑到葫芦口嗅了嗅，里面什么气味也没有。

白吃拿着葫芦又摇了摇，再摇了摇，没出现任何异常，什么危险也没有。

白吃拿着葫芦对众人道："我说没危险吧，瞧你们怕的！"

众人感觉的确没什么危险，才围拢了上来，看那葫芦。

白云裁说："葫芦上画个弥勒佛，弥勒佛的肚子中有一条船，它的意思就是告诉我们要大肚点，要像弥勒佛一样肚内能行船。要宽容点，不要冤冤相报，这个葫芦不也是大肚子吗？"

"要我们宽容他们，是吧？那他们干吗老是找我们麻烦！我们没招他没惹他，他们凭什么老是找我们茬儿！这种人就是不能宽容！你给他三分颜色，他就开染坊！"白夫人说。

"我们不能一味地宽容，但也不要一味地报复，要做到有礼有节。"白而昼说。

"那……里面放一根青丝干什么？"白吃问。

"这个人好落发，掉进去的，这难道也有什么深意？"白喝说。

"葫芦口那么小，头发能掉进去吗？男孩子就是不懂，青丝表示情思的意思。"白云裁说。

"对了，我想起来了——"白天蓝说，"我在横一山庄时，庄主有一个和我一般大的女儿，待我们很好，庄主把我们关了起来，他的女儿偷偷地送饭给我们吃，饭里面就有一根发丝。"

"真的呀，这个小姐肯定对你有情思了！"白云裁惊叹道，又问："小姐漂亮吗？"

"好漂亮哟！"白云飞在一旁插口道。

"云飞，你的碗里有没有青丝啊？"白云裁问自己的亲弟弟。

"我没看到。"白云飞摇摇头。

"这下不是明白了吗，这四个葫芦就是横一山庄的庄主女儿送来的。这位小姐把我们家的葫芦送还给我们，顺便送点泉水，并建议我们家对他父亲宽容点,另外这位小姐对白天蓝有点意思。"白云裁说得头头是道。

"这水里放一根头发,不是脏了吗,哪能喝?"白夫人说。

"小姐的头发没那么脏,能喝!"白吃说。

"那你先喝!你胆子最大。"白喝说。

"你喝吧,谁让你叫白喝呢!要是吃的就由我来。"白吃说完把葫芦递给了白喝。

白喝真的接过葫芦,喝起了冷水,喝完啧啧嘴说:"太甜美了,正宗的紫云峰山泉。"

"你喝了也是白喝!"白云裁笑着说。

白而昼说:"把那三个葫芦都取出来看看。"

白吃依言把另三个葫芦都从厚雪中取出来,这三个葫芦里面都装着泉水,但外身没有图案,只是最后一个葫芦外面贴着一张纸条,纸条写着:你们无需买采水许可证,我会定期给你们送水。

白云裁说:"你们说我猜得准不准啊?果然是横一山庄的小姐!看这娟秀的字迹,也知道是她。"

"横一山庄不全都是坏蛋,也有几个好人。好中有坏,坏中有好。你们看到八卦图了吗?那白的部分有一点黑,黑的部分有一点白。"白而昼对几个孩子说,"这三壶水,不可浪费了,带回家泡茶。"

这天傍晚,一个书生提着几个葫芦在雪地上匆匆趱程赶路。

书生头戴四方平定巾,身穿青布直身长衫,脚穿靸鞋。身材高挑,眉目清秀,还长着些许山羊胡子。

雪天路滑,书生低着头小心翼翼地走着,走到一棵大树旁,突然从树上跳下一个蒙面人,此人两手一抓,抢走了书生的四个葫芦,向前跑去。书生就在后面追,边追边骂着,但那蒙面人耳朵被蒙起来了,什么也听不见,只顾往前跑。书生在雪路上走一下滑一下,根本跑不起来,可那蒙面人越是雪厚的地方跑得越快,而且他不走大路,专在田间跑,因为田间的积雪厚些。

此时路上一个人也没有。

蒙面人一直跑到古楼坳的河边,河上的木桥被大水冲垮了,木片漂满了河面,蒙面人就踏着木片跨过了河面,身轻如燕,足不沾水。

蒙面人刚一上河堤,如风一样闪来一个灰衣大汉,厉叫道:"踏雪飞!往哪儿跑!"说着把手中的斗笠向踏雪飞一掷,那斗笠飞旋着袭向踏雪飞,踏雪飞被击倒在地。灰衣大汉用长长的钓鱼竿对着踏雪飞的手猛鞭两下,踏雪飞的手松开了,四个葫芦滚了下去。灰衣大汉上前一脚踩住踏雪飞,一发功,踏雪飞便一动也不能动,好像被一根桩钉在了地上。灰衣人一下子撕掉了踏雪飞的头套,说:"踏雪飞!我在这儿等你多日了,终于等到了你!"说完一拳打中踏雪飞的脊背,打得踏雪飞嗷嗷直叫。

"钓独客,我算服了你!"趴在雪地上的踏雪飞哀叹道。

"你以为你戴个面罩我就不认得你了吗?"钓独客说,"我就知道你这恶魔,天一下雪就要出来抢东西。别人以为我在这儿钓鱼,其实我要钓的鱼就是你!说!这葫芦是在哪儿抢的?"

踏雪飞手对后面指指:"是我在河那边抢的。"

钓独客回头看看,只见一个书生翻过了河堤,急冲冲地向这边跑来。书生跑到河边,停了下来。钓独客问书生:"是不是你的葫芦被抢了?"

"是的。"书生答道。

"是不是这个人?"钓独客指着脚下的踏雪飞问。

"不大像,好像不是,抢我的人是个蒙面人。"书生说。

钓独客捡起地上的头套给书生看,书生大叫道:"就是他!"

由于隔了一条河,又是傍晚,看得不是很清楚。钓独客放下脚,踏雪飞坐了起来,书生讶然道:"那不是我的侄子吗?"

"什么?他是你的侄子?你是他的叔叔?"钓独客说。

"不!我是他的姑姑。"书生说。

"什么?你是他的姑姑?你到底是男的还是女的?"

"我是女的,我这是女扮男装。"书生说着把自己头上戴的四方平定巾取了下来,头发披散下来,又把沾在嘴唇上的胡须撕掉,一个美女活脱脱地站在钓独客的面前。

钓独客一只大手捏着踏雪飞的头,问他:"她是不是你的姑姑?"

踏雪飞点点头。

"你还是个人吗?连自己的姑姑都抢!"钓独客怒斥道。

踏雪飞羞得无地自容。

钓独客举起拳头又要打他,对岸的美女央求道:"饶过他吧,给他一次改过的机会。"

"以后还会抢人吗?"钓独客问道。

"再也不抢了,再也不抢了。"踏雪飞耷拉着头一迭声答道。

"你家那么有钱,还要抢人干什么!"

"我抢人不是为了谋财,我只是觉得好玩,刺激,我三天不抢人,就觉得空虚,就觉得手痒。"踏雪飞说出了实话。

"三天不抢人就觉得手痒,是吧,那好,我现在让你手不痒。"钓独客说完一手把住踏雪飞的手,另一手用鱼竿对着踏雪飞的手心狠击三下,打得踏雪飞的手心鲜血泗流,皮开肉绽。踏雪飞痛得像死了娘也似的大叫,叫得让对岸的美女也心痛了,连呼:"不要再打了,再打就要出人命了!"

钓独客看在美女的面子上,就没再让踏雪飞吃苦头了,他沉喝一声:"把葫芦送给你的姑姑!"

踏雪飞乖乖地捡起滚落在地上的葫芦,站在水边迟疑着——负伤在身,他再也没有刚才身轻如燕的功夫了。

钓独客看出来了,手一招,说:"要不,你坐我的小船吧。"

踏雪飞跟着钓独客上了他的船,开船时,钓独客故意把船弄得左摇右晃,弄得踏雪飞晕头转向,下船后,他怎么也站不稳,晕倒了数次,好长时间才恢复过来。

踏雪飞走到美女跟前,问:"姑姑,你为何女扮男装?"

"你为何要蒙面?"美女反问一句。

"我蒙面是为了抢人。"踏雪飞恬不知耻地说。

"我女扮男装是为了给屈伸堂送泉水。你爸爸非常霸道地不许他们去取水,那他们喝什么?他们是小人族就欺负他们,是不是?"美女说。

"什么？给屈伸堂送水？你干吗要帮他们？"踏雪飞满脸的疑惑。

"我干吗不帮他们？我实在看不过去！我不但送水给他们，他们家的两个孩子被关在猴子笼时，我还叫暗香给他们送饭呢。"美女凤眼圆睁、娥眉倒竖。

"你曾让小妹给他们送饭？"踏雪飞惊愕道，"送水就送水，干吗女扮男装？而且装得这么像！害得我白抢一次！"

"我是遮人耳目的！我不这样，要是被你爸爸看见了，他允许吗？他会放行吗？"美女说，"我倒要问你，你干吗要蒙面？而且蒙得那么紧，那么死！我那么叫你都听不见！你要是不蒙面的话，我看出是你，就不会追了，害得我白追一次！"

"我回家要告你！"踏雪飞说。

"我回家也要告你！"美女说。

第十五章　黄山脚下（一）

横一山庄中堂宽敞宏伟，前面矗立着五棵高大的雪松，被雪压得蔫头耷脑，枝桠歪斜。

中堂大厅灯光昏蒙，幽幽暗暗，一片森寒。

大厅上方放一张紫檀圈椅，坐着庄主墨市雄，下首放着几张黄花梨交椅，坐着庄主的儿子"踏雪飞"墨暗尘、庄主的女儿墨暗香以及庄主的妹妹墨秋水。

墨庄主阴着脸，表情肃然，他目光凌厉地看着下首的几个人，愤然道："你们几个没一个让我省心！大会小会我都强调，我们横一山庄所有的成员要同心同德，不要离心离德！要加强向心力，不要有离心力！可你们表现如何呢？暗尘，我让你跟着副庄主和丁武师去抓那个顾客，顾客抓到了吗？没抓到。这个顾客没抓到,对我们山庄来说,就是个隐患！丁武师没抓到顾客,还情有可原,他走的线路出现了云海,看不见东西。那你和副庄主是怎么回事？"

墨暗尘辩白道："我看见了那个顾客,正准备去追时,半路上杀出个程咬金,结果让那个顾客跑了。"

"半路上杀出个程咬金！你怎么斗不过这个半路妖精？你们俩还说自己有功夫,这么点小事都办不成,还说什么功夫！暗尘,从明天起,你要苦练功夫,绝不允许懈怠！知道了吗？"

墨暗尘闷哼一声,答应了。

"还有秋水,谁让你偷着给屈伸堂送泉水？"墨庄主敲了敲桌子,"那个小矮子跑到我们山庄闹事,你还护着他！真是家里乌龟往外爬！"

"什么家里乌龟往外爬？你说谁是乌龟啊？"庄主的一句话激怒了妹妹,墨秋水白眼一翻质问道。

"屈伸堂是我们的敌人,你袒护他们,这难道不是家里乌龟往外爬吗？"墨庄主两眼圆鼓鼓地盯着妹妹。

"屈伸堂什么时候侮辱你了？什么时候侵害你了？他没侮辱你,没侵害你,是你莫名其妙地把他们当做敌人,有什么道理啊！"墨秋水说,"哥哥,你不要树敌太多。当年爷爷和爸爸在世时,刻苦练功,勤俭持家,谦逊对人,锄强扶弱,广结善缘,才一步一步地使横一山庄成为江湖上最大的功夫庄。现在上代人不在了,由你执掌横一山庄,你的做法和爷爷、爸爸大不一样,在江湖上横行霸道,欺负弱小,到处树敌。这样下去的话,会自绝后路的！到头来会应了一句俗话:富不过三代。"

"你一个女孩儿家的懂什么？"墨庄主说话总是咄咄逼人,"江湖上的某些功夫庄、功夫堂,都是我们的潜在对手,你别看他们现在安安静静的,一旦壮大了,他们就要闹事了,自然会侵害我们的。我们现在跟他们捣乱,挖他们的墙脚,对我们的未来是有好处的。"

"可是——"墨秋水正要讲话,庄主手一扬,制止道:"你不要说了！我不会跟你一般见识的！我要警告你,以后绝不允许偷着给屈伸堂送山泉水!"

墨秋水别过脸去,再也不吱声,闷闷地坐在黄花梨交椅上。

"还有暗香!你干吗给白家两个人质送饭?"庄主开始批评女儿了。

"是姑姑让我送的。"墨暗香说。

"姑姑叫你送你就送吗?你就那么听姑姑的话吗?我有时让你做事你怎么还不干?"庄主越说怒火越炽,他突然一拍桌子,骤然起身,指着下首说:"今晚你们三个都到功夫楼练功!不到子夜不要睡觉!都给我练齐眉棍!"说完一甩手走了。

第十六章　高桥(三)

近乡情更怯,不敢问来人。

白而赤此刻的心情就是这样。半月前接到大哥白而昼的竹筒信,得知侄女月内要出嫁,白而赤立即启程。经过十几天的昼夜兼程,白而赤终于踏上了故乡的土地。他已经十年没有回家乡了,现在,故乡的风物重现眼前,他除了倍感亲切和激动外,还有一分忐忑!因为他不知道自己的妻儿发生了怎样的变化,也不知道自己在亲人的眼中会有什么样的变化,彼此能否接受这种变化。妻子还是初婚时的端庄秀雅吗?儿子还是幼儿时的白白胖胖吗?还有大哥,父亲逝后,屈伸堂就由他一个人支撑着,不知他是不是已变得苍老?十年前,侄女还是个扎着羊角辫的小姑娘,现在都要出嫁了……

故乡的山依然是青青的,故乡的水依然是悠悠的,故乡的田野依然是芳香的。一切都是那么的熟悉而美好。

到了古楼坳的小河边,河里没桥,也没有船,他坐在河边脱下鞋袜,准备赤脚趟过河去。虽然河水不深,但他个小,仍然要把裤脚捋到大腿丫。

春天的河水虽然还有点寒冷,而河石也有点硌脚板,但他并不感到痛苦,相反,他感到很亲切,很踏实——他已经实实在在地走在故乡的河床上,触摸到故乡的水了!

过了河,继续往前走,道旁有两个垂髫小童在放鹅,只听他们用清脆的童音唱着童谣:

"前世不修,生在徽州,十三四岁,往外一丢。"

小儿的歌唱,让白而赤感慨万千,这几句就是他的人生写照啊!徽州地狭人稠,自古有"七山二水一分田"之说,由于田地少,只有靠经商谋生存。白而赤十四岁就跟随长辈到江浙做茶叶和生漆生意,如今已有三十年了,虽然赚了不少钱,但那种艰辛是常人难以想象的,童谣是那么的悦耳,听起来是那么的亲切,但也让他心酸!他百感交集,心湖波起。他从袋中拿出几个糖果,递给两个孩子,孩子高兴地说:"谢谢叔叔!"白而赤摸摸他们的头,说:"不用谢!"

到了高桥的村口了,白亮首先看到了。

白亮看到白而赤回来了,迎上前去,喜盈盈地喊道:"叔叔好!"

"亮亮好!"白而赤也是满脸的喜色。白亮的父亲是白而赤的堂兄,在白亮三岁时病逝,白亮的母亲改嫁,白亮就交由白而昼和白而赤扶养,白而赤很是疼爱他。

白亮接过叔叔的行李,跟着白而赤进了家。

一家人见到了阔别十年的白而赤,无不欢天喜地、兴高采烈。喝太平猴魁茶,饮徽州甲酒——道不尽的欢乐。

白而赤给每个人都带了一件礼物,他给白云裁的结婚礼物是从南京庆云馆购得的一把香扇,象牙扇骨,洒金扇面,边骨镂空,内藏三十二张牙牌。白云裁看到后,爱不释手,她喜不自胜地说:"太美了!太珍贵了!"白而赤说:"这把折扇,是我特地从南京的庆云馆购买的,为什么要买庆云馆的?我就是觉得你和庆云馆有缘分,你看,你叫白云裁,它叫庆云馆,名字中都有云,是不是啊?"

"这把折扇很珍贵。叔叔,我家还有一把更珍贵的折扇,是杭州芳风馆的百骨扇。"白云裁说。

"芳风馆的？那可是最有名的折扇馆啊。"白而赤惊讶道，"哪来的？"

"是前不久徐霞客给的。"

"徐霞客怎么认识我们家？"

"他到黄山游玩，在我家投宿，临别时，赠送一把折扇。"白云裁说，"我很想要那把百骨扇给我做嫁妆，又怕爸爸不答应。"

"你真的想要百骨扇做嫁妆吗？"白而赤问。

"是的，我只对这个感兴趣，对别的都没兴趣。"

"你不便对你爸爸说，是吧？没关系！我来告诉他。"白而赤一向喜欢这个侄女，他总是想侄女之所想。白云裁有什么要求，他总是竭力满足她。

白而赤到前厅找到大哥白而昼，开门见山地说："大哥，云裁说她特别喜欢徐霞客给的百骨扇，你能不能把那把扇子给她做妆奁？"

白而昼哈哈一笑，道："她是不是让你来传话的？"

"不是她要求我传话，是我主动来传话的。"

"我就知道你这个叔叔自小就偏爱她，要不她结婚，我首先通知了你，这么远我还是把你请回来了。"白而昼又笑了起来，"既然她那么喜欢那把折扇，有什么不可以的？明天买两个紫檀木匣子，一个箱子装你给的折扇，一个装徐霞客给的折扇，算是给云裁的嫁妆。"

阳春三月，春日融融，阳光明媚。今天是白而昼爱女白云裁大婚之日，高桥村花招绣带，柳拂香风，锣鼓喧天。屈伸堂家中张挂着的大小折扇全部打开，且一例红色。厅堂内高朋满座，笑语盈盈。丫鬟、仆人、杂役、小厮、家丁端盆送碟，迎来送往，忙得热火朝天，不亦乐乎。

闺房中，新娘白云裁头戴凤冠，身穿织锦缎婚袍，端坐在紫檀螭龙喜鹊鹿纹折叠式镜台上，幽闲贞静，娇小玲珑。

上午巳时，男方的迎亲仪仗队来了。队首是四人抬着两面开道锣，紧随其后的是六位乐工，分别手持笙、鼓、小镲和唢呐；四位执事持红、黄色团扇在乐工后，再后面就是一顶披红挂彩的八抬大轿，轿子后有两位侍女分别手举雉羽团扇。新郎也在迎亲队伍中。新郎身穿织锦缎婚袍，胸前佩大

117

红花。新郎乃白云裁姑母之子,歙县许村人,名为许征尘,其父是歙县最大墨店的老板。许征尘虽比白云裁要高,但也不足四尺。

一男童持盛满橘子或瓜子糖果的茶盘等候恭迎新郎,新郎走至门前。意气风发,神采飞扬,一到白家,就给在场的每个人发一个红包,不论男女老幼、亲疏贵贱。

白家请新郎和迎亲宾客吃汤圆和鸡蛋茶,吃茶毕,新郎捧着花来至新娘的闺房,把捧花献给新娘,然后在父母的引导下面对神明和祖先燃香祭祀。

家厮开始发放嫁妆,有什么藤枕、铜手镜、子孙桶等,最重要的是两把可谓名品的折扇,那可是比金银首饰更让白云裁看重的宝物。新娘在伴娘的搀扶下缓缓步入轿内,队伍朝着许村进发。

迎亲队伍渐行渐远,行至高桥村外,突然有一劲装华服之人,骑着一匹枣红色高头大马疾驰而来,迎亲队伍避让不及,被悍马撞个正着。有的被马撞倒在水田里,有的被马踩伤了,轿子也被撞翻了,新娘和新郎双双倒地,抬轿子的八个小厮,仰的仰,爬的爬,跪的跪,坐的坐,有的口衔污泥,有的手插黑土。嫁妆被撞得东零西落,狼藉不堪。等他们回过神来,马已跑远了,很快就转过了山角,消失得无影无踪。

新娘白云裁爬出轿子,捧脸痛哭,新郎许征尘也懊恼之极,他问白云裁:"要不要回去重新梳理一下?"

白云裁哭着说:"现在回去像什么呀?"

"那我们到河边洗洗吧。"

白云裁抽噎着,点点头。许征尘对大家说:"我们先把东西收拾一下,然后,到河边清洗清洗。"

大家开始收拾东西,收拾完毕,一起到河边清洗。

一个抬轿的小厮高声问许征尘:"许大少爷,难道就放了那个家伙吗?"

众人跟着高呼起来:"绝不能放过!让我们抓住他!"

许征尘挥挥手说:"各位请冷静!请大家放心,撞人的恶棍我是不可能放过他的!我一定会把他找到的,我自有办法!但是,做事要分清主次,今天我们的主要任务是把婚礼完成,所以我们现在继续赶路!万不可节外生枝,否则,今天我们一件事也做不成。"

"大少爷!这件事要向白老爷报告!"一个打鼓的小厮说。

"当然要让老爷知道!"许征尘说,"这样吧,我安排一个跑得快的,把这件事报告老爷,然后把老爷的话带回来。其余的人继续赶路。"说完,走到他的堂弟许向若面前,说:"向若,你去一下吧。"

许向若应声跑去了,迎亲队伍继续向许村进发。

"什么?被马撞翻了?"白而昼听到许向若报告后,非常震惊。来宾们无不感到惊讶不已。

"云裁受伤了没有?"白而昼急忙地问。

"新娘和新郎都没有受伤。"

"现在他们人呢?"

"被马撞翻后,我们收拾好东西,并到河边清洗清洗,现在他们继续赶路。"

"没派人去追吗?"

"那马跑得极快,不一会儿就不见了踪影。征尘说,等婚礼结束了,他有办法抓到那个骑马撞人的人。"

"知道那匹马和那个人的特征吗?"

"马是一匹枣红色高头大马,骑马的人,劲装华服,头戴网巾,面貌特征没看清楚。"

啪——白而赤怒不可遏,抽出腰间的折扇拍在桌子上,霍然站起道:"如此的横行霸道!岂有此理!大哥,我要去抓他!"白而赤怒目圆睁,青筋暴起。

白而昼一把拉住他,说:"早就跑得不见踪影了,你怎么去追?再说,我们家没马,你骑什么?骑驴子去追吗?"

正说间,白吃从后院跑来,一脸惊惶地说:"老爷!有人对着我家的大树射了一支箭,箭杆上还系着一个小木牌。"

"射了一支箭?走!我们去看看!"白而昼再度震惊。

白而昼、白而赤还有几个来客跟着白吃到了后院,大梧桐树上的确插了一支长箭,箭上系的小木牌还在摇晃。

"白吃,上树把箭取下来!"白而昼说。

白吃呼呼几下,就爬到树上去了,把箭取下来,小木牌上写着几行字:

不邀请函

第八届武林大会不邀请你们参加,特此通知。

第八届武林大会筹备委员会

白而昼看后,嘿笑一声,道:"我们没加入武林大会,不是武林大会的成员,开不开武林大会,与我们有什么关系?可笑!"说完把箭扳断,把木牌装在口袋里。

白吃问:"这支箭是谁射来的?"

"肯定是横一山庄!"白而昼说。

"那,在路上骑马撞人的家伙也是横一山庄的了。"白而赤说。

"什么横一山庄!简直就是蛮横山庄!"白吃说,"叔叔,不久前,云飞和天蓝到紫云峰取水,被横一山庄的庄主发现了,他竟然把云飞和天蓝绑架了,关在猴子笼里。"

"什么?有这回事?"白而赤很惊讶。

"是有这回事。但我已经狠狠地惩罚了墨庄主,所以这件事就了结了。"白而昼说。

"那马撞了人就算了吗?"白而赤说。

"哪能算了呢?这对于我们来说是奇耻大辱!问题是,《不邀请函》肯定是横一山庄射来的,但骑马撞人的人未必就是横一山庄的人,横一山庄好像没有枣红色大马啊。"

"不管怎么样,我先到横一山庄问问!"白而赤说。

白而昼一把拉住他,说:"没有十足的证据,不要去!去了会闯祸的!横一山庄不是好惹的,他们毕竟是江湖上最强的功夫庄,是一霸。"

"他们是霸主我就怕他不成？我在外地做生意，什么强盗没遇到过？什么恶霸没见过？但哪一个不被我打趴下了？我惧怕什么横一山庄吗？"白而赤说。

"这不是怕他们，我是说没有证据。如果有充足的证据，我会理直气壮地去找他们算账！毫不含糊！再说，今天我们屈伸堂办喜事，何必要闹个满城风雨呢？那样的话，别人就更要看我们的笑话了，我们被别人嘲笑得还少吗？"白而昼拉了拉弟弟白而赤，"回家！回家！忍一时风平浪静。"

其实白而昼并不是不想去问问横一山庄，只是不想让白而赤去罢了，他怕白而赤把事情闹大了，不好收场。白而昼认为，如果骑马撞人的人的确是横一山庄的，依墨庄主的霸气性格，他肯定会承认，因为他霸道呀，他什么也不在乎，就不会隐瞒的。因此，是不是横一山庄干的，去问一下就知。但派谁去问呢？自己去是不行的，因为上次把墨庄主打得满地找牙，现在再去的话，会招来对方的报复，再说今天家中来了许多宾客，作为堂主是不便离开的。让白而赤去也不妥当，白而赤脾气暴躁，不利于问题的解决。那就让白亮去吧，白亮轻功较好，跑得很快。

白而昼悄悄地叫来了白亮，把他叫到书房中，把一木牌交给白亮，说："你到横一山庄去一下，问两件事，一问这个小木牌是不是他们射来的，二问他们有没有派人骑马在路上撞人。然后告诉他，武林大会与我们屈伸堂没有任何关系，我们堂主从不关心武林大会的事，所以你们给我们送这个木牌，没有任何意义，也毫无意思。明白了吗？"

白亮点点头，说："明白了。"

"注意，态度不要激烈了，把话说清楚了就回来。"白而昼交代一句。

"好的。"白亮又点了下头，转身就跑了。

午后，宾客们陆陆续续告辞了，家中重新变得清静起来。白而昼坐在正堂，等待白亮回来。

日落时分，白亮回来了。

白而昼问："什么情况？"

白亮说："墨庄主承认那支箭是他们射的，但骑马撞人不是他们干的。"

"哦，"白而昼说，"我的估计也是这样的。"

白而赤说："今天由于家里办喜事，就算了吧。明天我们全体出动，上路打探，一定要把那个撞人的恶棍找到！大哥，我们现在开始练武，为明天的战斗做准备。"

"好的！白吃，把家中所有的人都叫出来练武！"白而昼下令道。

白家人全体出动，纷纷到后院练武。白而昼的夫人许南陌、白而赤的夫人许离鸿以及女仆也去了。

第十七章　宏村

翌日，天突降大雨，但并没有阻挡白家人找寻敌人的步伐，天一亮，白而昼、白而赤、白亮、白吃、白喝老少五个人，穿蓑衣戴斗笠，兵分五路，朝不同的方向巡查。

这次他们还是没有让自家的武师出动。

大雨飘飞，雨落潇潇，那雨滴在斗笠上低低吟哦。周遭的山林水汽氤氲，山水写意，像巨幅水墨画。

料峭寒风扑面而来，白而昼不由地打个冷战。

白而昼向黟县走去，在路上，他见一个人就问一个人：

"昨天你有没有看到一个人骑一匹枣红色大马？"

对方皆摇头道："没看见。"

走到一个山角，看到一个老翁在山下菜园里种菜，白而昼上前施礼道："请问老人家，昨天有没有看到一个人骑着一匹枣红色大马？"

老翁直起腰，把斗笠扶了扶，眨了眨眼睛，说："昨天是有一匹枣红色大马从这儿跑过去。"

"那你知道骑马的人是哪个地方的吗？"

老翁手抹了把脸,说:"骑马的人一身劲装,从装扮上看,应该是某个功夫庄的人吧,不是功夫庄的人不会穿那种衣服。至于是哪个功夫庄的人,那我就不知道了,那个人我并不认识,现在功夫庄太多了,不知道谁是谁。"

老翁说完,又弯下腰干活。老翁虽没有说出撞人的坏蛋是哪里的人,但老翁的话极大地启发了白而昼,就是把目标锁定功夫庄。可徽州地带的功夫庄太多了,每个县不下十家,整个徽州江湖有几十家。撞人的人到底是哪家呢?

白而昼向老翁道了谢,继续赶路,一路走一路思考:到哪儿去呢? 忽然一念闪过:黟县的功夫街。功夫街位于黟县县城,那一条街全是大小功夫庄开的功夫店,专门出卖功夫,生意十分红火。到那一条街去问问,说不定会发现线索的。

中午,白而昼来到雷岗山脚下的宏村。斜风细雨中的宏村,真是美不胜收! 数百户粉墙青瓦、鳞次栉比的民居群,就是一幅意境深设的写意画。精雕细镂的承志堂、飞金重彩的敬修堂、气度恢宏的东贤堂、古朴宽敞的三立堂、平滑似镜的月沼、碧波荡漾的南湖……无不如诗如画。幽深的小巷、苍朴的青石街道、雷岗上的参天古木和探过民居庭院墙头的青藤、拱起的石桥,构成一个完美的艺术整体,真可谓步步入景,处处堪画。白而昼来到村头的一家客栈打尖。

白而昼进门,把斗笠和蓑衣取下来,坐在一张桌子旁。

店主问:"客官,想吃什么?"

"来一碟'问政山笋'就可以了。"白而昼答道。

"一碟菜就行了吗?"店主问。

"行了! 我一个人吃不了那么多。"白而昼说,"'问政山笋'多少钱一碟?"

"江湖币三元。"店主说完给白而昼泡了一杯西递翠眉。

白而昼笑着问:"这么好的茶,要钱的吧?"

"放心,不会要你的钱的。"店主说。

"昨天有没有看到一个人骑枣红大马从这儿走过?"白而昼问。

店主摇摇头道："没看到。我们这里离县城很近,南来北往的人很多,谁知道是谁？县城有一条功夫街,过客大部分都是江湖上买卖功夫的人。"店主问："你是哪里的人？"

"我是高桥的人。"

店主看白而昼的个头太小,就笑了笑说："高桥的人不高呀。"

白而昼讪讪道："高桥的人个子不高,但别的方面不矮！"

"你们除了个子,别的方面都高吗？"店主反问道,"功夫也高吗？"

"武功上,我们不吃人亏。"白而昼说。

"功夫高不高,口说无凭,我们比试比试？"店主的言语之间流露出对白而昼的不屑。

白而昼摆摆手道："我是来吃饭的,不是来比武的。再说我有急事要办,哪有时间跟你比武？"

这时,后桌的一个客人呼的一下蹿到白而昼面前,说："你是屈伸堂的白堂主,我认得你！都说你们屈伸堂的功夫是徽州第一,我今天就要和你比试比试,看看你的功夫到底怎么样！"

白而昼笑笑,说："这位少侠,我只是说我们的功夫不差,但我没说是徽州第一呀！我们哪算得上第一呢？"

客人手指着白而昼,严狠地说："今天你非比不可！我今天刚买了横一山庄的功夫,横一山庄可是江湖上最大的山庄！我就要在你身上试试横一山庄的功夫到底怎么样！"

白而昼本不想和这人比武,但一听说横一山庄,火就上来了,心想今天还真的要比！而且要比赢,以达到一箭双雕的目的：一可以教训一下这个狗仗人势的家伙,这家伙买了点横一山庄的功夫,就耀武扬威；二可以让横一山庄威名扫地,砸掉他们的牌子。

这个顾客是一身高七尺的青年大汉,他看到白而昼那么矮小,大有不把对方放在眼里的意思。他看到白而昼迟疑着,不耐烦了,对着白而昼的桌子一拍,大吼道："到底干不干啊？"

白而昼嗖的一下跳起来,攥着拳头,一捶桌子说："干！"

青年大汉抓住白而昼的肩头,说:"那好,现在雨停了,我们到门外去比试!"

白而昼是讲武礼的人,出了大门,他对青年大汉一拱手,说:"请——"说完弓步站在地上。

青年大汉上去就给白而昼一个飞腿,可白而昼一动不动,就像钉在了地上,稳如泰山。

青年大汉又咆哮着对着白而昼劈面砸去一拳,白而昼头一侧,大汉的拳头打空了,白而昼抓住他的手腕,顺势一拉,大汉便重重地栽在了地上,腿䅟曲着,白而昼对着他的腿飞起一脚,大汉啊的一声大叫,一个鲤鱼打挺站了起来,刚站稳,白而昼给他一个美女照镜腿,大汉踉跄了一下,一个旋身,挥起左拳,击在白而昼的胸上,发出一声闷响,可大汉感觉好像是打在巨石上,痛的不是对方,而是自己!大汉撤下左拳,右拳又送出,想打击白而昼的脖子,白而昼一歪身,又给他一个美女照镜腿,踢中了大汉的腰,大汉再度倒地。大汉一弓腰,又爬起来了,抡起胳膊就挥向白而昼。白而昼一矮身,迅即来个驴儿后蹶腿,再次击中他的腰部,那大汉哎哟一声,身子一弯,白而昼抢上一步,身体一弹,又来个美女照镜腿,踢中大汉的脖子,大汉倒地,头歪在地上,痛叫不已,面部不断地抽筋,脸形扭曲,口眼歪斜,原来白而昼踢中了对方的一根经脉。

大汉躺在地上有一杯茶功夫,还不见爬起来,白而昼问:"认输吗?"

青年大汉的头动了一下,哼出一个字:认。

大汉认输了,白而昼缓缓地吸一口气,一运功,手掌微微变红,依稀有热气冒出,然后在大汉的脖子上扶了扶,那大汉便不再抽筋,面部也不再扭曲了。白而昼拉大汉坐起,说:"得饶人处且饶人,既然你认输了,我就不再把你怎么样了,但我要让你记住今天这件事。"说完,从腰间拔出折扇,侧着大汉的头皮,呼啦呼啦几个开合,那大汉的头发就被剃了下来,长头发变成了小平头,留下条形的痕迹,就像折扇的扇页。

头发被剃,那大汉非但不恼怒,反而对着白而昼跪地求拜:"求求你,卖点功夫给我吧!"

白而昼说:"你不是迷信横一山庄的功夫吗?盲目崇拜!"

大汉跪在地上,低着头说:"横一山庄的功夫质量太差!而且特贵!以后再也不买横一山庄的功夫了,和你这么一比武,我今天买的那么一点功夫全部用光了,你卖点功夫给我吧,你的功夫太厉害了!"然后磕头如捣蒜。

就在这时,从附近传来一阵桀桀的怪笑,白而昼和大汉同时寻声看去,是一个在南湖湖心桥垂钓的人发出的。

钓者见两个人都在看他,就止住了笑,专心垂钓。

这时,厨师喊:"客官,'问政山笋'炒好了!"

白而昼对着大汉说:"你起来吧,我要吃饭了。"

大汉站起,和白而昼一起进屋,说:"这顿饭我请了!"对厨师说:"师傅,再加两个菜!来一瓶甲酒!"

"加两个什么菜?"厨师问。

"上一个竹笋烧肉,再上一个什锦肉丁。"大汉说。

白而昼和大汉比武的全过程,店主在一旁看得一清二楚,他觉得白而昼的武功太高强,心想今天幸亏没跟他比,要是比的话,肯定会出丑的。店主一下子热情了,他满脸堆笑地说:"贵客果然不虚言!功夫确是了得!在下实在佩服!佩服!得!再给你泡一杯西递翠眉!"

大汉和店主的表现,着实让白而昼感到好笑,大汉请他吃饭,白而昼并不拒绝,心想,让这个好事者破点费,也该当!

受店主的影响,厨师炒起菜来更加卖力了,很快,竹笋烧肉、什锦肉丁端上来了。

大汉和白而昼一边喝着徽州甲酒,一边交谈着。

大汉问:"白堂主的功夫这么好,准备开功夫店吗?"

"我们家经商主营茶叶和歙砚,练功一是为了健身,二是为了自卫。我们不是靠这个赚钱的,不开功夫店,不出卖功夫!"

"再求你一次,卖点功夫给我,好不好?你看我都请你吃饭了,卖点功夫给我不行吗?"青年大汉哀求道。

"我不是说过了吗,我们不卖功夫!你可要弄清楚了,你请我吃饭是因为你比武比输了,而不是来交换我的功夫的!"

青年颤声道:"我还有一个交换条件,你绝对不会拒绝,我想你肯定会感兴趣的!"

白而昼沉声道:"什么?快说!"

"你不是要寻找昨天骑枣红大马的人吗?我知道那个人,我在功夫街看到了那匹马。"青年大汉诡异地说,"你要是卖点功夫给我,我就告诉你。"

白而昼急于想找到那个骑马撞人的恶棍,就答应了,他说:"好,告诉我是谁吧。"

"你先给我发功,然后我再告诉你是谁。"青年大汉说。

白而昼眼珠转了转,自忖着:这青年武功在我之下,量他不会不告诉我的!如果他得了我的功夫后不告诉我,我有办法废掉他的功夫。

这么一想,他说:"好吧,我答应你的要求,先给你发功,发功后,你小子可不许耍赖!"

"白堂主,你说哪儿去了,我哪敢呢?放心,我绝对会告诉你的!"

"走,到外面发功,家里的场地太小了。"白而昼说。

白而昼和青年大汉来至客栈门前,白而昼让大汉站好,含胸收腹屈膝,双眼微闭,意守丹田,调息松胯。大汉依言一一做了。

白而昼个矮,为便于发功,他跳到门前拴马石上站定,然后伸出两掌,手心分别正对大汉头两侧的太阳穴。白而昼开始运功了,手掌发热,微汗,真气聚于掌心,由劳宫穴输出,直逼对方太阳穴。

正发功时,南湖拱桥上又传来几声磔磔怪笑,白而昼侧目一看,还是那个钓者!白而昼没理他,继续专心发功。

白而昼非常负责地给大汉发功,持续了半个时辰,而且分文不取,只为了讨得青年大汉的一个答案。

发功毕,白而昼仍立于拴马石上,静待大汉的回答,如果大汉不告诉他答案,白而昼就可以顺势伸指点其后颈部的哑门穴,令其功夫全废。跳下石来,因其个矮,就很难点到对方的哑门穴了。

白而昼用期待的目光看着青年大汉,说:"该你说了。"

大汉道:"那个骑马的人是阴阳堂的一个武师,这个人姓高,名叫高处寒。"

"高处寒?"

"是。"

"当真?"白而昼厉声道。

"当真。"

白而昼一挥手,道:"你走吧。"

大汉迅速走开。

白而昼也回屋取来斗笠,急急向县城走去。

刚走不远,那个在南湖垂钓的人大声招呼他:"白堂主!"

白而昼很惊讶:钓者竟然认识我!可我不认识他啊!

白而昼止步,问道:"大侠有何贵干?"

钓者取下斗笠,面含笑意地说:"白堂主不认得我,但我可认得白堂主啊!"

"请问大侠尊姓大名?仙府何方?"

"叫我钓独客就行了,四海为家,喜欢在水边垂钓,想找我的话,到有水的地方去,准能找到我。"钓独客笑答。

"您就是钓独客?"白而昼喜出望外,"久仰大名,幸会幸会!"

"江湖薄名,怎堪久仰?"钓独客嘴角泛起一丝微笑,白而昼走到湖心桥,到了钓独客的身边,发现钓独客钓鱼不用线,就问:"大侠不用钓线怎么钓鱼啊?"

钓独客说:"白堂主,做事目的决定做事方式。我垂钓并不是想为难鱼兄鱼弟,鱼姐鱼妹的,我专钓愚人!钓鱼要用线,钓人是不需要线的!"

"那你不用钓竿不是更简单吗?"白而昼柔声道。

"一个钓竿都没有,那叫垂钓吗?那就不是垂钓了!要有所用有所不用,虚实结合。"

"好一个虚实结合!我懂了。"白而昼笑道,"毕竟是钓独客大侠,就是比别人高!"

"白堂主神情惶急,有什么要事吗?"钓独客很关切地问。

白而昼敛去笑容,惨然道:"昨天,爱女出嫁,在路上,一个恶棍骑着一匹大马,闯进迎亲队伍,撞翻了爱女的大红轿子。"

钓独客霍然站起,说:"有这样的事?谁这么大胆?"

"昨天那匹马是一匹枣红大马,刚才那个大汉说,骑马撞人的名叫高处寒,是阴阳堂的。我现在要去找到那个恶棍,给他点颜色看看。"

白而昼说完,钓独客再一次发出桀桀怪笑。白而昼很怪异,问:"大侠为什么要笑?要是我没记错的话,大侠已经是第三次冷笑了。"

钓独客眼角一扬,说:"你没记错,我这确实是第三次发笑了。第一次发笑,是你打败了大汉,用折扇把那厮的头发绞成了小平头,我感到好笑。第二次发笑,是看到你刚把他打败了,又给他发功,我又感到好笑。这第三次么,是你无偿为他发功,却被他骗个彻彻底底!"

"什么?他在骗我?"白而昼脸色骤变。

"是的,我这几天一直在这儿垂钓,过往的车马我看得清清楚楚,昨天骑一匹枣红大马从这儿过去的,就是刚才和你比武的那个大汉!"

"是他?"白而昼惊得目瞪口呆。

钓独客断然道:"正是他!此人是超霸山庄的庄主助理,名叫牛作秀。我认得他,他不认得我。超霸山庄是横一山庄的加盟店,他们是连营关系。"

"怪不得他那么欣赏横一呢,原来他们是联营功夫庄。"白而昼喃喃道。

白而昼脸色又沉下来,恨恨道:"这个家伙太坏了,胆子太大了,竟在我面前撒起弥天大谎,而且是面不改色心不惊,从容自若。明明是他撞的,竟诬陷别人!"

钓独客坐下道:"他诬陷阴阳堂,也是因为生意上的仇隙!超霸山庄和阴阳堂都在黟县的功夫街上开了功夫店,两家竞争很激烈,但超霸的功夫没有阴阳的好,你刚才和牛作秀比武也看到了,所以超霸山庄比较嫉恨阴阳堂,想打压阴阳堂。他们和横一联营,是因为横一是强势功夫庄,他们想借助横一的势力为自己铺开一条路。"

白而昼喃喃道:"名字倒挺响的,超霸山庄,却是徒有其名!"

钓独客说:"现在市场上叫王叫霸的功夫店太多了,有几家有真功夫啊?还有一家功夫店竟大言不惭地给自己起名叫最功夫,太可笑了!"

白而昼又沉吟道:"可是,依你想,阴阳堂的人那么多,他为什么偏偏诬陷高处寒?"

"高处寒是堂主,擒贼先擒王啊。牛作秀是想借刀杀人,借你这把刀去杀高处寒。"钓独客说,"牛作秀是个庄主助理,他想庄主提拔他,升他为副庄主,总在寻找立功的机会,好邀功请赏。如果你相信了他,他也就大功告成了!"钓独客悠悠道。

白而昼咬咬牙关,恨恨地说:"这个牛作秀太坏了,年纪轻轻的,就会耍阴谋诡计!这个人真是十恶不赦!骑马撞我女儿的轿子,骗我的功夫,还诬陷他人!我今天非把他除掉不可!"

"除掉他,哪用得着白堂主亲自动手呢?"钓独客眼皮一耷。

"我不动手谁动手?"

"他用计,你就不能用计吗?"钓独客眼睛闪着光。

"什么计?"

"他借刀杀人,你何不也来个借刀杀人?这叫将计就计!"钓独客手一招,说:"你再近点,我告诉你怎么办。"

白而昼紧靠钓独客,耳朵凑向钓独客,钓独客如此如此这般这般地说了一通,白而昼连连点头。

此时,一群燕子从南湖上飞过。

白而昼离开宏村,向县城走去。钓独客则依然在南湖拱桥上垂钓。

黟县县城名叫碧阳镇,历史悠久,人文荟萃,景色迷人。此镇的翼然街是一条功夫街,从街头到街尾全是功夫店,既有徽州武林知名的功夫庄开的店,也有一些无名店堂,正如钓独客所言,许多功夫庄的名字都带有什么"王"呀"霸"呀"最"呀的字样,可白而昼对这些功夫庄皆了无兴趣,眼睛一扫而过,他现在只想找到阴阳堂的店面。

走到中街,白而昼猛然看到一家功夫店,此功夫店大门左边放一巨型青花瓷碗,有水缸那么大,碗口上放一把扁担长的铁筷,一只筷子上写有"阴",一只筷子上写有"阳"。店门右边悬一片颇大的功夫旗,上面绘有一把竹筷。门额用隶书题写:阴阳堂。

阴阳堂门面前的摆设,不同于任何一家功夫店,但建筑式样和别家没有任何区别,保持着徽州功夫街的一贯风格:小青瓦,马头墙,黑漆门。

白而昼看了看阴阳堂的店面,点点头,心中暗语道:"终于找到了。"然后装作无比愤怒的样子跨进门槛。一进门,就对站在曲尺柜台边的接待员吼道:"高处寒在吗?"目光比刀锋更锐利。

接待员是一青衣丫鬟,生得肌肤如雪,鬓挽乌云。接待员莫名其妙,花容惨变,惊慌地问:"贵客有什么事?可直接跟我讲。"

"我要找高处寒!"白而昼故作满脸怒色地说。

"找高堂主究竟什么事?"

"什么事?我要找你们堂主算账!"白而昼有意厉声喊道。

"我们堂主到底做了什么事,让贵客如此愤怒?"接待员一双凤眼深如幽潭,却又似蒙上经年不散的雾。

"昨天我女儿出嫁,你们堂主骑马撞翻了轿子,让我女儿好不伤心!真是胆大包天!"白而昼说完一拳砸向柜台,吓得接待员身子一缩。

接待员说:"贵客息怒!我想这是一场误会,我们堂主不会做这样的事!"

"不会做这样的事?不会做这样的事,怎么超霸山庄的牛作秀说是你们堂主干的?"

"超霸山庄的人说的?"接待员说,"我告诉您,超霸山庄向来嫉恨我们,他们说这话绝对是对我们庄主的诬陷!我们堂主一般都在总部,今天很巧,他来到我们功夫店视察,现在正在后面花厅。要不这样,我带你去和他当面对质一下,一切都会一清二楚。"

"那好,你带我去!"

白而昼跟着接待员向后面走去。接待员在前面走,白而昼在后面,脸上的怒色一下子消失了。经过天井时,白而昼发现天井的一棵樟树旁拴着一匹浮云马。浮云马乃神骏白马,全身白色,跑起来像一朵白云在飘,根本没有红色的,而昨天撞人的人,骑的是枣红大马。白而昼这下完全相信了钓独客的话,那就是:超霸山庄的助理牛作秀完全是在诬陷,血口喷人!撞人的人绝不是高处寒!

心里虽这么想,但面子上还不能表露出来。

天井后面是个大厅,大厅里有许多顾客围在一起,观看阴阳堂的功夫表演。只见一个武师,手拿半人高的竹筷,像平时用餐夹菜一样把一个小孩夹起来了,送到嘴边,亲吻小孩圆圆的脸庞,引得顾客阵阵大笑。

白而昼很好奇,就止步观看,他看到这个武师把小孩放下来,还是一手拿筷,和另一个同样是一手拿筷的武师对打,拿筷姿势和常人吃饭时拿筷姿势一样的。两人都想用筷子夹住对方身体某个部位,但在对方的护挡之下,很难办到。两武师比武非常精彩,白而昼看得几乎入了迷,他没想到拿筷子也可打拳。

白而昼满面笑意,忽然,那个接待员喊道:"喂,你怎么走落下了?"

听到接待员的叫声,白而昼慌忙地一咬牙,突然敛去笑容,让自己的脸由满面笑意转回为满面怒色,极不情愿地跟了上去,仍对武师的表演恋恋不舍,跟在接待员身后,还不时地回头看一眼武师。

到了花厅门前,白而昼竭力装成怒不可遏的样子。

高处寒坐在紫檀圈椅上,面前的鸡翅木束腰香几上放一个鸭青宝石和一把铜筷。他看到白而昼,脸上颇有风云之色,就立即站起,恭敬地问道:"白堂主!大驾光临,有何贵干?"高处寒身形瘦高,颧骨暴突,手如枯朽之木,给人以仙风道骨之感。

白而昼并不认识高处寒,但高处寒却认得白而昼,这让白而昼颇感意外。白而昼问:"你认得我吗?"

高处寒笑答:"屈伸堂的功夫冠徽州,您是堂堂的堂主,我怎会不认识?那不是有眼不识泰山?"

高庄主的恭敬话让白而昼听得心里热乎乎的,但他还是装作无比愤怒的样子,两眼冒着凶光地叱道:"既然你认得我,那我问你,昨天我女儿出嫁,你干吗要骑马撞翻她的轿子?"

高处寒一听满头雾水,眼睛里盛满了不解,他说:"你说什么?我骑马撞翻了轿子?我昨天一天都在我们总部里研究工作,谁说我撞了你女儿的轿子?"

"超霸山庄的牛作秀说的!他说他看得清清楚楚,就是你干的!"白而昼大声说道。

高处寒心中大感憋屈,气得七窍冒烟,全身热血翻涌,他说:"什么?他说的?这混蛋竟敢诬蔑我!好!我去找他算账!看我不打死他!"

高处寒抓起桌上的铜筷走出花厅,欲去寻牛作秀。白而昼说:"你现在找不到他,他上午就到外面去了。"

"那他不回来吗?我到翼然街下街头去等他,这是他回来必走的路。"高处寒气冲冲地走了出去。

高处寒寻仇去了,白而昼本想跟他一起去,转而一想,既然是借刀杀人,我就不掺和了,相信高处寒的筷子比刀还快!

白而昼又回到宏村,钓独客仍在湖心桥上垂钓,便和他攀谈起来。白而昼把自己到阴阳堂的情况告诉了钓独客,钓独客连连点头,很是称意。两人言谈甚为投缘,一谈就是一两个时辰。正谈间,那牛作秀竟出现了,只是身边多了两个人。

仇人相见,分外眼红。白而昼一见到牛作秀,下意识地拳头一攥,身子一抖,欲冲上前去。钓独客一把拉住他,悄声道:"还是按我讲的,让高处寒制服他。他走近的时候,你装作有说有笑的样子,并得意地告诉他,你已经把高处寒暗杀了,并和他热情握手。他狡诈,你要比他更狡诈,以其人之道还治其人之身。"

"不知高处寒会不会遇见他?"白而昼小声问。

"看样子,这家伙是回城去,只要他回城,高处寒就会发现他。"钓独客说。

"那两个人是谁?"白而昼问。

"一个是他们山庄的市场部经理,另一个好像是功夫总监。"

说着说着,牛作秀三人走来了,白而昼装做很高兴的样子,热情洋溢地上前招呼道:"大侠,回城去吗?"

"是。"

"感谢你给我提供了线索,我已经把高处寒暗杀了,你到翼然街下街头去看看就知道了,尸体还在那儿。"

"哦?这么快?"牛作秀听后非常高兴,"我去看看!"说完加快脚步向县城赶去。

牛作秀所在的超霸山庄在翼然街的上街头,但他每次出城都要从下街头经过。当牛作秀兴冲冲地到了下街头的时候,突然从一棵桃树上跳下来一个大汉,在桃花纷舞中,牛作秀凝目一看,此人正是高处寒!牛作秀心底倏然一空,他诧异了:高处寒没死?

"牛作秀!你知道你的罪恶吗?"高处寒怒视着牛作秀,目光冷似剑。

"我什么罪也没有!"牛作秀闷哼一声。

"坏事都做尽了,还嘴硬!"高处寒牙齿咬得直响。

"就是有罪,也轮不到你管!"牛作秀眼睛也斜着。

高处寒两眼快要冒出火来,嘶声道:"我今天管定了!"说完飞身扑了上去,势如鸽鹰搏兔。

牛作秀的胸口被踢中,哎哟一声栽倒在地。

牛作秀有两个同伙,一个同伙是一紫面短髯、相貌堂皇大汉,另一同伙是一獐头鼠目的猥琐汉子。两个同伙一齐扑向高处寒,高处寒一手握筷,打起了梅花拳,牛作秀的同伙则打起了螳螂拳。

紫面大汉螳螂拳功底颇深,忽而静如山岳,忽而动如雷炸,手似车轮腰似轴,脚步好似卷地风。这儿有六七棵桃树,桃花盛开,灿若云彩,紫面大汉挥拳伸腿,不断地撞击桃树,一时间落红满地。紫面大汉一双环眼凝注着高处寒,突然,向高处寒猛扑过去,铁爪似的手指欲勾住高处寒的面部,高处寒一掌劈去,铜筷对着他的太阳穴一点,紫面汉头一歪,撞到墙边的另一棵桃树,桃花纷落,紫面大汉也倒了下去。

这边紫面汉刚倒,那边猥琐汉袭闪过来,手指对着高处寒一采一刁,来势凶猛,高处寒滚身一避,左腿一勾,右腿一挂,猥琐汉一个趔趄,向前窜了好几步,猥琐汉勉力立定,满含鬼黠的一眨圆溜溜的眼睛。高处寒一扭身,筷子分别对着猥琐汉的手指和下巴一夹一挑,猥琐汉的手指断了,颈勃歪了,骨碌碌地倒了下去。

这时,牛作秀胳膊一撑,翻身而起,扑向高处寒,高处寒的筷子刷向牛作秀的手腕,手腕立断,高处寒一旋身,另一手对着牛作秀的后颈劈去一掌,牛作秀重重地栽到地上,嘴巴啃着青石地板,牙齿掉落两颗。高处寒横扫一脚,踢断了牛作秀的腰部,筷子回击其头部百会穴,这一回击力度之大,已令牛作秀毙命。

再看那两个同伙:瘫在地上,一动不动。

高处寒一人战三人,只三四个回合的拼杀,就致对方一死两伤。

高处寒把筷子往腰带里一插,拍一拍衣角,跨步走开,身后躺着三条大汉和一地的桃花。

第十八章　黟县

休宁县最大的镇屯溪,濒临新安江,依山傍水,风景秀丽。

四月初八,佛诞日。屯溪老街桃红似锦,柳绿如烟,花间粉蝶飞舞,枝上黄鹂清鸣。大街上游人如织,车水马龙,有踏青士女,有拜佛信众。

可有一个人出门,既不是踏青,也不是拜佛,而是到歙县西溪南村造访武林大会会长马从政。

这个人是屯溪最大酒楼太白楼的老板洪得意。

西溪南村距离屯溪不到四十里,洪得意骑一匹青骢马很快就到了。

马会长的宅第名为老屋阁,此宅是他花重金从庞氏手中买下的一栋老宅。老屋阁为砖木结构的两层楼房,面朝西南,"口"字形四合院。

老屋阁旁有一清池,池畔有一别致的古老方亭,名为绿绕亭。绿绕亭砖木结构,跨街而立,飞檐翘角,画栋雕梁。才子祝枝山曾来此亭题诗。

亭东南偎依池塘,临水置有飞来椅,供人憩息。洪老板坐在池旁的飞来椅上,近观繁茂花圃,远眺绿茵田畴,不觉心旷神怡。

景色虽好,洪老板不敢逗留,起身走到老屋阁门前。

看守问:"官人找谁?"

洪老板答:"我找马大人。"并递上报贴。

"跟我来吧。"

洪老板跟着看守进了门,一进门,老屋阁那恢宏的建构和精美的装饰,深深地吸引了他的眼球。

老屋阁前为门厅,后为客厅。墙面抹石灰,墙顶盖蝴蝶瓦。阁内梁架、斗拱装饰精美,双步梁端饰以云雕,梁架瓜柱用莲瓣式平盘斗。柱子作梭柱形,柱础石似覆盘形。

楼上,沿天井四周有一圈整齐的栏板,雕花缀朵,富丽繁华,飞禽走兽,栩栩如生。檐口四周以八根雕工精细的垂莲柱支撑着,柱下端镂出含苞待放的荷花,给人以静美感。

楼上厅堂宽敞宏丽,硕大的冬瓜梁纵横架设,浑实圆柱如侍卫林立。这些梁柱、斗拱、雀替、叉手上都雕刻了云纹飘带,花鸟虫鱼。

洪老板就在楼上大厅中见到了马会长,马会长正伏在桌上看一张邸报。

"拜见马会长!"洪金福一进厅门,就深鞠一躬道。

"洪老板吉祥!"马从政起身招呼道。

马会长吩咐女仆:"上茶!"

一女仆提一瓷瓯上前,给马会长和洪老板的青瓷盏里倒上茶水。

"生意好吗?"马会长关切地问。

"托大人福,还好。"洪老板作笑道,又呷了口茶,说:"马会长,听说武林大会马上就要举行了,是吗?"

"是的,时间定于五月初四,端午节前一天。"

"接待单位确定了吗?"

"还没定,目前有五家酒楼报了名,我们想从中选一家。"

"选择标准定了吗?"

"既然是武林大会,当然要比较接待单位的功夫,我们想让这五家的厨子来一次武功表演赛,器械是餐具。哪家厨子的功夫表演精彩,就让哪家接待。"

"这……"洪老板皱了皱眉,"我家的厨子勺子功虽不错,但湖海酒楼厨子们的碟子功太强了,别家实难望其项背。这样的话,机会不就让他们夺去了吗?"

"我们开的是武林大会,当然要以功夫为标准,你们厨子的功夫不如别人,你们要努力呀!"马会长说。

"我们厨子炒菜的功夫倒是有,但要是让他们在武功上做多大的努力,对他们来说的确很难啊。"洪老板面带忧色。

"那没办法!你们还是努力努力吧!"

洪老板从口袋里掏出一包现钞,放到桌上,推给马会长,说:"马会长,这是一点小意思。"

马会长故作生气的样子说:"你这是干吗?我们之间何必这样?"把钱推给了洪老板。洪老板说:"马会长一向对我们很照顾,这一点小意思是不能表达我对您的谢意的,您姑且收下,不足之处,我以后会弥补的。"说完把那一包钱塞进八仙桌下面的抽屉里。

这下马会长没动了,他说:"你要对你的厨师有充分的信心,我都相信你们的厨师会博得头彩的,你还不相信吗?"说完哈哈大笑。

洪老板也跟着大笑,说:"相信!相信!有您的帮助,他们会得不到头彩吗?"

"厨师的表演是好是坏,还不在我一句话吗?要不这样吧,初赛厨师们可以任意表演,自选器械。决赛时,所有的厨师都得表演勺子功,你们的厨师不是最擅勺子功吗?"

"那好那好!"洪老板乐开了花。

五家酒楼的厨师武功大赛在黟县的淋沥山脚下举行,此地是三国古战场,上临徒壁悬崖,下临碧水深潭,一派山清水秀,又有金戈铁马、刀光剑影之意境。

此日,天气晴和,熏风轻拂,阳光明媚。淅沥山脚下聚集了一批厨师和一些评委,厨师们个个长得肥头大耳,人人手中拿着餐具,有的拿勺子,有的拿砧板,有的拿碟子。

上午巳时,一长髯老翁将手中五彩牦尾向天一举,近旁大汉立即点燃手中烟火,顿时一串红色礼花呼啸着冲向天空。然后,马从政高声宣布厨师武功大赛开始。

首先表演的是屯溪近水酒楼的厨师,他们展示的武功名为"击水三千丈",用的器械是砧板。三个厨师每人拿一砧板,走到绝壁下的深潭边,把砧板摔向水面,三个厨师的功夫的确了得,潭水被激起,几有淅沥山的峰顶那么高,潭底的鱼被水柱带了出来,又随水花溅落到岸上,有一条鱼蹦落到马从政的头上,马从政一把抓住,说:"奶奶的,今天中午烹了它!"说得别人哈哈大笑。

近水酒楼的武功表演很壮观,很成功,表演结束,来自此酒楼的一艳装歌女登上台子,献上一段舞蹈,以示庆贺。此歌女明眸皓齿,美丽绰约不可方物。且舞姿优美,评委们回味无穷。歌女的舞蹈和刚才厨师的武功,相得益彰,互相辉映。

第二个表演的是屯溪得月楼的厨师,他们展示的武功叫"敢与天公试比高",用的器械是碗。只见他们手执大碗,然后往高空抛去,那碗带着啸声,腾空而起,旋转着向空中飞去,比飞鸟还高。高空中恰有一群山雀啾啾飞来,正好被三厨师抛出的碗碗中,一头栽到碗里,那碗载着山雀依然旋转着飘落下来,稳稳地落在地上。武林大会功夫管理局局长,来自横一山庄的王甩卖上前端起碗,对身旁的厨子说:"中午给我做一道红烧山雀。"

第三个表演的是屯溪湖海酒楼的厨师,他们擅长飞碟功。五个厨师站成一排,每个人手中拿一边沿很锋利的钢制碟子。山上有几棵枯死的松树,五个厨师依次把碟子掷向枯树,如掷飞镖,只听到树枝咯嚓一下断了,那飞旋的碟子像切菜一样切断了树枝。湖海酒楼老板拍手笑道:"好!好!今天中午有干柴烧了!"

第四个上来表演的是黄山酒楼的厨师,他们表演的是水瓢功,几个厨师一字排开,用水瓢拼命舀水,速度之快,令人目眩,水呈一条弧线被抛向潭对岸的悬崖绝壁,顿时在绝壁上形成一瀑布,水流如注,声如轰雷。黄山酒楼的老板见如此之景,自豪地叫道:"好!人造瀑布!飞流直下三千尺,疑是银河落九天。"

最后一个上场的是洪得意率领的太白酒楼的厨师,和前面几家不同的是,太白酒楼只有一个厨师展示武功,他表演的武功名为勺子取盐功。水面上浮着一条木船,船里放一个木桶,木桶里面装满了盐。厨师站在水潭的一边,手中拿着一把钢勺,钢勺闪着清亮逼人的光。忽然,嗖的一下,他把钢勺投向木桶,那钢勺从木桶穿透而过,落到对岸时,评委们发现里面装着满满一勺盐。

洪得意微笑着鼓掌,马从政也跟着鼓起掌。

五家厨师的武功展示结束了,五个评委交头接耳地嘀咕着,很快便有了结果,武林大会会长马从政站了起来,抬起下巴,高声宣布:

"各位来宾,各位参赛选手:我宣布荣获这次厨师武功大赛第一名的是太白酒楼!原因是:他们的武功表演让人看后,感觉特有味道,这是不是与他们功夫里有盐有点关系呢?反正我们看得有滋有味,津津有味!其他酒楼的武功表演也很精彩,但比较起来,味道淡了一点儿。所以我们几个评委一致决定,让太白酒楼获得第一,也就是说,太白酒楼是这次武林大会的接待单位。"

洪得意立即上前,和评委一一握手,然后大声地说:"各位评委,各位选手,今天中午在太白楼会餐,我们请了!"

五月初四日,端午在即,屯溪老街热闹非常,大街上行人摩肩接踵,江面上游船如梭。人们纷纷上街置办节日用品。

突然人群中出现了马蹄声,人们四顾,没看到一匹马,只看到一个挂着马蹄棍的人,此人身形瘦高,头发蓬乱,胡须浓密,衣衫不整。

忽有人呼道:"无求侠!"

无求侠对他一笑,默然向屯溪昱东街走去,他是来参加武林大会的。武林大会是徽州功夫市场的最高管理机构,总部在屯溪昱东街。武林大会每五年召开一次,今次是第八届。

无求侠来到太白酒楼大门口,门楼上挂一横幅,上写:热烈欢迎参加第八届武林大会的贵宾!

酒楼迎宾女仆对他一鞠躬,齐声道:"欢迎大侠光临!"

无求侠点点头,走了进去。太白酒楼一进大门是个大院子,院子里拴了好几匹神骏大马,无求侠一一瞅去,发现每匹马都穿了马头甲和马背甲,且马头甲上都用丝线绣着一行字。

第一匹马的马头甲上写道:宝马,横一山庄墨市雄坐骑。

第二匹马的马头甲上写道:奔驰,算盘阵方未兆坐骑。

第三匹马的马头甲上写道:标致,会长马从政坐骑。

第四匹马的马头甲上写道:骑瑞,局长王甩卖坐骑。

第五匹马的马头甲上写道:马自达,曲全山庄程见素坐骑。

第六匹马的马头甲上写道:骏捷,洼盈山庄胡抱朴坐骑。

第七匹马的马头甲上写道:御翔,抱一山庄许若谷坐骑。

第八匹马的马头甲上写道:名爵,超值山庄鲍万利坐骑。

第九匹马的马头甲上写道:皇冠,柔克山庄杨致虚坐骑。

第十匹马的马头甲上写道:绝尘,刚柔山庄孙若水坐骑。

第十一匹马的马头甲上写道:浮云,阴阳堂高处寒坐骑。

无求侠看后笑笑,问迎宾女仆:"这些头儿都来了吗?"

"都来了。"一个粉脸红腮的女仆说。

另一女仆问无求侠:"人家都有坐骑,你为什么没有坐骑啊?"

无求侠捣了捣自己的马蹄棍,马蹄棍发出得得的马蹄声,他说:"谁说我没有坐骑啊? 我这不是吗? 他们是骑着坐骑来的,我是拄着坐骑来的,如此而已。"无求侠一启口便露出白森森的牙齿。

无求侠走进酒楼大堂,办理了参会手续,服务员给他开一间房。

无求侠出了太白酒楼,向相距不远的武林大会总部走去。

武林大会总部雕栏玉砌,刻金镂彩。无求侠走进会场,里面花团锦簇,音乐轻漾如波。会场走道旁站了一排礼仪女仆,一个个如粉雕玉琢般。此时,会议厅里已济济一堂,无求侠是最后一个入场的人。

无求侠挂着马蹄棍,发出得得的马蹄声,他在众人的注目下来到最后一排坐下。

主席台上端坐着武林大会会长、副会长、秘书长和各个局的局长。皆穿戴整齐,表情严肃。台下代表都是各大功夫庄的负责人,他们穿戴各异,神情端肃,桌子上都放着本功夫庄的武功器械:横一山庄代表的桌子上放着棍子,刚柔山庄代表的桌子上放着毛笔,柔克山庄代表的桌子上放着鞭子,阴阳堂代表的桌子上放着筷子,算盘阵代表的桌子上放着算盘……

大会主持人是武林大会秘书长、超值山庄副庄主井为民,此人生得奇形怪状,面貌荒诞不经。上午巳时主持人首先讲话,他高声地说:"首先我们欢迎武林大会的马会长等各位领导!"

大家热烈鼓掌。

"同时我们要热烈欢迎参加本次会议的各功夫庄庄主、各功夫堂堂主、各功夫阵阵主以及个体户代表无求侠!"

大家再次鼓掌。

"下面我宣读徽州知府给武林大会的贺信。"秘书长朗声读着知府的信,完了,他说:

"下面我宣布本次大会的议程:大会第一项,马会长做报告;大会第二项,代表提交议案并进行审议;大会第三项,颁奖。"井为民顿了顿,突然站起,看着马从政说:"下面我们以最热烈的掌声请马会长做报告!"

马会长对会场扫视了一下,清了清嗓子,开始做报告。报告分五个部分:一、过去五年武林大会工作总结;二、徽州功夫市场的现状;三、徽州武林面临的挑战;四、徽州武林在全国的地位;五、徽州功夫市场的前景。

最后,马会长伸长脖子说:"让我们再接再厉,为繁荣徽州功夫市场,壮大徽州武林而奋斗！"

全场爆发雷鸣般的掌声。

马会长发言完毕，大会进入第二个议程：代表提交议案并进行审议。只有一个代表提交一份议案，他是刚柔山庄的庄主孙若水，他提交的议案题目是《关于给武林大赛改名的建议》。孙若水上台宣读自己的议案，他说："前不久我走镖到了福建泉州，见到了许多西洋商人，在和他们的交往中，我得知古希腊的奥林匹克运动会影响很大，深入人心，在西洋被认为是一件盛事。而我们徽州也有一件盛事，那就是武林大赛，比赛结果直接关系到各功夫庄证券价格的涨跌。我想，我们徽州江湖是开放的江湖，我们徽州商人是有国际眼光的商人，为了让徽州武林与国际接轨，我建议仿效奥林匹克运动会，把我们徽州的武林大赛改名为武林匹克运动会。这就是我的提议，请大家审议。"

啪—啪—啪，孙若水话音刚落，就有一个人拊掌示意，大家不约而同地回眸一看，发现是无求侠，无求侠高喝一声："好！"

孙若水的建议立即引起了与会代表的巨大兴趣，代表们议论纷纷，会场气氛一下子活跃了起来，最后经投票表决，一致赞成把武林大赛改名为武林匹克运动会，并立即实行，把即将举行的第八届武林大赛改名为第一届武林匹克运动会。并规定：武林匹克运动会四年一次，时间定于夏历七月初六，会场设在黄山。

孙若水没想到议案如此顺利地获得高票通过，徽州武林界思想观念的高度开放，让他倍感振奋。他想：徽州武林就是徽州武林，非他处武林所能比的。孙若水看到了徽州武林的灿烂前程。

接着，在欢快的乐曲声中，武林大会举行颁奖仪式，获得奖励证书最多的是超值山庄，其次是横一山庄。超值山庄获得的证书有四个：武功高强奖、服务质量奖、诚信经营奖、顾客赞誉奖。横一山庄获得两个证书：综合实力奖和江湖标兵奖。

除了超值和横一，别的与会功夫庄都没有获得奖励证书，倒是一个没与会的功夫堂却得到了一个证书。

马会长挺直身子说道：

"各位大侠，各位代表，屈伸堂一直没有参加武林大会，这是他们的浅陋之处。他们没加入武林大会，但武林大会没忘记他们，我们也颁给他们一张证书，证书内容暂时保密，屈伸堂的人不在，这张证书我们会通过特殊的方式送给他们。"

第十九章　万安镇

屈伸堂的练功场是一个很大的庭院，里面长着一排排高耸入云的水杉树，二十多个武师每天都在这里手执折扇练习红拳。

这日上午，白而昼和武师一起在练功场切磋武艺，先是打了会红拳，然后他们四肢撑着两棵树干，同时迅速爬升。白而昼个子最小，爬得也最快，一眨眼工夫就到了树梢。就在这时，自家的一只鸽子飞来，落在地上，腿上系着一张印刷精美的纸片。白而昼好奇，就在武师们还在爬树时，他一纵身跳到地上，解下纸片一看，只见上面如是写着：

证　书

屈伸堂：

　　在本次江湖评比中，你堂"荣获"江湖倒数第一名，特发此状，以资讽刺。

武林大会

白而昼看到这张所谓的证书后，气得七窍冒烟，他呼的一下把"证书"撕成两半，扔到地上。武师们看到白堂主的异常，纷纷跳下来，问道："堂主，怎么回事？"

白而昼手对地上的证书一指,道:"你们看看那是什么!"

武师捡起被堂主撕成两半的纸片一看,无不义愤填膺,武师水向下对白而昼说:"白堂主,武林大会公然侮辱我们屈伸堂,请允许我们到屯溪去捣掉他们的总部!"水向下其貌不扬,勾头、驼背、弯腰,可谓是道路曲折。

"对!让我们去捣掉武林大会总部!"武师们围拢过来,纷纷说。

白而昼沉默了一会,一抬手说:"不要激动!大家冷静下来!今天晚上我们开会,我要宣布一个重大决定。你们继续练功吧。"

武师们散开了,继续练功。

白而昼回到家,说:"白亮,你到许村去,叫云裁姐姐和征尘哥哥回来。"

"好的。"白亮转身走了。

晚上,屈伸堂练功场的一块空地上,白而昼的家人和二十多个武师,每人手中执一火把,席地而坐,凝神静听白而昼发话。

练功场树木高耸,阴森宁谧。头顶星光灿烂,火把熊熊燃烧。

白而昼身着纺绸褂子,手拿一把折扇,端坐在正上方,面色严肃凝重。沉吟片刻,然后郑重开口了:

"今晚我们紧急聚会,是想宣布两个重大决定,首先我宣布第一个决定,就是我们屈伸堂立即开功夫店,打入功夫市场。"

说到这儿,白而昼站了起来,望着全家人,掷地有声地说:"我们为什么现在要迈入功夫市场?大家知道,这么多年来,我们徽州的功夫市场一片繁荣,大潮涌动。可屈伸堂一直坚持不做功夫生意,不开功夫店,不瓜分任何人的市场份额,不和任何功夫庄竞争,真正是与世无争,与人为善。但现在我们发觉我们这条路走不通了!我与人为善,别人却与我为敌!我们想独善其身,别人却想独霸天下!我们含蓄隐忍,别人却得寸进尺!近期发生的许多事情都证明了这一点,先是横一山庄无理绑架云飞和天蓝,后是超霸山庄的牛作秀骑马冲撞云裁的结婚轿子,还有这次武林大会发给我们江湖倒数第一名的所谓证书,对我们公然羞辱。我们招谁惹谁啦?我们没招谁惹谁,可横一山庄和武林大会就是想找我们的茬儿!是因为我们弱吗?我们不弱!不客气地说,我们的功夫比他们强!他们老是找我们的麻烦,就是因为我们与世无争、行事低调。所以我们现在不再与世无争、韬光养晦了,不能独善其身、偏安一隅了,也不会含蓄隐忍、低调行事了!我们现在要强势进入功夫市场,好好地与横一山庄竞争竞争,而且我们要高调上市!让他们看看我们的底气和豪气!"

白而昼问在坐的武师:"对这个决定,你们支持吗?"

众人举起火把,大声地说:"支持!"

白而昼说:"犹如折扇能合能开,我们屈伸堂同样是能屈能伸!我们屈的时间太长了,该我们伸了!"说到这儿,白而昼猛的打开手中折扇。

他沉吟了会,接着道:"当然我们做事有我们的方式,有我们的准则。折扇是我们屈伸堂崇拜之物,我们要从折扇中汲取智慧,扇子能合能开,收起来一条线,打开一大片。折扇能屈能伸,屈有骨,伸有度。能藏能露,这是折扇的智慧,也是我们应有的气度。"

许征尘突然站了起来,举起火把大声说:"支持老爷!"

别的人跟着举起火把高呼:"支持老爷!支持老爷!"

白而昼拍拍桌子,说:"请安静!下面我宣布第二个决定,那就是加入武林大会,积极参与武林大会主办的所有大事。"

"爹,武林大会公然羞辱我们,我们现在还要加入他们,这不是对武林大会的屈服和投降吗?"白云裁站起来道。

水向下也表示不理解:"堂主,现在的武林大会已经不是鲍柏庭时候的武林大会了,现在的武林大会被一些行为不轨的人把持着,这些人要么不作为,要么乱作为,贪污腐化,我们现在加入他们,这不是同流合污吗?白堂主,本人鲁钝,实在不懂!"

白而昼握着折扇的手一抬,说:

"大家的不解我很理解,好,我现在就对这个决定作一下说明。加入武林大会并不是表明我们对武林大会屈服了,我们加入武林大会的意图是:把马会长的一班人马推下马,赶下台,然后重新组建武林大会,还徽州武林一片朗朗乾坤!加入它,不是屈从它,而是为了夺取它!不入虎穴,焉得虎子!老虎不发威,还以为我们是病猫!"

白而昼话音刚落,家人和武师都报以热烈的掌声。

白而昼问水向下:"水武师,你现在懂了吧?"

水向下点下头:"我明白白堂主的深意了!武林大会官商勾结,重要职务都是横一山庄和超值山庄的人担当,是要想办法让武林大会大换血!"

武师鲍处下亮开嗓子说:"我们早就该主动出击了,你不出击江湖,就会沉入江湖!你不去江湖别人,就会被别人江湖掉!"鲍处下头长得比较可观,脑袋硕大,且是广额环眼。

鲍武师的话引起大家的哄然大笑。

白而昼又拍拍桌子,说:"请安静!下面我宣布开功夫店的几个措施。一、首先我们要在本县万安古镇开设首家功夫店,并和县令协商,争取把老街命名为万安镇屈伸大道。二、我们本是做茶叶生意的,为了尽快打开我们的功夫市场,在卖茶叶时,每卖一包茶叶,赠送一点屈伸堂的功夫,买一赠一,在最大范围内让顾客了解我们屈伸堂的功夫。在我们的功夫生意达到一定规模后,就反过来,每卖一点功夫就赠送一点茶叶,到那时,我们只做功夫生意,不做茶叶生意了。目前卖茶叶送功夫的事情由白而赤负责。三、听说武林大会马上要在黄山举行第一届武林匹克运动会,我们要派武师参加,并力争夺冠,提升我们屈伸堂的知名度和声誉。四、尽快加入功夫证券市场,发行我们屈伸堂的股票。五、加强我们功夫堂核心技术的研发,让我们的武艺永远立于不败之地。六、吸收优秀功夫大学的毕业生,做好人才储备。七、做好广告宣传,可以请武林高手做我们的功夫代言人,或者请徽戏明星做我们的形象大使。八、白天蓝到福建泉州练习武功并学习经商,白云飞到广东广州练习武功并学习经商。这两个地方都有西洋商人,你们要多向他们学习经商之道。"

横一山庄的副庄主许断桥突然不辞而别,消失得无影无踪!他可掌握着横一山庄的很多商业机密啊!墨庄主又气又急,立即派武师四处寻找,搜查旬日,未见许断桥的踪影,武师纷纷返回。墨庄主不甘心,派妹妹墨秋水继续到各大驿站、码头寻找。

六月六日,天气晴和,微风拂面,墨秋水杖棍来到休宁县的最大码头——横江边的万安古镇。

万安古镇距离休宁县城只有几里路,为徽州四大古镇。横江由西到东呈马蹄形绕过,万安镇上可达安庆,下可通杭州,为休宁九大街市之首,古有"小小休宁城,大大万安街"之说,可见其底气和实力。

万安古镇被誉为"活动着的《清明上河图》",墨秋水是第一次到访此镇,她走进老街,只见一例的青色条石纵横铺砌,洁白的粉墙,黛色的屋瓦,飞挑的檐角,鳞次栉比的兽脊斗拱,及高低错落、层层昂起的马头墙,绘成一幅美丽的江南古街长卷。街道两侧店铺林立,几乎罗列了徽州大地上的所有物产。

墨秋水从老街拾级而下,穿过临江的巷弄,眼前豁然开朗,横江缓缓流过,江面开阔,江水碧绿清澈,俯首看,水中鱼儿穿梭,抬望眼,远处帆影点点,遥望对岸良田万顷,青山四围,风景殊佳。且大小水埠,一片繁忙。

所有这一切,都让墨秋水赞叹!

沿江是一条新铺的大道,她依稀看到沿江大道尽头有许多人,好像在举行什么活动,出于好奇,她就沿着大道向人多处走去。

沿江大道很长,墨秋水执棍走了很长时间才到尽头。就在这道口,她看到一栋粉墙黛瓦的崭新房子,门前搭一台子,上铺红地毯。台子上空拉一横幅,上写:沿江大道命名仪式暨屈伸堂首家功夫店开业典礼。台下放了几十张条桌,桌子上放着青瓷盏和茶叶筒。每张桌子都围坐着人,人们在喝茶聊天,欢声笑语不绝于耳。

墨秋水刚一站定,人们发现来了一个身材高挑、貌若天仙的大美女,纷纷投来惊艳的目光,回头率特高。一青衣女仆笑意盈盈的走了过来,指着一空位对墨秋水说:"女侠请坐!今天是我们开业大喜之日,喝茶一律免费!"

墨秋水笑着坐下,女仆立即给她沏一杯产自休宁的名茶——白岳黄芽。

墨秋水发现每个茶叶筒上都写一句话:品白岳黄芽,用屈伸功夫。

突然,从台上传来悠扬的丝竹声,人们一下子安静了。稍后,几个衣着整齐的人走上台,站成一排,其中,站在中间的一个人身高不足三尺,墨秋水一下子就认出来了,此人是白而昼。

典礼司仪是一青年男子,他对着乐队一抬手,丝竹声停歇了。司仪说:"各位来宾,各位乡亲,上午好!今天我们在这里隆重集会,举行沿江大道命名仪式暨屈伸堂首家功夫店开业典礼,参加今天典礼的贵宾有:休宁县县丞丁开天、休宁县功夫招商局局长汪土财、武林大会秘书长井为民、屈伸堂堂主白而昼。大家欢迎!"

看客热烈鼓掌。

司仪接着说:"下面欢迎县丞丁大人宣布沿江大道的命名!"

大腹便便的丁县丞向前走两步,顿了顿,鼓起腮帮子大声地说:"经知县大人研究决定,批准屈伸堂买下万安镇沿江大道的命名权,现在,我宣布:万安镇沿江大道正式命名为屈伸大道!"

全场掌声雷动。

县丞对着路旁的一个巨型木牌一指,说:"大家请看——"

那巨型木牌有五层楼高,有墙面大,洁白空净。

就在人们仰面看时,突然,横江对岸的几十弓箭手举起弓箭,对着木牌射箭,第一发箭射在木牌上,人们大呼:"屈。"第二发箭射来,人们齐呼:"伸。"第三发箭射来,人们高呼:"大。"第四发箭射来,人们吼了一声:"道。"就这样,四发共百来支箭,稳稳地扎在木牌上,组成四个大字:屈伸大道。木牌是白色的,箭是黑色的,白底黑字,赫然在目。

好一个"飞箭现字"!

人们啧啧称赞,现场气氛一下子沸腾了。

这时司仪大声地说:"下面有请白堂主宣布屈伸堂功夫店开业,大家欢迎!"

白而昼走到台前,微笑着扫视全场,手中握着一把小巧的折扇。台下的看客以惊异的目光看着白而昼,许多人小声嘀咕:"堂主个子太矮了。"

就在人们向他投来异样的眼光时,白而昼微笑着说:"我个儿矮,但我们树起的牌子是很高的,所以你们看我是俯视的,看'屈伸'两个字就要仰视了。这正是我追求的,作为屈伸堂的堂主,我不要你们仰视我这个人,我要你们仰视屈伸堂的牌子!在我心目中,屈伸堂的招牌比什么都重要!比什么都大!当然,让顾客仰视我们的牌子,不是靠一张嘴,而是靠我们的实际行动,靠我们的功夫,靠我们的服务!我们的功夫好不好,我们的服务好不好,请大家拭目以待!下面我宣布:屈伸堂功夫店开业!"

白而昼话音一落,全场爆发了雷鸣般的掌声。就在人们鼓掌时,一队武师走了出来,在店门前列一纵队,整整齐齐地站着。武师穿着同样的服装,一例是上身白衣下身黑衣,手执折扇,眼睛注视着店门左侧高高的大木牌。突然,第一个武师猛地一挥折扇,从扇页里飞出几把黑色的暗镖,扎进木牌,形成一横。完了,这个武师退到一边,第二个武师也一撒折扇,从扇页里飞出同样的暗镖,扎进木牌,形成一竖。

然后是第三个、第四个……

就这样,武师们依次用折扇里的暗镖,在木牌上一横一竖、一撇一捺地"写"着,顷刻工夫,木牌上现出了六个大字:屈伸堂功夫店。

六个大字一现出,鞭炮爆响,烟花闪亮,鼓乐齐鸣。在鼓乐声中,几个贵宾走下台,开业典礼至此结束。

典礼毕,看客纷纷走进店堂,或欲一睹其环境摆设,或欲买点功夫带走。墨秋水也随着人群走了进去。

屈伸堂的店面白墙黑瓦,清爽大气。柱子又高又粗,柱基石很大。

放眼望去,整个店堂有三进房子:前厅、正厅、后厅。另外,还有一个天井。庭院里栽植樟桂佳木,间杂芝兰芳草。

前厅一进门是个巨大的大鹏展翅根雕,墙边放着几个青花瓷插瓶,上面有江山永固图。

正厅墙面上挂着一扇扇黑色的折扇,扇面上用草书题着:能进能退大丈夫,能屈能伸真君子。正厅里有个讲解员,是个美丽高挑的挽髻女郎,穿大红冠带,流采照人。她对看客们说:"各位看客,买屈伸堂的功夫,要懂得屈伸堂的语言,我们屈伸堂的语言是通过折扇来表达的。在我们屈伸堂,扇子打开,就表示同意,扇子收拢,就表示拒绝。比如你们要求以什么价格买我们的功夫,如果我们打开了扇子,就表示我们答应了,否则就表示我们不答应你的报价。武师手中都有一把折扇,扇子打开的,表示这个武师在值班,顾客可以找他发功;没打开的,表示这个武师不是值班武师,顾客不可找他发功。买功夫时,武师折扇打开,表示发功开始,折扇一合,表示发功结束。还有,大门前的折扇打开,表示是上班时间,折扇合拢,表示是下班时间。这就是折扇的语言,一开一合,意义无穷。"

最让墨秋水印象深刻的是正厅里的大罗盘,那个罗盘,直径有三丈,铜制的,指针始终指向南方。万安镇被称为罗盘之乡,大街小巷卖着各式罗盘,但如此大的罗盘,墨秋水还是头次见到,不知屈伸堂是在哪里订制的。

据讲解员介绍,这个大罗盘,就是功夫店的发功台,墨秋水发现台上果然有几个身材魁梧的武师,他们手中的折扇全是打开的,看来都是值班武师。一些顾客拿着功夫票上台,让武师发功。

墨秋水边走边看,眉目间充满了好奇惊叹之意。她一直走到后厅,只是后厅还没有最后完工,有几个师傅正在给窗扇雕花,其中一个人,墨秋水认得,他是许断桥的堂弟许断言,此人曾多次到横一山庄买功夫。

"许师傅!"墨秋水轻轻喊道。

许断言回转头,见是墨秋水,很惊喜,道:"墨小姐,你怎么来啦?"

"我怎么来啦?还不是找你堂兄!"

"我堂兄?他怎么啦?"许断言抹抹额头的汗。

"他跑了!跑得无影无踪!"

"跑了?"许断言很惊讶,"副庄主不干,竟跑了?怎么这么傻!"

"谁说不是!"墨秋水道,"我们现在想把他找到,请他继续干下去,你估计他会在哪儿?"

"他对雕刻非常感兴趣,在学武之前,曾在云阁木刻坊做木雕,你到云阁木刻坊去看看吧。"

"云阁木刻坊在哪里?"墨秋水柔声问道。

"在县城的四和巷。"

墨秋水点点头,道:"知道了,我这就去,谢谢你。"

墨秋水转身走去,正好看见了白而昼,白而昼正在拾掇着东西。白而昼并不认识墨秋水,但墨秋水认得他。白而昼走过来,墨秋水对他笑意莞尔,秋波送媚,白而昼对她礼貌性地点下头,赧然一笑,就走过去了。白而昼虽身高仅及墨小姐的臀部,但其神情之温文,风采之潇洒,令墨秋水心念闪动,墨秋水忍不住一回眸,心中荡起一阵涟漪。

出了店门,墨秋水快步向县城走去,不多时就到了四和巷。

四和巷是一条幽长的古巷,建筑格调清新,随处可见徽派风骨,内敛自省。巷内罗盘、徽墨、石雕、木刻、竹雕等老作坊,一家挨一家,再现了"罗盘之乡""徽墨之乡""三雕之乡"的文化韵味和精湛工艺。

秋水走到长巷的中段,看到一洞开的大门,门内有五个光头木偶人,每个木偶头上写一个字,分别是:云、阁、木、刻、坊。五个木偶人站成三排,前排两个,中间一个,后排两个。墨秋水推断这五个木偶应该是作坊中师傅的雕像,因为其中有一个木偶太像许断桥了,定是许断桥的雕像。木偶体内似乎有钢丝拉动,不停地摇晃、闪动,外人无法进门。

墨秋水站在门前向里张望,坊中传来刀斧锯凿的叮叮嘎嘎声。

这时,一个师傅发现门口站着一个绯衣女郎,就停下活儿,近前大声地问:"小姐找谁啊?"

墨秋水说:"我可以进来说话吗?"

师傅同意了,他走到一个角落,对一个地方一按,那五个木偶戛然停止。

师傅说:"你进来吧。"

墨秋水从木偶缝隙间折身进来了,盈盈站立。她瞅瞅眼前的这个师傅,又瞅瞅中间的一个木偶,发现那个木偶就是这个师傅的塑像,二者越看越像:浓浓的眉毛,敦实的身材。

坊间的雕匠都在挥汗劳作着:有的工人在给大梁雕刻龙凤呈祥图,有的工人在给柱子雕刻岁寒三友图,还有的工人在给隔屏雕刻年年有余图。大家都在挥斧弄凿,一片忙碌。

墨秋水的眼光在作坊里搜觅了一会,没发现许断桥的身影,就有点疑惑,问这个师傅道:"你们这里有许断桥这个人吗?"墨秋水嫣然微笑。

"有啊,他是我们这里的一个木刻师。"

"他到这儿才几天工夫,就成了木刻师吗?"

"他在多年前就已学会了木刻,后来练习武功去了,现在又重操旧业,在我们这儿,他不但是个木刻师,而且是个老资格的木刻师呢。"

墨秋水抿着嘴点点头,问:"他最擅长雕刻什么呢?"

"他最擅长雕刻罗汉图。"师傅手对着里面一指,道:"你看,那几个罗汉就是他雕的。"

墨秋水顺着师傅的手指方向看去,果然看见了几个木刻罗汉,或坐或立,栩栩如生。

"你找许师傅有什么事吗?"

"哦,有点小事。"墨秋水说,"请问他到哪里去了呢?"

"在落石潭莲花寺里雕刻罗汉像。"师傅说。

"哦,我知道了。"墨秋水走的时候,手摸了下许断桥的木偶像,媚笑着说:"许师傅,莲花寺里见!"

墨秋水一跨出大门,那五个木偶又迅速摇动起来。

第二十章 落石潭

天气较热,墨秋水到达落石潭的时候,但觉口燥咽干,唇焦鼻热。

落石潭在城西二里处的玉几山麓。横江水自黟县经齐云山麓逶迤西来,夹溪水由北奔腾而下,双流交汇于玉几山的西北麓,潴为深潭,名"落石潭",碧影水清,风光独具。潭南峭壁矗立,中有巨石一方,如从云天堕落,名"落石台",台面平整,可容百人,来往舟棹多停泊于此,曾有诗赞曰:"奇石何年落,登临亦快哉。三山移欲会,五水汇初来,月色前村雪,松声大壑雷,悠然诸境外,即是此灵台。"

莲花寺就建在落石台上。

墨秋水从山崖一个纵步跳到落石台上,站在石上,只见青山耸峙,苍翠欲滴,碧水回旋,涛声如雷。落石台边水花四溅,莲花寺内香烟缭绕。

墨秋水把长棍靠在寺门边,走了进去。一老尼双手合十,颔首道:"阿弥陀佛——"

墨秋水也双手合十道:"阿弥陀佛——"

老尼问:"施主敬香吗?"

"敬香!"

老尼取出几支香,替墨秋水点燃,老尼敲磬,墨秋水跪在蒲团上磕头膜拜。

膜拜毕,墨秋水盈盈站起,问老尼:"请问尊者,许师傅在寺里吗?"

"许师傅在寺里忙着呢,你是他什么人?找他有事吗?"老尼问。

"我们是熟人,找他有点小事。"墨秋水莞尔笑答。

"你跟我来吧。"老尼姑低声说。

墨秋水跟着老尼,来到后殿,许断桥正操着刻刀,在一初具形体的罗汉像上雕刻着。老尼轻声说:"许师傅,有人找你。"

许断桥一回头,发现是墨秋水,大吃一惊,心里咯噔一下,他知道墨秋水是来兴师问罪的。许断桥满脸怖意的看着墨秋水,颤声道:"墨大小姐,你真会找啊!"

墨秋水不怒反笑道:"我不是来找你的,我是来敬香的,无意中碰上了你。"

许断桥知道她在戏言,哼笑一声道:"怎么可能呢?"

"既然你知道我的真实来意,那我们就好好谈谈吧。"墨秋水说,"寺庙是清静之地,不便谈论,我们到门外说去。"

二人走出寺门,站在落石台边。

墨秋水问:"你辞职离开,为什么一个招呼都不打?"

"以墨庄主的个性,如果我告诉他要辞职,你认为他会答应吗?"许断桥双眼放出光芒。

"如果你去意已决,他未必不答应。"

"即使他不得已答应了,他会和和气气地放我走吗?他会不损害我吗?"

"但是,你现在走了,不会损害我们吗?"墨秋水的话语有点硬硬的。

"我损害你们什么?"许断桥尖利地反问道。

"你曾经是横一的副庄主,掌握着我们许多的商业机密。你现在离开了横一,叫我们怎么放心你呢?"

"我是知道横一山庄的一些事情,但我要说明的是,我以前是学木雕的,后来下海经商,加入了横一山庄,从事功夫经营,现在辞职不干了,我以后永远不会涉足功夫市场,只干木雕活儿,我可以向你保证:我不会开设功夫店,也不加入任何功夫店,更不会拿你们的市场机密去捞钱,对你们何害之有?"许断桥坦诚地说。

听许断桥如是说,墨秋水宽慰地点下头,寻思半响,说:"我倒是要问问,你在横一山庄,我们待你不薄啊,让你做了副庄主,委以重任,你怎么说不干就不干呢?"墨秋水满脸疑惑,目中雾沉沉的。

许断桥长叹一声,摇摇头,答道:"恕我直言,主要是我对你大哥太不满了,你大哥在江湖上太霸道了,到处寻衅滋事,四面树敌,招惹祸端。他那个人,体大心小,容不得别人,不说别的,就说他对屈伸堂吧,经常无缘无故地冒犯屈伸堂。其实屈伸堂是家很不错的功夫堂,无论是武功还是武德,都深得我的赏识。我就弄不明白,墨庄主凭什么视他们为眼中钉?横一山庄是江湖上最大功夫庄,但在你大哥的领导下,从不做一件对江湖有益的事,一点江湖责任心都没有!论大家风范,横一山庄是江湖老大,可哪有老大的样子!墨庄主的做派,我实在看不习惯!我和他可谓是志不同道不合,南辕北辙!跟你大哥干,我实在看不出有什么光明前途,说白了,我对横一山庄不看好!原因很简单,四面树敌的结果,只能是四面楚歌!和能生财,和气才有生气。徽州人经商,都重视一个和字,和他人欢谐无争。可你大哥是个例外,他真的是个另类!你大哥是个非常固执的人,听不得别人一句劝,对这样的人,我除了不辞而别,一走了之,还能怎么样呢?请墨小姐原谅!"

许断桥的话说到墨秋水的心坎上去了,让墨秋水听来,句句都掷地有声,那声音似乎比身边的激流声还要大。

墨秋水的眼神软了下去,幽姿玉立,一言不发,心中生起一片晦暗与悲寂。

许断桥又说:"墨小姐,我的话,仅仅是针对你大哥说的,与你无关,我觉得你跟你大哥是截然不同的人,如果你大哥有你一半好,我也不会辞职的,就是辞职也不会不打招呼的!我许断桥不是个不懂道理的人!"

墨秋水动容道:"许师傅,你说的都是实话,你对我大哥的评价很中肯。不瞒你说,我和你一样,也对我大哥不满,但有什么办法呢?我想走,但走不掉啊,我是他妹妹呀!我今天是奉我大哥之命来找你的,但你放心,我不是来问罪的,你无罪可问!我主要是想听听你的心里话,你现在说出来了,我的目的也就达到了。"

"许师傅,你在横一山庄多有委屈,这我是清楚的,只是以往我不便言明罢了。"墨秋水的脸上似有歉意,又问:"那你以后会彻底放弃武功了吗?"

许断桥摇摇头,说:"不不。我不做功夫生意,并不是不练武功。功夫我是不会放弃的,人在世上,不可没有功夫!功夫永远都有价值的,做任何事都要有点功夫,人人都需要功夫,这就是功夫市场永远都会存在下去的原因。再说了,一身武功,对我从事雕刻很有裨益的!以前没有武功,干起雕刻来,十分吃力,现在有了武功,下手如有神助,那种感觉,一个字:爽!墨小姐,我认为,干雕刻和练武功是相辅相成的,二者互相促进。"

墨秋水欣然点头说:"许师傅说得非常对,句句在理。"

就在二人说话时,忽有一人,从山腰一棵大树上跳下来,高喊道:"许断桥!我可找到你了!"

许断桥一惊,但见此人上穿白色短衣,头扎红巾,身形彪悍,眼睛里射出了妖异的光。

红巾大汉目光如鹰,阴鸷沉猛,几个箭步冲到落石台上,直扑许断桥。许断桥疾闪而过,断喝一声:"你是谁?"那人不说话,猛一弹腿,踢中了许断桥的肩头,许断桥身子一歪,差点倒地。

墨秋水抓起长笛,对着那人喝道:"为什么打人?"那人眼角对墨秋水一挑,并不作答,碗大的拳头砸向墨秋水,如饥鹰独出。墨秋水一个旋身躲过,抡长笛打向那人,许断桥也对那人飞起一脚。三人在落石台上斗了几个回合,老尼吓得在寺内一叠声的阿弥陀佛。

许断桥怕那人心起歹念,撞毁寺庙,就抓住那人的空门,一个腾越,飞身落在山脚。那人迅即跟了过去,墨秋水举起长笛紧跟其后,三人在玉几山脚下打成一团。许断桥和墨秋水打的是长拳。那人打的拳法好像是豹拳,且功力雄厚,出招甚狠。

许断桥和墨秋水两人对付一人,可许多回合过去了,也未见胜负。墨秋水想,这么耗着,终不是良策,不如我跳到树上,根据形势指挥许断桥使招。墨秋水一撑棍子,跳到山腰一棵大树上观战。当局者迷,旁观者清,墨秋水在树上,两人打斗的情形她看得一清二楚,她根据自己所观察的,不断地给许断桥支招,她在树上高喊道:

"许师傅,一霎步!"

"雀地龙!"

"探海势!"

"卧牛势!"

"雁翅势!"

"当头炮!"

"鬼脚蹴!"

许断桥和墨秋水同习长拳,墨秋水所说的都是长拳里的招式,所以,许断桥都能听懂,而且打起来出神入化。这计策果然有效,墨秋水喊出的每一招都有针对性,加上许断桥使出的招法力道充足,让那大汉渐渐招架不住,疲于应付。

然而那大汉过于顽强,战意不衰,还在坚挺着和许断桥搏下去,且此人武功劲健,招法奇矫凌厉,想速战速决,难以遂愿。

突然,从背后山腰上飘来团团青灰,那青灰顺着大风飘飘扬扬,挥挥洒洒弥漫开来,大汉和许断桥两人的眼中都呛进了灰尘,两人被迫停止打斗,双手捂着眼,怎么也睁不开眼。

墨秋水在树上,没有受到青灰的侵袭,她惊讶地顺着青灰飞来的方向看去,发现莲花寺老尼站在风口处的岩石上,正在抖动装满青灰的大袋子……

老尼眼睛看着墨秋水,手指着大汉,做着击打的手势,意思是乘大汉眼睛看不见的时候,攻击大汉,彻底制服他。

墨秋水会意,她对老尼点点头,老尼停止撒灰。墨秋水飘身掠下树去,对着大汉使出齐眉棍法,大汉不知避让,身负重伤,瘫倒在地上。

墨秋水脚踩着大汉的胸脯,手抓着大汉的头发,喝问道:"说!你为什么要袭击许师傅?"

大汉喘着粗气说:"我不想袭击许师傅,是人家花钱雇我干的!"

"谁雇的?"墨秋水凤眼圆睁。

"超值山庄!"大汉眨着眼,表情很痛苦。

"他们为什么要袭击许师傅?"墨秋水手拽了拽大汉的头巾。

"我听他们说,不久前超值山庄派自家武师在斗山街兜售少林功夫,许师傅公然揭发他们的少林功夫是假冒的,许师傅说超值的武师根本没去过少林寺,没接受真正的少林功夫。"大汉边说边揉着眼睛。

"就因为这件事吗?"

"还有,超值山庄请一个少林和尚做功夫产品的形象代言人,许师傅竟说那个和尚不是来自少林寺的,不但不是少林寺的,根本就不是和尚!许师傅说他认得那个人,他说那个人不过是剃光了头的超值山庄的小武师!许师傅的话大大惹怒了超值山庄!"

"那他自家武师为什么不来找许师傅,要派你来?"

"难道你不知道超值山庄广告强功夫弱吗?他们知道自家的武师无一人斗得过许师傅,所以就请我这个江湖打手。"

"就你一个人来的吗?有没有别的人?"墨秋水嗄声道。

"超值山庄的副庄主带着两个下属来了。"大汉讷讷道。

"他们在哪儿?"

"他们在船上。"大汉黯然道。

墨秋水扫视了一下,果然发现远处的横江岸边停着一艘木船,上面站着几个人。她对许断桥说:"许师傅,你看着他,我过去一下。"墨秋水取出丝帕让许断桥擦擦眼,自己猫着腰悄悄走到右侧山腰。

玉几山有许多大岩石,墨秋水选择一块又大又圆又光滑的石头,搬至正对着木船的山崖边,然后使力往下一推,那石头像发了疯似的对着木船飞滚下去。

巨石飞滚而至,山草分披,势如破竹。船上人惶恐之至,想把船开走已来不及,三人一纵身,弃船跳到水中,游走了。

然而巨石并未砸中木船,墨秋水也知道没那么准,因为巨石在滚动的过程中肯定会改变路线的,墨秋水的目的是让巨石吓走船上人。

第一块石头没砸中,墨秋水又推一块巨石,再推一块,第三块石头终于砸中了木船,刹那间船破沉江。

过了一会儿,超值山庄的三个人游上了横江的对岸,眼睁睁看着船不在了,懊恼之极而又无可奈何。

墨秋水回到许断桥处,对大汉呵斥道:"你滚吧!以后不要找许师傅的麻烦!"

"是是。"大汉颓然答道。

墨秋水招呼老尼道:"尊者,回去吧。"

墨秋水、许断桥和老尼三人回到落石台莲花寺,正巧有几个香客来还愿,燃起了鞭炮,似是庆贺墨秋水一行三人的胜利。

这时,超值山庄的三个人高呼道:"许断桥!你等着瞧,我们会找你算账的!"

许断桥没有理睬,进到寺里继续雕刻罗汉像,让鞭炮声回应对岸的叫嚣。

晴空烈日下,鞭炮声越发的响。

第二十一章　四和巷

下半夜,明月高悬,四和巷清辉遍洒,一片静谧。三个蒙面人贴着墙,如鬼魅一样闪到云阁木刻坊的门前,门内的五个木偶快速地摇动着,蒙面人不得进门,就绕至木刻坊的后门。

后门拴得死死的,蒙面人根本推不动。

于是蒙面人施展轻功,跳上屋顶,轻轻地揭开屋瓦,跳到屋内。屋内点着许多支蜡烛,烛光如鬼火般闪动,屋子里充满一种苍凉肃杀之意。

蒙面人就着烛光鬼鬼祟祟地搜寻着。

木刻坊很大,里面放着一堆又一堆木料,每堆木料旁边都躺着一个师傅,似乎在看守着各自的作品。三个蒙面汉蹑手蹑脚地一一看过去。

第一堆木板上雕刻着三口缸和五个文人尝酒的图,图旁写着几个字:三纲五常。木板背后躺着一个身材敦实的木刻师,正张着嘴巴酣睡着。为首的蒙面汉凑到跟前瞅了瞅,对另两个蒙面汉摆摆手,轻烟般掠了过去。

第二堆木板上刻着蝙蝠与桂花图,图下写着:福贵双临。木板后也躺着一个木刻师,此木刻师光头浓须,身材彪悍。后面一个阴鸷沉猛的蒙面汉想踢他一脚,乍一举步,为首的蒙面汉对他一瞪眼,并摆摆手,走了过去。

三人来到第三堆木料前,这是一些长短不一的粗圆柱,柱子上雕着一条条金鱼,写着:金玉满堂。木柱旁躺着一个身体微胖、面庞白皙的青年木刻师。蒙面汉毫无声响地闪了过去,来到第四堆木板前,这一堆木板都刻着蝙蝠与古钱的图,道是:福在眼前。木板侧躺着一个人,正在迷迷糊糊地讲着吃语,为首的蒙面汉站在此人身边瞅了瞅,似乎有所发现,端起拳头想打,又忍了,再看一眼,皱皱眉,对后面的蒙面汉摆摆手,便走离了。

蒙面汉闪缩着继续寻觅，轻手蹑脚地来到第五堆木板边，这儿堆放的木板上都刻着花瓶，瓶中插着如意，图下也有几个字：平安如意。这堆木板边放一凉席，仰卧着一个面容清癯、四肢颀长的师傅，三个蒙面汉看了他一眼，从他的身上跨了过去。

蒙面汉走到第六堆木板前，他们似乎对木刻有着浓厚的兴趣，不是先瞧人，而是对木板上的刻图看了又看，发现上面刻的是一朵朵芙蓉花和桂花，花旁写道：荣华富贵。木板下躺着一个豁嘴之人，面貌很是丑陋，蒙面汉一耸身走了过去。

蒙面汉似是没找到自己想找的，有点悻悻然，脸上显出失意之色。

突然，在一间后屋，为首的蒙面汉发现了一排排连体木偶，便对另两人一招手，闪了过去。这些连体木偶是两个和尚连在一起，木偶上写着：和合二圣。木偶栩栩如生，是雕刻精品，但木偶旁无人看守。

蒙面汉纳闷了：所有的木刻边都有人看守，为什么独独和合二圣无人看守？蒙面汉似乎有点扫兴，对着和尚木偶踢了一脚，正欲走开，忽然一个长影从头顶划过，如长虹经天，轻盈盈地落在蒙面汉面前。

"许断桥！梁上君子！"为首的蒙面汉说道。

"我不在梁上，我是睡在麻袋上，怎么是梁上君子？"许断桥双眼瞪着蒙面汉，冷冷地道。

蒙面汉抬头看去，果然发现头顶上有一个很大的麻布袋，四个角系在四根木柱上。

"我想梁上君子应该是你们吧，深夜来此，不是行窃是什么！"许断桥扫视一下三个蒙面汉。

"哼！你错了！我们还没穷到要偷的地步！我们是来找你的！"为首的蒙面汉恶狠狠地道，"许断桥，你不会不认识我吧？"

许断桥呵呵一笑，道："怎么会不认识你呢？你不就是超值山庄的假少林寺和尚吗？"许断桥手摸摸木偶和尚，轻蔑地说："它们是假和尚，你和它们是一类的。"

"你怎么知道我是假和尚？"

"我不但知道你不是少林寺和尚,而且知道你的名字叫毕旺铺。你别以为把头上的毛剃光了,就是少林寺和尚了,假的真不了,真的假不了,你走到哪儿都是毕旺铺,不是少林和尚!"许断桥冰冷的目光瞬地凝注着对方。

"我们超值山庄和横一山庄一向关系很好,你为什么要挖超值的墙脚?"毕旺铺责备道。双目平张,瞳孔放大,一种说不出的幽恨之意。

"我已经不是横一的人了,这件事与横一无关。"

"那你为什么要多管闲事?"毕旺铺嘎声道。

"我认为这不是闲事,这是很严肃的。假冒少林功夫,在功夫市场上招摇撞骗,坑害顾客,这是小事吗?你们这么做,一举三害,知道吗?不仅损害了少林功夫的声誉,损害了顾客的利益,也损害了我们徽州功夫市场的整体声誉。如果所有的功夫庄都像你们这样兜售假冒伪劣功夫,人们对徽州功夫市场还有信心吗?皮之不存,毛将焉附?如果徽州功夫市场办不下去了,你们超值山庄能维持下去吗?所以你们这些人都是猪脑子!"许断桥中情激荡。

"你敢骂人!"毕旺铺暴跳起来,一拳打向许断桥,许断桥一闪,避开了,抓起一把长把凿子,和毕旺铺打了起来,另两个蒙面汉也欺身进逼,出手如风。

这时,作坊中的另外几个木刻师都醒了,看到许断桥和几个蒙面汉打起来了,尚不及思度,纷纷穿起衣鞋,抄起家伙赶过来,加入混战之中。

蒙面汉没想到,木刻师个个都有武功,棍术纯熟,跳荡雄肆,十几个回合下来,三个蒙面汉招架不住。就在蒙面汉要被制服时,许断桥啊的一声倒在地上,背上插着一支毒镖。

许断桥咬着牙恨恨道:"狗杂种!你竟然用起了竹斋听雨镖!"说完就死了。

另两个师傅欲去扶他,也被竹斋听雨镖打中,倒在许断桥的脚边。那四个师傅眼看情况不妙,转身向几堆木板跑去,想藏身木板后面,躲避毒镖的袭击。在逃跑过程中,有三个师傅中镖立毙,只有一个光头师傅跑到了木板背后。这一堆木板是刚才蒙面汉看到的第四堆木板,上面刻着蝙蝠和古钱以及"福在眼前"的字样。光头师傅抓起一块木板做盾牌,遮护着身体,脚一发力,对着木板猛踢,那一个个"蝙蝠"飞向蒙面汉。

光头师傅不停地踢着,像发了疯似的,边踢边说:"福在眼前!福在眼前!"

一时间,屋子里"蝙蝠"狂飞,像大地震爆发时的飞沙走石般,毕旺铺想发飞镖,但根本找不到机会。蒙面汉被砸得鼻青脸肿,惶急之下,跑到前门,想溜之大吉。光头师傅猛追过来,边追边踢地上的木板,蒙面汉吓得魂飞魄散,也顾不得门边的木偶还在使劲地摇动,从缝隙间往外冲。在冲的过程中,毕旺铺被一个木偶狠狠地打了一下,那个木偶正是许断桥的雕像。

三个蒙面人总算是免于一死,如幽灵般踏着月色跑了。

第二十二章　华阳镇

超值山庄总部位于绩溪县华阳镇,门前是开阔的油漆木板地面,木板里镶嵌着彩色鹅卵石,所有的彩色石组成几个大字:超值山庄。门前两边各有五棵迎客松,枝干粗大,如巨伞撑起。站在门前,首先映入眼帘的是门头上硕大的黑底金字的匾额,上题:超值山庄。

进门是前庭,里面矗一天然象形石,状如八哥犬,上题两字:旺财。

正厅很大,几列柱子上都写着楹联,其中一联写道:生意中岂无学问,经营中自有文章。还有一联写道:两眼盯着市场转,商品随着需求变。另一联写道:面带三分笑,顾客跑不了。

庄主住在正厅,后面几进房子住着副庄主和各部门的负责人。

一大早庄主汪守富就来到正厅,背着手来来回回地走着,显得心神不安的样子。

一阵晨风吹来,卷乱了汪庄主满心的思绪。

忽然,从门外跑进来三个人,正是毕旺铺他们。毕旺铺满面血痕,头发蓬乱。

汪庄主看到毕旺铺狼狈不堪的样子,心一冷,以为他们是惨败而归。可没想到毕旺铺却神色飞扬地报告说:

"汪庄主!我们成功了!"

"成功了?把许断桥除掉了?"汪守富两眼放光。

毕旺铺点点头,哼了一声。

毕旺铺的随行说:"汪庄主,我们是经过了一场恶战才把他干掉的!而且我们不是干掉一个人,我们一下子干掉了好几个人,都是许断桥的帮手!"

汪庄主听后大悦,击掌而贺,哈哈笑道:"好!干得好!你们三个到后厅好好休息,我会重赏你们!在这件事上我们要好好做点文章。"

汪庄主来到正厅后面的一栋小楼,此楼门匾上写着"炒作司"三个字,楼下正堂两边各有一间屋,门牌分别写着"热炒科"和"恶炒科"的字样。正堂里有一中年,一袭白衣静立在窗前,左手按一联极长的宣纸,右手握一枝狼毫,正凝神静思,意欲书写什么。此人是超值山庄炒作司的司长吴才有。吴司长中等身材,白净面庞。他见汪庄主进来了,立即起身招呼道:"汪庄主!"

汪庄主一招手道:"吴司长!你来一下。"

吴司长跟着庄主来到正厅,恭谨地问:"庄主有何吩咐?"

汪庄主说:"昨晚,毕旺铺已经把许断桥除掉了!我觉得这件事很有炒作价值,宣传炒作是我们山庄的强项,你们炒作司是不是要好好地炒作炒作?"

"可以的。"吴才有说,"那您认为是热炒还是恶炒呢?要是热炒,我们就交给热炒科去经办;恶炒就交给恶炒科去经办。"

汪庄主木立了半晌,沉吟道:"这热炒和恶炒有什么区别?"

"热炒是抬自己,恶炒是贬别人。"吴才有说。

163

"在这件事上,我既想抬自己,又想贬别人。你说该交给哪一科办呢?"

"这——"吴才有一下子难住了,他用手抓抓额头,眨眨眼,突然恍然大悟似的说:"那就让热炒科和恶炒科联合操办!整个炒作司的人都上,我领头。"

吴才有又问:"这件事要热炒的话,从哪一方面炒呢?恶炒的话又炒谁呢?炒什么呢?请您指示一下,定个调儿。"

汪庄主对吴才有一瞪眼,说:"你是炒作司的司长,是这方面的专家,这还要问我吗?"

"我问您并不是我们不会炒作,我的意思是,方向性的东西由您来定,技术性的东西由我们解决。"

"你不是说了吗,热炒就是抬自己。抬我们,怎么抬?这个许断桥本是横一山庄的副庄主,他竟然背叛了横一,不辞而别,这种不忠的行为是不是违背了我们徽人的精神呀?横一山庄没有能力惩罚他,我们替横一除掉了这个不忠之人,这是不是一大义举啊?抬我们,不就是向徽州大众宣传我们这一义举吗!这是热炒。下面讲恶炒,恶炒怎么炒?你不是说恶炒是贬别人吗?我们第一要贬许断桥,狠狠斥责他的背叛行为,我们越是斥责不忠之人,民众对我们的印象就越好。第二要贬横一山庄,贬他们什么?贬他们没有本事惩罚许断桥。我们越是说他们没能力除掉许断桥,就越能显示我们的能力。这样老百姓就会认为我们的功夫棒,横一的功夫不行,他们就会买我们的功夫,不买横一的功夫,我们不就可以在竞争中占上风吗?你知道横一山庄一直是我们最大的竞争对手。"

吴才有听了庄主的一番话,佩服得五体投地,连连点头,赞道:"庄主太聪明了!胸有经纶之策。高见高见!您这样做,令人感觉到我们超值山庄真的是气若丘山、义若肺腑!这真是一石数鸟啊!百姓敬佩我们,横一感激我们,武林大会要表扬我们!"

"我们做这一件事,的确是一石三鸟:干掉了许断桥,贬低了横一,美化了我们。"

汪庄主得意之色洋溢脸上,他翘起食指和中指,又说:"注意,有两点千万不要对外界泄露,一不要泄露说我们除掉许断桥,是因为许断桥得罪了我们。二不要泄露我们的武师是用毒镖干掉许断桥的。"

"那当然,那当然!我会那么傻吗?我要是这么傻的话,您是不会让我当炒作司司长的。"

"这话没错!你要是做傻事,你这司长就不要当了!"汪庄主说完呵呵笑了。

"庄主,就这么说了,我们马上就干!"

"马上就动手!一定要把我们炒红,把横一炒煳!"汪庄主拍拍吴才有的肩头说。

吴才有来到华阳镇最大的一家家庭刻书坊——文斗刻书坊。

刻书坊老板正在大厅捧一卷黄绢经书在研读,见到吴才有来了,笑脸相迎,问:"吴司长要印书吗?"老板白面长须,清奇古貌。

吴才有一摆手,答:"不是印书,我要印传单。"

"可以,你把传单的内容写一下吧。"

老板递给吴才有一张宣纸和一支宣笔。

吴才有先在宣纸中央画一幅小画,内容是一个光头武师一拳击毙一长发青年。画面左边用大字写道:横一副庄主忘恩叛逃,超值大武师义拳除奸。画面右边用小字写道:原横一山庄副庄主许断桥,背叛横一山庄,不辞而别,横一山庄除奸未果,超值山庄挺身而出,派大武师毕旺铺寻拿不忠员工许断桥,一举杀掉了许断桥,为徽州江湖除去一奸。

然后,吴才有在画面下方写出"有奖猜答"四字,这让刻书坊老板顿感好奇,老板问:"有奖猜答?什么叫有奖猜答?我从未听说过这名头。"

"这是我们炒作司的发明,你当然没听说过,具体内容你往下看吧。"吴才有说。

吴才有继续用小字写道:

下面有三个问题,请广大看官写出答案,答对几个答案,就奖励几块绿豆兜。答案就写在传单上,带着传单到华阳镇超值山庄总部领奖。

问题一:毕旺铺是哪个山庄的武师?

问题二：毕旺铺年龄几何？

问题三：毕旺铺身长几何？

吴才有多才多艺，精于书画，那画栩栩如生，活灵活现；那字俊逸秀美，力透纸背。

吴才有写好后，把纸交给老板，道："就把这个拿去刻印，印五千份。"

不日，在徽州的各大街镇的路口，路人可以看到，在墙上、树上张贴着一张张传单，传单上还有什么有奖竞猜，纷纷撕下传单，写下竞猜问题的答案，意欲到超值山庄领奖。前去领奖者都只能答出第一个问题，后两个问题无以知晓，因而每人只能获得一块绿豆兜，可这也足以让他们高兴得合不拢嘴来，那绿豆兜可是绩溪有名的小吃，酥松香脆，口味独特。

吴才有这一招果然奏效，一时间徽州百姓都在热议超值的武师和他们的绿豆兜。

然而，这仅仅是超值山庄炒作司的第一个动作，紧接着他们又使出了第二个动作：在徽州武林界召开毕旺铺功夫研讨会。

别人都认为开研讨会是为了提升徽州武学水平，只有吴才有知道开研讨会纯粹是为了炒作毕旺铺及超值山庄。

炒作司对研讨会本身也进行了一番炒作：在研讨会开幕之前，他们在徽州搞了一些造势活动，诸如分别给各大功夫庄庄主及知名武师发一封江湖贴，邀请他们参会；请徽州总督发贺信；请徽戏明星勾魂美到徽州主要功夫街为大众免费演出，以预祝研讨会圆满成功；请五十名青衣少男和五十名红衣少女打着横幅游行，横幅上写：六月二十六日，毕旺铺功夫研讨会将隆重召开！

于是，六月二十六日，毕旺铺功夫研讨会召开了！地点在武林大会所在地屯溪。

那日上午，天气倏变，大风狂吹，云涛翻滚。大风起兮云飞扬。超值山庄雇来十条木船，在新安江一字排开，船上放着礼花炮。研讨会开幕时，会场内掌声雷动，会场外鼓声震天，礼炮齐鸣。

研讨会如此热闹，可谁知道毕旺铺不是用功夫打死许断桥的，而是用暗器！

而炒作是超值山庄用的另一种暗器。用暗器总是卑鄙的，炒作当然是卑鄙的，可那些奸商哪管这些！

为竹斋听雨镖所害的仅几个人，为"炒作"这种暗器所害的，那就不是几个人了！

各大庄主中，参会最积极的就是横一山庄的庄主墨市雄了，超值山庄除掉了许断桥，这让墨市雄感激涕零！他在研讨会上大谈毕旺铺以及超值山庄的功夫之深、道义之高。殊不知，他越是抬高超值山庄，就越是贬低了自己，墨市雄这么做，正中汪守富下怀。台上墨市雄朗声做报告，台下汪守富暗自发笑。

功夫研讨会开得圆满成功，吴才有很是得意。一日，他到西溪南村拜会武林大会会长马从政，谋求武林大会嘉奖他们。途经歙县县城，已是午饭时分，吴才有走进一家酒店打尖。刚落座，发现酒店里坐着一胖一瘦两个年轻人，皆麻衣草屐，看似落拓酒徒，边喝酒边高谈阔论。两青年酒量甚豪，斟酒不用杯子，而是用青瓷大碗。

只听那胖子道："那毕旺铺真是厉害！几拳就打死了许断桥，许断桥可是横一山庄的副庄主啊，功夫也是了得的！"

瘦子点点头，道："毕旺铺的确是一条汉子，也不知道他长什么样儿。"

"这等人物肯定威武彪悍，英姿飒爽。"胖子一只手托着下巴。

瘦子一摆头："那不一定！功夫了得的人，长相未必出众。"

"要不，我们找个机会见见他，和他交流交流。"胖子悠然一笑。

瘦子一伸脖子道："毕旺铺位望尊崇，你想见就能见到他吗？现在想见毕旺铺的人太多了，哪有机会啊？像他那样一等一的武师，不是谁都能见得着的。"瘦子说完呷一大口酒。

胖子颔首无言，容色间有惆怅意。

两青年的说话提醒了吴才有，他自忖道：是啊，现在有那么多人都想一睹毕旺铺的尊容，如果在这当儿适时搞个见面会，不是更能提高毕旺铺的知名度，扩大超值山庄的影响吗？

于是,超值山庄的第三个炒作动作确定了,就是举行所谓的"英雄见面会"。

超值山庄在徽州各大功夫街设立报名处,结果,报名的人多得都挤破了头皮,尤以斗山街和水东街为多。

报名的人太多,超值山庄炒作司又出一招:通过摸奖的办法确定人员。

超值山庄贴出通知:请报名者七月一日晨到绩溪县城华阳镇参加摸奖。此日,华阳镇人多如潮,摩肩接踵。炒作司的人端出一个个盘子,盘子里放着许多小纸团,每个纸团里写一个字,共有二十个字,道是:超值山庄大武师毕旺铺义拳除掉横一叛徒许断桥。凡是摸到"毕""旺""铺"三字者都有机会到超值总部见到毕旺铺。

这一招激起了民众的兴趣,他们纷纷上前摸奖,一试手气,摸到"毕""旺""铺"三字者无不欢呼雀跃,没摸中者则摇头叹息。

此时徽州正处农忙之际,农民都在收割早稻,好多农民不干农活去报名摸奖。超值山庄的有奖猜答、三字摸奖和英雄见面会等活动,成了民众农忙之余的谈资,他们对超值山庄功夫的兴趣日渐增加,对毕旺铺的崇拜日渐强烈。当初,毕旺铺因冒充少林和尚,被许断桥揭发,导致声名扫地。现在,许断桥死了,他受到英雄般的待遇,终于有了华丽起身,打了个漂亮的翻身仗。

超值山庄承诺七月五日为中奖者和毕旺铺见面的日子,然而,七月三日,炒作司热炒科朱科长却对司长吴才有建议道:"吴司长,我认为毕旺铺不能让民众见到。"

"为什么?我们可是有承诺的。"吴才有正抽着旱烟,他磕了磕烟袋道。

"玩神秘是炒作的惯用做法。"朱科长凑到司长面前说,"我们要让民众永远保持对毕旺铺的兴趣,就要让毕旺铺永具神秘感,怎样让毕旺铺有神秘感?很简单,就是不让民众知道他的长相,不让民众知道他的出身、经历、性格、年龄、家庭等详细情况,让民众不断地猜测下去,争议下去。猜测的人多了,议论的人多了,我们炒作的目的就达到了,这就是玩神秘。如果你现在让民众看到了毕旺铺的庐山真面目,一切都没有了悬念,一切都有了答案,所有的谜团都解开了,民众就不会再去议论他了,这样的话,要不了几天,人们就会忘记毕旺铺的。"科长唇薄齿白,目如朗星。

吴才有点点头,答道:"言之有理。可是我们业已作出承诺,现在又宣布取消见面会,民众不是说我们出尔反尔吗?"

"这有什么难的?就说毕旺铺为人低调,不想抛头露面。"朱科长说。

"好!"科长的话让吴才有大为佩服,眼睛一亮。他一举手说:"这样的话,可谓一举两得,既玩了神秘,又美化了毕旺铺。"

"不仅见面会要取消,而且,马上要举行的武林匹克运动会,毕旺铺也不能参加,让他失踪,让那些冲他而来的民众,根本见不到毕旺铺的影子。"朱科长压低声音,一脸神秘地说:"你知道吗,玩失踪是炒作的又一大妙招。"

"如果毕旺铺不参加的话,会不会影响我们山庄的比赛成绩?"吴才有黯然问道。

"那我们不管!我们炒作司只管炒作的事,别的事不用管。各司其职,各负其责。"朱科长脆声道。

"好!就按你说的办。"吴才有一放烟袋说。

翌日一早,徽州各县的民众看到了这样一张告示:

各位看官:

　　由于毕旺铺大武师一向处世低调,不想抛头露面,原定于明日的英雄见面会不得不取消,对此我们深感遗憾,不胜愧疚!不过,我们认为,只要大家知道了毕旺铺的义举,铭记着他的大名,就已足矣,能否见面倒是无关紧要之事。

　　愿大家把对毕大武师的景仰之情深埋心底!

超值山庄宣传司
七月四日

吴才有确是聪明,他所在的司本叫炒作司,可他在告示的落款上写的是宣传司,真的会掩人耳目。

百姓看到告示,一片哗然,议论纷纷。歙县斗山街的一个黄衣青年指斥道:"超值山庄在搞什么名堂!一会让我们报名,一会让我们摸奖,一会又说取消见面会!反复无常,出尔反尔!真他妈的奸商!"

旁边一个穿皂衫的公差说:"年轻人,不要激动嘛,人家不喜欢出风头,不要强人所难。再说了,要见到毕旺铺还是有机会的,明天就要举行武林匹克运动会了,毕旺铺肯定会参加的,届时,你们到赛场去看看,不就可以了吗?"

第二十三章　黄山(二)

七月八日,武林匹克运动会在黄山开幕。黄山各大山峰及入山道口旌旗飘飘,那黄色的缎面上绣着黑色的字:第一届徽州武林匹克运动会。

开幕式在黄山光明顶举行,开幕式隆重殊胜。

上午辰时,武林匹克组委会从光明顶放飞来自各功夫庄的信鸽,鸽腿上系着英雄帖,邀请各功夫庄派代表队入场。

飞鸽传书速度甚快,不多时,徽州各大功夫庄就接到了英雄贴,接帖后,江湖豪客每人骑一匹高头大马,疾驰黄山。墨市雄骑着宝马来了,方未兆骑着奔驰来了,程见素骑着马自达来了,胡抱朴骑着骏捷来了,许若谷骑着御翔来了,鲍万利骑着名爵来了,杨致虚骑着皇冠来了,孙若水骑着绝尘来了,高处寒骑着浮云来了。

各功夫庄事先都在黄山脚下预定了客栈,队员到了黄山脚下,把马交给客栈看管,自己则健步如飞直上光明顶。一时间,黄山景区马蹄声和唿哨声四起,骏马奔腾,大旗猎猎。尘烟起处,一队队骏马从不同方向奔来,一个个勇士从不同山坡冲来。

武士们到了光明顶,在指定的位置面对着主席台盘腿而坐。功夫庄不同,队员的服装式样也不同,但色彩只有两种:黑与白。有的一袭黑衣,有的是一袭白衣,有的是上黑下白,有的是上白下黑。

代表队全部入场了,此时的黄山,风清云淡,阳光明媚,深壑幽谷,奇峰耸峙。

接着,徽州总督大声宣布武林匹克运动会开幕,顿时,会场四周的山峰火炮齐响,如雷震耳。礼花炮放完,静立在黄山三十六主峰的弓箭手,同时举弓,按同一节奏向对面山峰射出响箭,一时间,黄山顶上万箭齐发,声音悦耳。巧的是,此时黄山大谷中兴起了云海,煞是壮观。

几个波次的射箭完毕,开幕式主持人请运动员代表宣誓。宣誓人是超值山庄的武师朱卖点,此人一个箭步冲到台前,神情威猛,颧骨耸起。他举起一手道:"我宣誓:坚决遵守武林匹克运动会各项规则,服从裁判,赛出水平,赛出风格,自觉维护徽州江湖的光辉形象,为徽州武林的发展作出自己的贡献!谢谢!"

轮到裁判员代表宣誓。为体现公正客观,裁判员一律来自徽州以外的功夫界,这位宣誓人就是来自武当山的武师,名叫张肖水,他举起一手,目光如鹰地看着全场道:"我宣誓:严格按照武林规矩行事,公正裁判,以理服人,为大赛的圆满成功作奉献!"

宣誓完毕,徽州总督把武林匹克大印授给组委会,大印用昆仑玉制成,所有奖励证书只有盖上武林匹克大印才有效,一切关于比赛结果的消息,只有盖上大印,才具权威性和可靠性。

组委会主任就是马从政,他接过上圆下方、重达十斤的大印,微笑着向会场展示了一下,交给了侍从。

开幕式最后一项是文艺表演,先是徽戏表演,由勾魂美领头演唱。然后是鼓乐表演,表演者是来自功夫大学的学生。最后,在炼丹峰上放飞由徽州木雕艺人巧手制作的木鸟,木鸟全是喜鹊状,嘴上叼一挂鞭炮,木鸟向远处飞去,鞭炮也燃响了——这个节目名为"喜鹊报喜"。木喜鹊从炼丹峰起飞,跨过深壑,停落在对面的天都峰。

当所有的木鸟都成功飞落到天都峰时，主持人大声说道："我宣布：第一届武林匹克运动会开幕式到此结束！"言讫，人们纷纷离开光明顶，到各比赛场地观战。

武林匹克运动会比赛项目分两种，即对抗类和非对抗类。

在对抗类的项目中，又分器械类和非器械类两大类，即用器械对抗与不用器械对抗。用器械对抗的，器械中可以使用如下几种：棍子、筷子、鞭子、折扇、算盘、毛笔、秤杆七类。非器械类比赛，也就是赤手空拳，用的拳种不限。对抗类项目共揭出两个冠军。

非对抗类项目也分器械类与非器械类。器械类的小项有棍子功、筷子功、鞭子功、折扇功、算盘功、毛笔功、秤杆功，共七个，揭出七个冠军。非器械类的小项有红拳、长拳、昆仑拳、螳螂拳、蛇拳、梅花拳、太祖拳、醉拳、武当拳、峨眉拳、形意拳、伏虎拳、白鹤拳、达摩拳、通臂拳，共十五个，揭出十五个冠军。

这次武林匹克运动会，一共有二十个小项，分别在黄山的二十四座山峰上举行。总共要揭出二十四块金牌、二十四块银牌、二十四块铜牌。

被定为比赛场地的山峰上都插着一个大木牌，上面写着比赛项目的名称。

另外，大赛组委会规定始信峰是发布比赛消息的地方，大赛饮用水全部取自紫云峰山泉。

这次大赛的比赛结果，将对徽州的功夫证券市场产生决定性的影响，民众将根据比赛结果决定买谁家的功夫券或者是抛谁家的功夫券。

徽州的功夫证券交易所在新安江畔的屯溪老街，徽州的主要功夫庄、功夫堂都在那里上市，通过销售证券来融资。功夫证券交易所是徽商程白庵捐资兴建，门楼上有几个石刻大字：徽州功夫证券交易所。交易大厅粉墙黛瓦，建构庞伟，楠木作柱，柚木作梁。柱为菱形，横梁为中部微拱的冬瓜梁，且梁托、爪柱、叉手、霸拳、丁头拱、斜撑等大多雕刻花纹、线脚。梁架构件的巧妙组合，达到了珠联璧合的妙境。墙角、照壁、漏窗等用青石、红砂石或花岗岩裁割成石条、石板筑就，并利用石料本身的自然纹理组合成图纹,墙体用小青砖砌至马头墙。地面全为歙县青铺成。售票口皆为一个个莲花门。

武林匹克运动会开幕的当天,功夫证券市场里顾客云集,人头攒动,交易大厅被挤得水泄不通。顾客来自四面八方,他们密切关注着赛场情况,焦急等待着来自赛场的消息。赛场的一丝风吹草动,都可引起证券价格的波动和证券市场的骚动。

在证券市场大厅外,竖一面楠木大牌,从赛场打马而来的报子把每个小项的比赛结果张贴在木牌上,当然那张宣纸是加盖了武林匹克大印的。

正因为比赛成绩不仅关乎个人荣誉,更决定着各上市功夫庄的证券价格乃至生死存亡,故而各大功夫庄的庄主悉数亲临黄山:墨市雄骑着宝马来了,方未兆骑着奔驰来了,程见素骑着马自达来了,胡抱朴骑着骏捷来了,许若谷骑着御翔来了,鲍万利骑着名爵来了,杨致虚骑着皇冠来了,孙若水骑着绝尘来了,高处寒骑着浮云来了。而且,部分庄主还参加了比赛,横一山庄庄主墨市雄和屈伸堂堂主白而昼都参加了器械类对抗比赛,两人在预赛中战胜了各自的对手,双双进入决赛,这场比赛的胜者将和刚柔山庄的孙若水争夺冠军。

墨庄主和白堂主的决赛地点在丹霞峰,墨庄主用的是一根长笛,打的是长拳;白堂主用的是一把折扇,打的是红拳。墨庄主一身黑衣,白而昼一身白衣。

两大庄主对决,吸引了众多看客的注意,为安全起见,峰顶上不允许站人,人们站在山腰看,就连丹霞峰脚下的排云亭和达摩面壁也站满了人。其中一部分是横一和屈伸堂的拉拉队。

根据规定,器械类对抗赛,在开赛前,对抗双方都要把所用器械交给裁判检查有无暗器。墨庄主把笛子交给裁判看了看,裁判证明无暗器。白堂主把折扇交给裁判,裁判经仔细检查,也证明无暗器。

随后裁判宣布比赛开始。

墨庄主求胜心切,比赛一开始,就憋足了劲儿抡起长笛对着白而昼猛扫,边打边嚷嚷:"小矮子,我打死你!"叱声中,那长笛闪动着光芒,那光如匹练般,织成了一片光幕。

白而昼只顾防守,毫无攻意,他时而用扇骨格开对方的笛子,时而一个腾越,避过扫来的笛子,时而就地一滚,躲过对方凌厉的攻势。两人打得难分难解,不分胜负,一直持续了近二十个回合。

此时黄山薄云排涛,山岚起伏。山下观众嗯哨声大作。

墨庄主的功力越来越少了,攻势也逐渐衰弱。这时,白而昼认为自己该出手了,只见他猛地一跳,一下子跃到墨市雄的肩头,对着他的颈脖狠踢一脚,墨庄主啊的一声大叫,身子一矮,白而昼跳了下来,紧靠墨的身体,不停地开合折扇,打击墨庄主。白堂主的动作极快,力度极大,打得墨庄主躲避不及,难以招架。扇骨黑漆油亮的,在白堂主的舞动下,流转出清光万千。

而且那扇子开合时发出一种怪异的叫声,一会"杀呀杀呀"的叫,一会"哎呀哎呀"的叫,让墨庄主毛骨悚然。墨庄主拼命挣扎,猛一使拳,如疾雷震霆,贯向白而昼。白而昼向旁边一闪,挥舞拳头,打击墨庄主,也不知道白而昼打的是什么拳法,墨庄主竟然倒了。就在这当儿,白而昼对他握笛的手一踢,腿法雄健,一下就踢飞了他的笛子。

墨庄主想跃起,刚一耸身,就被白而昼用折扇打下去了。墨庄主再次起身,可手刚撑起,白而昼的折扇就洒向了他,墨庄主便不再动了,眼睛却放射出愤怒的光芒。过了一晌,裁判问他:"服输吗?"墨庄主暗了光芒,黯然低声答道:"服输。"

于是,裁判向全场宣布白而昼胜利,这样墨庄主是这个项目的季军,白而昼将与孙若水争夺冠军。

其实白而昼和墨市雄比赛时,并未使出所有的功力,他知道他和墨庄主的功夫不在一个级别上的。尽管墨庄主在江湖上好斗,在武林中玩"狠",那只能证明墨庄主和他的横一山庄的无知愚蠢,论功夫,他们远不是第一流。

比赛结束,一个邸报的采风官问白而昼:"你是用什么招法打败墨市雄的?"这个采风官是个面白唇红的少妇,长得俏盈盈的。

白而昼说:"我的折扇很灵,我自创的后发拳很灵。"

采风官听说后发拳,觉得很新奇,就紧跟着问:"后发拳?能给我介绍介绍吗?"

白而昼用布巾揩了揩额头的汗,顿了顿手道:"这是我们新近研发的一种拳法,是我们的技术秘密,不便多谈,抱歉!"

"后发拳的确厉害呀,一下子就把墨庄主打倒了。"采风官还想引出白而昼更多的话。

白而昼说:"厉害不厉害不能只看这一场比赛,我后面还要和孙若水比赛呢,如果打败了孙若水,夺了冠军,那才说明后发拳真正的好。"

次日,白而昼和孙若水冠军争夺战在丹霞峰打响。

孙若水是刚柔山庄的庄主,最擅六合拳,用的器械是一支毛笔,只不过这支毛笔非寻常之笔,笔杆非木非竹,而是精铁铸造,笔毫不是羊毫、狼毫、猪毫,而是雪白的蚕丝。

两人所用器具不同,大小倒很相当,一般长短,一般粗细。

初始几个回合,孙若水来势凶猛,一连使出"力士分牛""西子捧心""鲁鱼分水"三招,忽而刁,忽而捋,忽而崩,忽而砸。前后左右攻守兼备,随机应变,动作舒展大方,刚柔相济,动静分明,起伏升落,紧凑贯通。

此时的白而昼以守为主,在防守中研判对方拳法的特点,以期破之。白而昼为避对方的打击,采用红拳中的九滚十八跌打法,先是黄龙滚江,接着美女晒鞋,后是死人腾床。这打法果然有效,成功地逃避了孙若水的攻击。

可孙若水并不罢休,光影闪动间,使出了"掀箱取宝""逄蒙开弓""拐仙摘果"三招,那拳架威武挺秀,刚劲有力。动如游龙,定如卧虎,速如狡兔,灵如猿猴,轻如云鹤,重如泰山。而且每招变三招,三招连九招,招招狠毒。毛笔在孙若水手中舞动着,青光莹莹。

孙若水那迅急的手法,令白而昼大为惊讶。白而昼眼看形势不对,他要发狠了,再不发力,就会被孙若水打残!白而昼一个腾扑,给对方一个"迎风腿",孙若水一个跟跄,差点栽倒。孙若水一旋身,又站定了。白而昼直逼孙若水,紧接着来个飞燕腿和挂面腿,奇矫无前,终于把孙若水打倒了。孙若水倒地后,白而昼用折扇掤向他,孙若水一举毛笔,格开了折扇。那一格,力道够劲,使白而昼手一震。就在这当儿,孙若水以闪电之速,雷鸣之势,腾身而起,冲向白而昼,出手便打,顺手便拿,起脚便踢,有勇有力有巧。白而昼一惊,不容多虑,迅速给对方一个顶门腿,总算挡住对方的攻势,然后打起了后发拳,那后发拳以攻为守,攻守兼备,随机应变。动作舒展大方,刚柔相济,动静分明,起伏升落,紧凑贯通。

白而昼的后发拳打得孙若水只有招架之力,毫无反攻之机。可孙若水毕竟是武林高手,功底深厚,还在顽强地应付着白而昼,两人打了几十个回合,胜负未判。白而昼急了,干脆使出了屈伸堂的独门绝功——裂石惊沙功。只见他虚步站在丹霞峰的大石上,气沉丹田,双掌送出,然后运气于掌。顿时丹霞峰上的大树摧折,巨石开裂,孙若水仰面倒到山崖下,落在一棵黄山松上。

裁判对着山腰上的孙若水大声问道:"认输吗?"

孙若水仰面躺于松枝上,一拱手,黯然答道:"认输。"

山峰上的白而昼对下面的孙若水一抱拳,道:"孙兄承让了!"

于是裁判大声宣布:"白而昼获得器械类对抗赛的冠军!孙若水获得亚军!"

随后在丹霞峰上举行颁奖仪式。武林大会副会长把金牌挂在白而昼的脖子上,然后宣布升屈伸堂堂旗,唱屈伸堂堂歌。

同时站在颁奖台上的墨市雄满脸写满衰意。

白而昼获得器械类对抗赛冠军的消息,立即传到屯溪老街的功夫证券交易所,人们纷纷买进屈伸堂的功夫券,一时间屈伸堂的证券价格暴涨,由原先的每股六江湖币,猛涨到每股二十江湖币。短短两天时间,屈伸堂的融资额高达三千万江湖币。

非器械对抗赛在玉屏峰举行,初赛分三个小组进行,每个小组的第一名参加最后总决赛。

第一小组的第一名,将在来自洼盈山庄的胡抱朴和来自曲全山庄的哀者胜之间决出。

那哀者胜一出场,观众都哈哈大笑起来,人们笑哀者胜倒不是因为他功夫不行,人们笑的是,这哀者胜有一个特点,每当比赛开始时,他总是先大哭一场,那哭可不是装出来的,是真哭,且是号啕大哭,哭得涕泪满面,几乎哭得风云变色,不亚于当年孟姜女哭长城。前几场比赛,人们看到他大哭,以为他是遇到了不幸的事,都很同情他,悲悯他,少数心肠软者看到他大哭,在其哭声的感染下,控制不了感情的闸门,也情不自禁地流下了眼泪,甚至大放悲声。后来人们发现此人每赛必哭,而且场场皆胜,才明白此人哭,并不是因为身世坎坷,家道不幸,哭对他来说似乎是一种比赛习惯。人们根据他一比赛就哭,一哭就赢的特点,给他起个绰号叫"哀者胜"。故此,观众现在看到哀者胜上场大哭,非但不随着他一起哭,反而大笑起来。

哀者胜这一怪异表现,吸引了众多观众,其中相当一部分是那些珠围翠绕的大家闺秀,她们厌腻了闺阁生活,为猎奇而来。另外就是打扮妖冶的青楼女子。

哀者胜和胡抱朴面对面站好。哀者胜耷拉着脑袋,一脸的苦相、哭相,一副苦大仇深的样子。而胡抱朴则摆出凛然不可侵犯的驾势。他们中间站着裁判,裁判一声令下:"开始!"哀者胜又是大哭起来,这次哭声更大,震天动地。而且那哭声不同以往,似鬼哭,又似狼嚎,有时又像狮吼,那泪水就像决堤的江水,在脸上纵横。哀者胜的怪哭果然干扰了胡抱朴的行动,胡抱朴面色倏变,本是憋足了劲儿,想给哀者胜一个下马威,可听到哀者胜的哭声,拳头刚送出,竟忍了,这一忍,打击的力度不到预想中的一半。

可两人还是交手了,哀者胜一边哭,一边打拳,胡抱朴就在哀者胜的哭声中施展自己的拳法,由于受到哭声的影响,他的心理和动作都不及平时,发挥得很不如意。

和胡抱朴形成鲜明对比的是哀者胜。那哀者胜越哭,拳打得越顺心,越来劲儿,蹦蹦跳跳、撑拔舒展、劲顺击长、节奏鲜明、气势磅礴。

观众看到哀者胜哭得那么厉害,拳却打得那么精彩,无不大笑不止。比赛就在哀者胜的哭声和观众的笑声中进行着,一时间,玉屏峰成了整个黄山最热闹的地方。

经过很多回合的较量,胡抱朴渐渐适应了哀者胜的哭声,发挥渐趋正常。胡抱朴拳法的精华就是他自创的击虚拳,这拳法专打对方的薄弱处,往往一拳制敌。

面对胡抱朴的击虚拳,哀必胜则以"去意如水掌"对之。水极具适应性,可随方就圆。去意若水掌就是受水这一特性的启发编创的,专打对方的凹处和虚处,而且无孔不入。所以正好和胡抱朴的击虚拳针锋相对。两个人都在寻找对方的虚处攻击,就看谁发现得最快,捕捉得最快。

两人经过近十来个回合的对抗,胡抱朴还是不敌哀者胜,被哀者胜一掌击倒,趴在地上一动不动,裁判问他:"认输吗?"半响,胡大侠才气鼓鼓地站起来,无奈地答了一声:"认输。"裁判宣布第一小组的第一名是哀者胜。

第二小组的第一名争夺战,在来自曲全山庄的下下下大侠和来自柔克山庄的胡孔德之间打响。下下下大侠也是观众给他起的外号,此人剑眉星目,长身玉立,和人比武时,总是高呼:"下下下!"那修长的身子立即下蹲。整个比赛过程中,他始终坚持下位打法,身体总是向下,把自己放在对方的下面,而且动作灵活,对方根本打不到他。缘此,观众给他起的绰号叫"下下下大侠"。可这个名为下下下的大侠,在比赛的过程中总是占据着上风,并最终战胜胡孔德,取得第二小组的第一名。

争夺第三小组的第一名的武师,一个来自曲全山庄,另一个来自抱一山庄。来自抱一山庄的武师名叫许若谷,此人看其脸,大概只有十几岁,但看其腿,至少有五十岁。脸生得很年轻,腿生得很老气,如果排出辈分来,腿可以做脸的老爸。

来自曲全山庄的武师,也很古怪,他每次比赛,一上台就冲着对手大叫:"我要死!我要死!"那痛叫的样子,就像黄牛被斩了尾巴,一副悲怆难抑的情态。因为这,观众给他起的绰号叫"要死的"。这次,当他和许若谷一前一后走向赛场时,观众大叫:"要死的来了!"观众如此叫他,他一点儿也不恼怒,反冲观众笑了笑。

要死的和许若谷正式比赛了,要死的绝招叫背光手,许若谷的绝门招法叫孤蓬自振掌。两人经过近三十个回合的搏斗,许若谷终因体力不支,被要死的摁倒在地,晾久未动,裁判问他:"认输吗?"他黯然点了点头,这样,要死的打败了许若谷,获得这一小组的第一名。这样,这一项目的冠亚军争夺战将在要死的、下下下和哀者胜三人之间进行。

要死的、下下下和哀者胜三个怪侠都来自曲全山庄,人们说曲全山庄是怪人俱乐部。可这个怪人俱乐部却包揽了非器械对抗赛的冠亚季军,在场者无不称奇。

当天下午,总决赛开始了。先是下下下大侠和要死的比赛,要死的打败了下下下大侠,但后来,有人揭发要死的赛前饮了酒,酒是一种兴奋剂,而武林匹克运动会是严禁使用兴奋剂的,所以第二天一早,大赛组委会宣布取消要死的总决赛成绩,冠亚军在下下下和哀者胜之间决出。

下下下和哀者胜的冠军争夺赛可谓一波三折,比赛到第五回合时,黄山兴起了云海,两人在浓云中乱打一气,观众则在一旁雾里看花。后来云虽退去了,又突然下起了雨,不仅两个武师被淋得狼狈不堪,观众也被大雨浇得像落汤鸡。而哀者胜和下下下的比赛又太精彩了,观者都舍不得离开,全都冒雨观赛。哀者胜在大雨倾盆时,依旧大哭不止,泪水伴着雨水一起恣肆。哀者胜在大雨中大哭的样子,引发观者阵阵爆笑。

有观众说:"是哀者胜的哭声感动了老天,老天也哭了,所以才下这么大的雨!"

黄山就是这样,雨来得快,去得也快。不一会儿,雨就收了,太阳重新现出了脸庞。刚才由于受大雨的影响,两人发挥得很不好,现在天空放晴,日色乍新,两人都抖擞精神,欲和对方一决高低。

比赛更加激烈了。

由于哀者胜和下下下来自同一个山庄,彼此比较了解,一时间难分高下。两人打到四十回合时,哀者胜渐渐现出衰势,因为他大哭的时间太长了,消耗了太多的体力,嗓子都沙哑了。而下下下大侠,由于采用下位打法,体能消耗极少,虽然前一阶段受哀者胜哭声之影响,但到后来他已完全适应了,哀者胜的哭声对他已没有任何干扰,下下下的拳法越打越劲健,越

179

打越凌厉。人影起落,妙韵天成。再说,下下下的鸿蒙拳和混沌腿深奥莫测,别人是越看越糊涂,根本找不到破解之法。最后,下下下用鸿蒙拳中的翻天覆地掌瓦解了哀者胜的去意如水掌,彻底击倒了哀者胜,取得了总决赛的冠军。

来自曲全山庄的下下下大侠和哀者胜大侠,分别获得非器械对抗赛的冠亚军,当始信峰的报子把这个消息传递到屯溪的功夫证券交易所时,民众疯抢曲全山庄的功夫券,曲全证券价格大涨。同时,曲全山庄也成为徽州江湖关注的焦点,新闻采风官纷纷到曲全山庄的总部探秘。

曲全山庄总部位于旌德县朱旺村。朱旺村相传为南宋理学家朱熹的后人所建,一条建村时所挖掘的人工河——朱溪河由北而南穿村而过,十三座由巨大麻石条搭成的石桥横亘河上,九口形状各异的古井卧于河中,形成了"井水不犯河水"的独特景观,"九井十三桥"不仅是朱旺村一道独到的风景,在皖南古村落中也是绝无仅有。朱溪河两边的古老青石板路和路上搭建的凉亭构成了朱旺村风景独到的水街,水街两旁徽派古宅众多,其中有一处大宅第,门匾上大书"曲全山庄"四个镏金大字。

采风官报上名帖,获准进入山庄里面察访。他们一进门,发现院子里矗一巨石,光溜溜的,石头上用蝇头小楷刻着老子《道德经》全文。

大厅里有一个人在翻阅地上的竹简,那竹简很大,一块竹片有一丈多长,上面写满了字。竹简很大很沉,可那人翻起来如翻宣纸,动作非常雄健俊逸。

一个采风官问:"大侠在看书吗?"

那人头也不抬地答道:"我不是在看书,我是在练功。"此人五十来岁,白面长须,风姿俊爽。

"这上面不是刻满了字吗?"

"是刻着字,是《道德经》,但这本书我早已烂熟在心了,没有必要再看了,我翻这么重的竹简,是在锻炼自己的臂力。曲全山庄的武师都是通过这种方法来增强力量的。"武师说到这里,忽然想起要看一看来者是谁,他戛然顿住,拈须起身,端详着几个来者,惊讶地问:"你们是谁?有何贵干?"

"我们是采风官,你们山庄的武师包揽了武林匹克大赛非器械类对抗赛的前三名,引起徽州江湖的轰动,我们特自从黄山来探访贵功夫庄。有扰了!"采风官说。

"哪里哪里!欢迎欢迎!"武师满脸堆笑地说。

"请问你们的庄主程见素大侠在吗?"

"我就是。"

"您就是程庄主?"采风官喜出望外,一齐拱手,"久仰,幸会!"

"免礼。"程见素一摆手,"我也到黄山去了,不过开幕式一结束我就回来了。"

程见素带几个采风官到后面的花厅坐下,接受他们的采访。

一个胖胖的采风官问:"贵功夫庄在首届武林匹克运动会上取得了全胜的战绩,你们有什么秘诀吗?"

"如果说有什么秘诀的话,这秘诀就是从老子的《道德经》里汲取智慧。我们的战术和招法都是受《道德经》的启发。"

"都是受《道德经》的启发?你们的武师一比赛就哭,这也是受《道德经》的启发?"

"嗯,是的呀。老子说过:两军对垒,势均力敌,往往是沉痛悲愤的一方获得胜利。所谓骄兵必败,哀兵必胜。我们的武师上场大哭,正是受此启发。"

"还有那个下下下大侠,也是如此吗?"

"下下下?"程见素凝视着这个采风官,"你这个采风官说话怎么有点结巴?"

"他不是结巴,你们有一个武师名字叫下下下,获得冠军的那个。"另一个采风官说。

"我们有一个武师叫下下下?"程见素还没弄明白。

"是的呀!一比武就高吼下下下的那个。"

"那是你们给他起的绰号,他的真名叫朱则有,就是朱旺村的人。"程见素说,"他比武好用下位打法,也是受《道德经》的启发,《道德经》里有句话,是这样说的：大江大海之所以能成为百川归往之王，是因为它善于处于一切水流的下游。同样，比武时，要想自己的名次位于他人之上，你的体位就得处于他人之下，采用下位打法。"

几个采风官恍然大悟，异口同声地哦了一声。一个采风官感叹道："怪不得你们的武师在强手如林的武林匹克大赛上标举独出，原来他们都是哲学家，得老子的真传！"

程见素隐隐一笑。

采访持续了一顿饭工夫，采风官才起身告辞："程大侠，就此别过，后会有期。"

"贵客慢行，恕不远送。"程见素挥挥手。

第二十四章　泾县

经过半个月的激烈角逐，第一届武林匹克运动会二十四个竞赛项目全部举行完毕，一共产生了二十四枚金牌。位于金牌榜前三名的是：屈伸堂、曲全山庄、阴阳山庄。

武林匹克运动会的直接效应是推动徽州功夫的发展，连带效应是让获奖的武师及其功夫庄声名大振。赛前，徽州民众说得最多的是毕旺铺和超值山庄，赛后，人们早已把毕旺铺抛到脑后，茶余饭后谈论最多的是白而昼、哀者胜、下下下。

还有一个连带效应，就是此届武林匹克运动会的唯一赞助商玄粟斋墨业名声大噪。玄粟斋是休宁人吴叔大的墨肆，吴叔大是个非常有眼光的制造商，他看到武林匹克运动会的巨大宣传效应，便主动和组委会洽谈，想斥巨资赞助这一盛会，条件是：在每个比赛场地写上"玄粟斋制墨"的字样。组委会当即应允，吴叔大的玄粟斋墨业成为首届武林匹克运动会的唯一赞助商。武林匹克是一个创造奇迹和神话的地方,正如吴叔大所料,随着武林匹克的胜利开展,玄粟斋墨业迅速进入人们的视野,一夜成名。自宋徽宗始,徽州就成为中国的制墨中心,徽墨是中国最有名的墨,制墨业在徽州形成了"家传户习"的盛况,徽墨的品牌不知道有多少,要想在众多的品牌中脱颖而出,难度可想而知。吴叔大独具慧眼,借助武林匹克的宣传平台,让玄粟斋在一夜之间成了徽州无人不知、无人不晓的品牌,而吴大叔也成了人们熟知的制墨名家。

玄粟斋墨业成了徽州名牌,每天来玄粟斋洽谈生意的络绎不绝。玄粟斋青瓦白墙,外简内秀,前庭和后院都布置有小型庭院或花园,粉墙饰以砖雕、石刻花窗,使建筑与山水、花木融为一体,颇具园林之趣。

一日,来了一个商贩,此人方面大耳,虎背熊腰,上唇留着一字胡,他来到玄粟斋门前,递上名帖,对看门小厮说:"我想见你们吴老爷。"

"吴老爷在牡丹阁偏厅。"小厮手对里面一指道。

商贩来到牡丹阁偏厅,里面有个中年男人正坐在铁四力出头官帽椅上,摆弄着几块墨品,商贩进门问道:"请问吴老板在吗?"

中年男人一抬头,答道:"我就是!请问有何贵干?"

商贩笑言道:"我是宣城的一个商人,我在县城开了一家文房四宝店,现在吴老板的玄粟斋墨业已经成了徽州的知名品牌,深得顾客的青睐,在市场上供不应求,今天我特来批发。"

吴叔大听后很高兴,说:"是吗,欢迎!欢迎!"手对身旁的老花梨高扶手矮背椅一指,热情地说:"请坐!"

商贩坐下,商贩太胖了,椅子装得满满的。一旁女仆送来茶盏,唱喏奉茶。

吴叔大问:"请问尊姓大名?"

"我叫黄福顺。"

"黄老板,"吴叔大正了正身说,"我们这里的墨有不同的档次,您是要高档点的还是要低档点的?"

"我开的店,在宣城同类店中是最高档的,我当然要高档的。"黄福顺说。

"很好！那我给你推荐我们生产的凤九雏墨。"

吴叔大起身从一紫檀木架上取下一个红漆描金圆盒，盒面绘双龙戏珠纹，盒内有一块墨。吴叔大取出墨，对黄老板介绍道："这就是我们生产的凤九雏墨。此墨圆形，两面起边框。面刻十凤，中间一大凤，周围九小凤，姿态各异，均描金，翅羽填绿。"

黄老板接过墨，端详着，发现此墨背部蓝框内用阳文描金楷书写着"凤九雏"三字，侧面用楷书落款：大国香吴叔大制。此墨龙纹粗犷洒脱，确为墨中精品。

黄老板放在手中把玩再把玩，爱不释手，啧啧称赞："良品！良品！"又问："为什么起名叫凤九雏呢？"

吴叔大捋了捋单衣，又坐在官帽椅上，说："凤九雏，是表示多子多孙的意思。你看一只大凤带着九只小凤，这不是多子多孙吗？在徽州，谁不想儿孙绕膝，享受天伦之乐？"

"那是那是。"黄老板道，"那好，就买这种墨吧。"

"你先付一半的定金，我们送货上门，货到后，付清所有款项。怎么样？"

"可以。"黄老板一挥手，干脆地答道。

黄老板批发了一千块凤九雏墨，当即付了一半货款，吴叔大亲自驾一马车运货到宣城。

吴叔大的送货马车走至泾县时，已是傍晚。这里是丘陵地带，山坡上长满了树，山下有一弯小河逶迤前行。古道崎岖，车行其上，颠簸得厉害。午后一直大风，此刻，风力丝毫未减，那风吹得天上的白云像白马般奔腾，吹得山上的树和路边的草纷纷向一边歪倒而去。大风呼呼地刮着，给这个夏天带来了难得的凉爽。

吴叔大笑着说："黄老板真是福人，你这么胖肯定怕热的，可今天偏偏刮起了大风，一点儿也不热。"

黄老板咧着嘴道："今天是托你的福。"

正说笑间,前面来了五个腰扎白巾的壮汉,站在路中间,皆两手叉腰。走在最前面的大汉额头上长个肉包,肉包汉摆摆手大喝道:"给我停下!"

马车停下了,吴叔大站起,问:"几位大侠有何贵干?"

肉包汉狞笑道:"想叫你孝敬我们几样东西。"说完对另四个大汉一挥手,叫道:"上!"五个大汉呼的一下跳上马车,疯狂地把墨往路边扔。

吴叔大惶急地叫道:"你们这是干什么!不要抢我的货物!"并上前抱住肉包汉的胳膊,肉包汉一掌把吴叔大击倒了。

这时黄老板大喝一声:"住手!"如疾雷震霆。

黄老板长得高大魁梧,威猛彪悍,他一声雷霆般的怒喝,让五个大汉受惊不小,都顿住了手,怪怪地看着黄老板。

黄老板怒视着五个大汉,怒斥道:"一群强盗!光天化日之下竟然拦路抢劫!"

肉包汉的嘴角阴恻恻笑着,轻轻地往前挪了两步,一记冲拳打向黄老板,另四个强盗一哄而上。

吴叔大爬了起来,嘎声叫道:"不要打!不要打!"

一个强盗转过身,目光睥睨,满面狞恶,倏地飞起一脚,把吴叔大踢下车去。而黄老板则和强盗扭打在一起,黄老板凭着自己的身庞体伟,勉力死撑着。可一虎难敌四犬,黄老板腿一软,从车子上栽了下去,由于身子太重,跌得也重,再也爬不起来。

就在这时,忽听嗖的一声,一条细线像蛇一样紧紧绕在那五个强盗的颈脖上,线的一端系在一根竹竿上,竹竿一抖,五个强盗同时摔到地上。强盗哇哇乱叫,那细线又拉紧了,强盗怕被勒死,一双手死死地抓住线,这时五个强盗才不约而同地看到一双眼睛,两道目光如两团火焰,灼灼烧人。

肉包汉叫道:"钓独客!你……你怎么老是跟着我们!"

钓独客没答话,只哼了两声,然后拉起了钓鱼竿,五个强盗的身体都被拖动了,直到被拖离车子一丈多远,才停了下来,渔线也松了。

强盗的手还在抓着渔线,钓独客大喝一声:"松开手!"

强盗松手,取开绕在颈脖上的渔线,钓独客一收渔线,那线便滋滋溜溜

185

的像细蛇一样绕在鱼竿上。

强盗躺在地上不敢动,钓独客吼道:"都给我坐起来!"强盗闻声都坐了起来。

钓独客用钓竿指着强盗,恶狠狠地说:"你们都给我听着!你们走到哪儿,我就跟到哪儿,而且,我能发现你们的影踪,你们却发现不了我的影踪。如果你们心存侥幸,胆敢拦路抢劫,我告诉你们,我这把钓鱼竿不光能钓鱼,还能钓人!明白了吗?!"

五个强盗轰然答道:"明白了。"

钓独客咬着牙道:"下一次要是被我发现了,我就用钓线勒死你们!"

五个强盗像龟孙子一样俯首恭听,钓独客喝问:"你们想不想活?"

"想!"强盗齐声答道。

"要想活,先给老子磕三个头!"钓独客下令道。

五个强盗齐刷刷地对着钓独客磕了三个响头。

钓独客又说:"光给我磕头还不行,再给货主磕三个头!"

五个强盗立即转身对着吴叔大磕头。

磕头完毕,钓独客对五个强盗两眼一瞪,大吼一声:"滚!"

五个强盗轰的一下跑了。

钓独客来到吴叔大身边,把他扶起来,道:"吴老板,受惊了。"然后又把黄老板扶了起来。

吴叔大激动得热泪盈眶,万分感激地看着钓独客,问:"大侠尊姓大名?"

钓独客微微一笑:"卑下无名无姓,因为喜欢在水边钓鱼,人家呼我钓独客。"

"大侠尊府何方?"吴叔大又问。

"在下萍踪无定,浪荡四方。"钓独客说,"吴老板,你不认得我,我可认得你啊。"

"你认得我?你是怎么认得我的?"吴叔大问。

"我是在武林匹克运动会上认识你的,你不是武林匹克运动会的唯一赞助商吗？"

吴叔大连连点头，然后对着钓独客拱手道："今日大侠相救之恩，我吴某人没齿难忘，大侠如到休宁，千万千万到舍下一叙，我必定倒屣相迎，恭送如仪。"

"不必客气。"钓独客说，"刚才那五个强盗你们此前听说过吗？"

吴老板摇摇头，答："从没听说过。"

"那一伙强盗在泾县、宣城一带很出名的，他们有一个名称叫文房大盗。"

"文房大盗？"

"是。他们只抢文房四宝，别的都不抢。"

"只抢文房四宝？"吴叔大不懂，"为什么？"

"因为他们本人最恶读书，也反对别人读书，这是一个原因，还有一个原因，就是文房四宝都很值钱。"钓独客说，"你是生产、销售徽墨的，可要当心了。"

黄老板说："吴老板，你就聘任这位大侠做你们的保镖吧，以后送货时，就让他负责你们的安全，免得受那些恶贼的欺负。"

吴叔大说："我当然有这个想法了，但不知大侠肯不肯赏脸？"

钓独客笑答："恕我不能答应。我这个人生性随意，浪荡惯了，不适合做保镖。我至今不结婚，也没加入任何一家功夫庄，或者作坊，原因都是一样的，就是我不想受到任何约束。自由是我最大的追求。"

吴叔大听后，一脸的失望和无奈。

钓独客说："你以后送货时，如果想找保镖，我给你推荐一家功夫庄。"

"哪家？"吴叔大急切地问。

"位于宣城水东街的竖一山庄。"

"竖一山庄？"吴叔大问，"我好像从未听说过这家山庄。"

"这家山庄成立时间不长，你不大出门，怎会知道？我到处游荡，什么情况不知道？"钓独客说。

黄老板说："我是宣城人，怎么也不知道？"

"你不是武林中人,当然不知道。"钓独客说,"再说了,它在水东街,离县城很远的,县城的人不知道的太多了。"

"那你把这家山庄的情况介绍介绍吧。"吴老板说。

"好的。"钓独客说,"这家山庄庄主是个年轻人,名叫朱绝尘,善吹洞箫,他们练功的器械也是洞箫。箫是竖着吹的,所以他给山庄起名叫竖一山庄。这个庄主朱绝尘功夫卓异,雄心勃勃,年轻有为。副庄主就是他的未婚妻,功夫也是万里挑一。他们的业务只有一项,就是给人做保镖,专门为送货的人护行。"

"那不就是镖局吗?"黄老板问。

"实际上就是镖局,但名字不叫镖局,而叫山庄。"钓独客说。

"好!我们先把这批货送到宣城,然后顺便到水东街去和竖一山庄洽谈。"吴叔大说。

"你们把路边的墨收拾收拾吧,我走了。"钓独客说。

"大侠请上马车吧,我请你到酒店一坐!"吴叔大说。

钓独客一挥钓竿,道:"不用!"说完一纵身,跳到路边的山坡上,隐没了。

风还在呼呼地刮着,吴老板和黄老板立于风中,衣衫飘动,头发飘扬,两眼朝钓独客消失的方向呆望着,目不转睛,怅然若失。

第二十五章　水东街(二)

吴叔大把墨送到宣城县城后,立即赶到水东街,找到了竖一山庄。

竖一山庄位于水东老街的下街头,其下首满目葱茏,是一大片竹林。密密匝匝,芊芊莽莽。大门是用长长的竹箫编扎成的,两扇门就像两个大排箫,门额上的"竖一山庄"四个大字也是用一根根箫组成的,大门旁站着一男一女两青年,两人都举箫长奏,箫声悠扬,婉转动听,吸引了路人驻足凝听。屋宇宏大,建构古色古香。

一进门,就听到里面大厅里有呼呼喝喝的声音,是武师们在练习对打,他们所用的武器就是一把长箫。这些武师都是一些年仅弱冠的年轻人,个个英气勃发,虎虎生威。旁边有一个青年大汉在对他们指指划划,似是总教头。

吴叔大正津津有味地看着,忽从正厅款款走来一个小姐,长裙及地,光艳照人。小姐看到了吴叔大,春风一笑,细声问道:"先生贵干?"

吴叔大赔笑道:"无事不登三宝殿,我想找你们庄主洽谈一笔生意。"

"有什么意向,和我谈也行。"小姐说。

"和你谈也行?难道你是负责人之一?"吴叔大心头掠过一丝诧异,他发现小姐胸前别一个小牌子,忍不住看了看,只见那小牌上写道:副庄主林子歌。

果然是负责人!吴叔大相信了这个小姐,就说:"好吧,那我们就坐下来好好谈谈吧。"

"跟我来。"林子歌说。

林子歌办公的地方叫凤鸣阁,吴叔大跟着林子歌来到凤鸣阁。

林子歌指着桌前一张黄花梨交椅,彬彬有礼地说:"请坐。"

吴叔大优雅地坐下,林子歌递上一杯白岳黄芽清茶。

林子歌问:"贵客怎么称呼?"

吴叔大正了正身,说道:"我叫吴叔大。"

"吴叔大?休宁的吴叔大?"林子歌面带喜色。

"是的,我就是休宁的吴叔大。怎么?你认识我?"吴叔大也很惊讶。

"您的大名,我早已耳闻,如雷贯耳啊,就是无缘得见尊颜,没想到今天您竟然上门来了,幸会!幸会!"林子歌显得很是激动。

"我不大抛头露面的,你是怎么认识我的?"

"我是通过武林匹克运动会得知您的大名的,您不是唯一的赞助商吗?"林子歌说,"运动会期间,处处都写着您和您开的墨肆的名字,不想看都不行啊。"

吴叔大点点头,哦的一声,心想:武林匹克运动会的宣传效应真的很大啊。

"吴老板屈尊前来,想和我们洽谈什么呢?"林子歌问。

"哦,是这样的,前天我们送墨给宣城的一个商户,在路上遇到强盗,有一个大侠叫钓独客的救了我们。这件事震动了我,让我感到必须要雇保镖,确保人货安全。"吴叔大说。

林子歌说:"我们这个功夫庄主营的业务就是给人做保镖,确保徽商的人身和财产安全,让广大徽商免受强盗、窃贼、恶霸和酷吏的侵害,为我们徽人创造一个安全理想的经商环境。我们给人作保时,先和人签订合同,在完成任务后,顾客再付钱给我们。如果没有完成任务,我们一分钱不要。"

"你们是怎么收费的?"

"我们的收费标准取决于货物的价值大小,取决于路程长短,取决于路况。"林子歌说,"另外,我们的作保方式有两种,一是长期保,一是零时保。所谓长期保,就是我们一年定一个合同,客户只要交足一年的保护费一千两银子,我们的武师就会随叫随到。零时保,就是每一次签一个合同,每一次的保护费都不一样,可以是一百,也可以是二百。"

"你们武师的功夫达到什么样的水平呢?"

"在我们功夫庄,功夫的级别有三种,从高到低分别是笑声级、哭声级和风声级,笑声级的功夫是高级功夫,哭声级的功夫是中级功夫,风声级的功夫是初级功夫。只有功夫达到笑声级的武师,才可以给客户做保镖,所以请我们做保镖,尽可以放心!我们有一套严格的考核制度。"

"这三个级别的功夫分别达到什么样的境界呢?"

"简简单单地告诉你吧,笑声级的功夫可以杀人,哭声级的功夫可以伤人,风声级的功夫可以吓人。"

"你们为什么给功夫级别起这么个奇怪的名称? 为什么不叫高级、中级、初级呢?"

"我们的武功器械是箫,在我们这里,如果一个武师,他的功夫达到一定的境界,他把箫投掷出去,箫在飞旋的过程中会发出笑声,一般的人被箫击中,必死无疑。所以我们把这种功夫叫笑声级。这么称呼比较形象易懂。"

吴叔大又点点头,哦了一声,说:"我明白了!照这么说来,如果一个武师飞舞长箫,能让箫发出哭的声音,他的功夫就是哭声级的。同样的道理,如果一个武师掷出长箫,能让长箫发出风声,他的功夫就是风声级的。那……要是什么声音都没有呢?"

"那就没有功夫!"林子歌颔首一笑。

"据钓独客说你们的功夫挺厉害的,不过这次武林匹克运动会好像没看到你们。"

"我们这个山庄是在武林匹克运动会之后成立的,当然没参赛了。"林子歌说。

"哦,是这样。"吴叔大说,"那好!我现在就和你们签订一年期的合同。"吴叔大说。

"你跟我来,订合同必须由我们的庄主和你定。"

"庄主尊姓大名?"

"朱绝尘。"

吴叔大跟随林子歌来到庄主室龙吟阁,一到门前,吴叔大眼睛一亮,只见紫檀圈椅上坐着一个身形高大、丰神卓异的青年,本在看一幅人体经络图,见吴叔大来了,猛一抬头,双目炯炯,肌容白净,颇具气骨。

林子歌介绍道:"绝尘,这位是休宁的制墨名家吴叔大先生,他想找我们做保镖。"

朱绝尘马上起身,拱手道:"吴先生,久仰!大驾光临,蓬荜生辉啊!"并叫吴叔大坐下。

吴叔大问:"钓独客你认识吗?"

"认识认识,他可是一个真正的大侠啊!"朱绝尘赞叹道。

"就是他推荐你们的。"

"是的吗,那可要感谢他了。"

"不仅你要感谢他,我更要感谢他!这次我送货到宣城,在路上遭遇强盗,要不是他救了我们,我们可就惨了。"

朱绝尘说:"那个人的确是个行侠仗义的人,有英雄本色,是我辈学习的榜样啊!"

吴叔大说:"我现在就和你们签订一年的保镖合同。"

"好的。"

朱绝尘从黄花梨小箱里取出两张宣纸,和吴叔大定下契约,一式两份,两人签字,并按下手印。

第二十六章 水东街(三)

横一山庄庄委扩大会议在山庄总部的中堂大厅中举行,厅外正下着小雨,雨滴打在树叶上,发出沙沙的响声。整个山庄被笼罩在氤氲的水汽中。

墨庄主坐在主席台中央,大声地说:"横一山庄当前最紧迫的任务是对付两个仇家,一是竖一山庄,一是屈伸堂。竖一山庄,从这个名字看,就明明冲着我们来的,我们叫横一,他们叫竖一,这不是和我们对着干又是什么!还有屈伸堂,本来不做功夫生意的,现在也做了,而且高调亮相,明摆着是想瓜分我们的市场份额。这两家都是刚刚进入功夫市场的,我们现在一定要把他们扼杀在摇篮之中,绝对不能让他们壮大起来。怎么办?我们的对策是:跟他们门对门设立我们的功夫店,同样的服务,我们的价格是他们的一半,看有没有人买他们的功夫!直到把他们拖垮!"

"大哥,这么做不妥!以降价的方式,不能从根本上解决问题的!"庄主的妹妹墨秋水说,"价格太低了,我们不是要亏本吗?开亏本的功夫店,为的是哪般?"墨秋水下穿湖蓝色轻丝长裙,上穿一件大红衫子,很是抢眼。

"我们亏得起！亏得必要！亏得值！"墨庄主直着眼睛,拍着桌子说。

"怎么说亏得值呢?"武师丁夜永质问道,怔怔地瞧着他。

"为什么说亏得值,亏得必要！好,那我来说给你听听。"墨庄主两眼斜视着丁夜永说,"我们通过低价把生意全部吸引过来,他们就没生意了,没生意了,不就关门大吉了吗? 先把他们挤出市场,让他们卷铺盖滚蛋,我们就可以独家经营,独霸市场,想赚多少钱不成? 所以我们先降价把两个仇家干掉！然后再提价,把损失夺回来。先赔后赚,不赔怎么赚呢? 是不是啊? 丁大师?"

丁夜永被墨庄主说得无话可答,但墨秋水还是发问了："如果我们的功夫水平不提高的话,光靠这种恶性竞争能维持多长时间呢?"

"怎么不得长久?"墨庄主对妹妹一瞪眼,"把对手挤走了,我垄断经营,可以随便定价,定价权稳稳地操在我的手中,我有钱了,不就可以长久了吗? 妹妹,你愣是不开窍。"

"你想问题太简单了！"墨秋水清亮的眼珠一转,"你的功夫没质量,人家买了跟没买一样,谁会买呢? 你白送给人家,人家也不会要的！低价都没人买了,还说什么高价！想用低价把屈伸堂挤走,这只是你的一厢情愿。顾客的想法都跟你一样吗? 事情会按照你的意愿发展吗? 只要屈伸堂的功夫高,自然有人愿意花大价钱购买！"

墨秋水的话让墨庄主越发恼怒了："好了好了！你别说这些大道理,我听不进去！就这么决定了,和他们对着干！"然后对新任副庄主说："李三包,你负责到万安镇开设横一功夫店,店面要尽可能地靠近屈伸堂的店面。店面要大,要气派,首先要在气势上把屈伸堂比下去。并且以低价出售功夫。"

"好的。"副庄主李三包说。

"曹倾仓,你给我做两件事,第一件事,到竖一山庄去质问他们庄主,为什么要和我们对着干。第二件事,从明天开始,横一山庄水东店的功夫一律以五折销售。"

"遵命！"曹倾仓答道。曹倾仓是横一山庄水东店的负责人。

次日,曹倾仓回到水东街,立马前往竖一山庄,在庄主室见到了朱绝尘。

"我奉墨庄主之命,想和你谈谈。"曹倾仓慢着眼神说。

"想谈什么呢?"朱绝尘沉声道。

"墨庄主不明白,为什么你们要和横一山庄对着干?"

"你不要出言无状!你们做你们的生意,我们做我们的生意,从哪儿看出我们跟你们对着干?"朱绝尘厉声道。

"从哪儿看出?从你们山庄的名字就可以看出!我们叫横一,你们为了表示和我们对着干,就叫竖一。这不是明摆着吗?傻瓜也看得出来!"曹倾仓大着眼睛道。

"纯粹是胡说!"朱绝尘凌厉地说,"你们墨庄主完全是以小人之心度君子之腹!只有你们墨庄主恃强凌弱,四面树敌,动不动就和别人对着干,我们可没有这种思想!我们之所以起名叫竖一山庄,是因为我们的练功器械是箫,而箫都是竖着吹的。就这么简单,完全不是你们所说的那回事儿!"

"好了好了,我不想和你讨论名字问题,我建议你赶快退出功夫市场,如果你们不主动撤退,那等待你们的就是倒闭!告诉你,我们马上实行打折销售,以出乎你们想象的低价招揽生意,把你们全部拖垮!"曹倾仓说。

"那就走着瞧吧。"朱绝尘眼中闪出凛然的光。

"等着瞧!"曹倾仓傲然地走开了。

第二十七章　齐云山

竖一山庄练的是箫功,练功场地在白云洞。这日午后,朱绝尘、林子歌和几个武师练功毕,在白云洞泻玉场中召开庄委会议,研究如何应对横一山庄的降价攻势。

朱绝尘坐在莲花石上,说:"各位大师,横一山庄为了夺走我们的生意,大幅度降价。面对降价风波,我们该如何应对,我想听听你们的意见。"

"我们绝对不能降价,如果我们也降价的话,那不是被横一牵着鼻子走吗?我们要以清醒的头脑支应眼下的乱况,不要迷失路径。"武师汪一石说。

"我也反对降价,因为横一是家老山庄,有雄厚的基础,短期的亏本,他们是能承受的。我们则不同,我们刚刚起步,基础薄弱,亏不起那个本!我们只能赚不能亏。"武师朱三秋说。朱三秋生得俊雅,品貌端庄。

"只要我们的价格不是高得离谱,就什么问题都没有!"武师毕林岩说,"我认为,我们的生意好不好,取决于两个方面:一是上乘的质量,二是正常的价格。只要做到这两点,我们就会永立不败之地。现在我们的价格很正常很正常了,再正常不过了,所以我们现在开会,不要去研究价格问题,这不需要研究,我们现在要研究的是如何提升功夫。"

"有见地!"林子歌对毕林岩点点头赞叹道,一双深紫色的眼睛尤为醒目。

"那好!我们就不研究价格问题了,我们现在专门探讨如何提高我们的功夫,请大家畅所欲言,献计献策!"朱绝尘说。朱绝尘一身白素,赫然雪衣公子。

"提升我们山庄的功夫,关起门来是不行的,必须请一个武林高人传授绝世武艺。"武师许开兆说。许开兆唇红齿白,面目姣好。

"说到请高人传授武艺,我推荐我老家休宁的一位武林奇人。"武师胡光正说。

"谁?"朱绝尘展颜一笑,柔声问道。

"程冲斗。"胡光正答道。

"你把他的情况说说。"朱绝尘说。

"他和我同乡,也是休宁人。"胡光正说,"此人酷爱武功,志向远大,品貌磊落伟岸,慷慨仗义,有古侠之风,被称为族中奇士。弱冠之年,他祖父给他三千两银子,让他去做生意,可他却带着钱到少林寺学武去了。程冲斗在少林寺练武十余年,初拜少林寺武僧洪转为师,学习棍法。后又跟从宗想、宗岱两师习武练棒,还跟广按大师谈拳论棒。现在,程冲斗的棍法已自成一派,亦可称为'程家棍',后人将程冲斗所创棍法称为少林白眉棍。他所著《少林棍法阐宗》一书,被世人视为武林宝典。"

"哦。"朱绝尘点点头,"有什么具体的事例能够证明他的武功吗?"

"有啊。"胡光正说,"他能够从少林寺出山,就已经证明了他的武功。少林寺有一个规矩,学武者进少林寺时,要先交一些银两做押金,习武者经过几年苦练,如要下山,必须从庙后一个里弄出去。里弄大门安设了许多木偶,人轻轻一碰,就有万千拳杖打下来,能敌之而无恙,才允许下山。下山时,少林武僧会在门前设宴,为他饯行,并返还押金。如不能抗住木偶的打击,习武者就要留在少林寺,继续练武。如果你死了心要出山,少林武僧就强迫你从狗洞爬出去。有数年不成者,即越墙逃走,押金就得不到了。据说程冲斗下山时,打碎了所有的木偶,成功抗住了众木偶的攻击,可见其武功的厉害。如果程冲斗没有武功的话,他是不能顺利走出少林寺山门的。这是一个例证,还有一件事,也能证明他的武功。"

"什么事?讲下去。"朱绝尘对程冲斗的话很感兴趣。

"程冲斗走出少林寺后,怕被祖父责骂,不敢回家,他父亲就派人到处寻找,终于找到了他,就把他关进一间密室里,不让他出门。后来,父亲携带重金到北京做生意,要程冲斗一起去。路上遇到了响马贼,父亲非常害怕,就藏到草丛里。程冲斗毫不畏惧,一人打败了几十个人。响马贼无不惊呼:神人也!响马贼在山里摆下宴席,款待程冲斗和他父亲。正喝酒时,忽然听到门外有喧哗声,程冲斗一纵身,飞到屋檐上便不见了身影,群盗大惊失色。不一会儿,程冲斗从容地从门外回来了,说:我听到喧哗声,以为有人要加害我们,出去一看,原来是下人在大声说话,没什么危险的事情。强盗多多少少都有点功夫的,程冲斗一人打退了几十个强盗,不足以看出他的功夫吗?"胡光正说。

"程冲斗最擅长什么功夫?"林子歌紫衣翩翩,走到胡光正面前问道。

"他最擅长棍术。"胡光正说,"我们虽然用的是箫,但箫实际上不就是棍子吗？所以请他来传艺，是很对口的。"

"好！那我们决定以高薪聘请程冲斗来我们山庄传授武艺，要想尽一切办法把他请来。"朱绝尘说。

"先给程大师写一封邀请信，放在葫芦里，让驿使送给他，在他看到葫芦信后，我们再上门恭请。"林子歌说。

给程冲斗的葫芦信已送走旬日有余了，朱绝尘和林子歌认为该上门拜访了。程冲斗住在休宁县齐云山脚下，从宣城到休宁要经过歙县，到了歙县地带，林子歌说："绝尘，歙县有个风水宝地叫呈坎，你听说过吗？"

朱绝尘是浙江桐庐人，对徽州并不是很熟悉，他摇摇头道："没听说过，有什么特别之处吗？"

林子歌说："在我们徽州有一句俗语，叫：游呈坎一生无坎。"

"什么意思？"

"呈坎这个地方是风水宝地，是吉祥之地，是一块福地。只要你到过这个地方，你就会沾上它的福气，一切坎坷都没有了。现在这个地方已经形成了非常神奇的过坎文化。"林子歌说，"我们现在不是面临着一道坎吗？我们为什么不到呈坎一游呢？反正也不绕道！"

"那就去吧。"朱绝尘说。

两个人来至一村口，村口有一棵巨大的红豆杉，树干上钉着一块柚木牌，木牌上写着几行字，道是：呈坎双贤里，江南第一村——朱熹。

看到这个木牌，林子歌说："呈坎村到了，先别急着进村，我们先到山坡上看看整个村落的全貌吧。"

两人登上村边的一个小山坡上。此处，满目青翠，林木蓊郁，虫鸣雀舞，空气馨香，真是一个藏幽纳丽的所在！

林子歌指着村庄，问朱绝尘："你有没有发现这个村落的特点？"

"整个村庄形状好像是一幅八卦图。"朱绝尘说。

"你说对了！"林子歌说，"呈坎村就是按照《易经》所讲的风水八卦理论来选址布局的。呈在《易经》里就是指阳，坎就是指阴，呈坎就是阴阳的意思。这个建设布局完全体现了易学所讲的阴阳结合天人合一的思想。"

197

朱绝尘凝望着呈坎村,喃喃道:"越看越像八卦图。"

林子歌问:"看到村中的那条河吗?"

"看到了。"

"那河叫龙溪河。"林子歌说,"龙溪河宛如一条玉带,呈蛇形由北向南穿村而过,形成八卦图中阴阳鱼的分界线。另外,村落周边矗立着八座大山,自然形成了八卦的八个方位,共同构成了天然八卦布局,这样就做到了人文八卦与天然八卦相融合的巧妙布局。所以历来被视为徽州的风水宝地。"

"这个村庄建于什么时期?"朱绝尘问。

"它初建于三国时期,已有一千多年历史了。宋代大圣人朱熹非常欣赏这个村庄,村口木牌上的两句话,就是他说的。"

"它的结构看起来好复杂哦。"朱绝尘感叹道。

"它的建造的的确确很复杂,它有三条主街,九十九条里巷,整个村落宛如一个大迷宫。而且建筑精美,雕梁画栋,亭、台、楼、阁、桥、井、祠、社,应有尽有。石雕、砖雕、木雕,无不巧夺天工,精湛绝伦。把古、大、美、雅的徽派建筑艺术体现得淋漓尽致,堪称徽州之最。"林子歌说起呈坎,用尽了溢美之词。

朱绝尘听到林子歌对呈坎赞不绝口,就说:"那我们下去吧,到村中看看。"

两人顺着龙溪河参观呈坎村,在村落八卦图中心位置,他们看到一处很大的院落,门匾上题着"阴阳山庄"四个镏金大字,门旁挂着一双细长细长的雕花铜筷,长及丈余。门前河边,有一个武师执一双尺长铜筷夹苍蝇,一夹一个准,一会儿工夫,夹到了十几个苍蝇。武师上穿白色短褂,下穿黑色长裤。目光炯炯,动作迅捷,风神灵秀。身边的苍蝇被消灭得差不多了,武师放下手中的短筷,拿起挂在门旁的长筷,猫着身子,凝神静气地躲在一棵枣树下。俄顷,一只麻雀向枣树飞来,武师猛一出手,筷子竟然夹住了麻雀! 武师把麻雀放在漏窗里,还是静立在树下,未几,又一只麻雀飞来,只见武师的筷子一闪,麻雀又被稳稳夹住了,叽叽地叫着。

再也没有麻雀飞来了,武师紧握长筷向村外走去,朱绝尘快步跟了上去,来到武师身侧躬身问道:"大师要到哪儿去?"

"我到村外的田头去,那里有许多蜻蜓,我要夹蜻蜓。"武师一回头说。

"您蜻蜓也能夹住吗?"

"只要我筷子够得着,大到飞鸟,小到蚊子,都可夹到。"武师含笑道,目光灼灼。

"您这是在练功吗?"

"是的,用筷子夹飞鸟和飞虫,是我们阴阳山庄的基本功。功夫的高低,就看你夹得准不准。"

"不夹人吗?"

武师一笑,答道:"怎么不夹人呢?我们夹鸟只是手段,是方式,练功的方式,夹人才是目的,夹人主要是夹人的关键穴位。一旦筷子头夹住了人的关键穴位,这个人非死即伤。"

"大师尊姓大名?"朱绝尘问。

"我叫罗河图,就是呈坎人,呈坎村大部分都是姓罗。"

"我们也开了一家功夫庄,在宣城水东街,我们功夫庄的名字叫竖一山庄,我们想请您到我们山庄任职,一切条件都好说。大师意下如何?"朱绝尘意态诚恳地说。

"我已经是阴阳山庄的首席武师了,而且庄主高处寒先生很是重用我,让我留在总部工作。再说,呈坎是我的老家,我就更不能离开了。"

"哦……是这样的,没关系。"朱绝尘轻轻一笑。

"听说阴阳山庄的庄主高处寒先生是黟县人,他为什么要跑到这儿设立总部?"林子歌问。

"他是看中呈坎的风水。"罗河图说,"还有一个更重要的原因,就是呈坎村落布局所体现的阴阳结合、阴阳相生的思想,正好契合了阴阳山庄的功夫哲学。所以高庄主决定在这里设立总部。"

不知不觉间,三人就到了村外的一块水田边,这里果然有许多蜻蜓在飞舞,罗武师手执长筷,不停地夹着,每夹必中,想夹哪个蜻蜓就夹哪个,从未失过手,令朱绝尘和林子歌大为惊叹。

朱绝尘离开时,一路走一路念叨着:"罗武师的筷子功真是罕见啊!这样的人才要是在我们山庄,多好啊!"

"不要失落!程冲斗不会比他差!"林子歌说。

"要是程冲斗大师不答应呢?"朱绝尘说。

"我们已经到了呈坎,沾了呈坎的福气了,我们这一去,还有什么办不成的吗?"林子歌说。

齐云山距休宁县城十五公里,因"一石插天,直入云霄"而得名。此山群峰攒立,云烟缭绕,遍布松藤薜萝。站在山上,眺望远方,那一望无垠的山川秀色尽收眼底。俯视山下,是一幅天然的"八卦图",还不时被飞云流烟淹没,如幕如障,峰峦朦胧,若浮若沉,美不胜收。齐云山共有三十六奇峰,七十二怪岩。珠泉碧潭、天桥石柱、深山幽洞、奇峰丹崖之美景将她编织成一幅天开神秀、独具一格的山水画卷。

朱绝尘和林子歌走至齐云山白云崖,此崖如刀削般陡峭,崖顶是一块光秃秃的巨石,周围自然生长着一大片马桂木和绿梅。有一大汉在崖顶巨石上舞一根白色的长棍,动作迅如闪电,长棍光芒闪闪。此时,弹琴蛙在鸣唱,猕猴在戏耍,云气在袅袅升腾。

那大汉有着不同凡俗的风神气骨,令朱绝尘惊叹的是,大汉脚踏崖沿,身旁就是万丈悬崖,任自己怎么翻腾,大汉就是不会跌落。其实白云崖上适合练功的场地怪多的,大汉似乎有意选择在崖沿练功。

大汉棍法纯熟,力道劲猛,诡异多变,幻化万方。朱绝尘和林子歌站在一棵树下凝望了良久,直到大汉收功。朱绝尘断定此人就是程冲斗,他上前作揖道:"敢问大侠可是程冲斗先生?"

"在下正是!"程冲斗一手持棍,一手捋了捋发梢。

"您就是程大师?"林子歌喜不自禁,"久慕高名!真是巧遇!"

程冲斗淡淡一笑:"你们是何方人士?"

"我们是宣城人。前些天,您有没有收到来自宣城的一封信?"林子歌问。

"收到了,那封信装在葫芦里,猛一接到葫芦,我还真懵住了,不知道葫芦里装的什么药。后来才知道,葫芦里装的不是药,是一封邀请信。"程冲斗说。

"那信就是我们写的。"林子歌说。

"你们写的?"

"是的。"朱绝尘说,"事情是这样的,我们自主创业,在水东街开了一家功夫庄,名叫竖一山庄,为了提高我们的功夫水平,我们决定高薪招揽人才。我们知道您谙熟少林棍法,功夫超绝,且自创少林白眉棍,威震徽州,所以我们真诚邀请您加入我们山庄,传授武艺,共振徽州武林大业。不知您肯否屈尊低就?"

程冲斗哈哈一笑,道:"我虽在少林寺学武十年,对少林棍法略知一二,但要说我的功夫多么多么的高,那也谈不上,我也是浪得浮名啊!"

"您谦虚了!"朱绝尘说,"耳听为虚,眼见为实。此前我们只是听别人说您的功夫厉害,刚才我们可是亲眼看到。刚才您演示的是不是您自创的少林白眉棍?"

"正是。你们看后,有何感觉?"程冲斗问。

"太神奇了!让我们眼界大开。"林子歌笑着说。

"过奖过奖!"程冲斗一摆手说。

"程大师,我们今天就是专程到尊府拜访您的,不曾想在路上得见尊容。"朱绝尘说。

"是的吗?来者为客,那就到舍下一叙吧。"程冲斗热情地邀请道。

"好的。"朱绝尘和林子歌同时答道。

程冲斗头戴方巾,奕奕而行。

程冲斗说:"不瞒你说,几天前,横一山庄庄主的妹妹墨秋水小姐也到我这里来了。"

"她也来了?她来做什么?"林子歌很是惊讶。

"和你们一样,也想邀请我去传授武艺,但被我拒绝了。"

"为什么拒绝呢?"林子歌问。

"因为横一山庄的庄主是个很蛮横的人,没有什么武德,我们练武之人向来是讲究武德的,忌讳把武艺传给无德之人。"

"我们跟您说实话,我们也受到横一山庄的威胁。我们山庄刚刚成立,横一山庄就公开表示要和我们对着干。所以我们希望程大师伸出援手,助我们一臂之力。"朱绝尘说。

"你们不用怕他!霸道的人,路会越走越窄的。"

程冲斗引着朱绝尘和林子歌走过一段很长的山道,来到齐云山的月华区。一进月华区,一处巨大的院落呈现在眼前,大门左侧的竖匾题着五个镏金大字:徽州武学馆。大门洞开,里面传来学子的练武声。

来到门前,程冲斗躬身道:"二位请进。"

朱绝尘和林子歌跟着程冲斗来到武学馆大厅前的教授斋,程冲斗说:"这就是我办公的地方。"

朱绝尘知道,在武学馆校长被称为教授,教员被称为训导,教授斋就是校长室。

朱绝尘一进门就发现正面墙上贴着《武学教条》和《武学学规》。

程冲斗指着桌前的铁四力出头官帽椅说:"二位请坐。"并给客人沏了两杯白岳黄芽。

朱绝尘说:"您现在在武学馆当教授吗?"

"是的。是武林大会安排我来的,刚刚才任职。"程冲斗说。

"武学馆有多少学子?"

"二百多人。"

"学些什么内容?"

"徽州武学馆文武兼修,文科学习《论语》《孟子》《大学》,武科学习《武经七书》及少林棍法。"

"武学馆有多少工作人员?"

"现有教授一人,训导六人。"

"学子毕业后,去向如何?"

"这就是我要跟你们谈的话题。"程冲斗说,"我愿意和你们合作,但我本人不能到你们山庄去。原因我不说你们也知道:我是这里的教授,是第一负责人,这么大的学馆要靠我一个人来领导,根本分不开身;再说我自己还要练功,我练功只在齐云山,不到别处。在我的想法中,齐云山是最佳的练功场所。尽管我本人不能到你们山庄去任职,但我们之间仍然可以合作的,我有几个合作建议,不知你们愿听不愿听?"

"请讲。"朱绝尘说。

"我虽不到你们山庄去任职,但我可以挂职,做你们山庄的名誉武师,我人住在徽州武学馆里,但可以抽空到你们山庄指导练功,讲解武艺。"程冲斗说,"另外,你是办功夫庄的,做功夫生意的,我呢,是办武学馆的,我们为什么不来个校企联合?我们办学需要资金,你们办功夫庄需要人才,你们支持我们资金,我们给你们输送人才,互补,共创双赢。怎么样?"

"好主张!互补,共创双赢。太好了!"林子歌立马赞成。

"我们乐意在资金上支持武学馆,但,要是武学馆输送给我们的毕业生功夫不高呢?"

"这你放心。我是教授,我对每一个学子都是倾囊相授的,在传授武艺中,毫不保留,我能保证我所教授的学子,大部分人的武功都接近我的水平。也就是说,如果我不当武学馆的教授,到你们山庄任职,你们只能拥有一个程冲斗。我当武学馆的教授,倾心教授学子,然后再把人才输送给你们,你们就可以得到许许多多个程冲斗。这是不是更好呢?"程冲斗说。

程冲斗一番话,让朱绝尘和林子歌都欣然地笑了。

"当然我们签订战略合作契约前,彼此都要对对方进行深入的了解,我要考察你们山庄,你们也要考察我们学馆。得!我现在就带你们考察我们的武学馆。"程冲斗说完站了起来,"走吧,我现在就带你们好好地看一看,耳听为虚,眼见为实嘛。"

朱绝尘和林子歌跟着程冲斗把整个武学馆看了个遍。武学馆建在齐云山区,前有清河,后有青山,依山傍水而道路通达。武学馆周围松林茂密,花果飘香。学馆内的所有建筑皆粉墙黛瓦,古色古香,是典型的徽派建筑。最前面的叫读经楼,是学子研读圣贤经典的地方。读经楼大门两旁的楹联非常醒目,朱绝尘一看见就情不自禁地吟哦道:"有志有知有智,大器大气大弃。"

程冲斗道:"这副楹联就是我们的校训,意思是要立志成大器,只有博学的人才大气,要成为有智慧的人,应该懂得抛弃和舍弃。"

朱绝尘点头赞道:"非常有道理,很精辟。"

走过读经楼,就是功夫楼,这栋楼是学子学习武艺的地方。功夫楼要比读经楼大得多,很宽敞,很壮观。

功夫楼后面就是夫子楼,所谓的夫子楼就是教师宿舍,武学馆的训导不多,所以夫子楼很小,但很秀气,显得非常的雅致。

第四进是膳食楼,是师生用餐之地,也不是很大。走进膳食楼,程冲斗说:"我们吃的菜基本上都是师生自己种的,我们要求学子在课余进行农耕。"

"让学生种菜会不会影响他们学习?"林子歌问。

"不会的。"程冲斗说,"劳动教育对一个人成长至关重要,一个人虽有一身的武艺,但好吃懒做,不爱劳动,这个人将来不是废人就是坏人。我们办学难道是培养废人和坏人吗?"

朱绝尘和林子歌欣然一笑。

最后面是两栋楼阁相对而建,左面为先生楼,右面为小姐楼,也就是男生宿舍和女生宿舍。

武学馆构造庞大,但里面很少见到学生,朱绝尘不解地问:"程大师,学生到哪里去了呢?"

"哦,他们练功去了。"程冲斗笑答,"校内是讲课听课的地方,练功在校外。"

"在校外的什么地方练功呢?"林子歌好奇地问。

"我们练功在月华区的精华地段——真仙洞府,那里有许多岩洞,我们的学子就在那些洞里苦练武功,效果非常好。"程冲斗说,"我带你们俩到练功场去看看吧。"

三人没走多远,数百丈高的悬崖现于眼前,崖顶有泉珠散落,形成薄薄水帘,像一幅幅珍珠帘,十分好看。悬崖底部开凿了许多深洞,洞旁数百方古代碑碣、摩崖石刻依次排列,形成碑道长廊。洞前为碧莲池塘,池水清碧,隔池可见对面的香炉峰。每一岩洞旁都题有洞名,诸如如仙洞、罗汉洞、老君洞、文昌洞、珠帘洞、玉虔宫等。

林子歌问:"每个洞里有几个学子练功?"

"每洞八人。"程冲斗说,"我带你们到罗汉洞里看一看吧。"

罗汉洞深邃神秘,里面的八个学生都倒立着,仅用两个食指支撑着身体,两只脚搭在洞壁上,洞壁上有水渗出,那水顺着学生的身体往下流着,衣服全湿了,可学生一动不动,静立如山。

学子们刻苦用功的情形,给朱绝尘留下了深刻的印象,从罗汉洞出来,朱绝尘说:"看到你们学子练功,我相信他们个个都有过硬的功夫。程大师,我愿意和你签订用人合同,让他们毕业后直接到我们功夫庄做武师。"

第二十八章　西溪南

两天后,程冲斗亲临竖一山庄考查,颇为中意。于是,两家于八月十五中秋节那天签署了合作协议。

这日,程冲斗从宣城回来,路经屯溪武林大会门口时,发现门口聚集了许多人。民众高举着横幅,上书:强烈要求取缔污染大王——"最功夫"山庄。大家不停地高呼:

"保护环境!关闭最功夫!"

"净化空气!取缔最功夫!"

武林大会大门紧闭,一些人情绪激愤,用身体冲撞大门,发出哐啷哐啷的声音。程冲斗往人群一站,高声说道:"乡亲们,我是休宁的程冲斗,大家有什么怨愤,告诉我吧!"

程冲斗是享誉徽州的一代宗师,群众一听是程冲斗,无不欢欣鼓舞,他们高呼:"程大师,请为我们做主!"

程冲斗说:"到底发生了什么事,尽管讲!"

这时,一个中年男子走近程冲斗说:"功夫大学的几个毕业生,在大学里不苦练功夫,毕业后找不到工作,就合伙在祁门县城办了个功夫庄,还大言不惭地起名叫最功夫,他们挂靠超霸山庄,以超霸山庄子公司的名义在江湖上经营功夫。可这家名叫最功夫的功夫庄,他们的武师一练功就放屁,而且放的是响屁!是臭屁!给周围的民众带来了严重的噪音污染和大气污染。我们多次要求这家功夫庄停止练功,可他们置若罔闻。向武林大会申诉,也迟迟得不到回复。"

"这家功夫庄废气排放严重超标!是重污染山庄!政府三令五申要求所有功夫庄做到零污染,可这家最功夫山庄,为了练功夫好去卖钱,恣意污染环境,根本不顾周围民众的反应。只求经济利益,不求江湖效益!只要钱不要名!太自私了!"一个大门牙青年说。

"什么最功夫呀!依我看啦,应该叫最臭功夫!"一个黄毛青年大声地说,他的话引起众人的一阵哄笑。

大家你一句我一语地说着,程冲斗已完全明白了上访群众的怨恨所在,就说:"乡亲们!我知道你们心中的怨恨了,我现在就替你们向武林大会申诉去!"说完一个腾跳,飞身越过高墙,进入武林大会的院内。

武林大会会长马从政正和副会长小声地商议着什么,看到程冲斗翻墙进来了,很是惊愕。马会长说:"程大师,你怎么来了?"

程冲斗说:"民众在外面抗议,你们怎么都不出面?"

"这些民匪,我跟他们说不清!"马会长说。

"很清楚的事情,怎么说不清呢?难道你们做了不明不白的事情吗?"程冲斗诘问道。

"你怎么这么说话?"副会长眼睛里闪现出严厉的光芒。

"没做不明不白的事,有什么说不清?"程冲斗说,"你们说不清,我来把事情说一说,你们看我能不能说清楚。祁门县城有一家名为最功夫的山庄,他们的武师一练功就臭屁连天,弄得周围民众没法居住。你们作为徽州武林的管理机构,老百姓要求你们采取措施去治理这家山庄,要他们增强环保意识,减少废气排放,停止污染环境。这不是清清楚楚、明明白白的道理吗？有什么说不清的？"

马从政说:"一个月前,我们已经告诉最功夫山庄的庄主了,要求他们减少废气排放,并建议他们研发小排量功夫。他们当时也答应了,哪里想到他们阳奉阴违呢？"

"他们说一套做一套,说明你们治理力度不够！如果你们断然采取措施,会没有效果吗？你们对他们太袒护了吧。"程冲斗说,"我们徽州向来重视保护环境,强调人和自然的和谐相处,绝不允许少数人为了钱破坏了老祖宗的规矩！我希望你们听听受害民众的呼声,重拳出击除掉这家最臭的功夫庄！不光祁门的百姓憎恨这家山庄,就是我也讨厌这家山庄,不说别的,光看他们的名字就不爽！什么最功夫！一点不谦虚！自认为是最好的功夫,其实是最臭的功夫！人人喊打的功夫！"

马从政看到程冲斗有点激愤,就温和地说:"程大师,你请坐吧。"

程冲斗没理他,郑重地说:"希望你们下工夫治理这家山庄,三天之内,如果你们不下工夫去治理,我就要对他们下工夫了！我下的工夫,与你们下的工夫那是不一样的！"

说完,程冲斗转身走了。

程冲斗是干什么的,马从政当然清楚,他完全知道程冲斗话语的含义。

八月二十晚,一轮斜月挂于夜空,四野一片寂静。老屋阁的门窗紧闭,里面的灯在亮着,屋内有两个人正在说着什么。

高个子说:"王天染,祁门的百姓又来抗议了,你们就不能少放点臭屁吗？还放得那么响？"

矮个子说:"马会长,我们练的功夫叫一鸣惊人功,这种功夫有缺点有优点。缺点是练功过程中会放响屁,优点是,它是到目前为止见效最快的一种功夫,练别的功夫要三五年才见功力,练这种功只需三五个月,所以成本非常低。您知道,我们是创业青年,刚刚起家,只有生产低成本的功夫。"

高个子说:"成本低,对你们当然有利。但污染太严重了,周围百姓意见太大,我们工作不好做啊。"

矮个子说:"马会长,自古民抗不过官,有道是胳臂拗不过大腿,老百姓就是孬百姓,只要你们政府对他们严厉一点,他们就一个屁也不敢放!"

高个子说:"百姓不敢放屁了,你们的屁就放得更响了!"

矮个子取出一个红包,推给高个子,说:"马会长,这是您的辛苦费江湖币一万元,一点小意思,请笑纳。"

高个子看了看红包,说:"王庄主,我不是向你要钱,我是说你们的污染太严重了,受影响的人太多了,我的工作的确不好做。不光祁门县城的人意见大,县城外的人也在抱怨,你们练功时放的臭屁,老远处都能嗅到,都能听到,他们不堪其扰。"

矮个子把钱包又往前推了下,说:"马大人,我理解你们工作的难度,我们刚出道,您就多操点心吧,多担待点吧,我会经常孝敬您老的。"

马从政收下红包,放进靠墙而放的描金箱柜里,说:"下不为例!"

二人正说着,窗外有个人影一闪,马会长大惊,猛地站了起来,箭步冲到门外,向暗处凝睇,大喝一声:"谁在偷听?"

可偷听的人已逃得无影无踪。

马从政回到屋内,对王天染说:"有人在偷听,我们的谈话就此结束!你回去吧。"

"那我走了,希望马大人一定一定对我们山庄网开一面。"王天染边走边说。

"行行行,我心中有数。"马从政手一招,有点不耐烦。

王天染走到一山嘴,忽听背后有马蹄的得得声,转过身看看,可在迷离的月光下,并没有看到马,只有一个瘦高的人影晃晃悠悠地走来。这个人拄着一根拐杖,并发出马蹄的得得声。

王天染继续走路,后面的马蹄声更加急促了,很显然,那拄拐杖的人放快了脚步。王天染也加快了脚步,这时,后面的马蹄声没有了,王天染以为那人停了下来,回头一看,发现那人提起拐杖,大步流星地赶过来了。

王天染顿觉不妙,提脚就跑,那人也跑。王天染到底是功夫大学毕业的,毕竟有点功力,跑动时,简直比兔子还快!可后面的追者,功力更胜一筹,似乎有轻功,跑的时候,竟然听不到脚步声,顷刻工夫,那人就追上了王天染,飞身一跳,拦在王天染的面前。

王天染对拦路人一瞪眼,喝问道:"你是谁!"

那人冷冷一笑:"我是谁? 不妨告诉你:个体户无求侠。"

"你就是江湖上的无求侠?"

"看来你知道我的名字,"无求侠冷冷地说,"只不过没见过,是不是?"

"为什么要尾随我?"王天染问。

"那你先说说你为什么要送钱给马从政?"无求侠双手拄着拐杖说。月色下的拐杖显得青光莹莹。

"我在马会长家谈话时,在窗外偷听的人就是你?"王天染抬手指着无求侠说。

"偷听本是不光彩的事,但偷听你们另当别论,为什么这样说? 我从不偷听光明正大做事的人,我只偷听或者是偷窥喜欢暗箱操作的人。你来明的一套,我就来明的一套。你来暗的一套,我就来暗的一套。"无求侠不紧不慢地说。

"我做什么事与你何干?"

"当然与我有关系了。你是经商的,我也是经商的,不过你是大老板,我是个体户,我们在同一个江湖上经营功夫。大家都在经商,就要遵守商业规则,而不能有潜规则。你们给管理部门行贿,用钱买得他们的保护,这讲规则吗? 这是不是在搞潜规则?"无求侠说话时目光四转。

"什么规则潜规则的! 你算什么来管他人的闲事!"

"我算什么我再告诉你一次:我是徽州功夫市场上的个体户! 因为我是经商的,我管闲事只管生意场上的闲事,你们不讲商业道德,我管定了!"

"那你要怎么样?"王天染颤声道。

"我要怎么样,不妨告诉你:先打断你的腿,再打断马从政的手。为什么要打断你的腿,因为你跑这么远来给马会长送钱,腿不该打吗? 马从政的手接了你的钱,他的手太贱了!"

王天染愤怒了,冲向无求侠,一拳贯向无求侠。无求侠拐杖一横,顶住了王天染的拳头,一矮身,给王天染一个拨乱反正腿,王天染一个踉跄,差点栽倒。王天染一旋身站定了,虚步亮掌,猛地扑向无求侠,使一记黑虎掏心。无求侠一闪,折向一边,左手握棍,右手出一招燕子取水,王天染毕竟是功夫庄的庄主,拳法倒颇为老到,他沉着地还以海底捞沙,这一招很是凌厉,正中无求侠的腰部,无求侠啊的一声大叫,向前连窜几步栽倒在地。无求侠愤怒了!王天染手中无器械,无求侠为求公平,虽有器械,一直未用。现在他看到王天染使出了毒招,就顾不得那么多了,他决定要使出自己的绝招——无欲棍法。只见无求侠一个右二起脚,来个提地擎天,便站了起来,恨恨地说:"你这小矮子,还真有那么几下!看来我不用无欲棍法是对付不了你的!看棍!"话音一落,那手里的马蹄拐杖在月色下魔幻般的一闪,如一道闪电袭向王天染,棍法泼辣,棍风凌厉,只听王天染哎的一声倒了,一手摸着他的左腿,闭眼龇牙大叫:"我的腿断了!无欲棍——无欲棍——"

王天染倒在地上呻吟了会,勉力抬起头,睁开眼看看,无求侠早已不知去向。

无求侠打断王天染的腿后,施展轻功,如飞燕掠水般又跑回西溪南马从政的宅第。此时马从政已经睡觉了,忽听屋顶有人在揭瓦,猛然爬起,燃起灯烛。就在灯亮的刹那,只见一个黑衫男子在空中一个转折,轻盈盈落在床前的书桌上,黑衫男子的手中有一柄马蹄拐棍,发出清莹的光。

马从政怒眼圆睁,大喝一声:"无求侠!你想干什么!"

无求侠冷笑一声:"古人云:莫伸手,伸手必被捉。你伸手拿了别人的钱,被我捉住了。"

"在窗外偷听我们的那个人影就是你?"

"是我又怎么样?"

"来人啊——"马从政长呼一声。马家是大户,家里仆从甚多,他一声大叫,整个老屋阁的灯都亮了,家人和仆从纷纷起床,呼号着:"抓盗贼!"都向马从政的卧室跑来。

无求侠为了不伤及他人,就趁众人到来之前迅速出手,他左手一撩马从政的下巴,右脚一踹,马从政如枯树般倒地,倒地时一只手上扬着,无求侠抓住马的手腕一拧,马从政啊的一声——手断了。说时迟那时快,无求侠单手一撑棍,嗖的一声翻身一跳,如飞燕般穿过屋顶的漏洞,顿时消失在茫茫夜色中。

马家的仆从冲进马的卧室,见到马的惨状,莫不大惊失色,嘶声道:"盗贼在哪儿?"

马从政颤声道:"不是遭贼……是无求侠……他,他跑了……"

全家人乱成一团,一片骚乱,四处寻找无求侠,可无求侠早已消失得无影无踪。

最功夫山庄并没有悔改,依旧练他们的一鸣惊人功,还是臭屁冲天。这日,程冲斗在附近居民的引领下来到最功夫山庄,意欲捣毁此功夫庄,被当地一个族长制止,族长说:"不要动武,可以上书朝廷。"

族长和程冲斗联名修书一封,把最功夫污染环境一事禀告兵部尚书陆凤台,陆凤台一向关注徽州武林,他得知此事后,决定亲赴祁门,并通知祁门县,祁门县丞备轿迎之十里开外。

忽一阵响铃传来,县丞抬头一看,几匹驿马慢跑过来,马背着黄包袱,插着两根雉尾,两面牙旗——尚书来了。尚书帽顶乌纱,蟒衣玉带,后面跟着数个穿皂衫的公差。

县丞肃立路旁,见到陆凤台,叩拜道:"下吏恭迎尚书大人光降!"

陆凤台下马道:"请起。"然后坐上一乘轿子,在县丞的导引下来到县府。县丞奉上精品祁门红茶,陆凤台唇未沾杯,下令县丞把最功夫山庄的负责人招来。

王天染一瘸一拐的来了,后面还带着几个人,他们见到陆凤台立即下跪。

陆凤台洪声正告道:"你们这家功夫庄,为了获得功夫,不择手段,严重污染环境,干扰居民生活,现责令你们立即停产整顿,走可持续发展道路。"

王天染一帮人,磕头应诺,一个屁也不敢放。

最功夫的污染事件总算画上了句号。

陆尚书此次到徽州,还有一件事,就是带来了朝廷用于资助徽州武林的下拨款,他来到歙县的徽城,把这笔为数不少的资金交给了徽州知府。

陆尚书对知府说:"现今我大明经常遭受倭寇的骚扰,倭寇侵害最严重的是江浙闽粤沿海地区,徽州紧邻浙江,也会受到倭寇的侵袭,你们也将处于抗倭斗争的前沿。朝廷这次拨款给你们,目的是帮助你们振兴武林,为他日抗倭斗争做准备。所以你们务必要把朝廷给的每一分钱用在振兴武林上,不得挪作他用。"

知府连连点头:"那是那是。"

第二十九章 高桥(四)

横一山庄凭借着雄厚的经济基础,在徽州展开了强大的宣传攻势。

首先,他们招聘了一百个功夫大学的在校生,到徽州各县主要街道散发传单,传单上写道:横一功夫,一律五折。

其次,横一山庄还在宣城的水东街、歙县的斗山街、黟县的碧阳镇、屯溪的昱东街、休宁的万安镇、绩溪的华阳镇竖起红松标牌,上面用黑漆写着:横一功夫,半价出售。

再次,横一山庄在各地的功夫店,门前都站着一个漂亮的促销小姐,身上都披着一个大红绶带,上写:本店功夫,一律五折。

横一山庄的宣传攻势的确奏效,徽州民众纷纷涌进横一功夫店,老者少者,男人女人,官员士子,农夫商人都去买横一功夫。

人们都说横一山庄就是牛,以绝对的低价掀起了购买狂潮。

横一的降价风潮对徽州的功夫市场产生了很大的影响,遭受冲击最大的是刚刚下海的屈伸堂和竖一山庄。

屈伸堂开业才两个月,就遭到横一的迎头痛击,这让白而昼大伤脑筋,白而昼不敢怠慢,立即召开管理层会议,商讨对策。会议在屈伸堂的后厅里举行,后厅正墙上挂着的大折扇收拢着。

白而昼端坐在折扇下,正在发表着重要讲话。他说:"面对目前徽州功夫市场的乱象,我们一要做到信心充足,二要做到思路清晰。我们的应对思路是什么呢? 横一山庄掀起了降价风潮,通过降价来恶性竞争。我们呢? 我们绝不降价! 我们在价格不动的基础上提升质量! 我们强化供给侧改革。他们以低价格吸引顾客,我们要以高品质赢得民心。横一山庄妄图通过降价来拖垮我们,我们要通过质量挺立起来。目前徽州民众受低价的诱惑,涌向横一功夫店,但我们坚信,要不了多久,他们会厌弃横一功夫的,他们会在低价和品质之间作出正确的选择! 所以,虽然我们的功夫店会出现暂时的冷场,我们也不要心慌意乱,千万不能乱了阵脚,一定要沉住气。我们现在没有什么生意可做,但绝不能就此闲着,我们要趁这个当儿狠练武功,等到徽州民众唾弃横一功夫的那一天,我们一显身手,大放异彩。我们相信这一天一定会到来! 而且用不了多久! 这就是我们大的思路。下面我讲讲如何强化武功——"

第三十章 龙泉洞

"一泉分九叠,万仞落高峰。一叠一潭雪,潭潭似有龙。"

这是古代的一个山僧赞誉九龙瀑的妙句。

九龙潭位于丞相源和苦竹溪之间,汇天都、玉屏、炼丹诸峰之水,自香炉峰的悬崖上九折而下,穿过长长的峡谷,一折一潭,转折九次,形成九段飞瀑,是黄山最为壮丽的瀑布。

清秋的早晨,屈伸堂的八位武师手执折扇,在九龙瀑间隙的岩石上练功。身畔的瀑布沿着山体飞泻而下,流入谷底山涧,水沫飞溅,声势宏大。再看四周,此时正值金秋时节,丹枫如火,山花流芳,层林尽染,凝紫飞红,绚丽璀璨。

忽然,从两旁山林里跑来几十只黄山短尾猴,跳过水流,向正在练桩功的武师们直扑过来。武师们立即收功,和短尾猴打了起来。这些短尾猴显然受到训练,要是一般的野猴,武师们三拳两脚就可以把它们打死,可这些猴子甚难对付,颇有些拳脚功夫!起如风,击如电。遇隙即攻,见空则扑。行拳过步,长打短靠,步法灵活,劲力十足。

武师们惊讶地发现,这些黄山短尾猴在攻击他们时,都有熟练的套路和招法,一拦一卡,一斩一撩,一崩一挑,一扫一钩,都有模有样的,而且那些招法特像太祖长拳里的招法:猴子们忽而使一招黑虎掏心,忽而来一招燕子取水,突然又来一记海底捞沙,接着是一拳霸王观阵。这只猴子来个撩阴截把捶,那只猴子亮出了蹬足双冲拳,另一只猴子来个漂亮的凤凰单展翅!猴子们使用频率最高的招法是"猴子偷桃"。

武师们疲于应付,忽有一武师大喊一声:"用镖!"

白而昼大叫一声:"不可!"

那个武师叫道:"再不用镖,我们就要为猴子所伤了!"

"不要伤害猴子!我们撤离!"白而昼边对付猴子边下令道。

白而昼一声令下,武师们不敢怠慢,撒腿就跑,像一阵风似的一齐向山下狂奔,那几十只猴子在后穷追不舍。

屈伸堂的武师显得十分的狼狈!

由于白而昼不许武师伤害猴子,武师们在逃离途中都不同程度地受了点轻伤。

回到屈伸堂,大家在前厅里议论纷纷,都搞不清到底从哪儿来的这么多会拳术的猴子!

武师们都在议论,唯白而昼坐在一边不说话,良久,他说:"大家不要议论了!实话对你们说吧,我当时就知道这猴子是从哪儿来的,它们是横一山庄蓄养的！今年二月,横一山庄把白云飞和白天蓝绑架了,我到横一山庄去解救他俩,当时我发现他们把我家两个孩子关在猴子笼里,那笼子里的猴子,和这次袭击我们的猴子一模一样。"

"那为什么您不让我们打死他们的猴子?"武师鲍处下问。

"猴子是畜生,它们懂什么？我们怪它们什么？我们要是怪罪畜生,我们自己就是畜生!"白而昼说,"这不能怪猴子,要怪猴子的主人！很明显是墨庄主指使这些猴子发动袭击的,这家伙想不让我们在黄山练功,才放猴子骚扰我们。请大家记住:不要惩罚乱砍的剑,而要惩罚握剑的人!"

"那我们就屈服吗?"鲍处下又问。

"我们先不要谈屈服不屈服的问题,我们还是谈练功的问题,不管怎么样,我们都要练功！我们不到黄山去练功,换一个隐秘的地方。"白而昼说。

"不到黄山去了,这不是明摆着屈服了？"水向下拳头一击凳子,"我不服这口气!"

"如果我们现在还到黄山练功,横一的猴子还会来骚扰,我们要是打猴子,对猴子来说是不公的,我说了,这不能怪畜生,只能怪它们的主人。但如果去找墨庄主理论,他会说猴子是自动跑出来的,我们并没有谁亲眼看到他放猴子的,是不是？没抓到他的把柄,怎么找他算账？所以这件事不好处理,我们没有必要在这些琐事上纠缠！什么屈服不屈服？只要我们没放弃练功,我们就没屈服！放弃练功了,那就屈服了！君子不计眼下输赢,君子报仇十年不晚,眼光放长远点,谁笑到最后,谁笑得最好!"

"那我们以后到哪儿练功呢?"新武师江飞雪问。

"我们跑远点,横一的人不就骚扰不到了吗？以后,我们都到宣城的龙泉洞里练功。不过我要警醒大家,一定要保密！要做到悄无声息！那个地方是个绝好的地方,到目前为止还没有人去,大概只有我知道有那个洞,是个天然洞穴,非常大,里面的景观也出奇的美,不亚于黄山。"白而昼说。

翌日夜间,白而昼带着自家的武师偷偷地来到位于宣城水东镇的龙泉洞。

洞口周遭长满了杂草,江飞雪说:"白堂主,这草要不要除掉？"

白而昼一摆手说:"不要除!正好给我们做掩护!"

白而昼拿着火把对洞口照了照,里面显得异常的幽深神秘。白而昼突然双足一点,跳下洞去,其他十几个武师跟着跳了下去。

大家手执火把四处照照,鲍处下发现洞壁有字迹,就对白而昼说:"堂主,这洞壁上有人题了字。"

白而昼个矮,想看,但看不着,就叫鲍处下细看一下。

鲍处下瞅了又瞅,说:"堂主,这是一首短诗,这样写的:层层怪石几千年,曲折幽通趣自然。应有神龙腾云变,一逢春到满人间。署名是徐士鸿。"

白而昼听后,哦了一声,点点头:"这徐士鸿是南宋时候的名士,看来他早已来到了。"

武师们举着火把向洞的深处走去。只见洞内盘旋曲折,壮丽非凡,钟乳、石笋、石柱比比皆是。怪石高台,形象多变,栩栩如生。洞内有七个大厅,洞壁有南宋以来的题诗十多处,令人流连忘返。

到了洞的尽头,白而昼说:"各位武师,这洞很大、很美,也很隐秘,很适合我们练功,从今晚开始,我们就在这里练功,这里将作为我们屈伸堂永久的练功场。好了,现在你们自己选择一个位置,开始练功!"

武师们好奇心都强,大部分武师都选择站在某个象形石旁练功,火把放在象形石上,熊熊燃烧。

屈伸堂的武师在白堂主的严格要求下,都能做到心无旁骛,潜心练功。

不知不觉间,时序已到了寒冬。这日傍晚,屈伸堂的武师们围坐在洞口附近研习红拳鼻祖陈抟老祖著的《无极图》,突然天际传来阵阵大雁声,他们不约而同地抬起头来,发现一群大雁从远处飞来,伴以咿呀咿呀的叫声。

大雁越来越近,武师们惊讶地发现群雁抬着折扇样的东西,那折扇很大,有小半个簸箕大!大雁用嘴巴咬着折扇的边骨,分两排成人字状缓缓飞行。

武师们欢呼起来了,白而昼连忙说:"请大家安静!我们看大雁往哪儿飞。"

武师们再也不做声了,一个个屏息注视。

群雁终于到了屈伸堂武师们的上空,突然,那大雁放掉折扇,那折扇徐徐下落,正好盖在龙泉洞的洞口上。

武师们围住折扇睁大了眼睛看着,折扇是黑色的,扇骨有一丈多长,黑得锃亮,扇页上有两个白色的篆体字:屈伸。

白而昼用手摸摸,那扇骨非木非铁,非铜非玉,不知为何物所制。那扇页非纸非布,非皮非毛,也不知用何物制成。

一个武师说:"把它拿起来吧,看看是否好用。"

白而昼拿起折扇,感觉折扇虽大却轻,轻如毫毛。白而昼一合折扇,那折扇突然生起一阵烈风,几个武师没注意,竟被风推倒了!嗷嗷大叫。白而昼功力太强,没被风刮倒。

武师爬起来,惊讶道:"好奇怪!折扇一合竟刮起大风,就那么一阵风就没有了。"

白而昼又徐徐打开折扇,伴随着白而昼的动作,那风又从扇骨间吹了出来,强度特大,只有两三个功力强的武师还能勉强支撑住,功力稍逊的无不纷纷倒地。

白而昼依然没倒。

扇骨全部打开时,风便停了。

白而昼拿起扇子,向旁边的一棵楝树打去,那一尺多围的树干咔嚓一声断了,扇子却丝毫未损。

"神扇!"白而昼惊喜道,"我没用多大力量,树就断了!"

"没使多大力气,竟打断了大树,那要是用猛力,会怎么样呢?"水向下说。

"不可思议!不可思议呀!"白而昼喜不自禁,"真乃天赐神物!"

"那我们给这折扇起个名字吧。"许征尘说。

"上面不是有屈伸二字吗,就叫屈伸扇吧。"白而昼说,"我们叫屈伸堂,大雁给我们送来个宝物叫屈伸扇,真是珠联璧合,绝配啊!"

"屈伸堂有了屈伸扇,那不如虎添翼?"鲍处下说。

"当然当然!"白而昼喜滋滋地说,"怎么样?我提议到龙泉洞练功,没白练吧?如果我们硬是坚持在黄山九龙瀑练功,说不定就捡不到这把神扇了。"

"九龙瀑,龙泉洞,我们注定要和龙打交道。"江飞雪说。

"不可骄傲!"白而昼对江飞雪一白眼。

"这么大的折扇该放哪儿呢?就放这洞里吗?"水向下问。

"不不不,我们要把它作为一个镇堂之宝放在屈伸堂的正厅里,好好供着,而且要举行一个隆重的上供仪式。"白而昼大声地说,"武师们!明天都回屈伸堂,举行上供仪式。"

第三十一章 黄山脚下(二)

深夜,空中虽有寥落的星星发出一点一点微弱的寒光,大地仍是一片漆黑。

屈伸堂的人都安歇了,只有看门人白亮像往常一样两眼盯着前方。忽然,身后有一道亮光划过,白亮一转头,发现自家厨房旁的柴草堆上有一团火焰在燃烧,那干柴堆发出噼噼啪啪的燃烧声。

白亮惊慌了,向柴草堆跑去,一边大叫:"不好!失火了!"

这一叫,惊动了白家人,他们纷纷跑出自己的房间,衣服都来不及穿好,就向起火的地方跑来。

十月小阳春,天气异常干燥,柴草堆遇火星就着,白家人冲到柴草堆时,大火已经熊熊烧起来了,伴着滚滚的浓烟。而且,那火苗已经舔着了前厅的屋梁和屏风。

白家人从水缸中舀水扑向大火,但柴草堆太大了,天气又太干燥了,这儿扑灭了,那儿又烧了起来,那火很快就成了势了,火光冲天。

在火光中,白亮看见一支两尺长的大镖插在柴堆上,上面在滴着蜡烛油。白亮怒气冲冲地说:"你们看!这是横一山庄的大镖,是他们放的火!"

白吃红着眼睛说:"横一太坏了!飞镖放火!"

徽派建筑为木结构建筑,很容易着火,虽然白家人拼命扑火,大火还是迅速蔓延到了正厅。

火势很大,可救火的力量太弱,屈伸堂的武师都远在宣城龙泉洞,家里只有白亮、白吃、白喝三个男人和几个女人。他们有的在厨房扑火,有的在厢房扑火,有的在前厅扑火。

白而昼夫人许南陌看到正厅着火了,就独自跑到正厅,拿起扫帚打火。许南陌也是有功夫的人,挥舞扫帚像打拳一样,无奈正厅太大,东西太多,都是木制的,起火的地方太多了,怎么也扑不尽!

正厅里的八仙桌、中柱、门罩、窗楣、圈椅都开始起火,奇怪的是挂在正厅里的神扇却没有燃起火来,也只剩它没烧着了!许南陌怕神扇会被火烧掉,就放下扫帚,跳到已经起火的八仙桌上,想取下神扇,把它沉到井中,以防万一。神扇的四周都有火星,神扇本是打开的,她取下神扇时,顺手把折扇一合,许南陌在慌乱中竟忘记了神扇一合会生起烈风的,只见扇页中刮出的大风,把周遭的小火苗扇成了大火焰,而且把许南陌吹倒在地!

火焰包裹着许南陌,浓烟充斥在屋内。她想喊叫,但已喊不出声来,顿觉头晕眼花……

屈伸堂已成火焰山!火光映红了半边天。白亮看到火已不可救,确保人的安全才是第一位的,就大叫一声:"不要救火了!赶快跑!赶快跑!再不跑就跑不了啦!"

家中几个女仆首先跑到门外,然后是白吃、白喝,白亮看到白而昼的弟媳妇许离鸿还在厢房用扫帚打火苗,就跑上前,拉起她的胳臂就跑,边跑边说:"这火灭不了!不要灭了!还不跑!想被烧死啊!"

他们跑到大门前,突然,一个女仆大叫:"夫人呢?"

白亮一惊:"是啊!夫人呢?不好,她还在里面!"

白亮拉起白吃,说:"我俩进去找找!"

白亮和白吃又冲进了屋内,从前厅到厨房,从厨房到厢房,都没看到许南陌的影子,他们冲进了正厅,发现许南陌躺在地上,衣服和头发冒着烟。

白亮抱起许南陌,施展轻功,疾如脱兔般跑到门外,但怎么呼唤许南陌都没有应声,许南陌一动不动——人已死去。

"夫人不行了!怎么办?"白亮叫道。

所有的人都跪在地上抱头痛哭,唯有门前的两大石狮子抿着嘴微笑。

白亮连夜赶往龙泉洞,把许南陌的死讯告诉了白而昼及其武师,武师们无不义愤填膺。

翌日,白而昼带着武师赶回家中,他简直不相信自己的眼睛:昔日富丽堂皇的屈伸堂,只剩下断垣残壁!扫视四周,四壁萧然,满目凄凉,一片狼藉。

白而昼问:"神扇在吗?"

白亮答道:"神扇在。"

"我估计横一放火,目的无他,就是为了烧掉神扇。这些人渣,就是容不得别人有什么!"白而昼说。

许南陌的尸首安放在受损较小的抱厦里,白而昼一进门,百感俱生,悲思如涌,他对着夫人失声大哭。

武师们无不扼腕怅恨,一致高呼:"打到横一去!血洗横一山庄!"

白而昼直起身子,手一抹泪水,沉声说:"先把夫人下葬,让夫人安息,然后我们和横一山庄决一死战!"

为了准备葬礼,屈伸堂的人忙开了,有的去买灵柩,有的去请风水师选择墓地,有的准备挽联和花圈,有的接迎吊丧者,有的去福建给白而昼的儿子和弟弟送信……

白而昼的女婿许征尘从祁门买得一副槟榔木棺材,白亮请来了僧人在残损的前厅拜"大悲忏",超度前亡后死鬼魂,白吃请来了全真道士,打几日解冤洗业醮。

按旧制当停灵七七四十九日,但屈伸堂遭大火毁坏,残破不堪,白而昼决定停灵七日就出殡,就是儿子没回来也不等了。

到了出殡日,儿子和弟弟果然还没到家——福建太远了。

这日寒雨霏霏,风云含悲,天地凝愁。

白夫人灵柩前摆着女儿和娘家侄女送的祭礼,灵牌上写"屈伸堂白门许氏宜人之灵位"。两班青衣按时奏乐,一对对执事摆得整整齐齐。每一个武师举一挽联,上面尽书生死情、血泪恨。

第一联道:雨洒天流泪,风号地放悲。

第二联道:痛心伤永逝,挥泪忆深情。

第三联道:哭灵心欲碎,弹泪眼将枯。

第四联道:泪添九曲黄河溢,恨压三峰华岳低。

第五联道:雨飘翠竹垂红泪,云压青松带素冠。

第六联道:悲音难挽流云住,哭调相随野鹤飞。

第七联道:山哀水哭悲长睡,骨动心摧作永离。

第八联道:一世精神归石表,满堂血泪入云天。

第九联道:音容宛在灵车驾,子女堂前血泪抛。

花圈也不少,由家中小厮拿着。

葬礼由武师水向下主持,白而昼声泪俱下致悼词,全家人丁无不满怀悲愁,心如槁木。

主持人宣布抬棺出殡时,合族内眷一齐嚎哭,哭声震山摇岳,尤其是白而昼的女儿白云裁,那眼泪恰似断线之珠。

屈伸堂大殡鸣锣张伞,浩浩荡荡,路上彩棚处处,纸钱遍地,皆是乡临路祭。白家全家侏儒,乡临向来是嘲笑白家人,但今天白家遭遇劫难,乡邻们显示出极大的同情和悲悯,突然对屈伸堂友好起来。

长长的送殡队伍逶迤前行,终于到了三里开外的墓地。

墓穴挖得很深很大,众人看着大坑,无不显出悲怆难抑之情态。两个武师抬着棺材,小心翼翼放进去,白而昼亲自培土,武师们跟着挥起铁锹填起土来。不刻,便矗起了高高的坟冢。

此时,苍山凄迷,冷雨飘摇,冷得人牙齿都上下打架。枫叶在细雨中簌簌落下,而花圈、挽联在雨中越发显得肃穆森然起来。

安葬了夫人,白而昼再也控制不住自己的情绪,他站在坟冢前,冒着雨慷慨激昂地说:"各位亲朋,我们安葬了夫人,但我们的心是不安的!夫人死得冤啊!横一山庄欺人太甚,罪孽深重,他们犯下了滔天罪行!血债要用血来偿还!屈伸堂的武师!带好你们的扇子,到横一讨还血债去!"

"血洗横一!讨还血债!"武师们群情激愤,齐声高呼,如疾雷震霆。

冷雨中,白而昼带着武师,向黄山北麓的横一冲去。

白而昼带着武师到黄山脚下时,天气由雨变雪,雨越来越小,雪却越来越大,武师们披着雪花穿越黄山的奇峰深壑。

雄伟多姿的黄山,在白雪的覆盖下,更添一种别样的风采。撑天而起的天都峰,宛如银装素裹的翩翩神女;隔壑相望的莲花峰,则如一朵洁白的雪莲;九龙峰犹如一条蜿蜒腾飞的玉龙,在云海中矫健地飞舞着;西海景区的石林,宛如一尊尊一身素服的神仙,围拥在峰头之上。冰雪覆盖的狮子林,银峦相拥的玉屏峰,构成了一幅动静相宜的神妙画图。

屈伸堂的武师来到位于黄山北麓横一山庄总部门前,但眼前的一幕让他们惊呆了!横一的几千名棍夫整整齐齐站在山庄四周,严阵以待。

他们料到屈伸堂要来报复。

横一有几千名武师,可屈伸堂只有五十个武师。

白而昼停了下来,他犯愁了。

水向下说:"白堂主,不用怕!你别看他们人多,都是草包!他们的棍子绝不是我们折扇的对手!您的一把神扇就可以消灭几百个,我们再一人消灭几十个,我看就差不多了。"

白而昼说:"擒贼先擒王,我们不求消灭多少个棍夫,我们的最大目的是干掉庄主!必要时可以放镖!"

白而昼转身对武师们说:"你们站着,我去喊话,争取把那个狗庄主喊出来。"

白而昼走到前面一个小山坡上,举起神扇,对着横一大门大声喊道:"狗庄主!够种的话你出来!"

对方无人应答。

白而昼再喊："你放火不是想烧掉我的神扇吗？告诉你,我的神扇没烧掉,还在！在我手中呢,你有本事来抢啊！"

对方还是无人应答。

白而昼急了,他想起自己的那把神扇一开一合就会刮起大风,何不用神扇对着横一大门扇起狂风,冻死横一的那些兔崽子！说干就干,白而昼拿起神扇,左右抖动起来,那神扇随着白而昼快速的抖动,刮起狂风,那风正对着横一呼啸着,顿时,漫天的雪也被大风裹挟着向横一袭去,横一的武夫被风雪打得嗷嗷直叫。

白而昼对横一的武夫喊道："你们要想让风停下来,很简单,只要你们把你们的狗庄主喊出来就行了。"

听到白而昼如此说,有两个武夫果然跑到里面去了,过了会儿又出来了,但不见墨庄主的身影。

"这个狗庄主！真是缩头乌龟！"白而昼说。

看来刮风是不行的,白而昼停止抖动神扇,想到墨庄主这个人是红脸汉子,非常好强,最容不得别人对他的嘲笑,而我们的折扇舞动起来就会发出怪异的嘲笑声,何不让武师舞动折扇,发出嘲笑声,墨庄主定当受不了这个刺激,就会跑出来。

白而昼转身对武师说："大家注意了,一齐舞动你们手中的屈伸扇,让扇子发出笑声,持续舞动,不要停止。"

五十个武师一齐舞动折扇,折扇发出哈哈哈哈的浪笑声,那笑声冲天塞地,伴着漫天飞舞的雪花,飘荡在横一上空。

墨庄主果然出现了,他大叫："小矮子！家里死了人,还得意什么！"

就在墨庄主大叫时,白而昼一挥手："冲啊！"

屈伸堂的武师冲向横一,和横一的武师厮杀了起来。

白而昼挥动神扇,向墨庄主冲去,可墨庄主一个闪身跑到里面去了,大门前有一两千个武夫挡着。

横一的武夫没什么武功,但武师的功夫很厉害。有的武师打少林梅花

223

棍,有的武师耍少林飞龙棍,有的打少林达摩棍,有的要少林流星棍,有的打少林劈山棍,有的要少林大圣棍,有的打少林风火棍,还有的要少林天齐棍……

交战几个回合,横一的武夫死了不少,但武师无一伤亡。白而昼看到这种情势,对屈伸的武师说:"你们负责消灭武夫,我来打击武师!"

横一的武夫和武师很好区分,穿青衣的是武夫,穿黑衣的是武师。

屈伸堂的武师舞动屈伸扇,攻击起横一的武夫来,犹如快刀切韭菜一样,武夫一听到屈伸扇发出的令人恐怖的笑声,就已乱了阵脚,一个个失魂落魄,不知如何应对。不一会儿,横一的武夫就倒了一大片,而屈伸堂的武师仅有几人受了点伤。但武夫太多了,有几千人,想消灭光也是不容易的。

白而昼的功夫为徽州第一,现在又有神扇在手,更是如虎添翼。他使出了裂石惊沙功夫,有几个武师被他手指一点,就死了。但横一的武师太多了,到后来白而昼也有点力不从心,他的功力越来越少了,只有靠神扇去消灭对手。神扇果然厉害,神扇很轻,舞动起来不费力,但杀伤力巨大,凡被神扇打中的,非死即伤。而神扇在收合过程中发出的烈风,也帮了白而昼的大忙。那风吹向对手的眼睛,灌入对手的喉咙管,大大干扰了对手的发挥。

横一的武师在白而昼的打击下,伤亡惨重,山庄四周尸横遍野,流血满地。

此时,那雪更大了,如鹅毛般降下。

曹倾仓跑到横一山庄庄主室,气咻咻地报告墨市雄:"墨庄主,不好了!我们的武夫死了上千人,武师也死了好几十!"

"他们死了多少?"

"他们只死了几个人!"

墨庄主跑到副庄主室,对副庄主李三包说:"你到后厅去,让一千名剑客上阵!从后门出动!"

李三包说:"庄主,真的要用剑客?徽州武林的老规矩,是不许用剑的。"

墨庄主眼一瞪:"都什么时候了!还老规矩新规矩的!我从中原弄来了那么多剑客,是看的吗!快去!只要能把屈伸堂的人干掉,用什么都行!"

李三包带着横一偷偷蓄养的千名剑客,从后门杀过来,白而昼一看,简直不相信自己的眼睛!徽州江湖是从不许带刀用剑的,这是自古以来的规矩,是老祖宗定的,可墨庄主为了一己之私,公然破坏祖宗规矩,用起了剑客!这人渣做起事来真是不择手段!

剑客发疯般杀来,用剑比用笛子果然厉害许多,很快就有几个屈伸堂的武师被剑刺中。

白而昼愤怒了!他跳开横一武师的包围,向剑客奔去。他用神扇对抗剑客,剑客有点招架不住,就避开白而昼,向屈伸堂的武师袭去。而横一的武师重新包围了白而昼。

就这样,形成了两大阵营:横一武师对付白而昼,横一剑客攻击白而昼的武师。

这些剑客的剑术非常了得,屈伸武师平时没接触过剑客,对剑术不了解,虽然屈伸扇很厉害,还是显示出劣势。

可屈伸堂的武师是不服输的!他们要和横一的剑客拼命了!武师们挥着折扇冲向剑客方阵,扇子发出怪诞的笑声。

屈伸堂武师只剩下四十多人,可剑客有一千人!这些剑客是墨市雄偷偷从中原弄来的,都是些不要命的人,他们手持利剑,横砍竖劈,和武师们混战起来。屈伸堂最终寡不敌众,纷纷倒下,喋血横一大门前。

白而昼再度愤怒了!他奋力挥起神扇,打死了几个横一武师,跳出武师的包围,越墙进了横一的大院。横一武师想跟随白而昼,但白而昼猛的抖动神扇,大风吹得武师寸步难行。武师只得作罢,一个个转身加入剑客队伍,一起对付屈伸堂的武师。

白而昼在横一山庄里找寻着墨市雄。横一的武师都在外面鏖战,里面没看到一个武师,也没见到庄主的影子。只是在后厅看到庄主的妹妹墨秋水。白而昼两眼瞪着墨秋水,用神扇指着墨秋水问道:"说!你哥哥到哪儿去了?"

墨秋水看着白而昼,脉脉含情,两眼噙着晶莹的泪珠,她哭着说:"他不是我哥哥,我也不是她妹妹!他是禽兽!我若知道他藏身何处,我会和你一起把他杀掉的!可是我真的不知道他躲到哪里去了。"

墨秋水靠在一棵雪松下,用手捶打着树干,说:"他是禽兽!他是个禽兽!"眼泪如决堤的江水般流着。

白而昼快步走开,墨秋水叫了一声:"白堂主保重。"

白而昼一个腾跃,又来到山庄门前,横一的武师还在和屈伸堂的武师激战着。白而昼发现屈伸堂又有十几个武师被剑刺死了,立即挥起神扇,打死了几个剑客,可剑客太多,打死几十个对他们没有什么影响,白而昼想,如果再战下去,屈伸堂的武师会消灭殆尽的,折扇算是厉害的,要不然我们的武师早就被打死光了。

白而昼大呼一声:"快撤!"

屈伸堂残存的十来个武师撒腿就跑,横一的武师和剑客追了上去,白而昼上去拦住,一抖神扇,大风吹向横一的剑客,剑客们寸步难前,有几个剑客竟被吹倒了。

白而昼挡在剑客面前,不停地抖动着折扇,狂风不停地刮着。白而昼对自己的武师下令道:"放镖!"

武师们依次挥动折扇,每挥一下,都从扇页里飞出一支细如绣花针的长镖,每个武师的镖都不一样。武师挥动折扇时都报一下自己的镖名。

第一个武师说:"飞泉挂碧峰!"

第二个武师说:"野竹风青霭!"

第三个武师说:"沦落在江州!"

第四个武师说:"沧江万顷秋!"

第五个武师使用的镖名叫"愁依两三松",第六个武师的镖叫"啼鸟说来由",第七个武师使用的镖叫"树深时见鹿",第八个武师的镖叫"镜天飞雪"。

屈伸堂的镖颇具杀伤力,一镖杀一个!顷刻工夫杀死了一百多个剑客和十几个横一武师。可横一还剩七八百个剑客,而屈伸堂的镖却用完了。

白而昼见镖已用完,就下令武师逃跑,他挥舞神扇掩护。在白而昼的掩护下,屈伸堂的武师头也不回地向黄山深处跑去,在漫天大雪中消失得无影无踪。

等自家的武师全跑光了,白而昼也跑了。

白而昼回到高桥屈伸堂,懊丧失意,心如槁木。这次拼杀,虽让横一损失了一千多人,但横一仍有武夫近四千人,因而并没从根本上动摇其根基。尤其让白而昼苦闷的是,横一的庄主还在逍遥地活着。没让横一山庄伤筋动骨,没让他们大伤元气,倒让屈伸堂大伤元气,屈伸堂本有武师近五十人,现在只剩下十来个,仅凭这十来个武师,想再度报复横一山庄,是万万不能的了。

宅第被烧,夫人死去,折兵损将,功夫店也关门了,白而昼陷入无边的痛苦中。

一日傍晚,他在古楼坳的小河边默默走着。河水被夕阳映照着,似是披上一条红纱巾。那河堤下的栗树林,枯叶满地,在斜阳的铺照下静美如画。

晚照很美,但白而昼无心欣赏,他背着手在河边踱着,心情沉郁不舒,脸上布满忧容。忽然从背后来了个人,是女儿白云裁。白云裁本已出嫁,但母亲去世,她不放心父亲,就留在娘家照看父亲,父亲忧愁苦闷,出外散心,她一有空就赶来陪陪。

白云裁和父亲并肩走着,轻轻地说:"爸爸,叔叔和弟弟近日就会到家了,他们俩到家后,以叔叔的脾气,肯定会立即跑到横一拼命的,横一有数千人,叔叔要是去了,等于是送死。我看,我们要在叔叔到家之前摧毁横一,免得叔叔去送死。"

白而昼长叹息了声,说:"难啊!我们虽有一把神扇,但武师太少了,只有十几个人,可他们有四千人,以十几个人去对付数千人,你想想有多难啊!凶多吉少啊!"

白云裁说:"凭我们一己之力量,当然对付不了横一山庄,他们太大了。

但我们可以联合其他功夫庄,以全徽州武林之力置横一于死地。"

白而昼说:"但别的功夫庄愿意吗?"

白云裁一挥手说:"肯定愿意!如果说横一烧掉屈伸堂,是对我们一家的冒犯,那么,他们公然使用剑客,则是对整个徽州武林的背叛和挑战!而且蓄养了一千多个剑客!这在徽州是大逆不道的事!我们为什么不把这件事公布出去呢?现在别人还不知道横一山庄有剑客这事,一旦公之于众,定会引起公愤,激起众怒,徽州江湖就会群起而攻之,灭掉横一就轻而易举了!"

白而昼击掌赞叹道:"好!只有这样了。我今晚用宣纸写一张告示,把横一山庄无端烧毁屈伸堂,用千名剑客屠杀我们武师的事写出来。写好后,你们给我抄个几十份,明天到徽州各大功夫街张贴,让横一的罪恶行径大白于天下,我就不相信徽州江湖就没人替我们伸张正义!"

女儿的进言,让白而昼看到了出路,脸上的表情柔和了许多,眼睛都有了些神采。他一拉女儿的胳臂,展颜笑道:"我们回家!"父女俩迈着轻快的步子踏着夕阳归去。

白而昼回到家后说干就干,立即用颜体楷书写了一篇《告徽州武林书》,慷慨激昂,至情至理。写好后,全家人都来抄写,一晚抄了三十份。

第三十二章 斗山街(三)

次日,歙县斗山街。

天降大雾,直到中午雾还没有散开。柔克山庄的武师李昭昭执一根长鞭出门了。头戴逍遥巾,身穿皂布袍。近半年来,他爱上了斗山街闻香饭庄的小姐弄玉,弄玉由于上次被泼皮无赖伤害,惊魂未定,认为李昭昭也是个疏狂男儿、泼皮无赖,就一直躲避他。李昭昭多次对弄玉说我是正规功夫庄的正式武师,绝不是游手好闲的街头无赖,如果你愿意和我交往,我会保护你,街头无赖再也不敢上你的门。李昭昭为了博得弄玉的好感,一有空就到闻香饭庄去进行功夫表演,一者是展示自己超群脱俗的鞭子功,以博得弄玉好感;二者是替饭庄拉客,以博得老板娘的好感。

因为有替饭店拉客的目的,他每次去表演都选在午餐或晚餐时分,今天依然如此。李昭昭刚出门,就看到前面雾气蒙蒙中围聚着一群人,一个个伸长脖子在看着什么,而且议论纷纷。李昭昭出于好奇,也走了过去,想看个究竟。

原来,在街口的一面墙上贴着一张告示,题为《告徽州武林书》。告示上说:屈伸堂偶获一把神扇,引起横一山庄的嫉妒,横一山庄竟在深夜放火烧毁屈伸堂,烧死了白夫人。屈伸堂一怒之下到横一山庄报复,横一山庄在功夫不敌屈伸堂的情况下,竟动用他们偷偷蓄养的一千剑客,疯狂杀戮,导致屈伸堂的武师大半死在剑下。徽州武林向来不许用刀用剑,可横一公然破坏祖宗规矩,挑战江湖规则,自私之极,无耻之极。

告示下面有一大块空白纸,留给那些主张惩罚横一的人们签字用的。李昭昭看到这个告示,毫不犹豫地签上自己的名字。斗山街是徽州地块功夫店最多的街市,武师非常多,在告示上签字的当然就多,李昭昭的签名已经是这张告示上的第一百一十九个签名了。

李昭昭签字后向上街口走去,到了闻香饭庄门前,他便在大门前舞起了鞭子,他把自己自创的鞭子功命名为软磨蛮缠鞭。那鞭子在他的抖动下如龙飞凤舞,还发出一种类似狼嚎的叫声。软磨蛮缠鞭极具观赏性,不一会儿就吸引了大量的游客驻足观看,把个饭庄门前围得水泄不通!观者不时发出笑声和喝彩声。

观众看得正在兴头上,李昭昭突然说:"今天的表演就到这儿,请大家常到闻香饭庄用餐!"

观众不想散去,一致要求李武师再表演一会儿。李武师趁机说:"谁有本事把闻香饭庄的弄玉小姐请来,拥抱我一下,我就答应继续表演!弄玉小姐是我所爱的人,我在这儿表演鞭子功不下一百次了,路人无不驻足欣赏,可她从没出来过! 我现在最大的愿望就是她能出来看我表演,和大家一起欢呼喝彩!"

李武师刚说完,就有一个中年男子大声地说:"这不容易! 我去把她背来!"说完一撒腿就跑到饭庄里。那弄玉正在柜台前站着,正两眼盯着外面出神,冷不丁被那中年男子背了出来,怎么挣扎也脱不出。

人们看到中年男子把弄玉背了出来,纷纷让开。中年男子把弄玉往李武师面前一放,对弄玉说:"现在你抱他一下,我们就可以看到他的表演,你不抱,我们就看不到了! 你抱还是不抱?"

观众高叫着:"抱! 抱!"

弄玉羞羞涩涩的,红着脸,头也不敢抬,始终伸不出手。中年男子急了,他抓住弄玉的胳膊,强迫她抱住李武师,弄得弄玉脸红到了脖子,对中年男子嘟起了嘴。

围观者则轰然大笑。

中年男子放下弄玉,对李武师说:"她已经拥抱你了,你可以表演了!"又对弄玉说:"你走吧。"

弄玉走了,李武师继续表演他的软磨蛮缠鞭。这次表演更加精彩,观众无不叫绝,都称这是绝世的鞭子功。

弄玉看到这么多人如醉如痴地看李武师表演,她被感染了,突然激动起来,她急步跨出大门,拨开人群,说:"你们让一下,我有话要对李武师说!"

人们无不惊讶,刚才弄玉那么腼腆,怎么突然变得如此大方大胆?

弄玉来到李武师面前,挺直地站着,直视着李昭昭,问:"你的鞭子功真的很厉害吗?"

李昭昭说:"还可以吧。"

"那你的鞭子功可以对付横一的剑客吗?"弄玉软语低吟。

"如果一对一,他们绝对不是我的对手。只是横一的剑客太多了,有一千多人,另外还有四千多棍夫,靠我一人是不行的。但徽州江湖有那么多的功夫庄,有那么多的武林奇才,每个功夫庄都有自己的独门绝活:屈伸堂的扇子功、刚柔山庄的毛笔功、阴阳山庄的筷子功、算盘阵的算盘功、竖一山庄的箫功、抱一山庄的秤杆功,再加上我们的鞭子功。大家联合起来,不就行了吗?"李昭昭信心十足地说。

李昭昭的几句话让观众热血沸腾,大家高呼:"对!联合起来,干掉大逆不道的横一山庄!"

弄玉等大家的呼喊声平息了,又问:"如果别的功夫庄联合起来共同惩罚横一山庄,你要是参加的话,你能作出多大的贡献?"弄玉炙热的目光笼罩着李武师,晶莹而滑润。

"我保证消灭一百个剑客!"李昭昭大声地说,"横一不是在斗山街有功夫店吗?要不我现在就去把他们的功夫店砸掉!"

弄玉一拉李昭昭,说:"谁让你现在就去啊!不要急嘛!你还不知道别的功夫庄什么态度,你可不能单独行动,要步调一致才可!"说完嫣然一笑。

李昭昭问:"你为什么如此痛恨横一山庄?竟敢在众人面前要我去惩罚他们?"

弄玉说:"因为我曾被小流氓侮辱过,被一个大侠救了。可我后来听说横一山庄多次毫无道理地加害我的恩人,所以我仇恨横一山庄,至今怨恨积郁难消。我现在敢在众人面前倡议惩罚横一,还不是倚仗你日后的保护吗?有你保护着,我有什么好怕的?"弄玉说完,莞尔一笑。

弄玉的一番话,让李武师听后心中像蜜般甜。因为弄玉的话,无疑是当着众人的面宣布接受李昭昭的求爱!这可是破天荒的啊!

众人也听出了弄玉话语的意思,纷纷鼓掌。

第三十三章　桃花源

徽州武林接连天降神物,可无一物降到横一地界,这让墨庄主大生嫉妒,整日心里堵得慌,看什么都不顺眼,心浮气躁,言语莽撞。

心情不好,墨庄主带一青衣小童,到黟县桃花源去漂流,好散散心。

墨庄主无拘放闲地出门了。他从岱峰脚下登上竹筏,在清澈的河面上凌波飘荡,穿溪越滩。近看碧水浅滩、游鱼可数、彩石历历,远眺竹林叠翠、山花簇拥、桃园隐映。一个个村落和一群群居民掩映在古树群中,构成一幅又一幅美轮美奂的桃花源山水长卷。

一个时辰后,墨庄主在石门鸳鸯湾上岸。就在这儿发现有一群武师在练功,他们个个都剃着阴阳头,头顶半光半毛,且皆手执铜筷,衣服上写有"阴阳山庄"字样。

墨庄主对阴阳山庄的武师剃阴阳头极为不满,他在心中骂道:"这些王八羔子!一个个剃着阴阳头,影响我的心情!不行,我要惩罚他们!"

鸳鸯湾有一家饭店,墨庄主大摇大摆地踱了进去。

"老板,吃饭!"墨庄主叫道。

"来了——"从里屋走出一个眉低眼慢、乳大腹高的孕妇。

"你是老板娘吗?"墨庄主问。

"我就是。"孕妇答。

"这里有什么好吃的?"墨庄主问。

老板娘抚了一下头上的碧玉钗,然后扳着指头说:"我们这儿有竹笋烧肉,有炸鸡丝卷,有梅花鱼茸汤,有荷叶熏鸡,有芙蓉套蟹,有南湖对虾。"

墨庄主说:"来一盆梅花鱼茸汤,再加一份荷叶熏鸡。"

老板娘吩咐厨师马上做菜。

墨庄主问:"你们这里的食客多吗?"

"不是很多,主要是阴阳山庄的武师来吃饭。"

"他们喜欢吃什么菜?"

"他们喜欢吃毛蟹和竹笋。"老板娘说。

"哦,我想低价卖给你一批毛蟹和竹笋,你要不要?"

"如果你的价格比别人低,我就要。"

"价格绝对比别人低!"

"那你就运来吧。"

饭毕,墨庄主说:"我明天就让人把菜运来。"

老板娘点点头,道:"好的。"

墨庄主回到家,当晚召开庄委扩大会议,他说:"我一看到武师剃着阴阳头就恶心,我就火冒三丈!这些兔崽子,必须要狠狠地教训他们!"

墨庄主手击打着桌子,重重地说:"把他们干掉!"

墨秋水看到哥哥又要去惹祸,就急了:"人家的功夫庄名叫阴阳山庄,他们武师剃阴阳头,这有什么不妥吗?关你什么事?"

"我看得不舒服!"墨庄主怒声地说,"凡是不合我心意的人都是我的敌人,就要把他消灭掉!"

墨秋水说:"孔子说:君子和而不同。别人和你不同,这不妨碍你和他们和睦相处。他们和你不一样,你可以不和他们交朋友,但也不要把他们当敌人啊!成不了朋友就是敌人吗?你这种思想太狭隘了,思想太狭隘了,最后自己的路会越走越窄,最终会无路可走!"说完拂袖而去。

会后,墨庄主悄悄对副庄主李三包说:"我联系了一百斤变质的毛蟹和一百斤变质的竹笋,你明天带几个武师给我运到桃花源饭店去,那些阴阳头武师吃了这些毛蟹和竹笋定会中毒的!不毒死他们,我心有不甘!"

第三十四章 花山谜窟(一)

黟县南屏的冰凌阁是阴阳山庄的总部所在,它由正厅、偏厅和回廊三部分组成。正厅系五体连珠式结构,布局精巧。偏厅分上下两层,均装有莲花门,门上为西湖十景图,回廊与正厅相对,曲径通幽。

庄主高处寒的卧室在偏厅。

这日高处寒正在午休,忽然一个丫鬟在门外叫道:"庄主,不好了!我们有几十个武师中毒了!"

高处寒一骨碌爬起来,披衣走出莲花门,满脸怖色道:"武师中毒?在哪儿中的毒?"

"在桃花源用餐时,食物中毒。"丫鬟说。

高处寒立即跨上浮云马奔赴桃花源鸳鸯湾饭店,到了门前,只见几十个武师倒在地上:有的呻吟,有的呕吐,有的摆头……

高处寒滚鞍下马,急步而入,找来老板娘,质问道:"这怎么回事?"

老板娘吓得手足无措,罗衫不整,嘴一扁就哭了,然后吃吃地道:"这……这……这……绝对不是我们干的……都……都……都……是横一山庄墨市雄害的……昨天他卖给我们一批毛蟹和竹笋……价格是低……谁知道竟然都有毒……"

"首先你们饭店要负责!其次,墨市雄我要找他算账!"高处寒愤怒地说。

"我已经派人去找名医孙一奎了,估计等会儿就到。"老板娘说。

说曹操,曹操到。正说着,孙一奎骑着毛驴来了。

孙大师一袭青袍,一下来就问老板娘:"中午吃了什么?中毒多长时间了?"

"中午吃了毛蟹和竹笋,中毒有一个时辰了。"老板娘答。

"你把中午吃的毛蟹和竹笋拿给我看看。"孙一奎说。

老板娘把毛蟹和竹笋取来让孙大师看,孙大师说:"这全变质了,当然有毒。从哪儿买的?"

"是横一山庄墨市雄卖给我们的,是他主动提出给我们送菜。我只知道他是庄主,哪知道他还是个菜贩子!"

"武师们有救吗?"高处寒惶急地问。

"可以救的,用食物相克的原理来救:吃毛蟹中毒,用大蒜汁解毒;吃竹笋中毒,用绿豆解毒。"孙一奎慢慢地说,"家里有大蒜和绿豆吗?"

老板娘连声答道:"有有有,我这就叫厨师去弄。"

饭店里的几个厨师立即熬起了绿豆汤,捣起了大蒜头,并在孙大师的指导下给中毒武师喂食。完了,孙一奎说:"你们不用担心了,两个时辰后,武师就会康复。"

傍晚时,中毒武师都痊愈了。

武师们康复后,和高处寒一起回到南屏总部,他们一致要求攻打横一山庄。

高庄主说:"这明摆着是墨庄主存心害我们,我们当然要回击!但凭我们一己之力是不行的,无异于以卵击石。上次屈伸堂揭发横一偷养剑客,在武林界引起公愤,武林豪杰都想惩罚横一,后来被总督府以内耗为由制止了,现在我们找到了把柄,看总督还有什么好说的!"

高处寒拳头一攥,擂了擂桌子,沉声说:"这次我要把全徽州优秀的功夫庄联合起来,彻底打败横一山庄,以及他的同盟超霸山庄和超值山庄,让徽州武林正本清源,给祖宗一个交代!"

"那我们以什么由头去做这件事?"副庄主问。

"如果我们说横一山庄毒害我们武师,我们要报复,估计别的功夫庄是不会响应的,这是报一己之仇,那是达不到动员全徽州武林的目的。所以我们还是以横一蓄养剑客使用刀剑为由头。因为横一这么做,是对整个徽州武林的挑衅,是公然背叛老祖宗的规矩。"高处寒说。

高处寒专程造访屈伸堂,白亮说白而昼不在家,到黄山飞来峰练功去了。高处寒便马不停蹄奔赴黄山飞来峰,果然在那里见到了白而昼,白而昼正手持折扇,专心练功,身前是缱绻烟云。

"白堂主!跑这么远练功啊!"高处寒招呼道。

"高庄主!好久不见,今得光降,有何贵干?"白而昼见到高处寒非常高兴,立即收功。

"不瞒你说,有要事相商。"

"哦?是吗?"白而昼手对地下一指,"坐下说。"

高处寒坐在一块光石上,沉声道:"几天前,我们的武师在黟县桃花源练功,午餐时发生了食物中毒,幸好被神医孙一奎救了。饭店老板说他们饭店的有毒食物全是墨庄主提供的,墨庄主存心要害我的武师,是蓄意而为。我决定要发动整个徽州武林攻打横一山庄,还是以横一偷养剑客,挑战武林规则为名。上次你想打动武林界攻打横一,被总督以内耗为由制止了,这次又是横一挑起事端,我们有理有据,师出有名。"

白而昼抱膝长叹道:"徽州武林有两大败类:一是横一山庄,一是超值山庄。横一玩'狠',超值玩'假'。一个是恶霸,一个是奸商。尤其是横一山庄,一如其名,是名副其实的蛮横山庄,横一庄主大脑简单到成一条横线,无怪乎他们选择的武器是长笛,笛子都是横着吹的,一根根横着的笛子就是他们思维的反映。"

"这个横一山庄的确可恶,害了多少人!真是害群之马!一粒老鼠屎,坏了一锅粥。徽州武林要想繁荣下去,必须除掉横一!不除掉他,我们对不起老祖宗!"高处寒说。

"只是横一山庄武师太多,势力太大,我们必须制定一个严密的作战计划。眼下一定要保密!串联工作要秘密进行才可。"白而昼说。

"我也是这么认为的,为了保密,为了安全起见,战斗指挥部的地点我已经想好了,就设在花山谜窟。"高处寒说。

白而昼点点头:"那是个好地方!"

高处寒和白而昼作别后,立即着手秘密串联,他拜访了徽州主要功夫庄的庄主,并达成了一致意见。

端午节那天,指挥部在花山石窟召开第一次秘密会议。

花山谜窟位于屯溪城区东郊新安江南岸的连绵群山之中,与大自然的杰作黄山比肩为伴,相映生辉。它是先祖人工开凿的规模宏大、形态奇特的地下宫殿群。石窟内有房,有走廊,有石桥,有厅堂,有石水池、石水窖等。石洞随坡下延,洞内凉气浸淫,而洞外雾气腾腾。洞内有几十根石柱昂然挺立,水呈翡翠绿色。

会议在蝙蝠厅举行,会上豪杰们群情激奋,摩拳擦掌。经过一番热烈的讨论,决定这次攻打横一的作战代号为风暴行动,主将为高处寒,副将是各功夫庄的庄主。会议决定采用两层包围圈的方式攻打横一,里层包围圈是获得了神物的三家功夫庄和阴阳山庄,余者组成外层包围圈。个体户无求侠和钓独客负责联络。奔袭时间定于五月二十八日夜间。先用三件神物对着横一山庄刮大风,然后趁对方大乱时,从四面合击。

然而变化大于计划。五月中旬黄山周围农田闹起了蝗虫灾害,那蝗虫铺天盖地,徽州总督府下令所有功夫庄要组织武师扑杀蝗虫。总督听说屈伸堂、刚柔山庄和竖一山庄的神物都会产生狂风,就要求这三个庄主用神物刮风,吹走蝗虫。

面对这突发事件,指挥部又在花山谜窟召开紧急会议,高处寒说:"这次蝗虫灾害似乎给我们带来了不利影响,实际上是天赐良机!我们可以打着消灭蝗虫的旗号,堂而皇之地在白天出师,避免在晚上出动。先打蝗虫,把蝗虫消灭后,突然调转矛头,以迅雷不及掩耳之势包围横一。我们不在晚上出师,又不至于引起横一的怀疑。这不是天赐良机吗?大家知道,在晚上行动有危险的,看不见路,容易掉进悬崖之中。分不清谁是敌人谁是自己人,又容易误入对方埋伏圈。现在这些担忧都没有了!太好了!"

第三十五章　黄山脚下(三)

五月二十四日,徽州大地阳光灿烂,山清水秀。数千名武师成一条横线布开,从花山石窟向黄山进发。一路上,武师们用各式武器扑杀蝗虫。

阴阳山庄的武师用两根长筷夹蝗虫,一夹一个准;屈伸堂的武师不停地抖动着折扇,蝗虫就在扇页的收合之间纷纷落地;算盘阵的武师挥动着算盘,蝗虫便在算珠的嗒嗒声中被击死了;阴阳山庄的武师一个个手举着很长很长的毛笔,在空中作书写状,没看见字出现,只看见蝗虫如落叶般掉下来了;柔克山庄的武师挥舞着响鞭,横一下竖一下,撇一下捺一下,打得蝗虫头碎腿断;竖一山庄的武师手中旋转着一根长箫,箫发出一种可怕的笑声,蝗虫便在笑声中簌簌而落;天秤山庄的武师用秤杆打蝗虫,战绩也颇佳……

灭蝗队伍到了西溪南时,武师们感觉阳光越来越暗淡,他们不约而同地抬头看天,惊讶地发现天上出现了日食!那太阳的光面越来越少,直至完全消失!

天地一下子黑了下来。

主将高处寒发布指令:趁天黑放镖射杀蝗虫!

指令既出,数千名武师一齐放镖,那蝗虫便像雨点般落下。

西溪南是马会长的住所,马会长平日都在屯溪武林大会总部办公,不在家的,这天他要检查督促武师灭蝗,就没到屯溪去了,留在西溪南。马会长得知武师灭蝗已到了西溪南,就出门张望,正好赶上日食,天地黑暗,被几支乱镖击中,眼睛瞎了,腿也断了。

马会长受伤后,被仆从抬进屋内,马会长的随从对武师们吼道:"你们不得了啦!你们的镖打伤了马会长,武林大会要严惩你们的!"正喊时,几个随从也被镖打中,立仆。

灭蝗大军走过西溪南,快到汤口时,日食已结束,天地重现光明。天亮了,武师们不再用镖,高处寒下令用三件神物刮风,吹走残余的蝗虫。

于是,白而昼用神扇,朱绝尘用神箫,孙若水用神笔朝着同一方向挥动,顿时狂风大作,蝗虫有的被吹进土中埋死了,有的被吹进水中溺死了,还有被吹进树林中撞死了……

红日西斜时,灭蝗任务基本完成,指挥部指示所有武师向黄山深处进发。

数千武师施展功夫,个个如猛虎般冲上黄山,很快就到了北海景区,此时北海景区兴起了云海,可武师无暇欣赏那变化万端的美景,高处寒下令武师分两批,准备下山包围横一山庄。阴阳山庄、竖一山庄、刚柔山庄和屈伸堂为第一批,担当里层包围圈,其余的武师为第二批,担当外层包围圈。

为了迷惑横一山庄,先下山的第一批武师高举着灭蝗的大旗。

两批武师一前一后向黄山北麓走去,快到横一时,第一批武师迅速包围了横一山庄,并用三件神物对着横一刮起狂风,横一的武师措手不及,乱成一团。

大风刮来,墨庄主下令把所有的门窗关起来。

看来刮风已不能让横一遭受什么损失了,高处寒对几个副将说:"他们的房子太坚固,风吹不倒它,大门又关起来了,风又吹不进去,看来我们要翻墙跳进去!"

白而昼说:"不可!他们有几千人,我们也只有几千人,可他们在里面埋伏着,我们贸然进去,会吃大亏的!"

"那我们怎么办?"高处寒问。

"我有办法。"白而昼说。

白而昼走到横一的围墙下,使起了自己多年练就的裂石惊沙功,不久,围墙坍塌了!白而昼立即闪开,孙若水拿着神笔对里面挥动,大风对着山庄里面狂吹。白而昼闪到另一面围墙边,再度使出裂石惊沙功,围墙又倒了,出现一个大口子,朱绝尘举起玉箫对着里面吹起大风。白而昼闪到后面围墙边,再度发功摧倒了围墙,白而昼站在缺口处,抖动神扇,神扇刮起大风。

就这样,狂风从不同的方位吹进横一山庄,吹得树木纷飞、瓦片乱舞,横一武师一片骚乱。

横一首先出动的是使用长笛的武夫,剑客不知藏于何处。见此情况,高处寒下令阴阳武师率先冲进山庄,用筷子对付横一的长笛,别的山庄的武师暂时不动。

阴阳山庄的三百名武师手执筷子,攻向横一的三千名武夫。在战斗过程中,阴阳武师发现手中的筷子质量太差,稍微用力大些就断了,令武师大为扫兴!很多武师质问高处寒:"庄主,您给我们买的都是些什么筷子啊!"高处寒大感意外,他说:"大家息怒!我被奸商骗了!你们扔掉筷子吧,徒手对付敌人!把你们的功夫使出来,回去我会找奸商算账!"

阴阳的武师都扔掉了筷子,用拳术对抗横一的武夫。可横一的十个武夫斗不过阴阳的一个武师,经过几个回合的战斗,横一的三千武夫死了大半。墨庄主见势不妙,打一个暗号,一千多名剑客从地道里爬了出来。

高处寒立即下令其他功夫庄的武师都进来,于是,朱绝尘带着竖一的武师进来了,孙若水带着刚柔的武师进来了,白而昼带着屈伸堂的武师进来了。里层的武师悉数上阵,外围的武师依然不动,静观其变。

高处寒的武师和墨市雄的剑客厮杀起来,一时间,一方的折扇、毛笔、筷子、玉箫,和另一方的长剑搅在一起,这是中原剑客和徽州儒侠的较量。

所有参战武师都使出了自己的绝招,经过一段时间的拼杀,剑客被打得落花流水,一败涂地,横一山庄成了横尸山庄,一千名剑客所剩无几。

此时残阳如血。

到了擒拿横一高管的时候了,高处寒想。

可墨庄主早已不见了人影,副庄主李三包、曹倾仓也不见了。高处寒指示道:"我们四个庄主各带几个自家的武师分头去搜。外围的武师还是静立不动,以防墨市雄逃跑。"

朱绝尘在一片树林中找到了李三包,朱绝尘本想用神箫对着李三包一吹,但已来不及,李三包一拳打来,朱绝尘一闪身,给李三包几个幡然悔悟掌,李三包的面庞顿时起了三个大包。朱绝尘看着李三包的脸,说:"用手摸摸你的脸吧,你现在才是名副其实的李三包!"

李三包恼怒了,举起铁笛向朱绝尘劈下,朱绝尘举起铜箫格住,一转身,使一招横空出世棍法打向李三包,李三包竟倒地毙命了。

孙若水发现曹倾仓是在功夫楼的一个阴暗角落里,曹倾仓想逃跑,但门已被刚柔的武师把守了。孙若水几个箭步上前,抡起神笔打向曹倾仓,那笔毛在曹的脸上一扫而下,曹倾仓立即头晕眼花、晕头转向,就在曹趔趔趄趄时,孙若水又用笔杆打去,曹倾仓倒地而死。

白而昼到处寻找墨市雄,真是冤家路窄,两人终于在横一山庄的天井里迎面相遇。

墨市雄手中没有器械,白而昼把自己的折扇一扔,淡淡一笑说:"这下公平了吧。"

墨庄主说:"你想怎么样?"

白而昼冷冷地笑道:"我给你准备了三掌,第一掌叫翻脸掌,第二掌叫翻番掌,第三掌叫翻天覆地掌。"

墨庄主说:"我姓墨,墨黑墨黑,墨就是黑,你姓白,我知道黑白之间必有一战!这一战,看来就在今天了。"

白而昼说:"我也知道黑白之间必有一战。不过我有个建议,今天我们对决,我们要公平地对决。"

"怎么公平?"

"都不用器械,都发挥各自的长项。你的腿厉害,我的手厉害,那好,你就用腿,我只用手。你不是动不动就踹人一脚吗?你墨庄主踹我们屈伸堂多少脚了,我想你应该清楚吧,今天该我还手了!不过,我还手只还三下,不会有第四下,掌法我也都告诉你了。够明白,够公平的吧?"白而昼对墨市雄一招手,"你先出招吧。"

墨市雄也不客气,呼的一下像飞虎一般扑了过来,白而昼一矮身,送出第一掌——翻脸掌,直把墨市雄推出数步远,撞在墙上。

墨庄主右脚蹬墙,身子猛的反弹出去,左脚顺势铲向白而昼,白而昼双膝一弯,马步站定,长吐一口气,送出第二掌——翻番掌,墨市雄身子一折,栽倒在地。他挣扎着想爬起,但怎么也不行。

就在墨市雄四肢扭曲时,白而昼像虎啸一般长运一口气,手掌在空中搅动一圈,然后掌心对外猛力向前送出,这就是翻天覆地掌!这一掌虽未接触墨庄主,墨庄主却在白而昼的掌力作用下撞到天井的青石墙基上,当即毙命。

白而昼对着墨庄主残破的尸体瞪了一眼,提起神扇走了出去。走到一个偏厅门前,突然门里闪出一个人,白而昼一惊,原来是墨庄主的妹妹墨秋水。

墨秋水扑通一下跪在白而昼面前,声泪俱下地说:"白堂主,对不起!对不起——"墨秋水个子很高,跪着都有白而昼高。

白而昼说:"你不用求饶,我不会杀你的,我把你哥哥除了就足够了。"

墨秋水哭着说:"如果我的死能够替我哥哥赎罪的话,那请你把我打死吧!"

白而昼说:"你哥哥已被我打死了,他的罪由他自己赎了,与你没有关系。"

白而昼说完移步想走,墨秋水一下抱住白而昼的小腿,哭道:"白堂主,我有话要对你说!"

白而昼抬眉看着她,说:"有什么话,说吧。"

墨秋水泪流满面地说:"白堂主,我哥哥蛮横霸道,心狠手辣,顽固任性,恣意妄为,你们恨他,我也恨他。我不知劝他多少回了,他就是不听!现在他受到报应,是他活该,我不恨你们!白堂主,就是他死了,我仍然要替他对您说声对不起!正是我哥哥,放火烧了你们白家的宅第,烧死了您的夫人!我哥哥真的是作孽!真的太对不起你了!"

说到这,墨秋水抬起头,深情地看着白而昼说:"白堂主,我哥哥已经死了,横一山庄也落得这个地步,这不怪你们,都是我哥哥自招自惹的。我现在对你有两个请求,不知当讲不当讲?"

"你讲吧。"白而昼说。

墨秋水道:"您的夫人被我那畜生哥哥烧死了,就让我做您的夫人吧。"

白而昼问:"这是你的第一个请求吗?"

墨秋水点点头,又说:"我第二个请求是:希望横一山庄并入屈伸堂。"

白而昼沉默了半响,道:"你认为我能答应吗?"

墨秋水静静地说:"虽然我哥哥总是与你为敌,但在我心目中,你一直是我最敬佩的人,在徽州江湖,让我敬让我爱的人就一个,那就是你!嫁给你,我心甘情愿,我不嫌弃你个子矮,也不嫌弃你岁数大,更不嫌弃你有儿有女,而且女儿都出嫁了。"

墨秋水猛力抱紧白而昼的双腿,乞声说:"白堂主,答应我吧!你要是不答应,我就死在你的面前!"

白而昼看到墨秋水乞求的样子,心一下子软了下来,他抬手扶着墨秋水双肩说:"你先站起。"

墨秋水站了起来,就在这时,高处寒在远处喊白而昼,白而昼对墨秋水说:"今天徽州的武士都来了,不是你说这种话的时候,我只想对你说,我不会伤害你的,我走了,好自为之!"

白而昼走了出去。

第三十六章　花山谜窟(二)

高处寒问白而昼:"发现墨市雄了没有?"

白而昼说:"已经把他打死了。"

"这么说来,横一的几个高管都被干掉了,我们可以撤了。"高处寒说。

高处寒下令所有武师连夜撤回。

次日,高处寒带领武师走至宏村附近雷岗山脚下,忽然从树丛中窜出一百多号人,看其服装特点,一部分是超霸山庄的武师,一部分是超值山庄的武师。这些人显然是受墨庄主之命在此埋伏的。

高处寒停下了,问:"你们怎么知道我们在攻打横一山庄?"

"踏雪飞墨暗尘大少爷送信给我们的。"超值的一个武师说。

"墨暗尘呢?"高处寒问。

高处寒话音一落,从树丛中窜出一个人,正是墨暗尘!他两手叉腰,大叫一声:"老子在!"

就在这时,柔克山庄的武师李昭昭如闪电般冲上去,举起鞭子打向墨暗尘,打得对方措手不及,三鞭下去,墨暗尘皮开肉绽,倒地立毙。

超霸的武师和超值的武师看到李昭昭动手了,都号叫着冲过来,双方混战起来。

高处寒考虑到对方武师才百来人,对付这些毛贼不用全上,就下令道:"留下一个山庄的武师就行了,其余的继续赶路!谁愿意留下来?"

"我们留下来!"洼盈山庄庄主胡抱朴说。

胡抱朴带着自家的武师冲上前,和对方的武师厮杀了起来。

超值和超霸的武师功夫并不强,不到半个时辰,他们的武师就被消灭殆尽,只剩下朱迎之、毕旺铺、吴才有三人。

　　洼盈的武师要上去攻击吴才有等人,胡抱朴一抬手制止了。

　　只见胡点燃了一支烟,吸了一口,再吸一口,又吸一口,然后夹烟的手一扬,从烟卷里飞出一支细如绣花针般的毒镖,打中了朱迎之的咽喉,朱迎之立即倒地。

　　就在毕旺铺要攻上来时,胡抱朴鼻子一吭,一支绣花镖从鼻孔中飞了出来,打在毕的脑门上,毕旺铺啊的一声一命呜呼。

　　这时,胡抱朴对着吴才有大咳一声,一支暗镖竟从口腔里就飞了出来,直击吴的头部,吴躲闪不及,也被打中,命归黄泉。

　　消灭了超值和超霸所有的武师,洼盈山庄的武师在胡抱朴的带领下追上了高处寒。

　　高处寒把队伍带到花山石窟集合,并在石窟中召开庆功大会。数千武师参加了庆功会,武师们高举着火把,整整齐齐地站成二十列。主席台上站着各功夫庄的庄主,高处寒主持了大会。

　　高处寒说:"今天,是我们徽州武林的转折点,从今以后,我们徽州武林会重新走上正轨,那些欺行霸市、自大自私的功夫庄再也不会出现了!那些没有江湖责任感,不讲江湖公德的功夫庄,将永远从徽州江湖上消失!徽州武林必将实现大同!"

第三十七章　御徽府

　　花山谜窟大会之后,屈伸堂正式兼并了横一山庄,这天早上,白而昼带着几个家丁来到位于黄山北麓的横一山庄总部,把横一的门匾摘下来,挂上"屈伸堂黄山分部"的门匾。

墨秋水也参加了换牌活动。

白而昼说:"墨小姐,我任命你做分部的负责人,以后这儿的事情就交给你了。"

墨秋水问:"这里的练功器械要不要换成屈伸堂的折扇?"

白而昼说:"不用。我们实行一堂两制,允许黄山分部保留原有的练功器械、建筑布局和规章制度,仅仅牌子变成了屈伸堂,所有权属于屈伸堂。"

挂牌活动刚刚结束,只见徽州知府带着通判和税曹来了,白而昼和墨秋水迎上去,可知府一脸严肃地说:"白堂主,你们的功夫店换牌,为什么不到衙门登记一下啊?也不知会我们啊?你这样是不合规的,知道吗?"

白而昼恍然大悟道:"知府大人,你看我忙的,把这事给忘了,实在抱歉!"

知府扭过头,对身旁的通判和税曹使个眼色,通判会意,走到白而昼面前,正色道:"屈伸堂分店挂牌我们要收取审批费白银一百两。这是单子,请过目——"

白而昼接过单子,为难地说:"可是,我们徽州武林刚刚经历了一场动荡,各大功夫庄都没钱了。"

税曹说:"你要交的不只是审批费,还有税,你要预交一年的税白银五十两。"

"税这么重啊!分部才挂牌呢,为什么就要交这么多税?"白而昼吃惊了。

"这是门摊税,朝廷规定的,税率本来就高。我们是按规征税。"税曹说。

白而昼急迫了,说:"可是我们哪有这么多钱呢?"

"你们那么大的功夫店,怎么会没钱呢?你想想办法吧。"知府冷冷地说。

墨秋水在一旁说:"你们稍等,我去拿!"说完,转身走进店里。

不一会儿,墨秋水把一百五十两银子交给了知府,说:"这是我多年的私房钱,全给你了,你们走吧。"

知府一干人走后,白而昼和墨秋水回到大堂,白而昼气不打一处来,一挥手说:"一帮恶吏太可恶了!他们这样做,严重破坏了功夫市场的营商环境,衙门的手伸得太长了,必须斩断他们的手!"

墨秋水说:"我们是侠士,侠士的职责就是铲奸除恶,恶吏危害功夫市场的公平,我们不能任他们胡来!"

白而昼悄声对墨秋水说:"这样吧,我们成立一个秘密机关,以我们武林的手段惩罚惩罚那几个搞乱市场的搅屎棍,把他们从徽州官场清理出去。如此,功夫市场才能平稳发展,武林大业才能振兴。"

墨秋水一击掌道:"好!就应该这样!徽州功夫市场上有十二家功夫店,每家功夫店派一个人,我们提供场地和宿舍,先培训一下,然后我们一起研究一个策略来严惩恶吏。"

白而昼说:"我们这个秘密机关就叫御徽府吧,表示统御整个徽州府的意思。"

墨秋水说:"屈伸堂分店在耿城镇辅村有一些房子,本是我们武师的练功房,现在空置着,我们就把御徽府设立在那里吧。那个地方位于黄山的北大门,环境非常好,宿舍的前前后后都长满了修长的竹子。"

"好的,那就这样落实吧,你赶快给各个功夫庄送去通知函。"白而昼说。

御徽府很快设立,各功夫庄都派员参加,诸如竖一山庄的朱绝尘、屈伸堂的墨秋水、刚柔山庄的杨执古、柔克山庄的弄玉、阴阳堂的高处寒、算盘阵的方未兆、曲全山庄程见素等等,一共有十二个人。

朱绝尘为统领,他请来了江湖名医孙一奎,做御徽府的顾问。孙一奎来自太医院,他有一绝活,可以根据人的指甲看出一个人的生理特性。孙太医建议朱绝尘用毒镖打击恶吏,就是先提取恶吏的指甲,给孙一奎看看,孙一奎根据指甲的状况,决定镖头染什么毒药,毒药有五种:狼毒、钩吻、牵机、鹤顶红、箭毒木。凡被毒镖头打中的,脸上就会长出五指状的毒瘤,就像巴掌打在脸上留下的指印。恶吏脸上一旦长了手指状的肉瘤,就会立即被监察御史撤职,从此在官场上消失。朱绝尘来自天姥派,天姥派擅长飞镖功,发镖的活儿都由朱绝尘做,朱绝尘的飞镖功厉害到什么程度呢? 从他手中发出的飞镖可以在空中飞得又快又远,甚至可以曲线飞行,绕着弯儿击中恶吏。毒药吃下肚,人的内脏中毒,人会立马死去。皮肤沾了毒药,人不会死去,但皮肤会病变,长出毒瘤来。

第三十八章　婺源(一)

　　婺源的紫阳书院有个教书先生被徽州府税曹的儿子羞辱,气得吐血而死,朱绝尘决定派御徽府的人惩办税曹父子,担子首先落在墨秋水和弄玉的肩上。

　　墨秋水要去执行任务了。

　　清早,太阳醒来时,墨秋水也醒来了;太阳起床时,墨秋水也起床了。出发前,她细梳理,严装扮,越发出落得青春靓丽,风采焕发。

　　杨执古来了,拎着一个花篮。

　　他一进门就说:"墨秋水,早上好!"双手举起花篮,说:"祝你好运!"

　　墨秋水接过花篮,说:"谢谢! 谢谢!"她嗅了嗅鲜花,赞美道:"好香! 太美了!"

　　她把花篮放在窗台上。

　　杨执古说:"墨秋水,你这次任务重啊。这次你的对手是税曹,真是强敌啊! 说不定会有一场恶战! 我都替你们担心!"

　　墨秋水一扬脸,说:"没事的! 实在不行,就和他拼!"

　　早上,太阳高高升起,暖暖地照着。那金色的光芒穿过刀尖一样的山峰,洒在黢黑的山林上,从山崖上落下,打在俩美女的白嫩的脸上。

　　俩美女上路了,墨秋水穿着一身青色衣服,弄玉穿着淡绿色衣服。

　　朱绝尘送她们一程,这是朱绝尘第一次送墨秋水,大概是他觉得这次行动非同寻常,面对劲敌,吉凶难卜。送俩女孩,是给她们一种心理安慰吧。

送到虎啸峡,他止步了,说:"我不送了,千万小心!一切顺利!"

弄玉说:"朱少侠不必担心!请回吧。"

朱绝尘又叮嘱一句:"记住,要智取,不要硬拼!"

"放心!"俩美女还对朱绝尘摆摆手,"朱少侠请回!"

朱绝尘在虎啸峡站了好长时间,目送俩女孩走远,直到看不见她们的身影。

俩女孩在秀岚幽谷中向汤口检查站走去,她们要在那儿乘马车。

突然,弄玉看到一条大黄狼跟在她们身后,她碰了碰墨秋水,说:"后面有狼。"

墨秋水轻声地说:"不要紧张,我们机警一点就行了。"

两人没那么在意狼,因为她们都是武林人士。

两人走着走着,不时地向后看看,发现这条狼始终和她们保持那么长的距离,不走近她们,好像怕两个女孩受惊吓一样。女孩站住,狼也站住。女孩看着狼,狼却侧过头,不敢和美女对眼,似是害羞。

墨秋水笑着对弄玉说:"狼无恶意,好像是给我们送行的。"

"狼大概是看上你了。"弄玉小声说。

"不!它是看上你了。"墨秋水对狼打个飞吻。

"在这个时代,找只狼做男朋友不是那么容易的。"弄玉说。

狼一直跟到仙人嘴才不见了。

到了婺源,两个女郎看见一群人聚集在婺源县衙门前,就混入人群中。

半个时辰后,群众散去,两个女郎也随着人群离开。走的时候,俩女郎听到几个人边走边议论。

一个说:"真是有其父必有其子,这个税曹自己嚣张,养个儿子也这么嚣张!"

另一个说:"这家伙正事不足,邪事有余。我经常发现他的轿子停在丽春院前。"

"到花街柳巷去肯定是嫖妓了。"

"那不肯定是了!"

言者无心,听者有意。俩女郎听后,相互看了看,点点头,然后相约到一个花园里。

俩女郎坐在花园僻静一角的木椅子上。

墨秋水说:"我们刚才不是从围观的群众口中获得了一个重要线索吗?我今晚扮作一个妓女,混入丽春院,然后想办法剪下他的指甲,送给孙太医,让孙太医决定用什么毒药来染镖头,最后让朱绝尘用毒镖袭击这个税曹,不就成了?"

"好,就这么办!"弄玉说,"记住!在丽春院千万不能让他上手,只能让我们上手!"

丽春院老鸨看到来了一个袅娜多姿的美女,就问:"干什么的?"

墨秋水说:"我是徽戏团里一个花旦,近年演出市场不景气,没挣到钱,想来你这里挣口饭吃。"

"到我们这儿来的女戏子挺多的,每个月都有。"白胖老鸨呵呵笑笑,"像你们漂亮的女演员,何必到处找工作!我这儿就是最好的用人单位!到我这儿来,我会人尽其貌,貌尽其用。我会量貌而用,绝对不会埋没美貌的!"

"老板娘真会说!"墨秋水莞尔一笑,问道:"在这儿收入怎么样?"

"收入因人而异。在我这儿,实行按劳分配,计件付酬。"

"有没有级别高的客人来这儿?"

老板娘一扬眉,道:"有啊!有做大生意的,有当大官的,连税曹都来!"说完得意地笑了。

老板娘手对墙一指,说:"你看到那张值日表了吗?那就是税曹写的!"

墨秋水看后噗嗤一笑。

"怎么样?你想不想在这儿干?"老板娘看到墨秋水这么漂亮,很想拉她加入,作为丽春院的招牌和主打产品。她觉得做婊子生意,产品也要不断更新换代才行。

"想啊！我今晚就在这儿接客。"

"今晚税曹可能要来,你接他,愿意吗？"

"愿意啊。"墨秋水故意问："他姓什么？我怎么称呼他呢？"

"他姓乌,你就称他乌税曹。他这个人挺随和的,不称他官名也行,他更喜欢你称他为乌哥。"

"乌龟？"墨秋水大笑。

"不是乌龟！是乌哥！哥哥的哥！你叫他乌龟,他不打你！"

"读音有点像,我听错了！"

"不过,你接待他,是没有钱的。他从来不给钱。"

"今晚是我的试用期,试用期哪能要钱啊！"墨秋水笑着说,心想：我只要指甲,不要钱。

老板娘看起来很喜欢墨秋水,她让墨秋水到吧台里面坐坐,说："和我坐一起吧,不要着急,他有时来得早,有时来得迟。"

墨秋水耐心地等待着,等了一个多小时,乌税曹都没出现。墨秋水心中纳闷：会不会今晚不来了？

老板娘媚笑着,手指对墨秋水的额头一点,说："大美女,乌税曹到现在都不来,你今晚可要独守空房了,嘿嘿！"

墨秋水听老板娘说话的音调,直觉恶心！但为了执行任务,还是假装高兴的样子。

老板娘又说："你这么漂亮的小姐,竟然闲置着,红颜薄命哟——"

话音刚落,来了一个高大的中年男子,一进门,老板娘眼睛一亮,满脸堆笑地说："乌大哥,可等到你了！坐吧坐吧！"忙给乌税曹倒茶。

乌税曹看到吧台里坐着一个漂亮的小姐,就问老板娘："这个小姐好像是新来的吗？"

老板娘介绍道："可不是嘛,人家可是名演员,今晚到我这儿报到。"又问一句："漂亮吗？"

"漂亮！漂亮！比这儿所有的小姐都漂亮！"税曹连连赞美。

"那今晚就让她接待你,好不好？"

"好的好的!"税曹说完站起来,手对墨秋水一招,说:"上楼吧。"

两人跟着老板娘上楼,老板娘给他们安排一间最大的包厢。

老板娘打开包厢的门,对墨秋水介绍说:"包厢里的条件挺好的,小姐们都说我这儿的工作条件很好。我这个单位不错吧?"

墨秋水笑笑。

老板娘告诉税曹:"这位小姐是第一次接客,没经验,你多花点力气教教她。"

老板娘走了,税曹把门反锁起来。

税曹说:"小姐,你别看我是个粗人,我是粗中有细。跟档次低的小姐进包厢,一进来我就把她抱上床。你是个明星,气质好,档次高,我要先跟你谈谈话,搞点情调的。好东西要慢慢品味,你说是不是?"

墨秋水笑笑,说:"听说今天你儿子把书院的教书先生气死了,你晚上还有心思玩吗?"

"那个教书先生是气死的,又不是我儿子打死的,我干吗去想它?"税曹若无其事的样子。

墨秋水沉默着。

税曹猛地握住墨秋水的手,说:"你的手好美啊!"

墨秋水也趁机握住税曹的手,也说:"大人的手更美!"然后就轻轻地抚摸税曹的手,税曹非常高兴。

墨秋水说:"我爷爷是个太医,他可以通过观察看一个人的指甲,看出一个人有没有病,什么病,怎么治。"

"真的?有这么神奇?你把我的指甲剪下来给你爷爷看看。"税曹说。

墨秋水非常高兴,连说:"好!好!"

墨秋水取出小剪子把税曹的指甲剪下了,用纸包好,放在马靴里。

税曹问:"为什么把我的指甲放到马靴里?指甲是手上长的,马靴是脚上穿的,不当吧?"

墨秋水说:"指甲多脏啊,不放在鞋里,放哪里啊?"

"好吧,你毕竟是女生,女生都爱干净。"

税曹还算通情达理,这大概就是他粗中有细的地方吧,墨秋水心想。

但税曹很快就细中有粗了——

他一把抱住墨秋水,手在身上抚摸着。

墨秋水感到不舒服,就一扭身,跑了出来,

税曹跟着跑了出来,大叫:"把指甲还给我!"

墨秋水不理他,只是跑,税曹愤怒了,说:"如果你不把指甲抛给我,我下令属下把丽春院烧掉,把里面所有的小姐都烧死。"

墨秋水不想牵连别人,就停了下来,说:"等等,我给你!"

说完,手放在口袋里摸索着。

税曹大喝一声:"指甲在马靴里!在口袋里找什么?"

墨秋水装作恍然大悟似的把手伸进马靴里,取出一个小纸团,扔进路边的池塘里。

税曹亲眼看到墨秋水把装指甲的小纸团扔了,就对墨秋水一摆手,说:"你走吧!可恶!"

墨秋水走开了。她回到花园,弄玉在那里等着她。

弄玉问:"税曹的指甲弄到了吗?"

"弄到了!"

"整个过程顺利吗?"

"很难!税曹很狡猾!"墨秋水说,"不过我比他更狡猾!"

"他是怎么狡猾的?你是怎么比他更狡猾?"

"我把他指甲骗到后,没过多长时间,他突然想要回指甲,我要是不给他,他就要发疯,扬言烧掉丽春院!"

"那你是怎么对付的?"

"我来个偷梁换柱。"

"偷梁换柱?"

"是。最初我把他的指甲剪下来后,用纸包着,放进我的长筒马靴里。他向我要回的时候,我说给你!我把手伸进口袋里,在里面偷偷地抽出一张纸,揉成团,藏在手心里。这时税曹对我大喝一声说指甲在马靴里!我就把夹有空纸团的手从口袋里抽出来,伸进马靴里。然后我把纸团扔到路边的池塘里,沉入水底。税曹以为我扔的是包着指甲的纸团,其实我扔的是空纸团!包有指甲的纸团还在马靴里呢!"

说完,墨秋水弯腰从马靴里取出纸团,交给弄玉。

弄玉接过指甲,高兴地说:"墨秋水,你太厉害了!佩服!佩服!"

墨秋水说:"好了!不要佩服了,现在你的任务来了,你今晚就赶回黄山,把指甲交给朱绝尘。不能出任何偏差!这个指甲可来之不易哟,回来后找我。"

"遵命!"弄玉立正,向墨秋水行个军礼。

两人都哈哈大笑。

"那什么时候让朱绝尘用毒镖袭击税曹呢?"弄玉问。

"这个必须等你回来,才能决定。指甲还没送去,孙太医还没提取到税曹的生理信息,怎么袭击啊?"墨秋水说。

弄玉点点头,说:"好的,那我走了。"

估计弄玉回来需要三天,墨秋水无事可做,就到婺源的李坑逛逛。当时下雪了,墨秋水突然发现刚柔山庄的庄主孙若水在拿着大扫把扫雪,墨秋水很惊喜,问:"孙庄主,你怎么在这里啊?"

孙若水说:"我们刚柔山庄在李坑开了个分店,我在这里照看几天。"

孙若水知道墨秋水现在在御徽府工作,也就猜出墨秋水来到这里的目的。他说:"墨小姐,我带你到附近看一处建筑。"

二人来到山脚,墨秋水说:"好漂亮的房子!这不是酒楼吗?"

"谁在荒郊野外建酒楼呢?"

"那是别墅了!"

"这儿前不着村后不着店,一个大活人住这里,他吃什么?用什么?"

"那是什么?"

"不知道了吧,我告诉你,它是活人墓!"

"活人墓?"

"对。它是税曹为自己建的活人墓!"

"人还活着,就给自己建墓?这跟皇帝有什么区别!"

"他就是土皇帝!"孙若水说。

说完举起大扫把在屋顶上挥起来。

孙若水横扫活人墓!那么重的琉璃瓦在他的挥扫下,竟像纸片一样飞舞起来,像秋风扫落叶一样洒落地面,直看得墨秋水目瞪口呆、眼花缭乱!此时雪越下越大,墨秋水简直分不清:雪花飞舞乎?瓦片飞舞乎?

孙若水横扫时,墨秋水心里既惊喜又惊慌。

惊喜的是:孙若水原来有这么大的武功!真的了得!

惊慌的是:让税曹知道了,岂不引起事端!

正担心时,从活人墓里跑上来一个书生模样的人。此人大约十七八岁的样子,气势汹汹地大吼道:"住手!干什么!"

孙若水停了下来,问:"你是不是鬼?"

"你才是鬼呢!"

"从坟墓里跑出来,不是鬼是什么?"孙若水两眼盯着他。

"说!你把陵寝打成这个样子,怎么办?"

"你口气不小吗,你是谁啊?"

"我爸爸是税曹,这陵寝是我爸爸的。"

"你爸爸什么时候死的?"

"你爸爸才死了呢。"

"你不是说这墓是你爸爸的吗,你爸没死哪来坟墓呢?"

"你他妈的别废话!"税曹儿子说着说着就骂起人来。

孙若水最容不得别人骂娘!他顿时火冒三丈,挥起扫把又在屋顶上横扫起来,而且是正对着税曹儿子挥帚。只见琉璃瓦像飞雕一样向税曹儿子砸去。

税曹儿子身手也很敏捷,迅速躲闪,才免于一死。但还是被瓦片擦破了头皮!他看到面前这个人不是一般的人,自知不是对手,就跑到墓里去了。

孙若水大声地说:"你到墓里做鬼去吧!我本想追你,但我不想做鬼,就不追你了。"

不一会儿,税曹的儿子从坟墓后门溜了。

墨秋水说:"估计是给他爸爸送信了,我们走吧!"

"怕什么!老子今天就要见见这个活人墓的主人是个什么样的活鬼!"孙若水说,"你有棍子,我虽没有棍子,但我有大扫帚,对付他,够了!"

很快,来了一辆马车,税曹走了下来,税曹的儿子也走了出来。

墨秋水看到税曹,手下意识地按在自己的棍子上,以防税曹突然袭击。她对孙若水说:"你对付他儿子,我来对付税曹。"

税曹看到自己的活人墓被人弄得狼藉不堪,就气急败坏地扑了过来,墨秋水一个箭步,一脚踢在他的肩头上,税曹身子一歪,倒在地上。他一个鲤鱼打挺,又站了起来,冲向墨秋水,使出了自己的看家本领。墨秋水则打起了青莲拳,两人在农田里打得难解难分。

此时雪花飞舞……

孙若水则挥起扫帚冲向税曹的儿子乌大伟。乌大伟和税曹一样身高体大,但他没有孙若水的武功高强。孙若水舞动着大扫把,左一下右一下,横一下竖一下。快如闪电,声如风吼。那速度快得水都泼不进去。力度之大,一扫把劈下,势如山崩!乌大伟想攻击孙若水,但怎么也靠不了身。想逃跑,孙若水的扫把平地一扫,乌大伟被绊倒在地上。孙若水举起扫把打在他的腿上,乌大伟的腿断了,鲜血直流。孙若水再举起扫把向他的头打去,乌大伟小半个头被打进了泥土中,嘴巴衔了满口的泥巴,痛得嗷嗷直叫。孙若水指着乌大伟,痛骂道:"你已经入土了!兔崽子!"

税曹看到儿子陷入了泥土中,拔出棍子要对孙若水打去,说时迟那时快,墨秋水飞也似上去一脚,踢中税曹的胳膊,差点儿踢掉了他的棍子。

税曹一个转身,棍子迅速对准墨秋水,墨秋水的棍子也在对着他。就这样四目相接,一动不动,两个人的眼睛里都放射出一道寒光。

孙若水高举着扫把,也一动不动,一会儿看看税曹,一会儿看看乌大伟。

雪越下越大了……

这时,墨秋水忽然对税曹笑了笑,轻轻地把自己的棍子扔到税曹的身边。

税曹猛地上前,欲抓住地上的棍子。就在税曹扑向棍子时,墨秋水一脚踢中了税曹的头,税曹倒下了。墨秋水又一个箭步,捡起了棍子,扬起来,欲打下去,税曹躺在地上求饶:"求你别打,我把儿子运到城里去看医生,这下行吧?"

孙若水和墨秋水没做声。

税曹唉声叹气地爬起来,坐上马车走了。

翌日上午,雪后天晴。墨秋水回到婺源街区的小花园,弄玉已回来了,还带着朱绝尘。

弄玉问墨秋水:"现在我们怎么办?"

"现在和税曹正面接触是不可能的了,我们只有躲在暗处侦探他的行踪。"墨秋水说。

朱绝尘问:"我们躲在哪里?"

墨秋水说:"考虑到税曹没和你们俩接触过,不认得你们俩,弄玉看守税曹衙门正门前的大路,朱绝尘化装成摆地摊的,看守衙门右侧的大路。这两条路是税曹出门必经之路。"

两人立即进入角色。

第一天,什么收获也没有,二人都没发现税曹的动静。

但很快就有了转机——

第二天,弄玉秘密向墨秋水报告:"今天上午,税曹要参加一家酒楼的落成典礼。"

得到消息,墨秋水、朱绝尘、弄玉立即来到目的地。她们躲藏在一块雪松林里,窥视着新酒楼。

工作人员正紧锣密鼓地准备着典礼:搭台子,铺地毯,挂横幅,贴标语……

然后,仪仗队上场,礼仪小姐出场,主持人登场……

此时,晴空万里,锣鼓喧天。

围观群众越聚越多,到领导入座时,足有上百人。

典礼的最重要内容是婺源的税曹发表讲话。

主持人说:"下面我们热烈欢迎乌税曹讲话!"

与会者热烈鼓掌。

税曹威武扬扬地登场,威力无比地讲话了:

"各位嘉宾,漂亮的小姐们:上午好!今天华厦落成,这座大楼……"

正当税曹鼓着嘴巴派头十足地讲话时,朱绝尘以飞电的速度打出一支毒镖,正中税曹的脸部,税曹惊慌失措,大叫一声:"妈呀!"

围观群众也慌成一团:妇女尖叫,孩子大哭——场面一片混乱!

顿时,税曹脸上生出手指状的肉瘤。

哈哈!远处树林里发出了笑声——墨秋水在大笑。

墨秋水对朱绝尘击掌庆贺:"干得漂亮!"

数日后,监察御史得知税曹的脸上长出了五指状的肉瘤,罢免了税曹的官职。

第三十九章　婺源(二)

天黑之后,墨秋水在御徽府的宿舍里看了会《道德经》,然后走到山坡的小路上看看月亮。

墨秋水继续沿着山路向前走。她登上一座高峰,坐在一块光光的大石上。看着天上的一轮明月,对月怀人起来。

在对月伤怀、独啸长风的时刻,她想念的是百里之外的白而昼。

千里怀人月在峰。

白而昼此时在做什么呢?

——墨秋水遥思遐想着。

257

墨秋水正在对月怀人时,忽听到附近好像有人的呼救声。她站起身静静地听着,感觉这呼救声来自左边红果崖。她向红果崖赶去,离红果崖越来越近,那呼救声越来越大。到了山崖边,她发现红果崖半腰有一个人,双手抓住一棵小壁松。由于绝壁挡住了月光,看不清人的面目。墨秋水问:"是谁?"

那人有气无力地说:"救命啊——"

是个陌生人声音。

此人在这深夜是干什么的?他是怎么掉下去的?这个人到底是好人还是坏人?要不要救他?

墨秋水心中有着一连串的疑问,但此人命悬一线,又不便多问。最终,军人的责任感迫使她决定救人。

墨秋水查看了一下情况,那人在悬崖绝壁的半腰上,离山顶约莫有四十米,离山脚大概有六十米,上不着天,下不着地。此人死死抓住的那棵壁松并不大,树干被此人拉得弯成半圆,随时都有可能断掉。树干一断,那人定会摔得粉身碎骨!形势十分危险,那人岌岌可危。

但救人谈何容易!墨秋水想,最简单的方法是放一根绳子下去,让那人抓住,然后把他拉上来。她问那人:"你坚持住,我回去拿一根绳子放给你,然后拉你上来。好吗?"

"但……但……我没力气了……我快要松手了……"那人以一种绝望的语气说着。

看来回去拿绳子是来不及了。墨秋水又看了看绝壁,发现那人的左侧有一棵较大的壁松,只不过那个人根本够不着。

墨秋水决定:施展自己的功夫,亲自下去!

她身子一跳,轻盈地落在那棵较大的壁松上,伸出手,让那人抓住,那人还是够不着。墨秋水于是双手紧握树干,把身子横撑起来,双腿伸向那人,腿比胳膊要长多了,那人伸手抓住墨秋水的脚,考虑到一棵松树容不下两个人,墨秋水就发力徐徐地把他放到下方的一棵大壁松上,此人被稳稳地担在树干上。这棵松树比墨秋水自己抓的那棵还要大,完全能够承受一个人的重量。

墨秋水对他说:"你那棵树很大的,不用担心它会断掉。现在我上去取绳子来拉你。"

那人说:"好。"

墨秋水一个纵身从这棵树跳到另一棵树,又一个纵身从另一棵树跳到别的树,就这样辗转跳上了山顶。

上了山顶,她以追风的速度跑到驻地,拿来了一根粗麻绳,放到那人手边,然后把那人拉了上来。

陌生人被救上来后,墨秋水怕那人是坏人,就来个先下手为强,她把绳子一甩,举起棍子,大喝一声:"站住!举起手!"

那人乖乖地举起手,吓得浑身颤抖,嘴巴哆哆嗦嗦地说:"你你你……是什么人?"

墨秋水大声地说:"我们是军人!你跟我到营地去一下,如实说明你的身份!"

然后她让陌生人上前,她在后面用棍子指着。

墨秋水把陌生人带到御徽府,并报告了朱绝尘。在朱绝尘和墨秋水联合审问下,陌生人把情况作了如实交代。

这人叫费正,二十六岁,家住婺源,他的女朋友和杨执古的母亲一样,在医馆治病时,用了假劣药品,导致脑神经中毒,身体瘫痪。听说夜光草能去毒,而且只有黄山有可能生长着这种草,他抱着一线希望,千里迢迢,历尽万难,来到黄山为恋人寻觅救命草,结果不小心掉入悬崖绝壁。

墨秋水和朱绝尘听到费正的叙述,深受感动。

墨秋水问:"那你找到夜光草了吗?"

"找到了,我找到了一棵,这一棵就长在那个绝壁上,我就是冒险采这棵草时,掉下悬崖的。"

说完,他从口袋里取出夜光草给墨秋水和朱绝尘看。墨秋水看后说:"不是说夜光草会发光吗?怎么没有光啊?"

"它有光,只是这里的灯光太强了,把它的光芒盖住了。"费正说。

"那我们把灯熄掉。"墨秋水说。

灯熄掉后,墨秋水和朱绝尘果然看到草叶发出幽微的绿光。

"太神奇了!太美了!"朱绝尘激赏道。

"黄山的精灵!罕见的仙品!"墨秋水大叫。

她们足足欣赏了有五分钟,才点灯。

朱绝尘说:"那现在你的女友不是有救了吗?"

"现在还不行。因为民间郎中说至少要用两棵夜光草,一棵治不了病。"

"我们这里有个大侠叫杨执古,也是婺源人,他的母亲和你的女友是同样的情况,他也在寻找夜光草,不知找到了没有。要不,我把他叫来,你们认识一下吧。"墨秋水说。

墨秋水去找杨执古,但房间里没人。她回来对费正说:"他不在,我想他肯定是到山里找夜光草去了,到现在还未回来!他每晚都到大山里寻找,真是孝子啊!"

朱绝尘对费正说:"杨执古的孝心让我们感动,你那忠贞不渝的爱情更让我们感动!"

次日,墨秋水带费正来到杨执古的房中。

墨秋水介绍说:"杨执古,这位是你的老乡,名叫费正。他的女友和你母亲一样,也是在医馆治病时,吃了假劣药品,导致脑神经中毒,全身瘫痪。他独自一人跋涉千里,来到黄山,为女友寻找夜光草。"

杨执古听说后,一把握住费正的手,说:"同为天涯受害人,相逢何必曾相识。请坐!"说完给费正和墨秋水沏茶。

"你是婺源哪个单位的?"杨执古问。

"我是梅花学堂的。"费正答道。

杨执古点点头,他感叹一声:"现在见利忘义的人太多了。"

墨秋水问杨执古:"那你找到夜光草了吗?"

"我找到了一棵,但一棵没有用啊,至少要有两棵才行。问题是,这夜光草是稀世珍品,太难找了,想找到两棵,简直比登天还难!"杨执古悲沉地说,"我母亲脑神经中毒已有一年多时间了,医生说我母亲如果再不用夜光草治疗的话,只能活一周。"说完,他深深地叹了口气。

费正听到杨执古的述说后,立即说:"我也找到了一棵夜光草。这样吧,我把我这棵夜光草送给你,让你凑齐两棵,不就可以挽救你母亲的命吗?"他站起,把口袋里的夜光草拿出来递给杨执古。

杨执古不要,说:"那怎么行?你冒着生命危险,才找到了一棵夜光草,我哪能要你的?那我不是衣冠禽兽吗?"

费正说:"是这样的:我女友神经中毒只有一个月时间,时间不算长,暂时没有生命危险,寻找夜光草的时间比较充足。我先把我的这棵夜光草给你母亲,把你母亲治好后,你再帮我找夜光草。这样的话,你母亲和我女友都有可能得救。否则,你母亲和我女友都救不成!你只有一棵,我也只有一棵,怎么救人啊?"

杨执古还在犹豫着,墨秋水说:"杨执古,我觉得你这位老乡的话很有道理。我看这样,你先把费正先生的夜光草收下,赶快回去送给你母亲。你母亲已经到了最后期限了,救人要紧啊!先把你母亲治好,然后,我们共同帮费正先生寻找夜光草,众人拾柴火焰高,我想,在大家的共同努力下,一定会找到夜光草的!"

费正把夜光草放到杨执古的书桌上,然后握着杨执古的手说:"千万不要推辞!就算我们是兄弟吧,你的母亲就是我的母亲,救你母亲就是救我母亲!不要再顾虑了!犹豫不决只会丧失良机!"

被费正的真诚所动,杨执古答应收下,他感激不已,一下子跪在费正的膝下,热泪盈眶,说:"我代表全家人谢谢你!"

杨执古收下后,费正非常高兴,墨秋水也很高兴。墨秋水帮杨执古用红丝带把两棵夜光草包扎好,放入一个精美的包装盒里,再用红丝带把包装盒捆起来。

杨执古向朱绝尘请假回家,朱绝尘立刻批准了,她说:"明日,我们要举行一个送行仪式。"

"仪式就免了吧,太让大家麻烦了。"杨执古说。

"我们不是为你举行仪式,我们是为神奇的夜光草举行仪式。你推辞什么?"朱绝尘说,"夜光草是黄山的仙品,生于黄山,长于黄山,黄山是她的家。现在她为了奉献人间,远离家乡,当然要举行个送别仪式,以示我们对她的尊重!否则我们不是太无知、太无礼了吗?"

初六上午,天朗气清。太阳刚刚从云海中升起,金色的霞光照在翻腾的云海上,令人仿佛置身天庭。那霞光像丝线,像花针,耀眼夺目,绚丽无比。

天都峰的鹿起台是御徽府一个重要的活动场所。今天,这里彩旗飘展,石台的正中放着装有两棵夜光草的紫色盒子,盒子的两边各有一炷香,香烟袅袅,香气清幽。台上横幅写着:别了,黄山神品——夜光草。

御徽府成员整齐地站在台前,在队伍最前面的是杨执古,他双膝跪地,屏气凝神。

送别仪式由朱绝尘主持。他恭肃地站在台前,英气勃勃,凛然端庄。他大声地说:"送别仪式正式开始!仪式第一项:三鞠躬!"

一鞠躬、二鞠躬、三鞠躬。在朱绝尘的号令下,大侠们对着台上的夜光草庄严地行起了鞠躬礼。

"仪式第二项,请杨执古站起!请墨秋水把夜光草捧送给杨执古!"

墨秋水出列,款款地上前取下鹿台上的包装盒,递给杨执古,然后归队。

"仪式第三项,全体向后转!目送杨执古远行!"

杨执古双手捧着礼品盒,恭谨地走开。

杨执古走下一道又一道如笋山峰,穿过了一个又一个幽深涧谷,终于到了汤口检查站,到那里就可以坐马车了。

杨执古一进家,就到房中看望瘫痪在床的母亲。他伏在床上喊道:"妈妈,我回来了。"

母亲的身子麻木了,但大脑还算清醒,她看到儿子回来了,脸上露出欣慰的笑容。她低低地说:"你回来啦,妈想你。"

杨执古握着母亲的双手,说:"我也想妈妈。"他把夜光草的包装盒拿给母亲看,说:"妈妈,夜光草我找到了。"

母亲小声地说:"妈只要看到你就行了,有没有夜光草都无所谓,反正妈也不怕死。"

正说着,父亲喊:"执古!来洗把脸,走了这么远的路,太累了!"妈妈对杨执古说:"去吧。"

杨执古把盒子放在妈妈的床头,回到客厅洗脸。

因服侍老伴而日渐苍老的老父亲,看到杨执古回来了,非常高兴,如待贵宾:先给儿子端来一盆热水,儿子洗脸时,他把凳子擦了又擦好让儿子坐,又给儿子泡了一杯热茶。

老父亲忙得不亦乐乎。

杨执古从皮包里掏出一百两银子来,放到桌子上。他说:"爸爸,这钱是给你的。"

父亲看到这么多钱,惊讶地问:"哪来这么多钱?你是在做大生意还是在当大官?"

"既没做生意,也没当官,我在功夫庄里上班,这是我去年一年的工资,我们的年薪是一百两银子。"

杨执古觉得自己是个幸福的人,因为自己有能力孝敬父母。他在读书时就有个心愿,那就是厚报父母。今天终于一遂夙愿,他能不幸福?

"你把工资全交给我了,你平时花什么?"

"我们的衣、食、住、行都由单位提供,工资基本上可以不动的。"

父亲说:"孩子,现在你能挣钱了,生活要改善点,不要对自己太刻薄了。"

老父亲给杨执古的杯子添了点水,问:"妈妈的夜光草找到了吗?"

"找到了。"

"几棵?"

"两棵。"

"两棵行,一棵就不行了。老中医说只有两棵才能治好,一棵没有作用的。"

杨执古起身到房中把夜光草拿来,放到桌子上,解开红丝带,打开包装盒。父亲看到盒子里两棵美丽的夜光草,非常激动,说:"这下你妈妈有救了,你来得很及时,我们这儿的老郎中说,再不治疗的话,你妈妈只能活几天了。你母亲瘫痪在床已有一年多时间了,不知受了多少罪!到了治疗的时候了。"

"只是……"杨执古说,"只是,两棵夜光草只有一棵是我找的,另一棵是别人的。这个人的未婚妻和妈妈一样的情形,也是脑神经中毒,瘫痪了,那个人历经艰难险阻,为他未婚妻寻找夜光草,也只找到了一棵。他听说妈妈已经到了最后期限,就把他找到的一棵送给了我。他说他的女朋友迟一迟也行。"

"那他的女朋友岁数不大啊!"

"二十几岁吧。"

"这么年轻就瘫痪了,以后的日子怎么过啊!"父亲悲悯地说。

父亲沉思了一会,说:"我看这件事不太妥当。你妈妈要活命,他女朋友也要活命,他把草给你了,那他女朋友怎么办?"

"他说他继续找。"

"夜光草非常罕见,你能保证他能找到两棵吗?说不定一棵都找不到!那不是明明看着人家去死吗!"父亲的话语显得无比悲怆,"这事要告诉你母亲,要让她知道。"

父亲来到老伴的病床前,慢慢地告诉她:"孩子他妈,儿子带的,其中有一棵是人家的,这个人的未婚妻只有二十几岁,和你一样的情况,也是被假药害了,瘫痪在床。这个人做好事,把自己找的一棵夜光草送给了儿子。你看这事怎么办?"

杨执古的母亲听说后,手摆了一下,说:"我不治了,我是快七十岁的人了,就是治好了也活不了几年。人家姑娘才二十几岁,难道让六十几岁的人活着,让二十几岁的人死去吗?告诉儿子,把两棵夜光草都送给那个人吧。"

杨执古来到母亲的房中,对母亲说:"我现在就用夜光草熬水给你喝,喝了就好了。"

母亲一把抓住杨执古的衣袖,眼睛对杨执古一瞪,把杨执古吓得心中一颤,他从未见过母亲如此瞪眼。母亲说:"不要熬了!你把夜光草给那个姑娘送去!我这么大岁数了,死了不就死了吗!"

"妈妈,我们会帮那个人找到夜光草的。"

母亲使劲一拉杨执古说:"不好找的!到哪儿找啊?"又一摆手,说:"你千万不要熬,熬了我也不喝!我说不喝就不喝!"

杨执古很清楚母亲的话意味着什么,他知道在这种情形下,母亲是不可能喝中药水的。

此时的杨执古,内心非常痛苦,犹如万箭穿心。这次回家,本是救母亲的,没想到竟成了给母亲送终!

他的眼睛饱含着泪水,母亲看到了,说:"你怎么流泪了?有什么好伤心的?人活千岁终有一死!我是快七十的人了,就是治好了,也活不了几年!快,把夜光草给那姑娘送去。"

父亲也说:"儿子,妈妈的话有道理,听妈妈的话吧。再说了,人家都能发扬风格,我们为什么就不能发扬风格呢?人生在世,要把道义放在第一位。人在世间,就几十年时间,讲道义能活几十年,不讲道义也只能活几十年,都只有几十年的光阴,为什么要不讲道义呢?"

父亲的话深深地撞击着杨执古的心灵,他当下毅然决然地决定就按妈妈讲的做!他擦擦泪水,深情地看了母亲一眼,然后拿起夜光草,一转身走了出去。

杨执古带着夜光草来到梅花学堂,找到了费正的家。他敲敲门,开门的是一个老先生,他看到杨执古,问道:"你是……"

"我是费正的同窗,他在黄山找到了两棵夜光草,让我捎给您。"

老先生听说儿子找到了夜光草,乐开了怀,连忙道:"夜光草啊,好好好!你进来吧。"

杨执古把那礼品盒放到桌子上。

老先生给杨执古泡了一杯茶,问:"费正怎么没回来呢?"

"他在黄山有点事,要过几天才能到家。"杨执古说,"老先生,这夜光草一定要用新鲜的,干枯了就没有药效了。"

"老郎中也是这样说的,我们会尽快给我儿媳妇送去。"老先生笑嘻嘻地说。

杨执古喝了一口茶,站起来说:"老先生,我走了,祝您的儿媳妇早日康复!"

老先生拉住杨执古,说:"在我这儿吃晚饭!"

"不了!我还有许多事情要处理。"

杨执古坚决不干,老先生也就作罢。

万分无奈的杨执古回到家中,看护着母亲,守望着母亲生命的落日时光。

无药医治的瘫痪老母,在正月十四日去世。

眼睁睁地看着慈母离开人世,杨执古万分悲痛。

晚上,灯光昏暗,杨执古和父亲坐在客厅里,默然无语,两人都沉浸在哀痛之中。杨执古打破了沉默,他说:"爸爸,县丞我是不会放过的。妈妈的死,他是最大责任人。他收了药厂的贿赂,就昧着良心给药厂发放生产许可证,至于患者的死活他根本不顾!这个县丞要不把他打掉的话,天理难容!"

父亲说:"人家是当官的,你怎么斗得过他?俗话说民告官如登天,胳膊拗不过大腿。人已经死了,这事就算了,多一事不如少一事。再说了,责任也不全在他。"

"责任是不全在他,医馆有责任,药厂有责任,但主要责任就在他身上!"杨执古愤愤地说,"如果每个药厂都遵纪守法,那要你管理者做什么?如果你县丞尽了自己的职责,不让黑心药厂生产,假药能流入市场吗?市场上没有假药,黑心医馆想买假药也买不到啊!"

婺源县县丞家前,刚刚开张一个小炒摊,经营油炒板栗,摊主是当地人,四十几岁。这天下午,他正在挥动铲子炒栗子时,县丞出来了,在小炒摊前止步,手对摊主的袋子一指,说:"给我装一袋!"

摊主给他装了满满一袋光溜溜、热乎乎的油炒板栗,包好后用秤来称。县丞对他一瞪眼,吼道:"称什么称?我不是要买你的!我叫你给我装一袋,是带去检测的!我要看看你的质量是否合格!"

摊主说:"既然是检测,随便拿两个就行了,不用装一袋子吧。"

"两个能反映什么问题?要全面检测食品质量,至少要检测一袋子!这是对消费者负责!"说完把袋子拎走了。

摊主愤愤地对着县丞的背影瞪了一眼。

县丞刚走,一直站在附近的杨执古走来,对着锅里油炒板栗瞅了瞅,摊主怨气未消,生生地问:"你是买板栗,还是检测板栗?"

杨执古笑笑,从口袋拿出一分银子,对摊主晃了晃,说:"买。"

摊主看到了钱,知道这个青年是真心买板栗,就拿下一个小袋,给青年装上大半袋,说:"八厘。"

杨执古给他一分,说:"不要找了。"

杨执古接过板栗,放进包中,然后和摊主搭讪几句。他问:"刚才那个人不是牛县丞吗?"

"不就是他吗!想吃板栗,又不想花钱,还讲出了冠冕堂皇的借口,什么检测质量!什么对消费者负责!堂堂的县丞竟然在小民身上打主意!素质还不如一个平民百姓!"

杨执古轻轻地摆摆手,说:"不要讲了,被他听到了,对你不利。"

摊主问:"我看你一直站在附近,是等人吗?"

"你说对了,我是等人,我等的人就是牛县丞。"杨执古说,"我是个邸报的新闻官,想采访牛县丞,我在这儿等了好几天了,牛县丞一直没来,他家的人说他去开会了,现在终于把他等来了。"说完,杨执古就大步闯进县丞家。

杨执古一进门就看到县丞在津津有味地吃板栗,桌上放着许多板栗壳。

杨执古问:"请问牛县丞在吗?"

牛县丞一转身,说:"我就是,什么事?"

杨执古走到县丞的书桌前,介绍道:"我是邸报的采访官,我想对您进行专访。"

县丞高兴了,竟站起给杨执古泡茶。

杨执古趁热打铁道:"牛县丞,如果您方便的话,我想请您到桃花潭一游,边游玩边采访。好不好?"

"好!我就喜欢旅游!不论路途远近!"牛县丞马上起身,手一挥,说:"走吧!"

杨执古坐上县丞的马车驶向桃花潭。

桃花潭是著名的风景区,这里湖光山色,烟柳画桥,甚是美丽。绕湖是宽阔的石子路,两人沿着石子路,来到望波亭。望波亭位于一个较高的山坡上,坐在这里,可以鸟瞰桃花潭全貌。杨执古和县丞一边欣赏大好风光,一边惬意地交谈着。很显然,牛县丞为自己交上了一个新闻界朋友,感到无比的高兴。

这时,杨执古说:"牛县丞,都说现在做生意很赚钱,我也想做生意。"

"做生意?做什么生意?"县丞问。

"我想做药材生意。"

"你想卖什么药?"

"你猜猜,牛县丞是大智慧的人,应该知道我葫芦里卖的是什么药。"

"我哪知道你葫芦里卖的是什么药?"

杨执古站起来,说:"我请你坐游船,到游船上告诉你吧。"

望波亭下面就是花船中心,杨执古花一两银子包了一艘花船,并要了两壶酒,和牛县丞对酌起来。杨执古说:"我想从制药厂买药,然后卖给医馆,我作为中间商赚点中间利润。"

牛县丞眉毛一扬,道:"我发现你不仅是当记者的料,还是做生意的料,你这个人非常精明!"

杨执古笑笑,谦虚道:"哪里哪里,不过我想请牛县丞给我帮帮忙。"

"我能帮什么忙?"

"我和药厂老板、医馆的馆长都不认识,我想通过您给我们牵一条线。您是他们的顶头上司,由您出面给我介绍,事情会好办多了。事成之后,我一定酬谢您的。"杨执古说。

牛县丞哈哈笑道:"我就知道你是不可能为我义务宣传的,总要利用我一下,做个等价交换。现在记者写有偿新闻,已经成了公开的秘密,你也未能免俗。"

"我不是穷吗?不过我向您保证,仅此一次,绝对不会有第二次!"

"好吧,答应你!只要你把我的报导写动听点,漂亮话多说一点,就行了!"

"完全没问题!"杨执古手一挥说,"我肚子里有的是漂亮话,要多少有多少!"

又说:"那您现在能不能给他们发个信函,让他们来一下?您是他们的上司,您叫他们来,他们不可能不赏脸的,肯定会受宠若惊的!"

"这你说对了!我哪一次请他们玩,他们不是屁颠屁颠跑来了?我现在就让信差送信去。"

县丞写了内容一样的两封信,分别送给两人,要求他们到桃花潭的花船上来。

信由信差带走了。

牛县丞说:"我们三个经常同乘一条船游览桃花潭,今天又要如此了。"

杨执古笑笑,说:"你们三个是同一条船上的人,要发财都发财,要倒霉都倒霉!"

"那今天我们是发财还是倒霉?"

杨执古沉吟了会儿,道:"倒霉!"

"倒霉?!"牛县丞惊异道。

"打倒霉气!"杨执古说,"现在是冬天,冬天怎会生霉啊?冬天的寒气早就把霉气打倒了!"

县丞喝了一口酒,夸赞道:"你们新闻官就是会说!"

杨执古走到船头,告诉开船的师傅:"请你把船划到岸边,等会儿有两个朋友要上船。"

船在湖滨的停泊点停下了。

杨执古对牛县丞说:"牛县丞,我曾学过中医推拿,自我感觉技术还可以,要不要为你效劳一次?"

"有什么效果?"

"舒筋活络,养颜美容,强身健体,遍体舒畅。"杨执古说。

"好吧,你干吧。"

"那你要站起来。"

县丞笑嘻嘻地站起身。

这时,杨执古以闪电般的速度,刷刷刷!在牛县丞身上点了五个穴位,牛县丞中了定身法,全身不得动弹:脚不能动,腿不能动,手不能动,胳膊不能动,头不能动,嘴巴不能动,眼睛也不能动,甚至脸上的表情都是不动的!

——只有心脏在动,大脑在动。

这种情况,划船的师傅和一个卖茶水的女服务员根本没看到!浑然不觉!他们在船头的舱里,门掩着,更何况杨执古点穴是悄无声息的!

牛县丞是活人,但像木头一样站着,心里惊恐而又愤怒,但嘴巴说不出,身子移不走。愤怒到了极点,脸上却挂着不变的笑容!

杨执古像搬木头一样移了移县丞,让牛县丞面向着水面,背对着岸。

一刻钟后,马馆长来了,他还没上船,就对着牛县丞后背招呼道:"牛县丞!"

但牛县丞没有反应,马馆长很是尴尬,很费思量:我得罪了县丞吗?他怎么不理我?

马馆长一上船,杨执古又是刷刷刷在他身上点穴,马馆长被定身了,一动不动。杨执古像搬家具一样把他搬到船边,和县丞肩并肩靠着船舷站立。

少顷,熊厂长来了,看到牛县丞和马馆长站在船舷边"看"风景,热情招呼道:"二位真有雅兴!"也不顾牛县丞有没有反应就上了船,一上船,就被杨执古以迅雷不及掩耳之势点了穴道,被定了身,和前两位一样变成了木头人。

杨执古看了看岸上广场,此时是隆冬,又值傍晚,广场上空无一人。杨执古就不声不响地把牛县丞、马馆长和熊老板扛到岸边广场站好,然后回到船上,推开舱门,走进船头舱里,对划船的师傅说:"我们上岸了,你把船划走吧。"

驾驶员把船划走了,杨执古来到牛、马、熊三人面前,指着他们说:"知道为什么让你们全身瘫痪吗?一年前,我的母亲因为用了假药,脑神经中毒,导致全身瘫痪。"

他指着熊厂长说:"我母亲吃的假药就是你们厂生产的!"

然后指着马馆长:"是你们医馆开的!"

又指向牛县丞:"是你批准生产的!"

他咬着牙齿说:"你们让患者全身瘫痪,现在也让你们全身瘫痪,这就是一报还一报!今晚,你们不吃不喝,在这个广场上站一夜,明天把你们展览展览。"

这三个巨贪,虽然身体不能动,表情也凝固了,但思维是正常的,不用说,此时他们的心情是异常痛苦的,更让他们痛苦的是,无论他们多么的愤怒,脸上却挂着僵硬的笑容,这种笑容,因其僵硬而显得丑陋。

当晚,杨执古住在广场附近的客栈里,以便看守三个恶吏。

杨执古迅即给朱绝尘发信函,信函如下:

"尊敬的朱大侠,我是杨执古,数天前我到家时,母亲已去世,两棵夜光草我送给了费正的未婚妻。我已抓到假药案的三个责任人,他们是牛县丞、熊厂长和马馆长。我用点穴术对他们施了定身法。今天白天我把他们三个放在广场上展览,傍晚结束。请你用毒镖打击这三人。"早饭毕,杨执古以三恶吏为圆心,以五丈为半径,用白石灰画圆,作为警戒线,把三恶吏圈起来,让观众站在警戒线外看三恶吏。

广场上的游人越来越多,一开始他们看到圆内站着三个人,觉得没什么,没引起他们的注意。后来,他们发现圆内三个人站了一两个小时竟一动不动,就感到奇怪了。他们开始围向警戒线,睁大着好奇的眼睛,议论开了。

一个卷头发少妇说:"这三个人怎么一动不动?"

红衣少女说:"他们不是人!"

"不是人?是什么?"卷头发少妇问。

"是木偶。"

"木偶?看起来太像人了!"少妇惊讶道。

"像人就是人吗?有些人长得像人,却不说人话,不做人事,不讲人道,没有人性。这些人还是人吗?"杨执古突然走近少妇,慷慨激扬地说。

"是人还是木偶,扔几个石子就知道了。是人,肯定有反应,肯定会愤怒。没有反应的就是木偶。"一个穿马靴的女青年说。

一句话提醒了所有的人,看客们纷纷向圈内三人扔石子或纸团,那三人一动不动,而且始终带着微笑,毫无愤怒之色。于是大家都说:"果然是木偶!"

其实游客哪里知道,此时圈内的三个恶吏肺都气炸了!只是受了定身法,表情固定了,内心愤怒之极,脸上还挂着微笑。

这时杨大侠走上前来,大声说:"你们不要争论了!我是主办人,让我来告诉你们!站在圆圈里的,不是人,是木偶!他们没有人的感情,没有人的道义!现在知道了吧,他们不是人!"

"哦,他们不是人!"大家纷纷说。

突然,人群外跑来一个美少妇,指着圈内的一个木偶,情绪激动地说:"不!他不是木偶,他是人!是我的爱人!我的偶像!他是康复医馆的马馆长!"

眼看美少妇就要冲进圈内,杨执古一把拉住她,喝问道:"你是什么人?"

"我是他的爱人!我要带走他!"

杨执古眼睛对她一斜,说:"我在这儿搞木偶展览,你是木偶的情妇吗?"

"木偶?木偶怎么那么像我的爱人呀?"美少妇飞着唾沫星说。

"这得问你啊！那么多好男人都不找,你偏偏要找个木偶一样的人做情夫。还说什么木偶怎么那么像我的情夫啊!"杨执古训斥道。

美少妇哑然。

天色向晚时,朱绝尘来了,杨执古向众人高喊:"请大家离木偶远点,至少保持十丈的距离,否则有生命危险!"

人们听到喊话,纷纷离开。

朱绝尘打出了三支毒镖,分别打中三个人的面庞。

顿时,三人的面庞生起了手指状的肉瘤,杨执古在县丞的面前说:"牛县丞,你不是请我给你写报导吗？还要我为你多说漂亮话吗？现在我的报导已写好了,我给你写的报导就四个字:衣冠禽兽。"

牛县丞气死了！然而,脸上却带着笑容。

杨执古然后拍拍身上的灰尘,挥一挥衣袖,和朱绝尘连夜向黄山赶去。

第四十章　黄山（三）

一夜风雪紧,天地尽缟素。

朱绝尘起来很早,他走到一处山坡,想照着林子歌的样子堆个雪人,或者说用雪来给林子歌塑像。

堆雪人可是朱绝尘的长项,他自小就爱堆雪人,可堆出林子歌来,还是第一次,因而此事对于朱绝尘,颇具挑战性。

半个时辰后,林子歌"站立"在朱绝尘面前,朱绝尘在她的身上写上几个字:雪肤玉体之林子歌。

朱绝尘又给自己塑像,就站立在林子歌的对面。他折下两根枯树枝,插在"自己"的眼上,指向林子歌,表示"望眼欲穿"。

塑像完毕,朱绝尘回去。

鹅毛大雪仍在天地间纷舞。辰时是御徽府的团练时间,御徽府统领朱绝尘来到金鸡岩,昂立岩头,举长号吹响集合令。只见他挺胸昂首,衣袂飘飘,有玉树临风之致。

大侠们闻号而动,顶风冒雪,迅速前往虎头峰练武场。

十二个大侠穿着军靴,踏着厚雪,冒着严寒,伴着古筝曲,练起了木兰拳。他们严格按照套路操练,先是第一路木兰报春,接着是第二路木兰从军,第三路木兰出征,第四路鹤舞云天,第五路春色满园,第六路金蝉脱壳,第七路芙蓉出水,第八路桃花幽香,第九路含羞草,第十路哪吒探海,第十一路双龙穿云,第十二路枯树盘根。

大侠们洒脱自如,身轻如燕,刚柔相济,舒展大方。头上雪花飞舞,脚下积雪飞溅。一个个龙腾虎跃,生龙活虎。

晨练结束,大侠们下山到食堂吃早餐,发现食堂门口有虎印,显然,就在他们晨练的时候,老虎来了。

高处寒说:"大雪天,老虎没得吃的,出来觅食了。"

杨执古笑谈:"这老虎怪聪明的,它就知道这是食堂,到食堂来觅食,真让它找对了地方。"

墨秋水说:"我们还没到食堂用餐,它倒来用餐了。"

杨执古说:"我们沿着虎印找老虎,好不好?"

"好主意!我报名!"墨秋水朗声说。

雪已停。

高处寒、杨执古和墨秋水踏着积雪,沿着虎印上路了。

墨秋水想起朱绝尘曾对她说,犹如驼行大漠、龙隐乌云是美的极致一样,虎行深山也是一种美的极致。而今天,她终于有可能欣赏到这种极致美了。但她又担心,见到高山行虎后,高处寒和杨执古包括自己会和虎发生冲突,这样的话,就谈不上美的享受了,更遑论极致美了。她很清楚要想捕获虎行深山这种极致美,就不能捕获深山行虎。惊扰了深山之虎,就会破坏惊世之美。所以她提醒另外二位说:"喂,哥们,千万记住,我们此行是看老虎的,不是吓老虎的,更不是打老虎的!如何?"

"遵命!"杨执古说。

"没问题!"高处寒说。

他们一路说笑,一路依循着虎印,不觉间到了鹿鸣涧。出鹿鸣涧峪口处,有两条岔路,这两条岔路皆有虎印,该走哪条小路呢?

三人站在路口犹豫了。

墨秋水说:"你们俩走左边的小路,我一个人走右边的岔路。"

杨执古说:"那不行!你一个女孩儿家,一个人上路,遇到了虎怎么办?"

"那就和老虎比试一下身手,也不错啊?我想,和老虎比武,比和你比武,肯定有趣得多。"说完,墨秋水抿着嘴笑了。

高处寒也笑着说:"杨执古并不担心老虎和你打架,他知道老虎是打不过你的,他是担心老虎追求你!"

"那要是母虎呢?"墨秋水问。

"那就是追!"高处寒说,"母虎是追,公虎是追求!我估计是公虎的可能性比较大。"

"好吧,那就让杨执古跟我一起吧,让杨执古也吃吃醋。"

"不是我吃醋,是老虎吃醋!"

"那就让你们俩争风吃醋吧!"

杨执古和墨秋水踏上右边的岔路,向仙鹤壁方向走去。

墨秋水发现,越往前走,景色越美。那耸立的山峰,覆盖着厚厚的白雪,像一个个头戴哈达的凌波仙子。还有松树,在厚雪的重压下,仍然挺胸昂首,傲立于悬崖绝壁之上,俨然一个宁折不弯的高节之士。

千山万峦,深壑大谷,都在白雪的掩映下,皑皑闪光,让人如入仙境。

千山鸟飞绝,万径人踪灭。周围一片静寂,绝奇的静!

两人一边走着,一边欣赏着山舞银蛇、粉妆玉砌的圣洁世界。

虎印延伸到了仙人嘴,在这儿又出现了岔路,又是两条路都有虎印,只不过一条路上的虎印明显点,另一条路上的虎印模糊点。该走哪条路呢?

走在前面的墨秋水站住了,她对杨执古笑笑,说:"杨执古,我俩注定要分道扬镳。又到了岔路口,只能一人走一条,你选吧。"

杨执古说:"干吗非得分开走呢?我们一起任选一条走不行吗?"

"那样看到虎的概率就小了。两条路都走,我俩总有一个人看到虎。进了黄山没看到老虎,那不是白上黄山了吗?"

杨执古看了看两条路上的虎印,他出于对墨秋水安全的考虑,决定自己走虎印明显的一条,让墨秋水走虎印模糊的那条,因为虎印模糊的路,老虎存在的可能性比较小。他指着虎印明显的岔路说:"我走这条。"

"好吧。"墨秋水很干脆。

墨秋水一直往前走,也不知道走了多少里,离宿舍有多远。她也不知道所到之处为何地,但见山岚愈奇,景色愈秀:这边山坡是芊芊竹海,那边山坡是莽莽松林;这个山峰峭如刀尖,那个山峰钝如锅底;这个山谷溪水潺潺,那个山谷异草丛生。幽深奇丽,景象万千。

她转过一山坡,到了两山之间的一块平地,眼前的一幕让她惊呆了。

她惊奇地发现雪地上立着几十个雪人!大小不一,形状各异。

这儿是无人区,哪来的雪人呢?难道是外星人驾临此地?

墨秋水看着几十个雪人,百思不得其解。出于好奇,她上前用手敲敲其中的一个雪人,感觉里面挺硬的,她更好奇了,就扒开一层积雪,发现里面是石人!外表被雪覆盖着。这个石人表情丰富,栩栩如生。

她这才知道所谓的雪人其实是石人!自己进了石人阵!

这些石人从哪儿来的呢?是古人的遗留,还是太空来客?墨秋水陷入茫茫的疑问中,没人给她揭开谜底,此时这洁白的雪地,在墨秋水的心中,犹如一张白纸,没有一个字的答案。

虎印从石人阵穿过,墨秋水也就穿过石人阵。墨秋水上了一条栈道,向前方的一座大山走去。

栈道尽头是山顶,墨秋水站在山顶上,纵目远眺,雪峰如簇,尽收眼底。山顶上寒风凛冽,四顾茫然,天地悠悠。

墨秋水继续沿着有虎印的山道向前走去。这条山道较长,逶迤伸向另一个山坡。墨秋水循着山道,走到山脚,沿着虎印抬头向上望去,发现虎印伸到半山坡上的一个大洞就消失了。

看来半坡上的山洞定是虎穴!墨秋水既想靠近山洞,又怕有不测。但最终她还是谨慎地爬上山坡。在距洞口约十丈处,她再也不敢前进了。面前的山洞,张着大口,犹如虎口,里面黑漆漆的,洞壁长着小草。

墨秋水对着洞口看了一会儿,不觉生怕,就转身下山。刚走不到十步,只听背后一阵虎哮,伴着一股寒风,向她冲来。

墨秋水下意识地一阵尖叫,猛地向道侧一闪,躲过了饿虎扑食。墨秋水在山坡上连续几个腾跳,忽而向上,忽而向下,忽而向左,忽而向右。老虎也猛扑不止,而且还大声地呼叫,许是长久没找到吃的,见到可食之物,便拼命扑抢。

墨秋水在躲闪几阵之后,渐渐冷静了。她迅速搞清楚了老虎的弱点。她发现老虎向下动作迅猛,向上移动艰难。所谓下山猛虎!下山的虎才叫猛虎,上山的虎,或在平地的虎,只能叫弱虎。于是,墨秋水拼命爬坡,爬到山顶,已经和老虎拉开了一段距离。墨秋水回头看一眼老虎,只见老虎晃动着庞大的身躯,在深雪中,疯狂地爬上来。

有上必有下,到了山顶只能下坡了,而下坡是老虎的强项,墨秋水急了。为了节省时间,和老虎拉开差距,下坡时,她不是跑着,而是连续几个翻身跳,跳到了山谷平地。此时,老虎也已走下坡路了。猛虎下山,势如山崩,那速度比墨秋水的翻身跳快多了,很快也冲到山谷平地。

这块平地较大,墨秋水快到平地的那头时,老虎赶到了,吼叫一声向墨秋水扑来。说时迟那时快,墨秋水腾身一跳,跳到一棵大树上,老虎是上不了树的。老虎站在树下望着墨秋水,无可奈何。老虎气急败坏了,它张着大嘴咬着树干。墨秋水想,待在树上总有危险,一旦落地,岂不被虎撕食!再说虎牙锋利,老虎啃断树干的可能性不是没有的!

就在老虎在树干上磨牙的时候,墨秋水从这棵树飞跳到旁边的一棵树,又从旁边的一棵树跳到山根处的一棵树,再从山根处的那棵树,飞跳到山坡上的一棵树,然后下了树,迅速爬坡。

老虎发现墨秋水上了山,就追了上来。当然,它上坡的速度远跟不上墨秋水。

俗话说上山打虎,打虎就要趁它在上山的时候打。墨秋水摸摸腰带,别在腰带上的棍子还在,这时,她只要对着老虎的头打一棍子,老虎必死。但她并不想对老虎用棍子,她凌空飞起,对着低首爬坡的老虎头部猛蹬一脚。老虎恼了,龇着獠牙,向墨秋水扑来,墨秋水迅速爬坡,老虎也爬坡,墨秋水在上,老虎在下,墨秋水又凌空对老虎蹬了一脚。

老虎越发恼了,不顾一切地向墨秋水冲过来。这下老虎是拼着老命干了,墨秋水知道大事不妙,三十六计走为上计!她决定迅速撤退。

墨秋水一心向前跑,老虎在后面跟着,穷追不舍。

墨秋水只顾逃命,并未按照来时的路线。但左转右转,几个转向,竟又闯进了石人阵。而老虎也跟到石人阵。老虎的身子比墨秋水的身子要重,要笨。到了平地,老虎毫无优势可言,所谓虎落平阳,何况是雪地!

墨秋水看到老虎气喘吁吁,体力大减,决定就在石人阵里制服老虎。她跳上一个一人多高的石人,等着老虎冲过来。老虎果然来了,墨秋水嗖地一声跳下,来个雄鸡喙蝶,给了老虎一脚。并迅速转身躲到另一石人背后,气恼的老虎两眼发直,也不顾有无障碍物,向墨秋水扑来,撞在石人上,倒在地上,又发疯似的爬起。墨秋水跳上一石人,对着老虎来个古石沉江,踢中了老虎,躲在石人后,来个乌蟒缠树。老虎袭来,墨秋水使个苍鹰搏击,又跳上一个石人,老虎摇着头对她吼叫了一下,似是向她示威。墨秋水运起全身之力,对着老虎来个天河下泻,老虎被打倒在地,没有爬起。老虎已经精疲力竭,像个病猫一样躺在雪地上。墨秋水用脚轻轻地踢踢老虎屁股。俗话说老虎屁股摸不得,如果老虎还有气力的话,有人踢它屁股,它肯定会暴跳起来的,但墨秋水踢它的屁股,老虎一动不动,看来老虎是彻底败倒了!

墨秋水谨慎地用手摸摸老虎,老虎喘着粗气,没有任何反抗,任墨秋水拨弄。墨秋水想把老虎运到御徽府去圈养,但自己也是有气无力了。她解下自己的腰带,用腰带的一端拴着虎脚,另一端用最大的石人压着,这样老虎就跑不了。完毕,墨秋水赶回御徽府。

到了御徽府,墨秋水把打老虎的事告诉了方未兆。方未兆很惊喜,一拍墨秋水的肩膀说:"走!带我去看看!"两个大侠迅速来到石人阵,老虎还躺在雪地上。由于长时间未进食,又受到墨秋水武功的打击,老虎疲软得像一只放掉气的气球。但为以防万一,方未兆还是用一个套子把虎的嘴巴套起来,然后和墨秋水抬起老虎走了。

两个大侠沿着蜿蜒山道,踏着积雪,一直把老虎抬到御徽府,老虎被放到接待室。

这下在御徽府引起了轰动,大侠们都来观瞻额头上有"王"字的山大王——老虎。

方未兆说:"墨秋水,赶快到食堂去弄一点食物来!"

站在一旁的弄玉说:"墨秋水歇歇吧,我去。"说完一转身向食堂跑去。

很快,食物取来,大侠们七手八脚地给老虎喂食,喂了满满一盆。

喂饱了老虎,大家对如何处置老虎说开了。

弄玉说:"把它放回大自然吧,让它过着原生态生活。"

墨秋水马上反对:"那不行!我喜欢老虎,我要把它圈养起来,天天看着它!"

"关在笼子里的老虎,就是一只病猫!那样做,就不是喜欢老虎,而是残害老虎了。"弄玉说。

高处寒说:"我们养老虎也没经验,养不好的,但放了它,墨秋水又不甘心,毕竟她费了九牛二虎之力才抓了一虎。我看这样吧,把它送给朝廷!"

墨秋水还是反对:"黄山是老虎的家,老虎不能离开黄山半步!我们没有权力让老虎离开黄山!"

程见素说:"那是!那是!老虎世代在黄山生活,它是本地居民,我们这些人是外来人口,外来人口把本地居民赶走了,有何道理?"

一直站在一边默然不语的朱绝尘说:"那就放掉吧。"

二月四日,立春。这天清晨,一轮红日从云海喷薄而出,金光万丈。御徽府的大侠们在天都峰鹿起台举行盛大的"放虎归山"仪式。

老虎站在鹿起台中央,四只脚上锁着链条,嘴上套着嘴套。鹿起台四周插着彩旗。台前道路两边各站四个鼓手和一个火炮手。

朱绝尘一声令下:"放炮八响!"

两个火炮手轮流放炮。

"请下老虎!"朱绝尘号令既出,战鼓齐擂,墨秋水和方未兆两个大侠迈着矫健的步伐走上台,抬起老虎走下台。

两人把老虎抬到前一个山峰。

"放虎归山!"朱绝尘一声令下,墨秋水和方未兆解开老虎的脚链和嘴套,老虎一耸身,一摆头,发出一声咆哮,迎着朝阳,下坡了。好一幅红日虎行图!

第四十一章 桃花潭

下午,朱绝尘在御徽府召开全体大侠会议,他说:"徽州人以市场化的手段发展武林,这种做法很有成效,徽州模式取得了很大的成功,现在我们不能满足于徽州这一块,我们要让徽州的功夫走出去,让徽州模式走出去。走出去有两条路:水路是新安江,陆路是徽杭古道。但知府竟然在新安江和徽杭古道都设立了收费关卡,收取高额的通关费,严重阻碍了我们走出去的步伐,破坏了我们走出去的战略。我们要打通一江一道,就必须打掉关卡,要打掉关卡,就必须要打倒知府。所以,下一步我们的打击目标就是知府。怎么打?希望大家都动动脑子,出谋划策。"

傍晚,朱绝尘爬上山坡,坐在一块大石上,看长河落日,看牧童横笛,看远山如黛,看炊烟袅袅,吟赏烟霞,目断飞鸿。他一边欣赏美景,一边思考如何打掉知府。忽然,听到身后似有东西落下,他转身一看,是一个断线风筝。朱绝尘好奇地捡起来看看,发现风筝上有一行字:若风筝断线,飘落他方,请捡到者送还本人,重谢! 我的地址是甘棠镇……

朱绝尘想,这个人当是个风筝爱好者,定是个视风筝如命的人,此刻放风筝的人肯定心焦如焚吧,就决定把风筝送到甘棠镇去。

一到甘棠镇,朱绝尘看到一个女孩蹲在一棵大树的顶端哭泣,痛苦地叫着:"我不想活了!我不想活了!"树下有四个男青年拉起一张渔网,准备兜住女孩,旁边站着许多看热闹的人。

身旁一个老头问男青年:"女孩那么胖,身子很重的,她跳下来落在你们的渔网里,网会通掉的。"

正说着,女孩哗的一下跳了下来,落在渔网中,网真的通了,但女孩没事,一点没伤到。

朱绝尘上前,把女孩从渔网里捞了出来,拉着女孩的手,关切地问:"你为什么要自杀?你遇到了什么难处?如果你没钱,我给你钱。如果你想练武,我教你练武。如果你失恋了,没有男友了,我做你男友。"

众人大笑,身边一个书生告诉朱绝尘:"你搞错了!他们几个在演戏,不是真的,是刚柔山庄蓄养的一个戏班在演戏呢,是功夫庄开展的送文化下乡活动。"

朱绝尘懵了,问道:"演戏为什么没有戏台,也没穿戏服?"

书生接着说:"他们在搬演虚拟戏,虚拟戏追求逼真的效果,所以不穿戏服,也没有戏台。"

朱绝尘说:"那我以后在大街上看到一件事,我怎么知道它是真实的事情,还是一出虚拟戏?现在的功夫庄真会创新。"

朱绝尘继续往前走,到了女孩的住地,见到了女孩。

女孩很漂亮,外罩一件风衣,清婉柔媚,娇艳多情。朱绝尘把风筝交给她,女孩十分激动,她说:"这个风筝,是我的最好的朋友从风筝之乡潍坊带给我的,它对于我,其价值是不能用金钱来衡量的。所以,真的很感谢你!"

"捡到一只风筝,我也没花什么,奉还原主不是应当的吗,何必言谢!"朱绝尘说。

女孩笑语盈盈地问:"你晚饭吃了吗?"

"吃过了。"

"那我请你去喝茶吧。"

"不,不!你不用客气。"朱绝尘摆摆手道。

"何必推辞?相识也是一种缘分啊!为什么我的风筝没被别人捡去,偏偏让你捡到了?让别人捡到了,他未必会还给我的。"女孩再三地说:"走吧,到茶楼坐坐吧。"

朱绝尘看到女孩十分诚恳,就答应了。

朱绝尘和女孩来到了凡茶楼,两人在悠扬的丝竹声中,边喝茶边聊着。

朱绝尘问:"你喜欢放风筝吗?"

"本来嘛,放风筝是儿童的游戏,孩子放风筝纯粹是为了玩耍,而我放风筝是有着另外一层含义的。"

"放风筝不就是玩玩吗,还有什么含义?"

"当然有了,我放风筝是为了排遣自己的心绪,表达自己的感情。你们男人有苦闷可以喝酒,可以抽烟。我呢,不喝酒,不抽烟,就用放风筝的方式来排遣自己的情绪。"

"你这么年轻,又这么漂亮,还有什么苦闷呢?我实在看不出来。"

女孩双手握着杯子,两眼注视着朱绝尘,眨了眨,轻轻地说:"我看你人不错,我告诉你个秘密,你可不要对他人说。"

朱绝尘说:"什么秘密?说吧,我绝不对别人说。"

"实话告诉你,我是知府的情人,但这非我所愿,我也是被逼无奈。"

女孩叹了口气,沉默了一会儿,又说道:"我很希望自己能走出知府的掌心,像风筝一样自由飞翔,找到属于自己的那一片天空和自己的那一份情感。"

朱绝尘脑子里突然浮现出来时看到的所谓的虚拟戏,说道:"你是不是也在演虚拟戏?"

"虚拟戏?"女孩惊讶道,"哪有那么多虚拟戏!虚拟戏要有好几个人一起演的,哪有一个人演的?"

朱绝尘说:"开玩笑的。"

走出茶楼,朱绝尘回到御徽府,把姑娘的遭遇告诉了墨秋水,说:"这个女孩挺惨的,她有个很要好的男朋友,那个风筝就是她的男朋友送给她的,自从做了知府的情人之后,男朋友和她断交了。"

"她不做知府的情人不行吗?"

"她被知府控制住了,一个平民女子怎么能走出知府的掌心?"朱绝尘说。

听到朱绝尘的叙说,墨秋水暗下决心:一定要把知府拉下台!

墨秋水说:"这个知府真是江湖公敌,朱少侠,我决定马上把知府干掉!这需要你和他的小情人的配合。"

"怎么配合?我倾力相助!"

"你现在就去把小情人叫来,你不是有她的地址吗?"

朱绝尘施展飞兔功,一阵疾跑,把知府的小情人找来了。

墨秋水站起来,说:"走!我们到汤口镇的得月楼里去谈,今晚我请你们吃晚饭。"

小情人也不推辞,就跟着朱绝尘和墨秋水走了。

到了得月楼,三人边喝茶,边聊着。

通过谈话,墨秋水知道小情人名叫孙纯花。

墨秋水问孙纯花:"你现在是不是很想摆脱知府的控制?"

孙纯花抿着嘴点点头。

"你现在要摆脱知府,唯一的办法是把他拉下台,他不下台,你怎么摆脱他?只要他手中有权,他就可以用自己的权力控制你。"墨秋水说。

"这个人劣迹昭彰,是应该下台了,但怎么让他下台呢?"孙纯花问。

"我有能力让他立即下台,但需要你的配合。"

"我配合你是可以的,但我害怕他报复我。"

"你是绝对安全的,我可以让他彻底垮掉!他永远都不会再露面了,他没有任何能力报复你,你尽可以放一万个心!"

"那好吧,我全力协助你!我太恨他了。告诉我怎么做?"

"你做两件事就可以了。"墨秋水说,"第一件事,你把他的指甲剪下来,然后交给我。能做到吗?"

"能！我给他剪指甲太容易了。"孙纯花信心十足地说。

"好！第二件事,你把他带到桃花潭去。行吗？"

"行！"孙纯花说。

墨秋水发现孙纯花态度非常积极,热情很高,就趁势道："那好！今晚就行动,剪下他的指甲,可以吗？"

"行！他已经约好今晚要我陪他玩,我想这是一个机会。"

墨秋水举起杯子,站起来说："那我预祝你成功！"

朱绝尘跟着站了起来。

孙纯花也举起杯子站起说："谢谢！"

孙纯花果然在当晚就把知府的指甲弄来了,交给了朱绝尘,朱绝尘把知府的指甲给太医孙一奎看看,孙一奎说根据知府的指甲来看,应该用鹤顶红染镖头。

次日,墨秋水带着程见素来到菜市口,联系了一家马戏团,提出给马戏团一百两银子,请马戏团到桃花潭岸边表演节目。团长兼驯兽师答应了。

程见素问："你们马戏团有几只野兽？"

"一只虎,一头狮子,一头棕熊,一匹马,一只猴子。"

程见素点点头,说："很好,它们都是表演艺术家吧。"

团长大笑,说："那肯定的。"

"那你带着三个老艺术家——虎、狮子和棕熊跟我们走吧。"墨秋水说。

团长赶着几只野兽出发了。

走到大街上,几只野兽引得行人纷纷驻足观看。

正好有个孩子怀揣着一个绣球,棕熊发现了那个绣球,出其不意地冲向那个孩子,夺下绣球,抛到地上,吓得那孩子大叫一声,团长给了棕熊一鞭子。路人先是大惊,后又大笑。

闹笑话的不光是棕熊,老虎也闹了笑话。

马戏团有个长演不衰的节目,叫老虎骑骏马。老虎骑马习惯了,见到马状的东西就想骑。这不,三人经过镇上,街口有"骏马腾飞"的石雕,老虎一看到"骏马",就纵身一跳,骑了上去,怎么叫也不下来,围观者哄然大笑。

最后王团长打了它一响鞭,它才跳下来。

三人牵着三只野兽来到桃花潭,孙纯花早已把知府带到这里了。

而朱绝尘也早已埋伏在附近的树丛中,身上藏着毒镖。

墨秋水一出现,孙纯花就拉了拉知府的衣袖,说:"看!我说的马戏团就是他们!他们是专程来为你表演的。"

孙纯花对墨秋水招招手,墨秋水一行三人走过来了。

团长说:"下面进行马戏表演,请知府欣赏。"

知府的架子很大,派头不小,他说:"等等!我来叫属下把入口处封起来,不让别的游客进来,免得干扰我,我要好好欣赏。"

墨秋水说:"这样更好!"

知府的属下立刻派人在入口处和出口处站着。

墨秋水安排孙纯花和知府坐在最佳位置,别的人和知府保持一段距离。

三只野兽的精彩表演让知府看得兴致勃勃,知府正看时,突然飞来一支毒镖,正中脸颊,脸上顿生一块指状的肉瘤。

知府倒在地上。

此时,老虎和狮子正在广场上表演摔跤,棕熊在一旁观看。

墨秋水对团长说:"你那三个演员真有敬业精神!佩服!"

三天后,监察御史得知知府脸上长了五指状的肉瘤,宣布罢免知府的官职。

知府被罢官后,朱绝尘带着御徽府的大侠们端掉了新安江和徽杭古道的两个收费关卡,打通了一江一道,为徽州功夫、徽州模式走出去创造了条件。

第四十二章　光明顶

经过一年的战斗,徽州的恶吏基本上都被打掉了,徽州的功夫市场基本上不再受到恶吏的破坏了。这意味着御徽府任务已经完成,成员回到各自的功夫庄,继续做功夫生意。

在一个天高气爽的秋日,竖一山庄后厅里,坐着二十来个学生模样的年轻人,正凝神倾听一个少妇的讲课。这个少妇很美,让每一个见到她的人都有劈面惊艳的感觉,而此时,这个美少妇正对着二十个听课者怒放她的美丽。

只听少妇滔滔不绝地说:

"做功夫生意与做货物生意,基本原则是一样的,有哪些普适性的原则呢? 让我给大家道来,请听好:

　　生意中岂无学问,经营中自有文章。
　　信息灵,生意兴。
　　面带三分笑,顾客跑不了。
　　柜台忙时心不乱,顾客少时心不散。
　　舌头打个滚,赚钱不亏本。
　　经商信为本,买卖礼在先。
　　店靠信字开,货好客自来。
　　买卖讲公道,顾客做广告。
　　经理站柜台,行情从中来。
　　买卖要做活,莫嫌利润薄。
　　利薄不赔钱,忠厚不折本。

三分利吃利,七分利吃本。

两眼盯着市场转,商品随着需求变。

买卖看行情,早晚各不同。

杀头有人干,亏本无人干。"

正讲着,小厮进来说:"夫人,邮差送来一封信。"
少妇打开看看,原来是武林大会秘书处发来的邀请函,上写:

竖一山庄庄主朱绝尘先生及夫人林子歌女士:

经武林大会筹备委员会研究决定,新任武林大会会长白而昼就职典礼,定于菊月望日辰时举行,地点定于黄山光明顶,诚邀庄主及夫人大驾光临。请庄主偕夫人提前一天到嘉宾接待处报到,接待处为新屈伸堂总部(原横一山庄旧址)。勿误。

原来,武林大会原会长马从政眼瞎腿断之后,主动辞去会长之职,武林同仁一致推举白而昼继任武林大会会长。而此时,白而昼已和墨秋水结为伉俪,他们参加的是武林界的集体婚礼,同时参加集体婚礼的还有朱绝尘和林子歌,李昭昭和弄玉。

屈伸堂合并了横一后,新屈伸堂变成了官方和民间共同参股的混合所有制功夫庄。

九月十四日,新屈伸堂总部张灯结彩,花团锦簇,丝竹悠扬,香气馥郁。徽州各功夫庄高管、各大族族长、政府要员以及武林高手齐聚一堂,融融洽洽,和和美美。白而昼呼朋唤友,意气风发。夫人墨秋水穿梭于人群中,给贵宾端茶递水,迎来送往,殷殷之情溢于脸表。墨秋水身着湖蓝色轻丝长裙,身姿款款,语出如吟,巧笑倩兮,美目盼兮,好一个清丽佳人!

静美地坐在大厅中的,还有林子歌和弄玉,这两人也是让凡俗看客见之如入世外桃源的清幽佳人,和墨秋水一起,成为盛开在丛林中的三朵奇葩。

贵客们吃着绿豆兜,品着黄山茶,笑语盈盈,想到明日的就职大典,无不心情激越。有人意酣纵歌,有人击筑大笑。

翌日上午,即九月十五日上午,黄山光明顶晴空丽日,旌旗猎猎,号角长鸣。武林大会秘书长朗声宣布白而昼就职典礼正式开始,火炮手放炮二十一响,接着全体嘉宾高歌《徽州长调》。

兵部尚书亲自把武林大会玉印交给白而昼,并宣布任命状。

白而昼在全场雷鸣般的掌声中接过玉玺,然后发表就职演说。白而昼目光高昂,看着前面的千丘万壑说:"我本矮小鄙贱之人,承蒙武林同仁的厚爱,把武林大会会长之要职授予老朽,鄙人感到荣幸之至,又惶恐之至。既然受此重任,我只想发扬绩溪牛和徽骆驼的精神,卧薪尝胆、殚精竭虑谋划徽州武林振兴之大业。徽州武林要想繁荣强盛,必须走我们先人开创的路子,即一要坚持功夫与生活相结合,从生活中来,到生活中去,为民众的生活服务,坚决排除那些脱离现实、固守个人英雄主义思想的剑客;二要用市场的手段发展功夫,所有的功夫庄平等竞争,不论官营还是民营,在市场面前人人平等,从我自己的功夫庄做起,坚决摒弃特权和垄断。只要做到这两点,徽州武林就会走上可持续发展的康庄大道,就会与少林、武当并驾齐驱。我们今天在光明顶上聚会,我相信徽州武林的前景一片光明!"

白而昼话毕,武师们热烈鼓掌,掌声停息后,钓独客忽然说了一句:"白先生,当武林大会会长,要会拳术,还要会权术才可呀——"钓独客怕白而昼听不懂,举起事先准备好的两个牌子,一个写"拳术",一个写"权术"。